BESTSELLER

Escribir ha sido siempre la gran pasión de **Leisa Rayven** y, aunque inicialmente le hubiera gustado ser actriz, pronto empezó a volcarse en crear obras de teatro en su escuela de interpretación. Eran malas. Malísimas. Aunque sus amigos pensaban que estaban genial porque siempre los elegía para interpretarlas, y cualquier oportunidad para subirse al escenario llevaba consigo una exagerada demostración de entusiasmo.

Desde entonces, ha ido perfeccionando el oficio y muchas de sus obras han sido producidas y representadas en giras por toda Australia. El teatro dejó paso a la escritura de ficción y su primera novela, *Maldito Romeo*, fue un éxito extraordinario desde su lanzamiento.

Leisa vive en Australia con su marido, sus dos hijos y tres gatos con mucha personalidad.

Biblioteca

LEISA RAYVEN

Maldito Romeo

Traducción de
María del Mar López Gil

DEBOLS!LLO

Papel certificado por el Forest Stewardship Council®

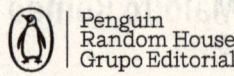

Penguin
Random House
Grupo Editorial

Título original: *Bad Romeo*

Primera edición en Debolsillo: septiembre de 2024
Primera reimpresión: noviembre de 2024

© 2014, Leisa Rayven
Todos los derechos reservados
© 2015, 2023, 2024, Penguin Random House Grupo Editorial, S. A. U.
Travessera de Gràcia, 47-49. 08021 Barcelona
© 2015, María del Mar López Gil, por la traducción
Diseño de la cubierta: Adaptación de la cubierta original de Kerri Resnick /
Penguin Random House Grupo Editorial
Imagen de la cubierta: © Peter Bollinger / © Arsgera Shutterstock

Printed in Spain – Impreso en España

ISBN: 978-84-663-7432-3
Depósito legal: B-11.268-2024

Impreso en Liber Digital, S. L.
Casarrubuelos (Madrid)

P 374323

*A todos aquellos que me decíais que podía
hacer esto cuando yo pensaba lo contrario.
Por lo visto teníais razón y yo no.
Que no se os suban los humos por eso.*

¡Oh, naturaleza! ¿Para qué reservabas el infierno cuando albergabas el espíritu de un demonio en el paraíso mortal de tan encantador cuerpo? ¿Volumen contentivo de tan vil materia acaso fue jamás tan bellamente encuadernado?

Julieta describiendo a Romeo
Romeo y Julieta, William Shakespeare

1
OTRA VEZ JUNTOS, DEMASIADO PRONTO

Hoy
Nueva York
Teatro Graumann
Primer día de ensayo

Camino a toda prisa por la acera abarrotada y un sudor nervioso me cubre todas mis partes menos glamurosas.

Oigo la voz de mi madre en la cabeza: «Una dama no suda, Cassie. Resplandece».

En ese caso, mamá, estoy resplandeciente como una cerda.

De todas formas, nunca pretendí ser una dama.

Digo para mis adentros que estoy «resplandeciente» porque llego tarde. No por él.

Tristan, mi compañero de piso/coach personal, está convencido de que no he pasado página, pero eso es una chorrada.

Le tengo más que olvidado.

Le olvidé hace mucho tiempo.

Cruzo correteando la calle, esquivando el imparable tráfico de Nueva York. Varios taxistas me maldicen en distintos idiomas.

Estiro alegremente el dedo corazón porque casi seguro que ese gesto significa «Que te jodan» en el mundo entero.

Echo un vistazo a mi reloj al entrar al teatro y me dirijo a la sala de ensayos.

Maldita sea.

Cinco minutos tarde.

Casi puedo ver el gesto burlón en su cara de cabrón y me horroriza que, incluso antes de poner el pie en la sala, sienta el impulso irrefrenable de abofetearle.

Me detengo junto a la puerta.

Puedo hacerlo. Puedo verle sin venirme abajo.

Puedo.

Suspiro y presiono la frente contra la pared.

¿A quién diablos voy a engañar?

Sí, claro, puedo interpretar una obra apasionada con mi examante, que me rompió el corazón, no una, sino dos veces. No hay problema.

Me doy cabezazos contra la pared.

Si existiese el país de los estúpidos, yo sería su reina.

Inspiro hondo y exhalo despacio.

Cuando mi agente me llamó para darme la noticia de mi gran oportunidad en Broadway debería haber intuido que había gato encerrado. Puso por las nubes a mi compañero de reparto. Ethan Holt: el chico *it* del momento en el mundo del teatro. Con mucho talento. Premiado. Adorado por fans histéricas. Un pibón.

Pero, claro, ella no estaba al corriente de nuestra historia. ¿Por qué iba a estarlo? Jamás hablo de él. De hecho, me alejo cuando mencionan su nombre. Resultaba más fácil sobrellevarlo cuando él se encontraba al otro lado del mundo, pero ya está de vuelta, empañando el trabajo de mis sueños con su presencia.

Típico.

Cabrón.

Poner cara animosa no va a ser fácil, pero no hay más remedio.

Saco mi polvera y me miro al espejo.

Maldita sea, brillo más que el edificio Chrysler.

Me doy unos toquecitos de polvos y me retoco el brillo de labios mientras me pregunto si me encontrará distinta después de todos estos años. Mi pelo castaño, que me llegaba a media espalda en la universidad, ahora me cae justo por debajo del cuello en capas asimétricas de punta. Aunque tengo la cara un poco más afilada, supongo que en esencia sigo siendo la misma. Labios decentes. Constitución ósea aceptable. Ojos ni marrones ni verdes, sino una rara mezcla de ambos. Más aceituna que avellana.

Cierro con un chasquido la polvera y la echo al bolso, cabreada por el mero hecho de plantearme tener un aspecto presentable para él. ¿Acaso no he aprendido nada?

Cierro los ojos y pienso en todas las maneras en las que me hizo daño. En sus absurdos argumentos. En sus excusas de mierda.

Me invade la amargura y suspiro aliviada. Ese es el acicate que necesito. Hace aflorar a la superficie mi rabia. Me sirve de protección a modo de escudo y encuentro consuelo en el rescoldo de agresividad.

Puedo hacerlo.

Tiro de la puerta y entro con aire resuelto. Siento que me observa incluso antes de verle. Me resisto a buscarle con la mirada porque eso es lo que deseo hacer, y una de las cosas que aprendí con Ethan Holt fue a controlar mi instinto natural. Las cosas se jodieron entre nosotros por guiarme por mi instinto; me decía que él podía aportarme algo, cuando en realidad no me ofrecía nada.

Me dirijo hacia la mesa de producción donde nuestro director, Marco Fiori, está deliberando con nuestros productores, Ava y Saul Weinstein. De pie junto a ellos hay una cara conocida: nuestra directora de escena, Elissa, la hermana de Ethan.

Ethan y Elissa van en el mismo lote. El contrato de Ethan estipula que ella dirija todas las obras en las que trabaja, lo cual no me explico en vista de que se llevan como el perro y el gato.

Yo diría que Elissa es su colchón, pero, claro, ¿por qué iba a necesitarla? Él no necesita nada ni a nadie, ¿no? Es intocable. Es de puñetero teflón.

Elissa señala hacia una maqueta del decorado que vamos a utilizar mientras comenta la mecánica de la escenografía.

Los productores escuchan y asienten.

Con Elissa no tengo ningún problema. Es una fantástica directora de escena y hemos trabajado juntas anteriormente. De hecho, hace un siglo éramos buenas amigas. Cuando yo todavía pensaba que su hermano había nacido de una madre humana y no en un desove por el mismísimo ojete de Satanás.

Levantan la vista cuando me acerco.

—Ya, ya —digo soltando el bolso encima de una silla—. Lo siento.

—No pasa nada, *cara* —dice Marco—. Todavía estamos comentando detalles de producción. Tranquila, tómate un café. Nos pondremos en marcha enseguida.

—Genial. —Busco en mi bolso mis provisiones para el ensayo.

—¿Qué tal? —dice Elissa con una cálida sonrisa.

—Hola, Lissa.

Por un momento un torrente de nostalgia templa mi ira y caigo en la cuenta de lo mucho que la he echado de menos. Es tan distinta a su hermano… Ella baja, y él alto. Ella rellenita, y él de rasgos angulosos. Hasta su tez es diferente. Él es de piel clara y de aire convencional, mientras que ella es morena y anárquica. Y, sin embargo, volverla a ver me recuerda por qué llevamos años sin hablar. Siempre la asociaré con él. Demasiados malos recuerdos.

Al sacar la botella de agua, mi bolso resbala del asiento y cae ruidosamente al suelo. Todos se quedan mirando. Aprieto los dientes al oír una risita por lo bajini.

Que te den, Ethan. Ni me molesto en mirarte.

Recojo mi bolso y lo lanzo a la silla.

De nuevo una risita, y maldigo al Dios Todopoderoso del Homicidio Justificado. Voy a asesinarle con mis propias manos.

Aunque está al otro lado de la sala, bien podría estar justo a mi lado, porque su voz vibra hasta en mis huesos.

Necesito un cigarrillo.

Echo un vistazo a Marco, radiante con su pañuelo mientras describe la obra haciendo aspavientos. Todo esto es culpa suya. Fue él quien quiso que Holt y yo hiciéramos este proyecto. Me convencí a mí misma de que sería un gran paso en mi carrera, pero en realidad va a ser el último espectáculo de mi vida porque, como el idiota que ríe con sorna en el rincón no cierre el pico, en el momento menos pensado me va a dar un ataque asesino y van a encerrarme de por vida.

Gracias a Dios la risita cesa, aunque todavía siento su mirada achicharrándome la piel.

Le ignoro y hurgo en mi bolso. Llevo cigarrillos, pero mi encendedor ha desaparecido en combate. Necesito seriamente hacer limpieza en este pozo sin fondo. Por Dios, ¿hay algo que no lleve ahí dentro? Chicles, pañuelos, maquillaje, analgésicos, viejas entradas de cine, un frasco de perfume, tampones, llaves, un muñeco coleccionable de la Federación Mundial de Lucha Libre al que le falta una pierna… ¿Qué demonios…?

—Perdone, ¿señorita Taylor?

Al alzar la vista encuentro a un guapo chico afroamericano ofreciéndome algo que huele sospechosamente como mi cortado de café verde favorito.

—Vaya, parece estresada —dice en el tono justo de preocupación para evitar que le arranque las orejas de un bocado—. Soy Cody. Hago prácticas en Producción. ¿Café?

—Hola, Cody —digo mientras calibro el vaso de cartón—. ¿Qué llevas ahí, amigo?

—Un cortado de café verde doble con moca y extra de crema.

Asiento, impresionada.

—Me lo había parecido. Es mi favorito.

—Ya. Me aseguré de familiarizarme con sus gustos y los del señor Holt para tener previstas sus necesidades y crear un ambiente agradable en los ensayos.

¿Un ambiente agradable en los ensayos? ¿Conmigo y Holt? Pobre criatura ilusa.

Cojo el café y lo huelo mientras continúo rebuscando en el cajón de sastre.

—¿No lo dirás en serio?

¿Dónde coño está mi encendedor?

—Sí. —Saca un mechero de su bolsillo y me lo tiende con una sonrisa monísima.

Suspiro y dejo caer la cabeza hacia atrás.

Madre mía, el chico es un regalo de los dioses.

Cojo el mechero y contengo el impulso de abrazarle. Tristan dice que a veces soy demasiado sobona. En realidad, el término que utiliza es «tocapelotas», pero yo lo cambio para sentirme mejor.

En lugar de eso, sonrío al chaval.

—Cody, espero que no te lo tomes a mal porque acabamos de conocernos, pero… creo que te quiero.

Se ríe entre dientes y agacha la cabeza.

—Si quiere escabullirse fuera, iré a avisarla cuando estén listos para empezar.

Si no aparentara dieciséis años seguramente le besaría. Con lengua.

—Eres mi ídolo, Cody.

Con mi visión periférica distingo una sombra oscura repantigada en una silla al otro lado de la sala, así que enderezo los hombros y me pavoneo como si me importara un bledo.

El calor de su mirada me sigue hasta que llego a la escalera; después simplemente me quedo abotargada.

Digo para mis adentros que no echo de menos ese ardor.

La escalera, empinada y oscura, conduce a un callejón a espaldas del teatro. Antes incluso de que la puerta se cierre ya llevo el cigarrillo prendido en los labios. Al apoyarme contra los fríos ladrillos, inhalo y alzo la vista a la fina franja de cielo visible entre los edificios. La nicotina no consigue calmar mis nervios. Casi seguro que hoy solo lo harían los sedantes de uso hospitalario.

Termino el cigarrillo y vuelvo hacia la entrada de artistas pero, antes de empuñar el tirador, se abre y me topo con el causante de toda mi rabia. Sus vaqueros oscuros se le ajustan de una manera en la que no debería haberme fijado ni mucho menos.

Sus ojos son tal cual los recordaba. Azul claro, cautivadores. Pestañas gruesas y oscuras. De una intensidad que abrasa.

El resto, sin embargo…

Ay, lo había olvidado. Me había obligado a olvidarlo.

Incluso ahora, es el hombre más guapo que he visto en mi vida. No, no exactamente. «Guapo» no le hace justicia. Los actores de telenovelas son guapos, pero en un sentido totalmente previsible, insulso. Holt es… fascinante. Como una pantera exótica, rara; belleza y carisma a partes iguales. Enigmático sin siquiera pretenderlo.

Odio su buen aspecto.

Cejas marcadas y fruncidas. Mandíbula angulosa. Labios lo bastante carnosos como para resultar bonitos, pero que vistos en el conjunto de sus rasgos parecen de lo más masculinos.

Lleva su pelo oscuro más corto que la última vez que le vi, lo cual le da un aire más maduro. Y más alto, si es que eso es posible.

Siempre ha sido mucho más alto que yo. Metro noventa y cinco comparado con mi metro sesenta y cinco. Y, en vista de la anchura de sus hombros, lleva haciendo ejercicio desde la universidad; no demasiado, pero sí lo suficiente para que yo note una definición muscular evidente bajo su camiseta oscura.

Me arden las mejillas y me dan ganas de abofetearme a mí misma por la reacción.

Encima aparece con un aspecto más atractivo que nunca. Qué asco.

—Hola —dice, como si no me hubiera pasado los tres últimos años soñando con darle un puñetazo en su preciosa cara de cabrón.

—Hola, Ethan.

Me mira fijamente y, como de costumbre, siento su vibración en la médula de mis huesos.

—Tienes buen aspecto, Cassie.

—Tú también.

—Llevas el pelo más corto.

—Tú también.

Da un paso hacia mí y odio el modo en el que me mira. Evaluándome y dando su aprobación. Ávido. Eso me atrae hacia él, como si fuera una tira matamoscas y todo mi ser zumbase para intentar liberarse.

—Ha pasado mucho tiempo.

—¿En serio? No me había dado cuenta. —Trato de aparentar absoluta indiferencia. No quiero que sepa el efecto que ejerce sobre mí. No se merece esta reacción. Y, por encima de todo, yo tampoco.

—¿Qué tal? —pregunta.

—Muy bien. —Respuesta automática. No significa nada; simplemente que me ha ido muy bien.

Sigue con la mirada clavada en mí y me encantaría estar en otro sitio porque en este instante me recuerda los viejos tiempos, y duele.

—¿Y tú? —pregunto con impecables modales—. ¿Qué tal?

—Yo… bien.

Hay algo en su tono. Algo soterrado. Ha dejado entrever lo justo para despertar mi curiosidad, pero no quiero hurgar más porque sé lo que pretende.

—Vaya, genial, Ethan —digo en el tono justo de desenfado para cabrearle—. Me alegro.

Mira al suelo y se atusa el pelo. Su postura se tensa para adquirir la habitual forma del zopenco que conozco tan bien.

—Fíjate —dice—. Tres años y eso es lo único que tienes que decirme. Cómo no.

Se me retuerce el estómago.

No, imbécil, eso no es todo lo que tengo que decirte, pero ¿qué más da? Ya está todo dicho y no me hace gracia darle vueltas al tema.

—Pues sí —contesto alegremente, y le aparto a un lado para pasar. Abro la puerta con brusquedad y bajo al trote la escalera ignorando el hormigueo del punto de mi piel donde nos hemos tocado.

Oigo un «¡Joder!» apagado y acto seguido sus pasos a la carrera. Intento sacarle ventaja, pero me agarra del brazo antes de llegar al pie de la escalera.

—Cassie, espera.

Me hace volverme para mirarle e imagino que va a pegarse a mí. A hacer que su piel y su olor sean mi perdición como tantas otras veces. Pero no lo hace.

Se queda ahí plantado y todo el aire de la estrecha y oscura escalera se vuelve tan denso como el algodón. Siento claustrofobia, pero no pienso ponerme en evidencia.

Nada de flaquezas.

Él me enseñó eso.

—Oye, Cassie —dice, y yo odio haberme perdido oírle pronunciar mi nombre todo este puñetero tiempo—. ¿Qué te parece si dejamos a un lado todos nuestros malos rollos y empezamos de nuevo? Por mí, encantado. Pensaba que tú también podrías.

Su expresión es de pura sinceridad, pero ya me la conozco. Cada vez que he confiado en él ha acabado rompiéndome el corazón.

—¿Que quieres empezar de nuevo? Ah, claro. No hay problema. ¿Cómo no se me había ocurrido?

—No tiene por qué ser así.

Insinúa que no estoy siendo razonable. Si no estuviera tan enfadada me echaría a reír.

—Entonces, ¿cómo debería ser, eh? —pregunto con acritud—. Por favor, dime. Al fin y al cabo, tú siempre eres quien toma decisiones sobre nuestra relación. ¿Qué papel quieres que hagamos esta vez? ¿El de amigos? ¿Amigos con derecho a roce? ¿Enemigos? Ah, espera, ya sé. ¿Por qué no interpretas tú al pedazo de mierda que me rompió el corazón y yo a la mujer que no quiere tener nada que ver con él fuera de la sala de ensayos? ¿Qué te parece?

Aprieta la mandíbula. Está enfadado.

Bien.

Puedo lidiar con el enfado.

Se frota los ojos y resopla. Supongo que va a ponerse a vociferar, pero no lo hace. En vez de eso, dice en voz baja:

—Nada de lo que dije en mis correos significó algo para ti, ¿verdad? Pensaba que al menos podríamos ser capaces de hablar de lo ocurrido. ¿Llegaste siquiera a leerlos?

—Por supuesto que los leí —contesto—. Simplemente no me lo creí. A ver, me lo he tragado tantas veces que me he hartado. ¿Cómo es el dicho? Una vez engañan al prudente y dos al inocente.

—Esta vez no voy a engañarte. Ni a mí mismo. En su momento hice lo que tenía que hacer, por los dos.

—¿Estás de coña? ¿De verdad pretendes que te agradezca lo que hiciste?

—No —contesta con frustración patente en su voz—. Por supuesto que no. Solo quiero…

—¿Quieres *otra* oportunidad para machacarme? ¿Me tomas por tonta o qué?

Niega con la cabeza.

—Quiero que las cosas sean diferentes. Si quieres que pida perdón, lo haré hasta perder la puta voz. Lo único que quiero es que las cosas marchen bien entre nosotros. Háblame. Ayúdame a arreglar esto.

—No puedes.

—Cassie…

—¡No, Ethan! Esta vez no. Se acabó.

Se inclina. Está cerca. Demasiado cerca. Huele como entonces, y no puedo pensar. Quiero apartarle de un empujón para poder despejar mi cabeza. O golpearle con los puños hasta que entienda que llevo años sin ser plenamente feliz por su culpa. Quiero hacer muchas cosas, pero me limito a quedarme inmóvil con toda mi rabia por la impotencia que todavía me hace sentir.

Su respiración es tan irregular como la mía. Su cuerpo está igual de tenso. Con todo lo que hemos pasado, nuestra atracción sigue torturándonos. Igual que en los viejos tiempos.

Gracias a Dios la puerta al pie de la escalera se abre. Al bajar la vista veo a Cody observándonos con desconcierto.

—¿Señor Holt? ¿Señorita Taylor? ¿Todo bien?

Holt se aparta de mí y se pasa los dedos por el pelo.

Doy un leve suspiro entrecortado.

—Todo bien, Cody. Estupendamente.

—Vale —dice alegremente—. Era solo para avisarles de que estamos a punto de comenzar.

Desaparece y Ethan y yo nos volvemos a quedar a solas. Bueno, con el lastre de mierda que llevamos a cuestas.

—Estamos aquí por trabajo —digo en tono cortante—. Hagámoslo y punto.

Frunce el ceño y aprieta la mandíbula; por un segundo pienso que no va a dejarlo pasar, pero dice:

—Si eso es lo que realmente quieres…

Reprimo una leve sensación de decepción.

—Sí.

Asiente y, sin mediar palabra, baja las escaleras y cruza la puerta.

Me tomo un momento para recomponerme. Tengo la cara caliente, el corazón me late con fuerza y casi me hace gracia pensar que ya me ha liado y ni siquiera hemos empezado los ensayos.

Las próximas cuatro semanas me van a consumir más que un agujero negro.

Me pongo derecha y me dirijo a la sala de ensayos.

Para cuando empuño mi guion y un botellín de agua solo queda una silla libre junto a la mesa de producción y, naturalmente, está al lado de Holt. La arrastro lo más lejos posible y me hundo en el incómodo plástico.

—¿Todo bien? —Marco enarca las cejas.

—Sí. Genial —digo risueña, y es como remontarme al primer año en la escuela de arte dramático, diciendo lo que otros quieren oír para que estén contentos aunque yo no lo esté.

Interpretando mi papel.

—Entonces comencemos por el principio, ¿vale? —sugiere Marco. Se oye un revoltijo de papeles cuando todo el mundo abre su guion.

Qué gran idea. Todas las buenas historias necesitan empezar en algún punto.

¿Por qué esta iba a ser distinta?

2
AL PRINCIPIO

Hoy
Nueva York
Diario de Cassandra Taylor

Querido diario:

Tristan ha sugerido que te utilice para escribir una crónica de los acontecimientos de mi vida que me llevaron a convertirme en el ser inadaptado que soy hoy. Quiere que analice algunas de las relaciones malsanas que han hecho que se me agríe el carácter y me cierre emocionalmente, así que he pensado empezar por el premio gordo de todos mis pesares:

Ethan Holt.

La primera vez que le vi yo fingía que practicaba sexo anal con alguien a quien acababa de conocer.

Uf. Qué mal ha sonado.

Deja que me explique.

Estaba en una audición para conseguir plaza en The Grove Institute of Creative Arts, un centro privado que ofrece cursos de danza, música y artes visuales y que además alberga una de las escuelas de arte dramático más prestigiosas del país.

Construido en los restos de un antiguo huerto, está situado en Westchester, en el estado de Nueva York, y en los últimos tiempos se habían formado en él algunas de las estrellas del teatro y la pantalla con más talento del país.

Yo llevaba toda la vida soñando con estudiar allí, así que en mi último año de instituto, mientras todos mis amigos solicitaban plaza en universidades para estudiar Medicina, Derecho, Ingeniería y Periodismo, yo lo hice para ser actriz.

The Grove fue mi primera elección por muchas razones, entre ellas que se encontraba al otro lado del país respecto al lugar donde vivían mis padres.

No es que no quisiera a mis padres, porque quererlos, los quería. Pero Judy y Leo tenían ideas muy concretas sobre cómo debía vivir mi vida. Como yo era hija única y por lo tanto estaba programada para hacer todo, cualquier cosa, con tal de conseguir su aprobación, básicamente vivía acorde a sus idealistas expectativas.

Llegué al último curso del instituto sin haber probado jamás el alcohol, ni fumar un cigarrillo, ni comer nada más que las porquerías vegetarianas de Judy —sanas pero insípidas—, ni acostarme con un chico. Siempre estaba en casa cuando se suponía que debía estar, incluso aunque me ignoraran por completo, o se criticaran el uno al otro, o ni siquiera estuvieran allí.

Mi madre era exigente. Siempre consideraba que debía mejorarse a sí misma, o a mí. Yo era patosa, de modo que me apuntó a clases de ballet. Yo era regordeta, de modo que vigilaba cada bocado que comía. Yo era tímida, de modo que me apuntó a clases de teatro.

Yo odiaba todo lo que me obligaba a hacer, salvo las clases de teatro. Ahí dio en el clavo. Resulta que, encima, se me daba bastante bien. ¿Simular que era otra persona durante unas horas? Me vino que ni pintado, vaya que sí.

La principal contribución de Leo a mi educación consistía en establecer unas estrictas pautas sobre adónde podía salir, a quién podía ver y qué podía hacer. Por lo demás, me ignoraba a menos que hiciera algo muy bien o muy mal. Enseguida aprendí que había menos gritos y castigos cuando hacía bien las cosas. Si sacaba buenas notas le hacía feliz. También ganar premios de teatro y oratoria.

Así que me esforcé mucho. Más de lo que una hija debería para que su padre le preste atención. Puedo decir sin temor a equivocarme que ese es el origen de todos mis traumas por complacer a la gente.

Como es obvio, a mis padres no les agradó mi idea de ir a la escuela de arte dramático. Creo que las palabras exactas de Leo fueron: «Ni de coña». A mamá y a él no les parecía mal que actuara como pasatiempo, pero con mis notas podía elegir profesiones bien pagadas. No entendían cómo tiraba eso por la borda por una vocación en la que el noventa por ciento de los licenciados universitarios eran parados de por vida.

Les convencí para que me dejasen presentarme a una audición con la condición de solicitar plaza también en la Facultad de Derecho de la Universidad Estatal de Washington. Con ello conseguí un billete de ida y vuelta a Nueva York y la leve esperanza de dejar atrás mi lastre de búsqueda de aprobación.

Cuando inicié los trámites de solicitud sabía que mis posibilidades eran escasas, pero tenía que intentarlo. Había otras escuelas a las que habría ido encantada. Pero quería la mejor, y era The Grove.

Seis años antes
Westchester, estado de Nueva York
Audiciones de The Grove

Tengo espasmos en la pierna.

No temblor.

Ni estremecimiento.

Espasmos.

Descontrolados.

Tengo nudos en el estómago y ganas de vomitar. Otra vez.

Estoy sentada en el suelo con la espalda apoyada en una pared.

Soy invisible.

Estoy fuera de lugar. Yo no soy como ellos.

Tienen desparpajo, son estrafalarios, y parece que utilizan la palabra que empieza por «J» con soltura. Fuman un cigarrillo detrás de otro y se tocan las partes íntimas entre sí, a pesar de que casi todos acaban de conocerse. Alardean de las obras en las que han participado o de las películas en las que han salido o de los famosos que han visto, y yo aquí sentada sintiéndome más y más pequeña cada segundo a sabiendas de que lo único que voy a conseguir hoy es demostrar mi incompetencia.

—Y entonces el director dice: «Zoe, tienes que enseñar los pechos al público. Dices que te entregas a tu oficio, y sin embargo tu desacertado sentido del pudor dicta tus decisiones».

Una rubia dicharachera está contando batallitas teatrales rodeada de admiradores. La gente arremolinada a su alrededor parece cautivada.

La verdad es que no me apetece escucharla, pero habla tan alto que no tengo más remedio.

—Madre mía, Zoe, ¿qué hiciste? —pregunta una guapa pelirroja crispando el rostro con una emoción exagerada.

—¿Qué iba a hacer? —replica Zoe con un suspiro—. Le chupé la polla y le dije que no me iba a quitar la camisa. Era la única manera de proteger mi integridad.

Se oyen risas y aplausos. La función ha empezado incluso antes de pisar el escenario.

Reclino la cabeza y cierro los ojos para intentar tranquilizarme.

Repaso mentalmente mis monólogos. Me los sé. Al dedillo. He diseccionado cada sílaba, analizado los personajes, el trasfondo y las sutilezas de los matices emocionales, pero aun así no me siento preparada.

—¿De dónde eres?

Zoe vuelve a tomar la palabra. Intento ignorarla.

—Eh, tú. La de la pared.

Abro los ojos. Me está mirando. Los demás también.

—¿Eh…? ¿Qué?

Carraspeo y procuro disimular mi tremendo miedo.

—¿De dónde eres? —insiste, como si yo fuera tonta—. Está claro que de Nueva York, no.

Sé que su maliciosa mirada se ha fijado en mis tejanos y mi jersey gris liso de grandes almacenes, en mi soso pelo castaño y en la ausencia de maquillaje. No soy como la mayoría de las chicas de aquí, con sus colores vivos, bisutería llamativa y caras maquilladas. Parecen pájaros tropicales exóticos y yo, una mancha de grasa.

—Hum… Soy de Aberdeen.

Arruga el gesto con desagrado.

—¿Dónde coño está eso?

—Está en Washington. Es más bien pequeño.

—Es la primera vez que lo oigo —comenta con ademán desdeñoso con sus uñas pintadas—. Ni tendréis teatro allí, ¿no?

—No.

—Entonces, ¿no tienes experiencia como actriz?

—Hice algunas obras amateur en Seattle.

Le brillan los ojos. Se huele una presa fácil.

—¿Amateur? Ah… Ya. —Contiene la risa.

Mi instinto de supervivencia contraataca.

—Claro, yo no he hecho todas las cosas increíbles que tú has hecho. O sea, una película. Guau. Debe de haber sido una auténtica pasada.

Los ojos de Zoe se apagan un poco. El olor a sangre se atenúa al hacerle la rosca.

—Pues sí que fue una auténtica pasada —afirma al tiempo que sonríe como una barracuda con lápiz de labios—. Vamos, que seguramente esté perdiendo el tiempo al hacer este curso porque me llegará una oferta sustanciosa antes de que acabe, pero así me mantengo ocupada hasta entonces.

Sonrío mostrando mi complicidad con ella. Halago su ego. Es fácil. Se me da bien.

Continúan de cháchara y añado algún que otro comentario. Cada media verdad que vierte mi boca me identifica más con ellos. Me ayuda a integrarme.

Poco después me río a carcajadas y rebuzno como el resto de los burros, y uno de los chicos gays tira de mí para levantarme y finge que estamos en una *rave*.

Se coloca detrás de mí y empuja contra mi culo. Le sigo el juego, aunque estoy espantada. Hago ruidos vulgares y sacudo la cabeza. Todos piensan que soy divertidísima, así que venzo mi vergüenza y le sigo la corriente. Aquí puedo elegir ser desinhibida y popular. Su aprobación es como una droga, y quiero más.

Sigo fingiendo que me están dando por el culo cuando al levantar la vista le veo… Se encuentra a pocos metros e impone con su altura y anchos hombros. Tiene el pelo oscuro, ondulado y rebelde, y, aunque su expresión es impasible, sus ojos revelan un desprecio patente. Profundo e implacable.

Mi risa falsa titubea.

Parece un ángel vengador con su mirada intensa y sus rasgos etéreos. Piel suave y ropa oscura.

Tiene una de esas caras que te hace detenerte cuando estás hojeando una revista. No es el prototipo de guapo; es más bien fascinante. Como la portada de un libro que te incita a abrirlo rápidamente y a enfrascarte en la historia.

Bajo su atenta mirada me pesa mi nueva fanfarronada fingida. De pronto me siento sucia y ordinaria y paro de reír.

El chico gay me aparta y se vuelve hacia otra. He perdido mi encanto vulgar de «meneaculo».

El chico alto también se da la vuelta y se sienta con la espalda pegada a la pared. Se saca del bolsillo un libro destrozado. Alcanzo a ver el título: *Rebeldes*. Uno de mis favoritos.

Me vuelvo hacia el bullicioso grupo, pero se ha alejado.

Estoy en un dilema entre intentar recuperar mi hueco o indagar sobre el chico del libro.

La ocasión de escoger se desvanece cuando la puerta que hay a unos pasos se abre y entra una mujer con paso resuelto. Es escultural, con el pelo oscuro corto y los labios rojo fuerte; nos examina con la intensidad de un rayo láser. Me recuerda a Betty Boop, siempre que Betty Boop fuera tan intimidante como para hacer que te mearas encima y tuviera un portanotas de charol.

—Bien, atención.

El gallinero se queda en silencio.

—Si os nombro, pasad dentro.

Se pone a bombardear nombres con claridad y determinación.

Cuando grita: «Holt, Ethan», el chico alto se despega de la pared. Me mira fugazmente al pasar y me dan ganas de seguirle. Me siento falsa e incómoda sin él.

Sigue nombrando. Calculo que cruzan la puerta más de sesenta personas, incluyendo a «Stevens, Zoe», que chilla y entra pavoneándose. Doy un respingo al oír: «¡Taylor, Cassandra!».

Mientras cojo mi mochila, la intimidatoria mujer dice:

—Este grupo ya está. El resto, esperad aquí. Os llamarán otros profesores.

Me sigue al cruzar el umbral y cierra la puerta tras de sí.

Estamos en una sala amplia y oscura. Un espacio polivalente del teatro.

En la pared del fondo hay una larga fila de asientos abatibles. Casi todo el grupo está sentado allí, charlando en voz baja.

El recuento final es de ochenta y ocho. Sesenta chicas y veintiocho chicos. Nadie parece estar tan nervioso como lo estoy yo.

Ocupo una de las sillas y me siento como una novata de pacotilla en un mar de chicos de ciudad con experiencia. Me empieza a temblar la pierna de nuevo.

La profesora se queda de pie frente a nosotros.

—Me llamo Erika Eden y soy la directora del departamento de interpretación. Esta mañana vamos a trabajar el carácter y la improvisación. Al final de cada escena os comunicaré quién se queda. Sé lo que busco y, si no lo tenéis, fuera. No pretendo ser un callo; es lo que hay. Ni que decir tiene que The Grove solo aceptará a los treinta mejores candidatos de arte dramático entre los dos mil que se presentarán a las audiciones en los próximos días, de modo que esmeraos. No me interesa ver ademanes teatrales manidos ni emociones falsas. Dadme autenticidad o marchaos a casa.

Mi temor al fracaso me murmura que debería irme, pero no puedo. Necesito esto.

Pasamos la siguiente media hora haciendo ejercicios de concentración. Todo el mundo intenta desesperadamente no parecer desesperado. Algunos lo consiguen mejor que otros.

Zoe se muestra enérgica y segura de sí misma como si tuviera la plaza en el bote. Es probable que así sea. «Holt, Ethan» es intenso. Increíblemente intenso. Interactúa con energía contenida, como si fuera una planta nuclear que se utiliza para iluminar una única bombilla.

Trato de mantener la autenticidad y naturalidad en todo momento y, en líneas generales, lo logro.

Después de cada escena eliminan a gente. Algunos se lo toman a bien y otros se vienen abajo y explotan. Es como una zona de guerra.

Los miembros del grupo se reducen con rapidez. Erika es expeditiva y eficiente, y cada vez que se acerca a mí pienso que ha llegado mi hora. De algún modo me las ingenio para sobrevivir.

Cuando hacemos un descanso para comer, todos nos quedamos callados. Hasta Zoe. Nos sentamos en círculo y nos vienen a la cabeza nuestros respectivos monólogos mientras intentamos no pensar que casi ninguno pasará a las pruebas de mañana. Unas cuantas veces siento que me arde la cara y al levantar la vista encuentro a «Holt, Ethan» observándome. Automáticamente mira a otro lado y frunce el ceño. Me pregunto por qué tiene ese aire malhumorado.

De vuelta a la sala, nos colocan en parejas. Me asignan a un chico llamado Jordan que tiene acné y cecea.

Entregan a cada pareja un guion, y el resto observa. Es como un deporte sangriento. Todos tenemos la esperanza de que los demás la pifien para tener más posibilidades.

Zoe y «Holt, Ethan» están emparejados. Se supone que son desconocidos en una estación de tren. Charlan y coquetean mientras Zoe sacude el pelo. No sé si tiene más ganas de impresionar a Erika o a Ethan.

Jordan y yo hacemos de hermanos. Yo no tengo hermanos, así que la idea me hace gracia. Bromeamos y reímos, y tengo que reconocer que lo hacemos de miedo. Erika nos felicita y el resto del grupo aplaude de mala gana.

Al final de la ronda eliminan a gente y se derraman lágrimas. Suspiro aliviada al caer en la cuenta de que solo quedamos unos treinta. Las posibilidades aumentan.

Cambiamos de compañero. A mí me toca «Holt, Ethan». Da la impresión de que no le hace gracia. Se sienta a mi lado; su mandíbula se aprieta y afloja. No creo que me haya fijado en la mandíbula de un chico en mi vida, pero la suya es impresionante.

Se vuelve y me pilla mirando; su expresión es una mezcla perfecta de cara de pocos amigos y «Voy a arrancarte la piel a tiras».

Uf. Menudo papelón vamos a hacer como pareja.

Erika camina enfrente del grupo.

—Para esta última hora de clase todos vais a realizar la misma tarea. Vuestro escenario es «la imagen especular».

Suena fácil.

—No será fácil.

Caramba.

—Este ejercicio es sobre la confianza, la franqueza, y se trata de conectar con la otra persona. Sin inhibiciones. Sin artificios. Solo energía pura y dura. Ninguno lleva las riendas ni va a la zaga. Tenéis que sentir la actitud del otro. ¿Entendido?

Todos asentimos, pero no tengo ni pajolera idea de sobre qué está hablando. Holt se restriega los ojos y refunfuña, así que me figuro que él tampoco.

—Entonces, adelante.

La primera pareja se coloca en su posición. Son Zoe y Jordan. Se toman unos minutos para prepararse y a continuación se ponen manos a la obra. Es obvio que Zoe lleva la voz cantante y Jordan va a la zaga. Hacen aspavientos y nada más. Llegados a un punto, Jordan suelta una risita. Erika anota algo en su portanotas. Me figuro que Jordan acaba de cagarla. Sonrío. Holt también.

Otro que muerde el polvo.

Los demás grupos van actuando por turnos, y Erika da vueltas a su alrededor como un buitre, escudriñando hasta el último movimiento. Está decidiendo dónde hacer el corte final para la segunda audición. La mayoría está de los nervios por la presión. No hay palabras para describir mi alegría.

Por fin llega nuestro turno y nos colocamos de pie frente al grupo. Holt mueve la pierna inquieto. Tiene las manos en los bolsillos y los hombros encorvados. No me inspira confianza precisamente. Tengo muchísimas ganas de hacer pis y/o vomitar. Como no puedo hacer ninguna de las dos cosas, basculo el peso del cuerpo de un pie a otro y suplico a mi vejiga que se resigne.

Erika nos examina durante unos instantes.

Noto que tanto Holt como yo estamos conteniendo la respiración.

—Venga, vosotros dos —dice—. Última oportunidad para impresionarme.

Holt me mira y veo mi desesperación reflejada en él. Quiere esto. Tal vez tanto como yo.

Erika se inclina hacia mí y dice en voz baja:

—Él se mueve, tú te mueves, Taylor. ¿Entiendes? Respira su aire. Encuentra una conexión. —Mira a Holt—. Tienes que abrirte a ella, Ethan. No lo pienses; simplemente, hazlo. Recordad: tres fallos y os quedáis fuera.

Él asiente y traga saliva.

—Tenéis tres minutos para prepararos.

Se va, y Holt y yo nos dirigimos al fondo de la sala. Está cerca de mí y huele bien. No es que deba fijarme en algo así, pero mi cerebro está buscando distracción para mis nervios, y su agradable olor lo es.

—Oye —dice inclinándose hacia mí—. Necesito esto, ¿vale? No la cagues.

Me enciendo de rabia.

—¿Perdón? Tú tienes las mismísimas posibilidades de cagarla que yo. ¿Qué ha querido decir Erika con lo de «tres fallos y os quedáis fuera»?

Se acerca más a mí, pero no me mira.

—Este es el tercer año que me presento. Si no lo consigo esta vez, se acabó. No me permitirán que vuelva a presentarme. Entonces mi padre dirá con todas las de la ley: «Te lo dije», y esperará que vaya a la Facultad de Medicina. He trabajado mucho para esto. Lo necesito, ¿vale?

Estoy confusa. Llevo observándole todo el día. ¿Es que esta gente está ciega?

—¿Y cómo no lo has conseguido antes? Eres buenísimo. —digo de una manera inquietantemente intensa.

Su gesto se relaja unos instantes.

—Me cuesta… encajar… con otros actores. Por lo visto Erika cree que es una cualidad que deben tener sus actores.

—No daba la impresión de que tuvieras ningún problema con Zoe.

Suelta una risita burlona.

—Ahí no había conexión. No sentía nada, como de costumbre. Erika se ha dado cuenta.

Miro hacia la mujer de pelo oscuro que nos está escrutando.

—¿Has hecho audiciones con ella antes?

Asiente.

—Todos los años. Quiere ofrecerme una plaza, pero no por la cara. Si no le demuestro que soy capaz de hacer este ejercicio en concreto, que me ha salido de pena en todas las audiciones anteriores, se acabó.

—¡Un minuto! —grita Erika.

El corazón me late a cien por hora.

—Oye, haz lo que sea para «conectar» conmigo, ¿vale? Porque si no consigo esto, tendré que regresar bajo el yugo paterno y, jopé, odiaría tener que volver a empotrarme. Sé que esto igual te sorprende, pero no eres el único que tiene algo que perder aquí.

Frunce el ceño.

—¿Cómo? ¿Has dicho «empotrarme»?

Siento que un sofocón me oprime la garganta. Se burla de mí por el simple hecho de que me niego a soltar un taco detrás de otro como todos y cada uno de los petardos que hay aquí.

—Cierra el pico.

Su sonrisita se acentúa.

—¿En serio? ¿Empotrarme?

—¡Basta! Estás desperdiciando el tiempo.

Deja de reír y suspira. Parece más relajado, pero supongo que es porque me ha transmitido toda su ansiedad.

—Oye, Taylor…

—Me llamo Cassie.

—Como sea. Relájate, ¿vale? Podemos hacer esto. Mírame a los ojos y… ¡Por Dios! No sé… Hazme sentir algo. No pierdas la concentración. Por eso la han cagado todos los demás hasta ahora. Simplemente céntrate en mí, y yo me centraré en ti. ¿Vale?

—Perfecto.

—Y no digas más «empotrarme», porque me parto de risa. Sabes que es un término porno, ¿no?

No, no sabía que era un término porno. ¿Tengo pinta de pervertida aficionada al porno?

Suelto el aire y trato de centrarme. Mi mente es un torbellino. Tengo que tranquilizarme.

—Eh —dice, tocándome el brazo. No me ayuda para nada a concentrarme—. Podemos con esto. Mírame.

Levanto la vista y le miro a los ojos. Qué pestañas…

Mientras me observa fijamente me da una sacudida en la mismísima boca del estómago.

Por lo visto a él también, porque se queda con la boca abierta e inspira bruscamente.

—Mierda. —Parpadea, pero no aparta la mirada.

La chispa que surge entre nosotros es demasiado intensa. Cierro los ojos y exhalo un suspiro.

—¿Taylor?

—Cassie.

—Cassie —musita en tono dulce y realmente desesperado—. Quédate conmigo. Por favor. No puedo hacer esto sin ti.

Trago saliva y asiento. Entonces Erika nos da una voz y nos dirigimos al centro de la sala.

Nos colocamos el uno frente al otro separados por escasos centímetros.

Como es mucho más alto que yo, me quedo mirando su pecho, observando su movimiento mientras intenta calmarse.

—¿Listos?

Me dan ganas de gritar: «¡No! Dios, por favor, ¡no estoy lista, jopé!», pero en vez de eso digo: «Sí, claro», como si esto no fuera cuestión de vida o muerte o, como mínimo, decisivo.

Respiro hondo antes de levantar la vista. Holt ya no parece tan desesperado, y me da la impresión de que le estoy viendo —viéndole de verdad— por primera vez. Siento su energía. Es como una ola de calor a su alrededor. Nos quedamos inmóviles unos instantes, respirando, y, mientras nos miramos fijamente a los ojos, el aire se solidifica entre nosotros y nos conecta como dos mitades de la misma persona.

Él levanta la mano y yo le sigo como si hubiese miles de minúsculos hilos entre nuestros brazos que tiraran de ellos para alinearlos. Sincronizo su velocidad con precisión, moviéndome al unísono, respirando al unísono.

Nos movemos de nuevo y nuestros cuerpos se alinean perfectamente. Es una sensación muy natural. Más natural de lo que me he sentido en mucho tiempo. Tal vez en toda mi vida.

Nos acercamos. Él se echa hacia delante, y yo hacia atrás. Me ladeo y él me sigue. Los hilos invisibles se tensan entre nosotros. Nuestros movimientos adquieren más rapidez, pero todos son perfectos y precisos. Una complicada coreografía que jamás hemos aprendido, pero que de algún modo nuestros músculos recuerdan.

Es emocionante.

Estamos en estado de gracia. Ese estado mágico que los actores a veces alcanzan cuando todo fluye y se abre. Corazón, mente, cuerpo. Lo he sentido antes, pero nunca con otra persona.

Es increíble.

En nuestras caras se dibuja una sonrisa. Me fijo en que Holt está muy mono cuando sonríe.

Tenemos los brazos por encima de la cabeza y, al bajarlos, juntamos las palmas. Tiene las manos grandes y cálidas. Siento un cosquilleo en la piel con su roce. Después le miro a los ojos; ambos estamos aguantando la respiración, y no sé por qué.

De pronto pone cara de pánico y se tensa. Parpadea y baja la mirada, y de repente es como si todo el optimismo se disipara en el aire. Nuestra energía se estampa contra el suelo y se consume.

Holt se aparta, suspira y acto seguido mira a Erika.

—¿Ya? Los demás no han durado tanto. Hemos acabado, ¿no?

Erika ladea ligeramente la cabeza y lo examina. Holt tiene una postura tensa y desafiante.

Bajo las manos. Ahora las tengo frías y me cruzo de brazos a la defensiva mientras mi corazón bombea a un ritmo rápido y constante.

—¿Hemos acabado o no? —pregunta Holt, y todo el buen rollo que he sentido con él se desvanece en la sombra de su brusquedad.

—Sí, Holt —responde Erika con calma al tiempo que dirige la mirada hacia mí—. Taylor y tú habéis superado el ejercicio. Bien hecho. Hay una química interesante entre vosotros, ¿no?

Él la atraviesa con la mirada.

Ella le brinda una cálida sonrisa.

—Podéis sentaros. Los demás, aplaudid.

El grupo entero rompe a aplaudir. Oigo murmullos de sorpresa por lo bien que lo hemos hecho.

La más sorprendida soy yo.

Holt vuelve hacia los asientos con aire indignado y se sienta. Zoe se deshace en elogios hacia él mientras le toca el bíceps. Sería más sutil si se abriera la camisa de un tirón y le suplicara que le metiera mano. Él la ignora y apoya los codos en las rodillas.

Hago un esfuerzo por apartar la mirada de él.

Guardo un recuerdo borroso del resto de la tarde. La criba continúa y se cambia de pareja a medida que se interpretan más guiones.

Al final de la jornada Erika nos despacha y salimos en fila para esperar a que cuelgue la lista de seleccionados.

Tenemos los nervios a flor de piel. Ninguno sabe si ha hecho lo suficiente para pasar a la siguiente prueba. Hasta Zoe tiene sus dudas. Se muerde el carrillo y camina de un lado a otro.

Yo me mordisqueo las cutículas y repito sin cesar la cantinela: «Ay, por favor, ay, por favor, ay, por favor» como si rogar al universo pudiera ayudarme lo más mínimo ahora.

Holt se sienta al final del pasillo con la espalda pegada a la pared y las piernas recogidas contra el pecho. Parece que está pasando un mal trago.

A pesar de su actitud de esta mañana, me compadezco de él. Todo el mundo está nervioso, pero da la impresión de que no se encuentra nada bien.

Camino hacia él. Tiene la cabeza apoyada en la pared, los ojos cerrados. Al tocarle el hombro, da un respingo como si le hubiera dado una descarga con una pistola eléctrica.

—¿Qué coño...? —Me mira con gesto amenazante, pero le cuesta parecer intimidatorio cuando está tan verde que podría encontrar trabajo con los Teleñecos.

—¿Estás bien?

Deja caer la cabeza sobre las rodillas y da un suspiro.

—Muy bien. Vete.

Ni siquiera sé por qué me tomo la molestia.

—Eres un gilipollas, ¿lo sabías?

—Soy consciente de ello.

—Es solo para asegurarme.

Cuando me dispongo a marcharme estira el brazo para retenerme.

—Taylor, oye... Yo...

—Me llamo *Cassie*.

—Cassie...

El modo en el que dice mi nombre es... En fin, me provoca sensaciones extrañas. Igual es mejor que me siga llamando Taylor.

Me hace un gesto para que me siente, y lo hago.

—El caso es que... no vamos a ser amigos, así que supongo que no vale la pena que desperdiciemos energía mutuamente, ¿no?

Parpadeo unas cuantas veces.

—Hummm... Vale.

—¿Eso es todo? ¿Vale? —Parece decepcionado, pero no sé por qué.

—Bueno, la verdad es que hasta ahora nunca me habían dado la charla de «No vamos a ser amigos», de modo que no estoy segura del protocolo. ¿Te agradezco que hayas hecho hincapié en lo evidente o...?

Se pasa las manos por la cara y gruñe.

—¿Qué? —pregunto—. No sé qué esperas que te diga. No tenía intención de ser tu amiga.

—Me alegro —dice sin dejar de manosearse la cara.

Inspiro y procuro no perder los estribos.

—¿A ti qué te pasa? Hoy prácticamente te he salvado el culo ahí dentro, ¿y me tratas como una mierda?

—Sí —contesta con los hombros tensos y erguidos—. Porque eres muy...

—¿Qué? —pregunto—. ¿Pesada? ¿Irritante?

—Bipolar.

Eso me deja pasmada.

—Ah. Yo... ¿eh?

Suspira y niega con la cabeza.

—Antes me he fijado en cómo te ganabas al personal. Dándoles a esos vacilones lo que deseaban, lo cual es absurdo porque la mayoría son unos pelotas más falsos que Judas. Pero conmigo eres tan impaciente que crispas y tan sincera que me tocas los cojones. ¿Qué, no te caigo tan bien como para fingir?

No me había dado cuenta, pero tiene razón. Jamás, y digo *jamás*, le he hablado a nadie de la manera en que le he hablado a él. Dar muestras de enfado o impaciencia no es propio de mí. Me llevo bien con la gente. Lo llevo haciendo toda mi vida. Si no le gusto a alguien, hago que cambie de idea.

Pero con él todo es diferente.

—Bueno, ¿y tú qué? —digo—. ¿A ti qué te pasa?

Se encoge de hombros.

—Soy fácil de entender. Soy un gilipollas.

—Eso ya lo sé.

—No, no lo sabes.

—Ya lo creo. Te has pasado la tarde tratándome como si fuera a contagiarte la lepra. De modo que sé lo que eres.

Asiente.

—Me alegro. Entonces harás bien manteniéndote alejada de mí.

—Estoy segura de que no tendré más remedio porque, cuando Erika cuelgue la lista de seleccionados, no volveremos a vernos nunca. Problema resuelto.

—¿Qué te hace pensar eso?

—Porque seguramente te volverán a llamar y a mí no, así que… listo.

Baja la vista y se pone a juguetear con los cordones de sus zapatos.

—No estés tan segura. Hoy lo has hecho bien. Más que bien.

Tardo un momento en caer en la cuenta de que me acaba de hacer un cumplido.

—Bueno…, vaya, gracias. Tú también has estado bien.

Levanta la vista con una media sonrisa.

—¿Sí?

Pongo los ojos en blanco.

—Bah, venga ya. Sabes que has estado increíble.

—Pues sí —dice, asintiendo.

—Qué modesto.

—Y guapo. Tengo que cagarla de verdad para no ser yo.

Meneo la cabeza.

—Entonces, si llevas tres años intentando entrar aquí, ¿qué has estado haciendo entre audición y audición?

Mira al pasillo.

—Sobre todo, montar decorados para una empresa de Hoboken. Construyen escenografías para espectáculos de Broadway. Imaginaba que, si no lograba salir a escena, trabajaría entre bastidores.

—¿Por eso tienes las manos ásperas? —Frunce el ceño—. Durante el ejercicio de la imagen especular —explico—, cuando nos tocamos, tenías las manos encallecidas.

Se mira las manos.

—Prefiero pensar que están curtidas. Llevar a cuestas toneladas de piezas de decorados no es un trabajo delicado. Menudo ejercicio hago.

—Entonces, ¿por eso tienes todo —señalo sus hombros y brazos— eso?

Sonríe y menea la cabeza.

—Sí. Por eso tengo todo esto. Y dinero suficiente para pagar como mínimo dos cursos si consigo entrar aquí.

—Cuando entres aquí —rectifico.

Se queda mirándome unos instantes como si le resultara incomprensible que alguien tenga fe en él.

—Si tú lo dices, Taylor…

No insisto en pedirle que me llame por mi nombre. Seguramente será mejor que utilicemos los apellidos teniendo en cuenta que no vamos a ser amigos ni nada.

Salvo por la circunstancia de que al parecer ya lo somos.

Nos quedamos un rato sentados en silencio. Luego se abre la puerta y todo el mundo se levanta de un brinco cuando Erika aparece con una hoja.

Todos nos quedamos callados y la expectación se palpa en el ambiente.

—A quienes estéis en esta lista, enhorabuena. Volveréis mañana para la segunda ronda de audiciones. Los que no, me temo que no habéis sido seleccionados. Podéis volver a presentaros el año que viene. Gracias por vuestro tiempo.

Pega el papel en la puerta y acto seguido se mete dentro.

Una desbandada de cuerpos se abalanza a ver la lista. Me abro paso a empujones, con el corazón desbocado, preparada para llevarme un chasco.

Cuando por fin lo consigo, contengo la respiración.

Solo hay tres nombres.

Ethan Holt.

Zoe Stevens.

Y... *Cassandra Taylor.*

El resto del grupo queda eliminado.

Estoy en shock.

Lo conseguí.

¡Toma ya!

Holt lee por encima de mi hombro, suspira aliviado y comenta:

—Joder, menos mal.

Al darme la vuelta deja caer la cabeza y suelta el aire. Parece un preso del corredor de la muerte a quien le han concedido el indulto.

—Ay, qué detalle que te alegres tanto por mí —comento—. ¿En serio tenías alguna duda?

—¿Sobre ti? Ninguna en absoluto. Enhorabuena.

—Enhorabuena a ti también. Supongo que el mundo de la medicina está a salvo de tu deslumbrante trato a los pacientes, al menos durante otro día.

—Supongo que sí. —Cuando me mira, siento un hormigueo y una sacudida en la boca del estómago.

Tengo ganas de decir algo más, pero me siento rara y obnubilada, así que me quedo ahí plantada.

Él tampoco habla. Se limita a mirarme fijamente. Su cara resulta fascinante por lo guapo a rabiar que es.

—Bueno —digo tras un largo e incómodo silencio—, supongo que nos veremos mañana.

Asiente.

—Sí. Claro. Hasta luego, Taylor.

Agarra su mochila y se aleja, pero sé que nos veremos por la mañana. Estoy deseándolo y al mismo tiempo temiéndolo.

Nunca había tenido este tipo de reacción con un chico.

Seguro que no augura nada bueno.

3

VUELTA A LAS ANDADAS

Hoy
Nueva York
Diario de Cassandra Taylor

Querido diario:

La última ronda de audiciones para The Grove fue agotadora.

Las entrevistas fueron lo peor. Un tribunal de profesores se sentó junto a una larga mesa y nos acribilló a preguntas sobre nuestras vidas, familias, gustos y manías.

El tribunal esperaba que simplemente fuera yo misma. Resultó duro.

Al final, Erika se dirigió a mí y me dijo: «Cassandra, eres una chica lista. Podrías elegir la carrera que quisieras. ¿Por qué quieres ser actriz?».

Sé que debería haber dicho algo sobre mi pasión por el teatro o sobre la importancia de una cultura viva que evoluciona en un mundo de ideales efímeros y *realities* televisivos. Pero, mientras me observaba, no se me ocurrió nada lo bastante ingenioso como para engañarla, así que respondí sin pensar: «Quiero actuar porque en realidad no sé quién soy. Me alivia fingir que soy otra persona».

Me sostuvo la mirada unos instantes y a continuación asintió y apuntó algo en sus notas. Probablemente «adolescente loca con disfunción emocional y problemas de autoestima. No hacer movimientos bruscos».

Salí sintiéndome como si hubiera dejado añicos de mí misma esparcidos por el suelo.

No obstante, algo debí de hacer bien porque al cabo de dos meses recibí mi carta de admisión.

El día que llegó me puse a gritar tan fuerte que asusté al perro del vecino.

Sabía que a mis padres no les entusiasmaba la idea de que me mudara al otro lado del país, pero ellos también sabían que actuar era mi pasión, y ser aceptada en The Grove no era moco de pavo. También ayudó que me concedieran una beca que cubría la mitad de la matrícula y el alojamiento en el campus. Teniendo en cuenta que no éramos los Vanderbilt, fue una gran baza.

En el fondo albergaba la leve esperanza de que Holt hubiera sido admitido.

Me decía que, de ser así, al menos conocería a alguien. Alguien extrañamente inquietante e irritante.

Seis años antes
Westchester, estado de Nueva York
The Grove
Primera semana de clases

Recorro el apartamento con una sonrisa de oreja a oreja.

Hay dos dormitorios separados por un baño diminuto, una zona que hace las veces de comedor y sala de estar, y una cocinita. Los muebles están estropeados y pasados de moda, la moqueta es

45

horrenda y tiene unas manchas en las que no quiero ni pensar, y creo que el vecino de arriba baila desnudo a la luz de la luna mientras sacrifica animalillos porque, fuera de broma, el tío es raro de narices. Pero, a pesar de todo, el sitio es perfecto, bonito y mío.

Bueno, lo comparto con una estudiante técnica de teatro llamada Ruby, pero aun así…

Puedo hacer lo que me plazca. Comer lo que me apetezca, acostarme cuando me apetezca. Sin padres controlando todos mis movimientos.

Casi me mareo ante la perspectiva.

—Me debes treinta pavos por la compra —dice Ruby examinando el tique—. Ah, espera, que sean treinta y cuatro. Los tampones son tuyos.

Resulta extraño irse a vivir con un desconocido, pero Ruby y yo nos llevamos estupendamente teniendo en cuenta que somos polos opuestos. Yo tengo el pelo castaño claro; ella, pelirrojo intenso. Yo soy de la media; ella, espectacular. Yo soy una complaciente; ella, de una honestidad brutal.

Se deja caer en nuestro feo sofá de escay marrón y enciende un cigarrillo. Me tiende el paquete y cojo uno.

Ah, sí, ahora soy fumadora.

Bueno, la verdad es que no, pero cuando Ruby dijo que fumaba le seguí la corriente. Era un pretexto para congeniar. Además, como sabía que la mayoría de la gente de las audiciones fumaba, parecía lo más apropiado. Encima, a mi madre le parecería fatal.

Todas buenas razones para adquirir el hábito.

Me lo enciende, inhalo suavemente y me pongo a toser. Ruby sacude la cabeza.

Soy una pésima aspirante a fumadora.

—Oye —dice al tiempo que suelta una bocanada de humo—, me temo que te toca cocinar.

—Eh, pensaba que lo que preparé la otra noche estaba bueno teniendo en cuenta que era la primera vez que cocinaba.

—Mujer —dice con un suspiro—, hiciste una plasta de macarrones con queso. En serio, si te sale mal esa porquería, no sobreviviremos a la etapa de la universidad.

—Pues menos mal que estás aquí para enseñarme. —Me la llevo a rastras del sofá a la cocina y saco filetes y verdura de la nevera.

El caso es que Ruby tampoco es que sea un chef de alta cocina, de modo que acabamos con filetes duros como una piedra, puré de patatas con grumos y judías verdes tan mustias que podría tejerme una bufanda con ellas.

—Voy a escribir al canal de cocina para quejarme —comenta Ruby mientras juguetea con la comida—. Esas zorras hacen que cocinar parezca fácil. Voy a demandarlas por publicidad engañosa.

Esa noche hacemos un pacto para comprar exclusivamente comidas preparadas. Es la manera más segura de evitar morirse de hambre.

Al día siguiente comienzan las clases y Ruby yo recorremos la escasa distancia que separa nuestro apartamento del campus principal.

En los tres días que han trascurrido desde nuestra llegada hemos pasado tiempo explorando nuestra nueva escuela. El campus no es muy grande, pero está bien diseñado y los edificios combinan con gusto los estilos tradicional y contemporáneo.

En medio de todo se encuentra el Hub, un gran edificio de cuatro plantas que alberga la biblioteca, la cafetería, el comedor universitario y varias aulas magnas.

Alrededor del Hub, dispuestos como pétalos de una flor, se encuentran los edificios de artes escénicas, uno para cada género: danza, teatro, música y artes visuales.

Esta mañana Ruby y yo nos dirigimos al Hub para escuchar el discurso de bienvenida del decano.

Entramos en la enorme aula magna, donde hay unos doscientos novatos pululando. Todos se están presentando y tanteando el terreno.

Odio esto.

Tantas caras nuevas. Cumplir con nuevas expectativas.

Me sobrepasa.

Logro distinguir a varias camarillas por la manera en que visten. Los bailarines son todo licra y capas, los músicos despiden un ligero aire friki desfasado y da la impresión de que los artistas visuales estaban robando en una tienda benéfica cuando explotó una bomba de pintura.

Los más repelentes y escandalosos son los estudiantes de arte dramático.

Siento una opresión en el pecho al preguntarme si aquí encajaré un poco mejor que en el instituto.

No es que no tuviera amigos en el instituto. Sí que los tenía. Pero siempre me cuidaba de ser la Cassie que esperaban que fuera: feliz, afable, complaciente; lista, pero no intimidatoria. Guapa, pero no deseada. La que hacía de intermediaria cuando a alguien le gustaba un chico, pero nunca la que le gustaba.

Respiro hondo y suelto el aire despacio. Esta es una escuela nueva, gente nueva, reglas nuevas. A lo mejor alguien alcanzará a ver más allá de mis muchas caras falsas.

—Venga —dice Ruby—, vamos a pillar asiento para no tener que hablar con ninguno de estos cabrones.

En este momento la adoro.

Nos dirigimos al centro del auditorio y nos sentamos. Al cabo de unos minutos veo una cara familiar que viene a nuestro encuentro.

—Eh, Cassie.

—¡Connor! Hola.

Conocí a Connor en las audiciones. Nos emparejaron para un ejercicio de interpretación y, aunque entre nosotros no fluía la misma energía arrebatadora que había compartido con Holt, había bastante química. Él también es muy mono y, que yo sepa, hetero, lo cual es una rareza entre los chicos de teatro.

Señala el asiento contiguo al mío.

—¿Puedo?

—Claro. —Le presento a Ruby, que ya parece aburrida.

Connor se acomoda en el asiento junto a mí y le dedico una sonrisa. Pelo rubio cobrizo, ojos castaños, una expresión franca que nunca he visto con el gesto torcido. Guapo sin lugar a dudas.

—Me alegro mucho de que te cogieran —dice—. Al menos conozco a alguien en clase.

—Sí, todavía no he visto a ningún conocido.

—Yo he visto un par de caras familiares. —Mira a su alrededor—. Pero se me dan mal los nombres. He visto a aquella chica rubia que hablaba tanto…

—¿Zoe?

—Sí. Y al tío alto con el pelo a la última.

—¿Holt?

—Sí. Está allí.

Señala hacia el fondo del auditorio, donde veo a Holt con porte desgarbado repantigado en un asiento. Tiene los pies apoyados en el asiento de delante y la cabeza inclinada hacia el mismo libro que leía en las audiciones. Debe de apasionarle *Rebeldes*.

Al mirarle siento un extraño cosquilleo en el estómago. Me alegro de que lo consiguiera. Entrar aquí significaba mucho para él y, salvo por sus evidentes trastornos de personalidad, realmente tiene talento.

—Parece un solitario —comenta Connor. No se me ha pasado por alto que tiene el brazo extendido en el respaldo de mi asiento—. Pero vaya, sabe actuar. Le vi interpretando a Mercucio el año pasado en el Festival de Tribeca. Fue una pasada.

—No me cabe duda. —Compongo una imagen nítida de Holt como un Mercucio de hoy día. Todo cuero, tela vaquera y ojos oscuros de mirada fulminante.

Mientras le observo fijamente, alza la vista y me pilla. Levanta la comisura de su boca y aparta una de sus manos del libro como si fuese a sonreír y saludar. Entonces ve a Connor y en cuestión de segundos vuelve a centrar la atención en su libro haciéndose el sueco.

Connor enarca las cejas.

—Uf, ¿qué mosca le ha picado? Da la impresión de que quería matarme.

—No le hagas caso —digo con un suspiro—. Es así con todo el mundo.

Poco después, el decano sube al estrado y nos da la bienvenida. Pronuncia un discurso sobre lo orgullosos que debemos estar por haber conseguido entrar en la escuela de artes escénicas más prestigiosa del país y, aunque seguramente esté dando el mismo discurso de todos los años, sus palabras me hacen hincharme como un pavo. Por primera vez en mi vida siento que he conseguido algo por mí y no por mis padres. Es una sensación agradable.

Cuando el decano termina, el aula magna se vacía enseguida y todos salimos disparados hacia nuestro primer día de clase.

Ruby nos dice adiós con la mano a Connor y a mí y se dirige a su clase de dirección de escena. Cuando se marcha, Connor me rodea por los hombros para conducirme a nuestra primera clase de interpretación. Aunque por un lado me resulta extraño que se encuentre tan cómodo invadiendo mi espacio personal cuando apenas nos conocemos, por otro me agrada. No estoy acostumbrada a que los chicos me rodeen por los hombros con sus bonitos brazos musculados, pero seguro que podría acostumbrarme.

Entramos en una gran sala vacía con paredes de ladrillo visto y moqueta gastada. Siguiendo el ejemplo de los allí presentes, soltamos los petates en el perímetro de la sala y nos sentamos en el suelo.

Echo un vistazo al resto de la clase. Tanta gente nueva por conocer y a la que agradar… Mi patética necesidad de caerles bien aflora a la superficie y un sudor enfermizo me cubre la frente.

—¿Estás bien? —pregunta Connor con la mano en mi espalda.

—Sí. Un pelín nerviosa.

—Espera —dice al tiempo que se coloca detrás de mí—. Te voy a ayudar a relajarte.

Cuando empieza a masajear los tensos músculos de mis hombros me dan ganas de gemir.

A pesar de sus hábiles manos, le tengo calado. Quiere mostrarme su cariño, su apoyo. Por mí, estupendo. Yo deseo que me apoyen. Lleva todas las de ganar.

El resto de la clase charla y se ríe; solo veo unas cuantas caras conocidas. A pocos pasos se encuentran Zoe y la rubia cobriza que vi el primer día de las audiciones. Creo que se llama Phoebe. Como es de esperar, charlan a voz en grito y dicen: «Ohdiosmío» sin parar. En el rincón están Troy y Mariska, unos hermanos de pocas palabras con pinta de frikis.

Hay una chica con el pelo oscuro de punta llamada Miranda que —estoy bastante segura— trató de ligar conmigo en las audiciones, y un chico de tez morena con cazadora de cuero llamado Lucas. Está sentado al lado de un chistoso de pelo rizado llamado Jack con el que todo el mundo se tronchaba de risa en las audiciones. Lucas se ríe a carcajadas con su imitación de *beatboxing* con voces de personajes de Disney.

Mientras escudriño la sala, Holt hace su entrada. Al ver a Connor dándome un masaje en la espalda pone los ojos en blanco y se sienta lo más lejos posible de mí.

Como quieras.

Holt me rompe los esquemas. Por lo general sé lo que la gente espera de mí a los minutos de conocerla.

¿Quieres que me ría con tus chistes? Vale.

¡Oh, por favor, cuéntame tus anhelos y sueños! ¡Me encantaría!

¿Un hombro sobre el que llorar? No hay problema.

Pero con Holt... es como si deseara que yo no existiera. Eso es algo que no sé hacer.

Debería sentirme dolida por su actitud, pero no lo estoy. Lo único que consigue es convertirse en un gigantesco enigma fragante y taciturno que estoy decidida a resolver.

Poco después, Erika entra arrasando en la sala y todo el mundo se calla.

—Bien. Esto es interpretación profesional, también conocida como clase de «como no dejéis las chorradas fuera os doy una patada en el culo». Aquí dentro me da igual si estáis cansados, asustados, resacosos o colocados. Espero el cien por cien de vuestro esfuerzo el cien por cien del tiempo. Si no sois capaces de eso, entonces no aparezcáis. No quiero tener nada que ver con vosotros.

Algunos miran nerviosos a su alrededor, yo incluida.

—Todos estáis aquí porque vimos algo en vosotros que merecía la pena potenciar, pero no con mimos ni zalamerías. Si pensáis que porque sois capaces de recitar unas cuantas frases con un mínimo de emoción esta clase va a resultar fácil, pensadlo dos veces. Aquí encontraréis precisamente dónde radican vuestras flaquezas. Os voy a despellejar para luego reconstruiros, capa a capa. Si suena doloroso es porque lo será. Pero al final conoceréis a cada uno de los presentes en esta sala mejor que a vuestras propias familias. Y, sobre todo, os conoceréis a fondo vosotros mismos.

Me mira al decir esto y de pronto siento el impulso irracional de salir corriendo de la sala para no volver jamás.

—Bien. Todo el mundo en pie. Ha llegado el momento de conocerse.

Nos coloca en dos filas.

—Las reglas son sencillas. La fila que está junto a las ventanas hace una pregunta al compañero, y este debe responder con sinceridad. Después cambiáis de orden. Continuaréis con esta pauta hasta que se acabe el tiempo y paséis al siguiente. El reto consiste en averiguar lo máximo posible sobre esa persona durante el tiempo dado, y no me refiero a nombre, edad y color favorito. Al final de este ejercicio deberíais ser capaces de decirme un detalle personal interesante de cada persona que hay en la sala. El tiempo empieza ya.

Me vuelvo hacia la persona que tengo enfrente. Es Mariska. Tiene el pelo negro azabache y totalmente lacio y le cae hacia la cara. Sus ojos son igual de oscuros. Me observa expectante.

Ah, vale. Se supone que tengo que hacer una pregunta. Me cuesta pensar en algo. Es un poco desalentadora.

—Hummm… ¿Qué te gusta hacer?

—Cortarme. ¿Y a ti?

Parpadeo durante cinco segundos enteros mientras lo proceso.

—Hummm… Leer. ¿Por qué te cortas?

—Disfruto con el dolor. ¿Por qué lees tú?

—Yo…, bueno, disfruto con las palabras.

Durante los dos minutos y medio siguientes hablamos de libros y películas, pero sigo flipada ante el panorama de «Me corto por gusto». Cuando se acaba el tiempo, agradezco pasar al siguiente compañero.

El ciclo continúa y me entero de un montón de cosas interesantes de mis nuevos compañeros. Miranda supo que era lesbiana a los ocho años y opina que tengo los pechos preciosos. Lucas fue detenido por robo a mano armada a los dieciséis porque era adicto al *crack*, pero ya dejó las drogas duras y ahora solo fuma maría. Aiyah, una chica alta de piel de ébano, emigró a Estados Unidos con su familia cuando tenía doce años a raíz de que sus abuelos y dos tíos fueran asesinados en una matanza en su aldea en Argelia. Zoe conoció a Robert de Niro en un *delicatessen* hace dos años y está totalmente convencida de que intentó ligar con ella. Y Connor tiene dos hermanos mayores en el ejército que piensan que es marica por querer ser actor. Lo machacan en todas las reuniones familiares.

Me siento como una idiota. Sosa e inepta como un cero a la izquierda.

Hasta hoy, nunca había conocido a una lesbiana. Ni a un drogadicto. Ni a nadie que hubiera perdido a la mitad de su familia. Estaba demasiado ocupada en sentirme segura y a gusto en mi pequeña ciudad natal, pensando que tenía las cosas difíciles porque mis padres esperaban mucho de mí.

Dios, soy patética.

Para cuando me coloco frente a Holt, mi creciente complejo de inferioridad me martillea la cabeza. Levanto la vista. Tiene el ceño fruncido. A lo mejor también le duele la cabeza.

—¿Te duele la cabeza? —pregunto con desgana.

—No. ¿A ti?

—Sí. ¿Por qué me da la impresión de tener un don de palabra nulo contigo?

—No tengo ni idea, pero, si quieres arreglarlo, tú misma. ¿Estás acojonada porque, comparado con la mayoría de esta gente, te sientes como una llorona consentida?

—Mmm… Sí. Así es exactamente como me siento, y gracias por describirlo de manera tan elocuente. ¿Tan obvio es?

Me dedica un esbozo de sonrisa.

—No. Pero así es como yo me siento. Simplemente albergaba la esperanza de no ser el único.

Por un momento nos une nuestra peculiar normalidad. Nuestra singular falta de singularidad.

—Entonces, ¿ningún secreto oscuro e inconfesable que desees compartir conmigo? —pregunta.

—No. Aparte de robar sin querer un sacapuntas de Winnie the Pooh a los cinco años, soy de lo más corriente en todos los sentidos. ¿No te has dado cuenta?

—No. —Ya están otra vez sus ojos con esa maldita intensidad—. Sí que me he dado cuenta de algo singular en ti.

Enarco una ceja.

—Ah, ¿sí? ¿Y de qué se trata?

Me coge de la mano y a continuación pega su palma a la mía y alinea nuestros dedos.

Salta la misma chispa que compartimos en las audiciones y por un momento pienso que va a decir algo sobre nuestra increíble química.

En vez de eso, comenta:

—Menudas manazas de hombre que tienes.

¿Cómo?

—¡Yo no tengo manos de hombre!

—Ya lo creo. Me fijé en ellas cuando hicimos el ejercicio de la imagen especular. Mira.

Examino nuestras manos pegadas la una a la otra. Sus dedos solo son ligeramente más largos que los míos, y eso es decir mucho, pues si se hurgara la nariz con esos pirulís podría provocarse una lobotomía.

—A lo mejor tus manos son de chica —replico.

—Taylor, mido uno noventa y cinco y calzo el cuarenta y seis, y tu mano es casi tan grande como la mía. No me digas que no te extraña.

Aparto la mano rápidamente y le fulmino con la mirada.

—Vaya, gracias por señalarlo. A partir de ahora voy a estar superacomplejada por mis manos mutantes.

—No tienes por qué. Igual hay tíos que lo encuentran sexy. Sobre todo los gays, claro, porque son manos como de carni…

—¡Cierra el pico!

—Vale. No volveré a mencionarlo. E intentaré no quedarme mirando. Pero no te prometo nada. Son como satélites gigantes que llaman la atención.

Se cree gracioso. Pues no tiene ni pizca de gracia.

—¿Por qué te caigo tan mal? —pregunto.

Me mira durante unos instantes y parpadea con sus preciosos ojazos.

—No me caes mal, Taylor. ¿Qué te hace pensar eso?

—Ah, no sé. Quizá porque, cuando no te da por cabrearme, me ignoras o pones mala cara. Y en las audiciones me dijiste que no íbamos a ser amigos. ¿Eso a qué vino?

Suspira y se frota los ojos.

—Porque no lo somos. ¿Es que quieres que lo seamos?

—Pues no especialmente, lo cual es muy raro porque por lo general trato por todos los medios de ser amiga de todo el mundo.

—Me he dado cuenta.

—¿Qué quieres decir con eso?

Hace un ademán para quitarle importancia, lo cual —concluyo— debería darme carta blanca para pegarle un puñetazo en el estómago.

—Nada. Olvídalo. ¿A quién le toca preguntar?

—No, no pienso olvidarlo. ¿Qué quieres decir con eso?

—Creo que me toca a mí —dice, haciendo caso omiso—. Bueno, ¿sales con el tal Connor?

La pregunta me coge por sorpresa.

—¿Qué?

—¿Es que he tartamudeado? ¿Sales con él o no?

—¿Que si salgo con él como…?

—Por Dios, Taylor…, como salir con él. Verle desnudo. Tirártelo.

—¡¿Qué?! —Me indigno tanto que me falta el aliento.

—El objetivo del ejercicio es responder a la pregunta —explica con calma—. Sinceridad, por favor.

—¡No es asunto tuyo!

Se agacha y baja la voz para susurrar:

—¿Voy a tener que llamar a Erika para decirle que no estás haciendo el ejercicio que nos ha mandado? Quiere que compartamos cosas, ¿recuerdas?

El pensar que Erika tenga una mala opinión sobre mí me da ganas de vomitar. Encima de él.

—Eres tonto del culo.

—Y tú te estás yendo por las ramas. Responde a la pregunta.

—¿A ti qué te importa si —quiero impactarle diciendo la palabra con «J», pero soy incapaz de soltarla por mi boca— salgo con él?

—No me importa. Es pura curiosidad. Hace un rato parecíais tener muy buen rollo. De hecho, daba la impresión de que iba a meterte mano delante de toda la clase.

—Dios, eres repugnante.

—Responde a la pregunta y punto.

—¡No!

—¿Que no sales con él o que no piensas responder a la pregunta?

—Las dos cosas.

—Pues eso es imposible. Si es «no» a la primera, automáticamente estás diciendo «sí» a la segunda.

—Basta. Cállate. —Tengo la cara al rojo vivo.

—Entonces, ¿tu respuesta a mi primera pregunta es o no es «no»?

—No, mi respuesta no es «no».

—¿No?

—¡No! —Maldita sea, ahora no tengo claro a qué pregunta exactamente he respondido «no».

A estas alturas siento un bochorno que se extiende hacia mi garganta. Casi me hace gracia que se plantee que yo pueda estar «saliendo» con alguien, y encima con alguien tan encantador y guapo como Connor.

Besé a unos cuantos chicos en varias fiestas del instituto, pero, en lo tocante a mi experiencia, de ahí no pasó la cosa. Sus bocas babosas y lenguas ávidas nunca despertaron en mí el impulso de ir más lejos. Si el sexo fuera béisbol, yo seguiría en el banquillo. El único movimiento que vieron mis bases fue por gentileza de mis manos curiosas y ni con esas conseguí jamás un *home run*.

Pero, por supuesto, Holt eso no lo sabe.

Abro la boca para decirle que me estoy tirando a Connor como un potro salvaje en un rodeo, pero me frena la expresión de sus ojos. Entre sus comentarios incisivos y sus miradas imperturbables percibo cierta fragilidad en él, y soy incapaz de hacerlo.

Bajo la vista y suspiro.

—No, no estoy saliendo con él.

Su gesto ceñudo se atenúa.

—Me alegro. Mantente alejada de él. No me gusta cómo te mira.

Automáticamente me viene a la mente la imagen de mi padre diciendo justo lo mismo sobre cada chico que se molestaba en mirarme de reojo y, de repente, mi recién descubierta libertad ya no parece tal.

—Igual me gusta cómo me mira —replico, y adelanto la barbilla—. Y si en algún momento decido salir con él, ni de coña necesitaré tu permiso. No eres mi hermano mayor, ni mi padre, y ya has dejado bien claro que no eres mi amigo, así que perdona si no te presento mi lista de candidatos para tu aprobación. Connor es un tío majo. Haría bien en salir con él.

La rabia asoma fugazmente a su semblante, pero recompone el gesto enseguida.

—Estupendo. Por mí como si sales con toda la escuela.

—Tal vez lo haga.

Sin darle tiempo a replicar, Erika nos dice a voz en grito que pasemos al siguiente compañero, y Holt se esfuma.

Me quedo con ganas de despacharme del todo, pero Phoebe se pone enfrente de mí y de lo único que desea hablar es de Holt: de lo guapo que es, de lo alto que es, de lo intenso que es, de las ganas que tiene de «salir» con él.

Me cae fatal de inmediato.

Después de clase, todo el mundo se queda de pie charlando y, a pesar de que Holt se halla al otro lado de la sala, siento que me observa.

No creo que jamás haya llegado a entender realmente el significado de la palabra «antagonismo» hasta que le conocí, pero vaya si lo entiendo ahora. Hasta este momento nadie me había sacado tanto de mis casillas. Aunque, si he de ser sincera, la chispa no me desagrada tanto.

Echo un vistazo para cerciorarme de que está mirando antes de agarrar a Connor del brazo y suplantar de la mejor manera posible la identidad de Zoe pidiéndole coqueta que me acompañe a la siguiente clase.

Holt no me dirige la palabra el resto de la semana.

4

PRIMER PASO

Hoy
Nueva York
Diario de Cassandra Taylor

Querido diario:

Cuanto más tiempo paso con él, más invade mis sueños. Me resisto a recordar, pero él se cuela.

Está aquí, debajo de mis manos. Sus labios, sobre mi piel. Es perfecto y cálido, y me digo a mí misma que esta vez no escapará.

Le aprieto contra mí, ahuyentando el miedo, deseando con todas mis fuerzas que se funda en mí. Que se quede. Y, aunque él ya ha escrito un final trágico, quiero que cambie de opinión.

Entonces le tengo dentro de mí, y es perfecto.

Le doy la parte de mí misma que no concibo darle a nadie más. Me dice que es valiosísimo. Que no se lo merece.

Después, me abraza como si no deseara soltarme jamás.

Creo que seguirá así. Que eso no cambiará las cosas.

Pero cómo no va a cambiarlas.

Vuelve a encerrarse en sí mismo, tan camuflado por capas que ya ni siquiera le distingo, solo la pena que deja tras de sí.

Le culpo, pero es culpa mía. Qué estúpida, romántica e ingenua soy.

Yo veía lo que deseaba ver. Sentía lo que deseaba sentir. Él se limitaba a interpretar su papel.

A veces le imagino lloroso y desvalido delante de mis ojos y es la cosa más bonita que he visto en mi vida.

Pero era cuento.

Él es actor.

Y es muy, muy bueno.

Seis años antes
Westchester, estado de Nueva York
The Grove
Segunda semana de clase

Salgo de mi clase de historia del teatro con el cerebro saturado de información sobre los anfiteatros romanos cuando me doy de bruces contra el pecho de alguien alto e inmóvil.

Mis apuntes salen volando, claro.

—¡Jopé!

Ese alguien alto se ríe entre dientes y me indigno.

Alzo la vista y me encuentro a Holt con gesto altanero. Mi expresión debe de anunciar a gritos violencia inminente porque la sonrisa desaparece de su cara con más rapidez que las bragas de Zoe Stevens un sábado por la noche.

Cuando me agacho para recoger mis apuntes, hace lo mismo. Me entran ganas de darle un palmetazo en las manos porque, desde el ejercicio de acercamiento personal de nuestro primer día, no me ha dirigido la palabra. No lo llevo bien.

—Quita —digo mientras recoge mis apuntes.

Me los tiende y los cojo de un tirón sin levantar la vista.

Reprimo el impulso de decir «gracias» porque, después de cómo me ha tratado, no se lo merece.

—Gracias —mascullo automáticamente.

¡Malditos buenos modales!

—De nada —contesta en tono cursi.

Le aparto a un lado para pasar y bajo las escaleras a zancadas en dirección al Hub. Al cabo de unos segundos le tengo caminando a mi lado con la mayor naturalidad del mundo.

—Menuda semanita, ¿eh? —comenta—. Pensaba que Erika iba a poner a Lucas de patitas en la calle por presentarse colocado, pero creo que se dio cuenta de que actúa mejor cuando está medio mamado.

Me detengo y me vuelvo para mirarle de frente.

—Holt, a mí no se me ignora durante una semana para luego darme palique como si tal cosa.

—No te he ignorado.

—Ya lo creo que sí.

—No, ignorarte sería hacer caso omiso de tu presencia. Yo he reparado en ti. Simplemente he optado por no hablarte.

—¿Es eso mejor o peor que ignorarme por completo?

—Un pelín mejor.

Levanto las manos con un ademán.

—Bueno, menos mal. Entonces no me lo tomaré a mal.

—Así me gusta.

—Estaba siendo sarcástica, cretino.

—Taylor, ¿siempre eres tan gruñona, o es que tienes el síndrome premenstrual?

—¡¿Cómo?! ¡¿Que si tengo… qué?! ¡¿El síndrome premenstrual?! Eres un… ¡Por Dios, cierra el pico!

Echo a caminar, pero me alcanza, y mi síndrome premenstrual está haciendo que me ponga como una furia y me den ganas de llorar al mismo tiempo.

—¿Por qué me sigues?

—No te estoy siguiendo; estoy caminando a tu lado.

¡Señor, dame fuerza!

—¿Qué quieres? —pregunto, sintiéndome como un perrito faldero ladrando como un descosido a su lado.

Suspira y baja la vista hacia sus descomunales pies.

—Nada. ¿Vas a la fiesta de Jack esta noche?

—¿Por qué quieres saberlo?

Se frota los ojos.

—No tengo ni puñetera idea.

—¿Vas tú?

—Seguramente no.

—Entonces seguro que voy.

Se queda mirándome unos instantes y a continuación frunce el ceño como tratando de calcular cuántas sandías caben en una caravana. Después, sin mediar palabra, se da la vuelta y se aleja.

—Ah, ¿conque has terminado? Bueno, gracias por hacer un esfuerzo. ¡Tus dotes de conversación son de lo más estimulante!

Menos mal que ha llegado el fin de semana. Dos días por delante sin tener que verle.

Para cuando vuelvo a mi apartamento dando zancadas se me han quitado las ganas de ir a la fiesta. Lo único que me apetece es sumergirme en la bañera durante unas cuantas horas, comerme lo que peso de Ben & Jerry's y meterme en la cama.

Ruby tiene otra idea en mente.

—Levántate.

—No quiero —contesto como una cría de dos años.

—Vas a ir.

—Ruby...

—No empecemos, Cassie. Es nuestra primera fiesta en la universidad y vas a ir aunque tenga que arrastrarte de los pelos. A juzgar por tu gesto cuando entraste por la puerta, está claro que necesitas echar un polvo.

Pongo los ojos en blanco. Ojalá fuera de esas chicas que resuelven sus problemas con sexo desenfrenado. Pero en vista de que mi tarjeta de virgen está totalmente acreditada y que ligar no es precisamente mi fuerte, como mucho me contentaré con no pasar un rato de pena.

—Creo que la única que va a echar un polvo esta noche eres tú, Ruby.

Levanta las manos con un ademán.

—Cassie, eres guapísima. Podrías tener al tío que quisieras si mostraras un mínimo de confianza en ti misma.

—Sí, vale.

—Prométeme que vas a dar el paso esta noche.

Me hace gracia.

—Creo que no lo entiendes. No hay pasos que dar. Soy inmóvil. Existo en un vacío de pasos.

Hace tal mohín que me consta que en el momento menos pensado voy a perder la batalla con ella.

—¿Acaso tengo que recordarte que eres actriz? Joder, actúa como si supieras lo que te traes entre manos. Venga, mueve el culo, ponte algo sexy y en marcha.

La verdad es que no tengo nada sexy, así que me apaño con mis vaqueros más ceñidos y un jersey escotado que me realza las tetas. Hasta me maquillo un poco y me arreglo el pelo. Ruby se encoge de hombros a modo de aprobación.

Media hora después paramos junto a una enorme casa en una avenida.

—¡Jo! ¿Quién vive aquí? —pregunta Ruby dando un portazo al bajar del taxi.

—Jack Avery la comparte con otros dos chicos de mi clase. Lucas y Connor.

—¿Connor? —repite, enarcando una ceja—. ¿El tío que conocí el primer día?

—Sí.

—Estaba bueno. ¿Hay química?

Sonrío al pensar lo atento que se ha mostrado Connor.

—Me da muchos abrazos.

—Bueno, pues ya está —dice, como si todos mis problemas se hubieran resuelto—. A por él.

Me encojo de hombros porque, aunque Connor no me disgusta, no sé si me gusta.

—Oye, no estoy pidiéndote que te lo lleves al altar y que te pongas a parir bebés rechonchos y chillones. Solo que pases un buen rato. Que te des el lote. Tampoco es para tanto.

—¿No se supone que el chico debe dar el primer paso?

—Maldita sea, Cass, deja de ser tan ñoña. Mira, voy a darle un aliciente al trato: si consigues tener huevos y echar un polvo con un chico esta noche, te haré la colada durante un mes.

Capta mi atención. Nuestro edificio tiene una lavadora del año de la pera con un programa que tarda más de una hora en terminar, por lo que el día de la colada suele ser una enorme pérdida de tiempo.

—Perfecto. No te prometo que no me vaya a sentir incómoda y avergonzada, pero lo intentaré, ¿vale?

Sonríe y tira de mí en dirección a la ruidosa casa.

—Con eso me vale.

En el jardín delantero hay gente charlando y riendo. Da la impresión de que se han presentado casi todos los novatos de la clase.

Me preparo para inventarme un personaje.

—Venga —dice Ruby mientras me lleva a rastras entre la marabunta—, necesitas una copa.

—No bebo.

—Ahora sí. —Empuña dos chupitos verde chillón con forma de probeta de la bandeja que lleva una chica—. Dos o tres de estos y te pondrás a entrarles a los chicos y a arrancarles las camisas.

Pese a dudar de su vaticinio, al cabo de cuarenta y cinco minutos y tres chupitos estoy apoyada contra una pared con aire juguetón. Muevo la cabeza al ritmo de la música mientras Ruby baila con un grupo de chicos ansiosos por impresionarla. Aunque coquetea con unos cuantos, uno de ellos —un tío alto y fornido que también estudia dirección de escena— recibe una atención especial. Inclina la cabeza para susurrarle algo a Ruby. Ella me mira y enarca las cejas antes de cogerle de la mano y salir a la terraza.

Hace que parezca tan fácil...

Vale, muy bien. Puedo hacerlo. Encontrar a un chico mono. Charlar con el chico mono. Mostrarme encantadora. Chupetearle la cara.

Tiemblo de pánico.

Maldita sea.

Avanzo por el pasillo en busca del baño, el único refugio seguro de la fiesta donde se considera aceptable estar a solas.

Antes de encontrarlo, veo a Holt de pie junto a la puerta de la cocina.

¿Qué diablos está haciendo ahí?

Inclina la cabeza para hablar con la chica bajita y guapa que tiene al lado.

¿Tiene novia?

Cómo no va a tener. Alguien tan atractivo como él probablemente tenga decenas de mujeres postradas a sus malditos pies de payaso.

Noto que de pronto me pongo muy colorada y no me hace gracia.

El alcohol ralentiza mis reflejos y, sin darme tiempo a fingir que no le he visto, camina en dirección a mí con la mano puesta en la espalda de la chica. Ella sonríe como si me conociera.

—Eh, Cassie —dice. Sí que me suena, pero tengo la mente nublada—. Soy Elissa. Estoy en dirección de escena con Ruby.

—Ah, claro. Hola, Elissa. —Estuvo hablando con Ruby el otro día en clase de semiótica. Bonita cara. Grandes ojos oscuros de mirada dulce.

Miro fugazmente a Holt y la cara se me pone al rojo vivo cuando veo que tiene los ojos clavados en mis tetas. Rápidamente vuelve a mirarme a la cara y carraspea.

—Taylor —dice, y hace un gesto de saludo con la cabeza.

—Holt. —Intento que mi cerebro no procese lo guapísimo que está el puñetero con sus vaqueros oscuros y su camisa azul con las mangas remangadas.

Bonitos antebrazos.

—Pensaba que no vendrías —digo.

—Bueno, me enteré de que vendría toda la gente que mola, así que no podía faltar.

Elissa dirige la vista del uno al otro; me pregunto si es consciente de lo mucho que me saca de quicio su novio.

—Entonces, Cassie, ¿Ethan y tú estáis juntos en el curso de interpretación?

—Sí, pero todavía no hemos actuado mucho.

—Bueno, solo ha pasado una semana —comenta risueña—. Pronto llegarán las audiciones para la obra de teatro del primer trimestre. He oído rumores de que será *Romeo y Julieta*. Nunca se sabe; igual acabáis interpretando a amantes desventurados.

Holt y yo soltamos una carcajada como si fuera lo más divertido que hubiésemos escuchado en la vida.

Elissa nos mira como si estuviésemos chiflados.

—Bueno —dice dando una palmada—. Necesito emborracharme cuanto antes. Nos vemos luego.

Pasa rozándome y echa a caminar por el pasillo.

—Me marcho dentro de dos horas —le grita Holt—. Si quieres que te lleve a casa, búscame antes, y si no, te jodes y vas andando.

Guau. Ojalá tuviera un novio tan encantador.

Muevo la cabeza de un lado a otro, asqueada.

—¿Qué?

—Tú.

—¿Qué pasa conmigo?

—¿Siempre la tratas así?

—Sí.

—¿Por qué?

—¿Por qué no?

—Porque es de muy mala educación.

Hace una mueca de sonrisa y niega con la cabeza.

—Eso ha sido con educación. Digo cosas mucho peores en casa.

—¿En casa?

—Sí.

—¿Vives con ella?

—Bueno, preferiría no hacerlo, pero por lo visto no hay manera de deshacerse de ella. Cerré la puerta con llave una vez, pero es bastante ingeniosa y se las apañó para forzar la cerradura con una brizna de hierba y un clip.

—Por Dios, Holt, eres... tan... ¡Pufff! ¿Cómo te aguanta? Eres oficialmente el novio más cabrón del mundo.

Pone cara de sorpresa. Después se echa a reír.

—Elissa no es mi novia. Por Dios, qué asco. Es mi hermana. Ahora me toca a mí sorprenderme.

—¿Tu hermana?

—Sí.

Nunca he sentido un alivio tan odioso.

—No te preocupes, Taylor —dice por lo bajini—. Estoy soltero. No tienes por qué estar celosa.

Me hace gracia.

—No estoy celosa. Sencillamente me alegro de que no contamines con tu personalidad a algún pobre miembro del sexo opuesto.

Cuando baja la vista percibo fugazmente algo oscuro en sus ojos y me da la sensación de haber dicho algo de lo más inoportuno. Estoy a punto de intentar averiguarlo cuando Connor aparece y me rodea los hombros con el brazo.

—Eh, Cassie, te estaba buscando. Qué bien que hayas podido venir.

Me abraza, y noto que Holt nos observa.

—Cómo me lo iba a perder —digo, y le correspondo con otro abrazo.

—Oye, Ethan —dice, y le da unas palmaditas en la espalda—. Gracias por venir, tío.

Holt sonríe por compromiso, con los labios apretados.

—Cómo me lo iba a perder.

—Bueno —comenta Connor—, en el sótano hay un montón de gente de nuestra clase jugando al que pierda bebe. ¿Os apuntáis?

Sonrío.

—Claro.

Holt se encoge de hombros. Connor nos conduce al sótano.

Cuando llegamos abajo hay unos veinte compañeros de clase sentados en círculo con un puñado de botellines, latas de cerveza y vasos de chupito desperdigados por el suelo.

—He encontrado a dos más —anuncia Connor mientras nos acerca al círculo. El grupo da lo que únicamente puede describirse como un bramido etílico.

Zoe inmediatamente tira de Holt para que se siente a su lado y le pasa una bebida. Connor se sienta junto a mí. Jack nos sirve un chupito de color marrón. Holt se lo toma de un trago y rechaza un segundo mascullando algo sobre que tiene que conducir. Es irónico que siendo uno de los pocos de nuestra clase que es mayor de edad sea el único que no bebe.

Al tomarme el chupito me pongo a toser como si hubiera tragado ácido.

Todo el mundo se echa a reír y empieza el juego.

Trato de concentrarme, pero como la verdad es que no conozco las reglas, acabo bebiendo un montón.

Demasiado.

Al cabo de un rato, todo me hace gracia. Todo el mundo es guapo. Me dan ganas de abrazar y besar a todos por ser tan simpáticos, monos y graciosos.

Luego hay música. Fuerte y martilleante.

Alguien tira de mí para levantarme. Connor.

Me rodea con sus brazos, así que yo hago lo mismo e intento bailar, pero lo único que consigo es moverme arrastrando los pies. A Connor le trae sin cuidado. Es cariñoso y me roza de arriba abajo la garganta con su nariz.

—Hueles muy bien, Cassie.

Sonrío porque me hace cosquillas. Porque es dulce. Porque me gusta la manera en la que me abraza. Sonrío mientras me sujeta, pero noto que el cuerpo me pesa.

Entonces pone los labios donde tenía la nariz y me estremezco. Pero algo va mal.

La habitación se inclina. Me echo hacia atrás. Digo para mis adentros que no estoy buscando a Holt, pero no es cierto.

Hay gente bailando y riendo por todas partes. Enrollándose.

Veo a Holt al otro lado de la sala, sentado en un sofá tomando una Coca-Cola. Zoe está hablando con él y tocándole de una manera que viene a decir: «Te dejo que me hagas lo que quieras». Pero él no la escucha; me está mirando, y ahora me estremezco muchísimo más.

No quiero que me haga sentir cosas, de modo que me giro hacia Connor. Me está acariciando la espalda. Me gusta.

Tiene la cara a pocos centímetros de mí y esa mirada en sus ojos. La que dice que me desea.

Siempre he anhelado que un chico me mire así. Ahora que uno lo hace, lo único en lo que puedo pensar es en la cara de pocos amigos del fondo de la sala.

—Cassie, quiero besarte.

Parece escudriñar mi rostro en busca de una respuesta. Tengo ganas de que me bese, pero creo que es por el alcohol.

La voz de Ruby suena en mi cabeza diciéndome que deje de ser una mojigata y que me lance.

Connor clava la mirada en mi boca mientras se acerca más y más, y yo estoy demasiado cachonda y borracha.

Entonces Connor se pone a besarme y una parte de mí desea corresponderle, pero no puedo.

Me aparto de él.

—Connor...

Sonríe y agacha la cabeza.

—Lo siento —digo. Creo que debo de estar tarada por no besarle, porque es guapísimo y un encanto.

Niega con la cabeza.

—No pasa nada.

—Me apetece, de verdad... —explico, arrastrando las palabras, pero con sinceridad.

—Sí, pero me da la sensación de que te apetece más besar a otro.

Me toca la mejilla y no me da ocasión de decirle que se equivoca antes de verle desaparecer escaleras arriba.

La música cambia y hace que el suelo se mueva tanto que tengo que sentarme.

Voy haciendo eses hacia los sofás. Da la impresión de que están lejísimos.

Alguien me agarra del brazo y me guía. Sin mirar, sé que es Holt.

Jack aparece por otro lado y se ríe.

—¡Taylor, estás muuuuuy jodida!

Risas de hiena por todas partes.

Las manos cálidas tratan de abrirse paso a empujones hacia el sofá, pero Jack me vuelve a pasar la botella y sería de mala educación no beber. Doy una palmadita a las serviciales manos y cojo la botella.

Doy un sorbo y hago una mueca. Es repugnante, pero increíble.

Todos se ríen, y yo también. Demasiado fuerte. Demasiado estridente. Mi yo pedo se ríe como una tonta de remate.

—Vale, ya está bien, ya ha bebido suficiente.

La voz de Holt. Áspera. Suena como la de mi padre.

—Tronco, nadie la está obligando a tragar. Ya es mayorcita.

—Pásale la botella a otro, Avery. *Ya*.

Doy un traspié y todo el mundo suelta una risita.

Es obvio que la Cassie pedo es graciosísima.

Ahora veo todo borroso. Tardo demasiado en parpadear. Al perder el equilibrio me vuelven a sujetar las manos cálidas.

—Por lo que más quieras, Taylor, ¿por qué no te sientas antes de que te caigas?

Voz malhumorada. No le gusta la Cassie pedo.

A la Cassie pedo le importa una mierda, joder.

Risitas.

Acabo de pronunciar la palabra con «J». Mentalmente.

Qué traviesa la Cassie pedo.

Me dejo caer en el sofá. Es mullido, y estoy cansada. Hecha polvo.

Me apoyo contra su cuerpo. Duro y cálido. Huele bien. Ladeo la cara para oler mejor. Camisa de algodón. Hombro. Agarro y olisqueo. Qué agradable.

—¡Hay que joderse! —Voz masculina. Sensual.

Sigo tirando. Tiro del cuello de la camisa para acercarme. Debajo hay piel. Tibia. Se estremece bajo mis dedos.

—Por Dios, Taylor… —Su voz ya no revela enfado. Es distinta. Suplicante—. Basta.

—No. Me gusta. Huele bien.

Quiero más calidez así que me subo a su regazo. Rodeo con mis piernas sus caderas. Mi nariz en su cuello. Mis manos en su cabello. Es tan agradable.

—¡Joder! —Me aparta de un empujón y hago un mohín.

Le miro a la cara. Se pone guapísimo cuando frunce el ceño.

—Taylor, basta. Estás borracha.

Me dejo caer hacia delante.

—Por favor —digo al tiempo que me acurruco contra su cuerpo—. Solo quiero dormir un minuto…

Vuelvo a acurrucarme contra su cuello. Aspiro la fragante y cálida piel masculina.

Noto su tensión debajo de mí, pero yo me encuentro a gusto. Huele de maravilla.

—¡Eh, no os lo perdáis! —*Chsss, Jack. Más bajo*—. Taylor por fin ha encontrado la manera de poner nervioso al imperturbable Holt. ¡Creo que se ha puesto colorado!

Más risas.

Susurro: «Chsss» y mis labios rozan su cuello. Gime y me dan ganas de volver a hacerlo.

—Avery, eres un gilipollas. —Aunque habla en voz baja, aún suena demasiado fuerte. Trato de taparle la boca con la mano, pero la aparta—. Ha bebido demasiado y va a vomitar.

—Está estupendamente, tío. Fíjate en esa sonrisa. Está desatada. No me quejaría si estuviera en tu pellejo.

Que todo el mundo se calle. Solo quiero dormir.

Gimo y hundo más la cabeza contra el cuello de Holt. Él intenta escurrirse.

—Tráele agua antes de que te dé una patada en el culo. —Su pecho vibra contra mis tetas cuando habla. Es una sensación agradable. Masculina.

—Vale, vale, por Dios, tranquilo, tronco.

Me acurruco.

—Dejadehablar. Chsss. Necesito dormir.

—Taylor. —Su tono es más suave, menos malhumorado—. Tienes que despegarte de mí. Por favor.

—Noquiero. Me gusta. —Deslizo la mano bajo su camisa. Bonitos músculos. Muy bonitos.

—Joder, Taylor. Por el amor de Dios, para antes de que cometa un verdadero disparate.

Me pone las manos en las caderas para intentar moverme. Me muevo, pero no me despego. Empujo hacia abajo.

Lo noto contra mí. Duro. Dios. Muy duro.

Vuelve a gemir con su cara en mi cuello.

—Hostia…

Mi cuerpo entero arde. Ansía. Desea.

Me restriego contra él.

Maldice y se pone de lo más sexy. Tiene los labios pegados a mi oreja.

—Cassie, así no. —Me agarra de las caderas para inmovilizarme—. No, porque estás borracha y no lo recordarás mañana. Para.

Ardo de deseo, pero no deja que me mueva.

Estoy por los suelos. Derrotada.

—Cassie, mírame.

Ojos abiertos.

Ay, mal hecho.

Todo se tambalea.

Me mareo.

—¿Cassie?

El mundo se inclina. Él me observa. Preocupado.

—¿Cassie?

—Nomencuentromuybien.

De pie. Casi me caigo. Sus manos encima. Fuerte. Ardiente.

—Mierda. Despacio, mujer.

—Estoybien.

Me suelto. Cruzo el pasillo tambaleándome.

El baño. Puerta cerrada. Váter demasiado lejos. Avanzo a gatas hasta él.

Estómago del revés, boca abierta.

Una explosión de líquido marrón y nachos. Al subir arde tanto como cuando bajó. Mi estómago se contrae hasta que ya no queda nada, y me siento cansada. Cansadísima.

Cierro los ojos. Hay remolinos negros y grises, y voy en una barca en plena tormenta que se balancea e inclina.

Cuando abro los ojos, me está cogiendo en brazos para sacarme de un coche. Tiene mis llaves y en cuanto abre la puerta dejo escapar un quejido. Después me encuentro delante del váter, vomitando mientras él me sujeta el pelo y me pasa la mano por la espalda. Me pongo a llorar angustiada y asqueada mientras él me tranquiliza y me limpia la cara con una toalla de mano fría.

Luego me mete en la cama. Los remolinos oscuros se ciernen sobre mí y me desvanezco.

Al despertar, me duele todo. El sol me deslumbra. Un dolor punzante me aguijonea desde los globos oculares al cerebro. El estómago me da retortijones y tengo la barriga como si hubiera hecho mil abdominales.

Gimo y me cubro la cabeza con la almohada, pero unas manos la apartan. Al entreabrir un ojo veo a Holt a mi lado ofreciéndome agua y paracetamol.

—Tómate esto. —Incluso hablando en voz baja, resulta demasiado fuerte para el martilleo de mi cabeza.

Trato de incorporarme, pero me duele demasiado. Me pongo de costado y me bebo el vaso de agua entero con las pastillas. No sirve de nada para mitigar el espantoso sabor de mi boca. Me dejo caer sobre la almohada.

Debo de haberme quedado dormida de nuevo porque al despertar percibo un olor a beicon y oigo a alguien trajinando en la cocina.

Voy dando tumbos al baño y hago pis como nunca en mi vida. La tentación de una ducha tibia es demasiado fuerte como para resistirme, así que me quito la ropa y me coloco bajo el chorro hasta que me siento más o menos persona. Me lavo el pelo y me froto el cuerpo; luego me envuelvo en una toalla y me cepillo los dientes y la lengua. Dos veces.

Cuando termino me siento un poco mejor. La cabeza aún me martillea y tengo el estómago revuelto, pero soy persona.

Al abrir la puerta del baño me topo con Holt. Se fija en mi pelo mojado y en mi cuerpo liado en la toalla antes de mirarme a la cara.

Carraspea.

—Esto… Hola.

—Hola. —Resulta tan raro verle en mi apartamento que me pregunto si sigo borracha como una cuba.

—Yo…, humm…, te he preparado algo para comer —dice, y se mete las manos en los bolsillos.

Frunzo el ceño.

—No tenemos comida.

—He ido a comprar algo. Deberías comer. Te sentirás mejor.

—Vale.

Se queda inmóvil cuan alto es junto a la puerta, mirando y mordiéndose el carrillo.

—¿Holt?

—¿Mmm?

—Si te apartas para que pueda ir a mi habitación a vestirme…

—Ah…, claro.

Se da la vuelta y regresa a la cocina.

Echo mano de ropa deportiva y me paso el cepillo por el pelo. Enseguida me siento en nuestra diminuta mesa de comedor con Holt. Ha preparado huevos con beicon y patatas salteadas con cebolla. Tengo delante una taza de café y un vaso de zumo de naranja. Es una situación de lo más extraña.

—Mmm…, caramba —digo—. Esto es…, guau. ¿Has…, has hecho hasta patatas con cebolla? ¿Así como así?

—Sí —responde, y se lleva a la boca un poco de huevo—. No es para tanto.

—Puede que para ti no. Yo ni siquiera sé hervir agua sin receta.

Me observa y, a pesar de que mi estómago se resiste a entusiasmarse con comida, como.

—Mmm... —farfullo con la boca llena de patatas con beicon—. Esto está buenísimo.

—Mi madre es chef autónoma. Me ha enseñado cosas. —Se encoge de hombros y sigue comiendo. De vez en cuando levanta la vista hacia mí con su oscura e indescifrable mirada.

Cuando terminamos recoge los platos mientras me tomo tranquilamente el café. Me quedo mirándole el culo sin querer mientras lava los platos.

No debería mirarle el culo. Así no vamos por buen camino. No obstante, se está mostrando muy amable conmigo, de modo que decido mostrarme amable con su culo permitiéndome apreciar lo buenorro que está en vaqueros.

Se da la vuelta para apoyarse contra el fregadero y, de improviso, centro toda mi atención en su entrepierna.

Me pilla mirando. Agarro el café y le doy un enorme trago, pero se mete por donde no debe. Me atraganto y toso.

—¿Estás bien?

—Sí.

Disimulo.

Con razón nunca he tenido novio.

—Oye... —dice, y señala hacia mi teléfono, en la encimera—. Tu compañera de piso ha llamado para ver cómo estabas y para decirte que llegará más tarde a casa.

—Ah, ¿sí?

—Ha dicho que te pregunte si tiene que hacerte la colada el resto del mes.

Sonrío.

Bueno, sí que acosé sexualmente a Holt. A pesar de que no nos besamos ni nada, me pregunto si eso contaría como echar un polvo para Ruby.

Me sonrojo al pensar en ello.

—Oye, Holt, lo de anoche…

—Sí, eso. —Me interrumpe al tiempo que se frota los ojos—. ¿Cómo demonios te dio por beber tanto? Podías haber sufrido un coma etílico.

—Estaba —*intentando ser algo que no soy*— intentando pasarlo bien.

—¿Lo pasaste bien vomitando como una cosaca? ¿Fue divertido?

Niego con la cabeza.

—Durante un rato me sentí bien. A la gente le hacía gracia.

—Eso es por el careto que tenías y porque estabas sobando a todos los tíos de la sala.

—A todos no —replico a la defensiva—. Solo a Connor. Y… a ti.

—Sí, bueno, da igual —mascula—. ¿Qué pasa con Connor y contigo? Te pones a besarle y al minuto siguiente te me echas encima.

—Yo no besé a Connor. Me besó él.

—Cuestión de semántica.

—De todas formas, no se le puede llamar beso.

—Entonces supongo que cuando te emborrachas te pones cachonda.

—No estaba cachonda —replico, indignada.

Uf, estaba muy cachonda.

—Pues desde luego era la impresión que daba desde donde yo estaba sentado.

—Estaba…, en fin…, estabas allí y yo estaba…, pues…

—¿Cachonda?

—Borracha, y por eso ocurrió. Por ninguna otra razón. Normalmente no me comporto así. Y mucho menos contigo.

—Porque me odias.

—Exacto.

—Y sin embargo me deseas.

—¡¿Cómo?! ¡No!

—Sí.

—Son imaginaciones tuyas.

—Oye, eras tú la que me olisqueabas y me besabas el cuello y te apretabas contra mi…, bueno…, contra mí. Si no fuera un caballero, seguramente nos habríamos puesto a follar allí mismo delante de todos nuestros compañeros.

Sus comentarios son ridículos, pero mi cuerpo no lo sabe porque la picazón de deseo que sentí anoche ha vuelto con ganas.

—Holt, dos personas que se odian mutuamente no…

—¿Follan?

—Tienen sexo.

—Ya lo creo que sí. Ocurre continuamente.

—A mí no.

—Lástima.

Nos quedamos callados.

Sonrío y niego con la cabeza.

Él frunce el ceño y dice:

—¿Qué?

—Es que no te entiendo. En un momento dado transmites un aire de chulo, como si por tratarme bien se acabara el mundo, y al minuto siguiente eres un tío encantador que me lleva a casa, compra comida y me prepara el desayuno. ¿Por qué te comportas así?

Se toquetea las uñas.

—Me he pasado la noche haciéndome la misma pregunta.

—¿Y has llegado a alguna conclusión?

—No tengo ni puta idea.

—¿Un momento de debilidad?

—Evidentemente.

—Puede que, después de todo, seas más un buen tío que un chulo.

—¡Ja! Taylor, soy muchas cosas, pero te aseguro que un buen tío, ni por asomo. Si no, pregunta a mis exnovias.

Se le entristece el semblante. Como si me acabara de decir algo sin querer.

Sin darme tiempo a hacer algún comentario, se levanta, se sacude las migas y da un paso en dirección a la puerta.

—Bueno, me piro. Seguramente tendrás cosas que hacer.

—No tengo ningún plan —contesto. Se detiene para mirarme—. Puedes…, bueno…, quedarte un rato si te apetece.

Jamás pensé que ansiaría la compañía de Holt, pero una parte de mí lo hace. Mucho.

—Yo…, hum… —Se mira los pies—. Oye, tengo que irme.

No me gusta el hecho de sentirme desilusionada.

—Ah. Vale. Bueno, gracias por…, ya sabes, por sujetarme el pelo, por el desayuno y eso.

—Sí, no pasa nada.

Le acompaño a la puerta. Sale y se vuelve para mirarme de frente.

—Bueno, supongo que nos veremos el lunes.

—Sí, supongo que sí.

Al darse la vuelta para marcharse, digo:

—Entonces, ¿vas a dirigirme la palabra la semana que viene o esto ha sido un lapsus transitorio en tu firme propósito de que no seamos amigos?

Se da la vuelta con un esbozo de sonrisa.

—Taylor, ser amigos sería… complicado.

—¿Más complicado que lo que puñetas seamos ahora?

—Sí.

—¿Por qué? ¿Acaso se va a acabar el mundo porque pasemos tiempo juntos? —Me observa con expresión intensa.

—Sí. Las aguas hervirán, los cielos se oscurecerán y hasta el último volcán del mundo entrará en erupción, poniendo fin a la civilización tal y como la conocemos. Así que, por el bien de la humanidad…, de hecho, por el bien de todo lo que aprecias…, mantente alejada de mí. —Está tan serio que intuyo que no bromea.

—Ethan Holt, eres la persona más rara que he conocido en mi vida.

Asiente.

—Voy a tomármelo como un cumplido.

—No me extraña.

Mantiene la mirada fija en mí y a continuación menea la cabeza y se dirige a su coche.

Me quedo mirando hasta que las luces traseras desaparecen al doblar la esquina.

Tras cerrar la puerta, me retiro a mi habitación y me meto en la cama. Mientras me acurruco en la almohada, me pregunto con qué Holt me encontraré la semana que viene: el chulo con un gigantesco chip en el hombro que me enciende la sangre o el encanto que me ha preparado patatas con cebolla como si tal cosa.

Una parte de mí anhela a ambos.

5

DESEOS DE CUMPLEAÑOS

Westchester, estado de Nueva York
Diario de Cassandra Taylor
Cuarta semana de clase

Querido diario:

Hoy es mi cumpleaños.

Sí. Diecinueve años intentando ser todo para todo el mundo y acabo siendo nadie para mí misma.

¿Cómo demonios ha ocurrido esto?

No sé si estoy deprimida por sentir que a estas alturas debería haber conseguido más cosas en mi vida o porque soy una virgen de diecinueve años que se muere de ganas de sexo.

Seguro que es lo segundo.

Nunca he tenido novio. Nunca me han dado un beso verdaderamente sonrojante. Nunca me ha tocado un chico las tetas o el culo, o en general cualquier otra parte de mi cuerpo desnudo y, Señor, estoy desesperada.

Casi todas las noches me toco fingiendo que las manos no son mías para alcanzar el placer arrebatador sobre el que sigo leyendo en las novelas románticas de Harlequin y en *Cosmopolitan*. Pero cada noche me rindo porque, a pesar de sentir algo que aumenta —algo deslumbrante, brillante y fuera de mi alcance—, jamás logro experimentarlo. Es como si estuviera a punto de estornudar e inhalara e inhalara e inhalara pero nunca llegara la exhalación de un orgasmo. Literalmente.

Para colmo, hace poco descubrí el porno en internet y se ha convertido en una obsesión para mí.

Al principio me daba vergüenza ver primeros planos explícitos de genitales masculinos y femeninos dándose embestidas entre sí, pero la vergüenza no tardó en convertirse en fascinación. Una fascinación ardiente y excitante.

Principalmente con los penes.

Ay, qué bonitos los penes… No los fláccidos, claro; esos solo son blandengues, arrugados y burdos. Pero ¿los erectos? Guau. Preciosos. Magníficos. Increíblemente eróticos.

Me tienen embelesada.

Apuesto a que son alucinantes al tacto. ¿Será por eso por lo que a los hombres les obsesionan tanto?

Lo más cerca que he estado de uno fue la noche que sobé a Holt con unas copas de más y, aunque la sensación me gustó, tengo ganas de sentir uno en mi mano.

Tal vez Holt me deje que se lo toque. Seguro que tiene un pene muy bonito. Seguro que es maravilloso, como su puñetera cara perfecta, sus preciosos ojos y su cuerpo musculado. Seguro que si presentara su pene a un concurso ganaría el Premio al Mejor y podría desfilar con una gigantesca medalla de honor en la entrepierna.

Si se lo pidiera amablemente, me pregunto si me liberaría del lastre de mi virginidad.

Me atrevería a apostar a que soy la única virgen de mi clase. Albergaba la esperanza de que Michelle Tye siguiera en la hermandad de la «V», pero el otro día llegó a clase fardando de que por fin había tenido una cita con el tío con el que estaba practicando cibersexo y que chingaron como posesos el fin de semana. Me cuchicheó que se corrió cuatro veces. ¡Cuatro!

Madre mía, yo me contentaría con correrme una sola vez ¿y ella cuatro? Eso es puro vicio.

Hace varios días que no hablo con ella. Mi vagina, celosa, me lo prohíbe.

Juro que estoy tan desesperada que a veces me dan ganas de trincar al primer tío que se me acerque, arrancarle la ropa a tirones y abusar de él allí mismo. Que voy a...

—¿Qué, Taylor? ¿Escribiendo una novela?

Cierro mi diario y las piernas de sopetón con el mismo sobresalto. Al levantar la mirada me encuentro a Holt observándome con su inconfundible e irritante sonrisita de suficiencia.

—¿Qué quieres? —inquiero al tiempo que guardo mi diario en el fondo del bolso. Me reprimo con sumo esfuerzo para no toquetearle la entrepierna.

Me abanico porque, Dios mío, me arde la cara.

—¿Qué coño te pasa, tía? ¿Estás enferma?

Posa el dorso de sus dedos en mi frente. Lo único que me viene a la cabeza es que deseo que esos dedos toquen mis partes íntimas.

Sí, estoy enferma. Soy una pervertida sexual sin remedio.

—Estoy estupendamente —respondo, y me levanto para alejarme de él. De buenas a primeras, pierdo el equilibrio y, cuando voy a caer, me rodea con sus brazos; mi cuerpo cachondo y depravado topa con el suyo y trato por todos los medios de no frotarme contra su muslo.

—Mierda, hoy ni siquiera te tienes en pie —refunfuña—. ¿Qué coño...?

Apenas tengo unos instantes para recrearme en la sensación de sus brazos bajo mis manos, pues él me despega de un empujón y, como de costumbre, resopla y se pasa los dedos por el pelo.

Tengo que apartarme de él porque, si no, juro por el tierno niño Jesús que le tumbo en el suelo y me siento a horcajadas sobre él.

Doy media vuelta y me alejo.

—¿Adónde diablos vas? —grita.

—A donde sea.

—Taylor, la performance de Benzo Ra va a empezar pronto. En el teatro. En dirección contraria a la que vas en este momento.

Me paro en seco. Con mi aturdimiento de obsesa sexual casi había olvidado que la mundialmente famosa *troupe* visita nuestra escuela para ofrecer una performance en exclusiva.

Giro sobre mis talones y paso con aire altivo por delante de él.

—Ya.

Él acomoda su paso al mío. Acelero para dejarle atrás, pero no hay manera de sacar ventaja a sus piernas de látigo.

—¿Te presentas a la audición de Julieta la semana que viene? —pregunta.

Me burlo y niego tajantemente con la cabeza.

—No.

—¿Por qué no?

—Porque no conseguiría el papel de protagonista ni soñando. Es probable que acabe interpretando al «tercer asistente a la fiesta empezando por la izquierda» y que pase toda la producción haciendo crucigramas en el camerino.

Se detiene y me mira fijamente.

—¿Por qué coño no te presentas?

—Porque podría cagarla.

—¿Por qué ibas a cagarla?

—Porque —contesto— cuando echo un vistazo a mi alrededor en clase, todos, y digo absolutamente todos, saben más o menos lo que se hacen. Casi todos tenéis algún tipo de experiencia profesional y formación, mientras que yo no tengo nada. Me da la sensación de que conducís deportivos mientras yo avanzo lentamente en mi bici rosa de niña con ruedines.

Frunce el ceño.

—Eso es una chorrada.

—¿Sí? Holt, en mi instituto ni siquiera había cursos de arte dramático. Asistí a un par de clases particulares de interpretación con un tipo cuyo único mérito era ser figurante de *Belleza y poder*, y, el otro día, cuando me uní a la conversación entre Zoe y Phoebe sobre Stanislavski, te juro por Dios que comenté: «Ay, me encanta. Creo que le vi actuar en las finales del Open de Estados Unidos».

Me mira durante unos segundos sin pestañear con sus ojos insoportablemente azules.

—Bueno, oye, esa equivocación la tiene cualquiera. El nombre del padre de la caracterización moderna efectivamente suena como el de un tenista.

Mantiene la compostura durante un total de tres segundos hasta que se le descompone el gesto y se desternilla de risa.

—Te odio —digo al echar a andar.

—Ay, Taylor, venga —grita mientras viene en mi busca.

—¿Te digo que me siento insegura e inferior y así es como reaccionas? ¿Ves? ¡Por eso no somos amigos!

—No he podido evitarlo.

—Ya. Parece ser que mi ignorancia es para troncharse.

Me sujeta del brazo y se apaga su risa.

—Cassie, no eres una ignorante. ¿De verdad piensas que a un director de reparto le va a importar si sabes quién es Stanislavski cuando te presentes a una prueba?

—No lo sé. Nunca me he presentado a una prueba con un director de reparto porque mi experiencia es nula.

—Pero has hecho obras de teatro…

—Estuve en el coro de dos musicales donde el único requisito para la audición era presentarse. El mérito no fue precisamente por mi técnica magistral.

—Bueno, has entrado aquí, por el amor de Dios —aduce, y señala a su alrededor—. Fuiste elegida entre miles de personas, y no por los muchos castings a los que te hayas presentado ni por las muchas obras o películas de mala muerte en las que hayas participado. Te admitieron porque tienes un talento de puta madre, ¿vale? Déjate de chorradas e inseguridades y asúmelo.

Levanto la vista para mirarle.

—¿Tú crees... que tengo talento?

Da un suspiro.

—Por lo que más quieras, Taylor, sí. Mucho. Tienes las mismísimas posibilidades que el resto de conseguir el papel protagonista. Tal vez más, porque tienes una especie de... vulnerabilidad intensa cuando actúas. Es..., bueno, es bastante singular.

Por un momento, su manera de mirarme casi denota cariño. Entonces carraspea y comenta:

—Estás chiflada si no te presentas para el papel de Julieta. Serías perfecta.

La frase «Serías perfecta» retumba en mi cabeza como un eco dulce y sensual.

—Bueno, igual lo intento —contesto, con el pie prácticamente tocando la acera—. Incluso en mi día más penoso sigo superando a Zoe.

Se ríe entre dientes.

—Es verdad.

—¿Y tú qué? —pregunto. Echo a caminar despacio y se pone a mi lado—. ¿Te presentas para Romeo?

Niega rotundamente con la cabeza.

—Ni de coña. Me tendrían que arrancar los huevos para que interpretara a ese pelele.

—Oye, esa no es manera de hablar de uno de los héroes románticos más grandes de todos los tiempos.

—No es un héroe, Taylor; es un capullo blandengue y voluble que confunde la pasión con el amor y se suicida por una piba que acaba de conocer.

—¡Qué fuerte! —exclamo entre risas—. ¿Crees que no amaba a Julieta?

—Joder, no. La tía buena número uno, Rosalina, pasó de él. Él languidece por ella como un niño que pierde su cachorro, o su conejito, como puede ser el caso. Entonces, tras una cadena de acontecimientos insólitos, conoce a la tía buena número dos, Julieta. Inmediatamente se olvida por completo de la tía buena número uno y le entra un ansia tan patética por follarse a la tía buena número dos que le propone matrimonio a las pocas *horas* de conocerla. O sea, venga ya. Aunque su vagina pudiera dar masajes de shiatsu y silbar el himno nacional, seguiría sin valer la pena casarse con ella por pillar cacho.

Sacudo la cabeza por el cinismo abismal que camina a mi lado materializado en un ser humano.

—¿Entonces no crees que exista la más remota posibilidad de que se enamorara a primera vista sin más?

—El amor a primera vista es un mito inventado por escritores de novelas románticas y Hollywood. Es una chorrada.

—Jo, ¿cómo estás tan quemado?

—No estoy quemado. Solo soy realista.

—No me cabe duda.

Se detiene y se vuelve hacia mí con gesto muy serio.

—Míralo de esta manera: imagina que ves a un tío bueno. Te provoca una reacción inmediata y poderosa. ¿Le amas?

No estoy segura de si me siento del todo cómoda con este tipo de interrogatorios.

—Bueno..., yo..., pues...

—Vale, le daré la vuelta. Yo veo a una chica. Por alguna razón, mirarla es como..., no sé, como encontrar algo precioso que jamás supe que había perdido. Siento algo por ella. Algo primario. ¿Pretendes decirme que lo que siento es amor y no deseo?

—No lo sé. ¿Está buena esta hipotética chica?

—Coño, claro. Jamás pensé que se podía estar tan buena. Solo mirarla me pone. Es una putada.

Vaya. Esta conversación ha tomado un giro de lo más excitante. Justo lo que faltaba hoy.

—Yo…, bueno…

—Vamos, Taylor. ¿Estoy enamorado?

Le observo la entrepierna.

—Bueno…, humm…, no sé. Me pones… —Dios, he dicho «Me pones» mirándole la entrepierna— en un aprieto. O sea…, eh…

—¡Cómo voy a estar enamorado! Es una reacción química extraña que pasará. No voy a pedirle que se case conmigo con tal de tirármela.

Mi mente se va a lugares muy porno.

—¡Taylor! —Chasquea los dedos delante de mi cara—. Céntrate.

—Pues…, humm…, ¿según tú, una fuerte reacción ante alguien del sexo opuesto es siempre puramente física?

—Sí. Si *Romeo y Julieta* hubiera ocurrido en la vida real, excepto las absurdas muertes, seguramente Julieta habría destruido a Romeo al final follándose a Mercucio.

Lo dice totalmente en serio. Es gracioso y trágico al mismo tiempo.

—Piensa en ello, Taylor —dice al tiempo que se inclina hacia delante—. Si Romeo pensaba que amaba a Rosalina y ella le rompió el corazón, ¿cómo no le va a aterrorizar Julieta, teniendo en cuenta que su atracción hacia ella es cien veces más fuerte?

Enarco las cejas.

—A lo mejor es lo bastante valiente como para pensar que vale la pena arriesgarse.

—Ya, y a lo mejor lo único que le pasa es que es tonto y tiene un calentón.

—El argumento romántico sería que si negaran su... amor...,
empatía..., como quieras llamarlo, se sentirían vacíos. ¿No es ese
el sentido de la vida? ¿Encontrar a la única persona del mundo
que sea tu pareja ideal?

—En realidad, Taylor, el sentido de la vida es no morir. Romeo y Julieta fracasaron en ese sentido.

Niego con la cabeza, incrédula.

—¿Lo que me estás diciendo es que, si fueras Romeo, te habrías alejado de Julieta?

—Sí —afirma sin pestañear.

—Hummm.

—¿Eso qué se supone que significa?

—Nada. Es un sonido contemplativo.

—¿Contemplativo de qué?

—De lo mucho que te engañas a ti mismo. —Le observo con
recelo mientras tamborileo con el índice mi barbilla—. Hummm.

Da un suspiro y me lanza una mirada desafiante.

—No me vengas con jodidos «Hummm», ¿vale, Taylor? Tus
soniditos condescendientes están de más.

—Hummm.

—Maldita sea... —Echa un vistazo a su muñeca y dice—:
Caramba, mira qué hora es. Tenemos que irnos. El espectáculo
está a punto de empezar.

Cierto. Benzo Ra.

Se pone a caminar y le sigo.

—Esto... ¿Holt? Sabes que no llevas reloj, ¿no?

—Sí, lo sé.

—Era para asegurarme.

A la salida del teatro al cabo de una hora, en cuanto pisamos la
calle nos ponemos a dar rienda suelta a todo el desprecio contenido que hemos acumulado durante la representación.

—Madre mía... —comenta Holt a medida que empieza a calmarse—. Es lo más divertido que he visto desde que Keanu Reeves hizo *Mucho ruido y pocas nueces*.

Me seco las lágrimas de camino a nuestra siguiente clase.

—Desde luego —suspiro—, menuda compañía de teatro profesional. Ese podría ser nuestro futuro.

Se ríe y gruñe al mismo tiempo.

—Sería el no va más en torturas. De hecho, esos tíos no podrían definirse como actores, ¿verdad? Seguro que en sus currículos pone: «Capullo con pretensiones profesionales».

Continuamos con las bromas de camino a nuestra clase de interpretación. Erika ya se encuentra allí, sentada a su mesa.

Mientras la clase se acomoda a su alrededor, dice:

—Bien, damas y caballeros, esta es una de las compañías de teatro de vanguardia más respetadas del mundo. ¿Qué os ha parecido?

La gente se pone a cuchichear de entusiasmo. Frases como «¡DIOS mío, ha sido una PASADA!», «¡Son ÚNICOS! ¡Impactantes!» y «¡La obra de teatro más impresionante que he visto en mi vida!» se entrecruzan en la sala.

Me quedo boquiabierta.

Les ha encantado. A todos.

Han presenciado la misma retahíla de escenas lamentablemente obtusas que yo y todos han llegado a una conclusión completamente distinta.

Dios, menuda idiota inculta soy.

—Su uso del movimiento estilizado ha sido tan preciso... —comenta Zoe con entusiasmo—. ¡Ha sido increíble!

Holt, a mi lado, se burla de ella, y Erika vuelve la vista hacia él.

—¿Holt? ¿Querías decir algo?

—Nada bueno —responde, y levanta la barbilla con gesto desafiante—. Pienso que ha sido una mierda como la copa de un pino.

Erika ladea la cabeza.

—¿De veras? ¿Y qué te hace pensar eso?

—Porque —contesta, soliviantado— se supone que debe haber una diferencia entre ruidos y movimientos aleatorios y teatro. Incluso el teatro experimental se supone que debe expresar ideas y emociones. No se trata de un puñado de idiotas dando vueltas por el escenario como si tuvieran palos metidos por el culo.

—¿Crees que la performance no logró transmitir a nivel emocional?

Se echa a reír.

—No, a menos que pretendieran transmitir que todos eran unos cretinos de tomo y lomo.

Zoe pone los ojos en blanco y se oyen murmullos de disconformidad por parte de otros compañeros.

Holt les mira con desdén.

—Tíos, no puedo creer que os haya gustado ese bodrio. ¿Es que habéis visto un espectáculo totalmente diferente o estabais encandilados por su «reputación» porque sois un puñado de malditos borregos?

Oigo murmullos de «Que te den, Holt» hasta que Erika nos llama al orden y se dirige a mí.

Se me retuerce el estómago.

No, no, no, no, por favor, que no me pregunte.

—¿Taylor? Todavía no he oído tu opinión. ¿Qué te ha parecido?

Ay, Dios.

Holt me mira.

No quiero quedar como una ignorante. Quiero integrarme y decir lo correcto.

—Bueno…

—Venga, Taylor —dice Holt—. Diles lo que piensas.

—Ha sido…

Todos tienen los ojos clavados en mí. Él. Ellos. Erika.

—Me ha parecido…

Demasiada expectación. Me duele la cabeza.

—¿Sí, Taylor?

Holt me atraviesa con la mirada.

—No es una pregunta difícil. Dales tu opinión y punto.

Diga lo que diga, estoy jodida.

—Me ha parecido alucinante —respondo entre dientes finalmente—. Una pasada. Me ha encantado.

Los murmullos de aprobación generalizada rompen el silencio.

De todos menos de él.

Casi percibo la rabia de Holt titilando como una corriente en el aire.

—Bueno, eso es muy interesante —señala Erika—. Parece ser que todos sois de la misma opinión excepto Holt, y tengo que decir —le dedica una sonrisa sorprendida— que coincido con él.

Hay gritos ahogados de sorpresa.

Me siento como una mierda.

Otra metedura de pata. Cómo no.

—El mero hecho de que alguien tenga una excelente reputación no significa que debáis dar por sentado que todo lo que haga es bueno. Hasta los mejores actores del mundo han tenido deslices espantosos. No hay más que ver a Robert de Niro en *Una terapia peligrosa*.

A todo el mundo le hace gracia.

Erika se cruza de brazos.

—A lo largo de los años he visto a Benzo Ra actuar en muchas ocasiones y, todo sea dicho, esta performance ha sido una tremenda decepción. Se componía de teatralidad falta de imaginación que, en mi opinión, alienaba a la audiencia en vez de hacerla partícipe de la experiencia.

Continúa hablando, pero yo ya no la sigo. Me encuentro mal.

Después de semanas como el perro y el gato, Holt y yo estábamos empezando a congeniar. Y ahora voy y le dejo con el culo al aire por agradar a la gente.

Imbécil.

—Bien, damas y caballeros —dice Erika—, vuestra tarea para esta noche será escribir mil palabras analizando la performance de Benzo Ra y explicando por qué os ha gustado o no, citando referencias de otros profesionales de teatro experimental, incluida gente como Brecht, Brock y Artaud. Espero leer vuestras impresiones.

Nos despacha y, sin darme tiempo a tartamudear una disculpa, Holt se marcha dando zancadas. Me levanto apresuradamente para seguirle, pero el condenado camina tan rápido que no tengo más remedio que correr para alcanzarle.

—Holt.

No se inmuta.

—Holt, espera.

Continúa caminando. Me coloco delante de él y le pongo la mano en el pecho para cortarle el paso.

Tiene la expresión sombría.

—¿Qué?

—Ya lo sabes.

—Ah, ¿ese detallito de antes, cuando me la has jugado? Ya lo creo que sí. Quítame la puta mano de encima.

Me rodea para seguir su camino y yo le sigo dando traspiés.

—¡Lo siento! No sabía qué decir. Pensé que debía de ser una lerda porque no lo pillaba; todos opinaban que era una obra estupenda. No quería dar la impresión de ser demasiado ignorante como para tener el criterio correcto.

Se detiene y se vuelve hacia mí.

—¿De modo que crees que *yo* soy demasiado ignorante como para tener el criterio correcto?

Me mira con tal intensidad que casi me desarma.

—¡No! Dijiste exactamente lo que pensabas, y yo debería haber hecho lo mismo. Es que...

—¡No me jodas, Taylor! —dice al tiempo que levanta las manos bruscamente—. Un criterio no es correcto o incorrecto. Es tu interpretación de un tema o de una situación. ¡No te puedes equivocar, cojones!

—Entonces, si miro al cielo y opino que las nubes son rosas, ¿estoy en lo cierto?

—¡Sí! Porque es una *opinión*, no un *hecho*, y a lo mejor para ti las nubes son rosas porque estás zumbada. Una opinión no tiene por qué ser cierta para nadie más en el mundo que para *ti*. Deja de intentar agradar a todos y di simplemente lo que piensas, joder.

Siento como si me hubiera abofeteado.

—¿Y sabes lo que más me revienta? —pregunta, apuntándome con el dedo—. Que siempre que estás conmigo eres la persona más dogmática del puto planeta y no paras de intimidarme con tus opiniones, quiera oírlas o no. Pero en cuanto te mezclas con esos capullos de clase, te vuelves una puta pelele. Tienes tal paranoia con que te acepten que te conviertes en un borrego que se limita a balar con la manada. Me dan ganas de abofetearte porque olvidas todo lo que te hace ser una tía simpática, divertida y... Cassie, te conviertes en una especie de Autobot complaciente que intenta ser lo que la puta gente espera en vez de ser tú misma.

Está tan alterado que jadea. No tengo nada que decir porque él lo ha dicho todo.

Nadie me ha conocido tan a fondo jamás como para ponerme los puntos sobre las íes, y supongo que el hecho de que esté tan disgustado significa que en realidad... le importo.

—Tienes razón —susurro.

—Claro que sí. Así que ya basta, joder.

Arrastro los pies con vacilación mientras el patio empieza a despejarse de gente.

—Bueno, ¿qué vas a hacer ahora?

Se echa la mochila al hombro y resopla.

—Supongo que irme a casa a escribir mil palabras sobre teatro experimental.

—Bueno, podrías venir a la mía a hacer el trabajo. Podrías echarme un cable para no quedar en evidencia como una imbécil.

Lo medita durante unos segundos. A juzgar por su expresión, está sopesando si vender o no uno de sus riñones.

—Hostia, Holt. No te estoy pidiendo en matrimonio; simplemente pensaba que podrías echarme un cable.

—Vale —concede a regañadientes—. Pero a cambio de un aperitivo.

—Eso está hecho. —Aparte de los platos precocinados que llenan mi congelador, el único alimento que tengo en mi posesión son tentempiés. Mi madre se sentiría de lo más avergonzada.

Pasamos por la biblioteca para coger unos cuantos libros que podrían ser de utilidad y después nos ponemos de camino a mi apartamento.

Entro en mi dormitorio, tiro el bolso encima de la cama y al darme la vuelta me lo encuentro vacilante junto a la puerta.

—¿Qué? —digo, y me echo a reír—. ¿Eres como uno de esos vampiros de la tele? ¿Necesitas invitación para poder entrar?

Niega con la cabeza y entra en la habitación.

—No, es que resulta raro estar aquí cuando no estás vomitando ni desmayada.

—Tengo previsto «vómitos y desmayo» en mi agenda para las nueve. No te vayas muy lejos. Promete ser divertido.

Cuando estoy a punto de sacar los libros suena mi teléfono. Al sacarlo de mi bolsillo compruebo que es el número de mi madre.

—Vuelvo enseguida.

Me dirijo a la sala de estar porque sé por qué me llama.

—Hola, mamá.

—¡Mi vida! ¡Feliz cumpleaños!

Tapo el altavoz con la mano y miro por encima del hombro.

—Gracias, mamá.

—Ay, cielo, ojalá pudiéramos estar contigo. ¿Lo estás pasando bien? ¿Qué vas a hacer esta noche?

—Bueno, no gran cosa. Estudiar.

Holt se asoma desde la puerta de mi habitación y pregunta:

—Taylor, ¿dónde están los libros de la biblioteca? Voy a empezar a documentarme.

Mi madre se pone a hablar, pero tapo el teléfono y susurro:

—En mi bolso, encima de la cama.

Él asiente y desaparece.

Mi madre se calla.

—¿Quién era?

—Nadie, un chico de mi clase. Estamos estudiando juntos.

Tras unos instantes de silencio, pregunta:

—¿Estás a solas con un chico en tu apartamento?

Uf. Ya la hemos liado.

—Mamá, no es lo que piensas. Estamos haciendo un trabajo.

Justo entonces Holt exclama:

—¡Madre mía, Taylor, qué cama más incómoda! ¿Cómo coño duermes en esto? ¿O es aposta? ¿No quieres que se te acurruquen cuando has acabado con ellos?

Pienso: «Tierra, trágame», y mi madre da un grito ahogado.

—Mamá…

—¡Cassie! ¿Acaso te he educado para que te acuestes con el primer chico que se presente?

—Solo somos amigos. —Más o menos—. No es eso. De verdad.

—¿Y por qué no te creo?

—¡Date prisa, Taylor! Creo que tu cama me ha descoyuntado la espalda. ¡No puedo levantarme!

¡Le voy a mataaaar!

Mi madre me suelta un sermón sobre la cantidad de violaciones que se producen en los campus universitarios y sobre lo irresponsable que soy, y cacarea que esto es lo que pasa cuando ella no está cerca para vigilarme. Normalmente me limito a dejar que se desahogue para que haya paz, pero ahora tengo a un Holt en miniatura en el hombro instándome a que haga valer mis derechos.

—Mamá, ya está bien. No es asunto tuyo si tengo o dejo de tener a un hombre aquí. Ya soy mayorcita y no necesito tu aprobación para todas y cada una de mis decisiones. Mira, te quiero, pero hay un hombre muy guapo en mi cama y tengo que dejarte.

Se queda en silencio unos segundos. Me aterra la idea de que le haya dado un síncope.

—¿Mamá?

Más silencio. Visualizo a mi madre tirada en el suelo de su sala de estar con la mirada vidriosa y el teléfono agarrado en la mano.

—¡¿Mamá?!

—¿Cómo de guapo? —pregunta finalmente.

Doy un suspiro.

—No te puedes ni imaginar.

Se ríe. De compromiso, pero al menos lo intenta.

—Ten cuidado con los guapos, cielo —me advierte—. Te romperán el corazón.

—Mamá, papá es guapo.

Hace una pausa.

—Sí, bueno, tu padre te manda un beso. Te llamará luego, cuando llegue del trabajo.

—Gracias, mamá.

Siento una punzada de morriña. A pesar de decir pestes de ellos, la verdad es que echo de menos a mis padres.

Me despido y siento un pelín de orgullo por haber dicho lo que pienso. Hasta ahora nunca me había encarado con mi madre y lo he sobrellevado sin llorar ni matarla. Tal vez Holt no vaya tan desencaminado después de todo.

Cuando vuelvo sonriendo al dormitorio me lo encuentro sentado en el borde de la cama, inclinado sobre un libro y revolviéndose el pelo con los dedos.

—Vaya, esa lectura debe de ser emocionante —comento.

Se levanta de un brinco.

—Taylor... No era mi intención. Estaba en tu bolso. Se había quedado abierto al chocar con otro libro y, al ver mi nombre, yo...

Al darme cuenta de lo que tiene en la mano me embarga una oleada de horror nauseabundo.

Me trago la vergüenza y las náuseas. La cara me arde.

—¿Qué has leído? —pregunto con un hilo de voz ronco por el bochorno.

—Lo suficiente.

—¿Todo lo que he escrito hoy?

—Sí. —Hace una pausa—. ¿Es tu cumpleaños?

Voy a vomitar. Lo ha leído todo. Mis comentarios despotricando sobre mi virginidad. Lo cachonda que estoy. El fuerte deseo que siento por él y por su pene de galardón.

Todo.

—Cassie...

—Holt, como me felicites en este preciso instante, te machaco.

Me tapo la cara con las manos y me niego a llorar, pero ya no puede quedarse aquí. No puedo estar cerca de él. Nunca más. A lo mejor incluso más allá de nunca.

—Maldita sea, Taylor... —dice—. ¿Qué has escrito sobre mí? No quiero saber nada. Absolutamente nada. Joder, en serio...

—Lárgate.

Le oigo suspirar, pero soy incapaz de mirarle.

—Cassie...

—Lárgate-de-una-puta-vez. Ya.

Oigo un ligero ruido amortiguado y al echar un vistazo compruebo que ha dejado caer el diario sobre la cama. Se acerca y recoge su mochila del suelo detrás de mí.

Cuando su cuerpo roza el mío, noto un repentino movimiento. Abro los ojos y me lo encuentro delante de mis narices, escrutando mi rostro. Me da la sensación de que, como no pare, mi piel va literalmente a arder en llamas.

—¿Cómo es posible? —pregunta en voz baja.

—¿El qué?

Al avanzar hacia mí sin dejar de mirarme, pego la espalda a la puerta de mi ropero.

—¿Cómo es posible que nunca hayas…, que ningún hombre te haya…?

Quiero que termine la frase, pero él se limita a clavarme la mirada con gesto incrédulo.

—Es un puto crimen que jamás te hayan besado como es debido.

Me fijo en su pecho. Se mueve agitado. El mío también.

Cierro los ojos.

—Pues hazlo tú. —Se me escapa, pero no quiero retirarlo—. Enséñame cómo deberían besarme.

Abro los ojos y le veo con la mirada clavada en mí con tal intensidad que me corta la respiración.

Por un momento se queda inmóvil y a mí me dan ganas de trepar por la pared para huir de mi tremenda vergüenza. Pero entonces se inclina tan despacio que apenas da la impresión de estar moviéndose. Me da la sensación de haber dejado de respirar porque me duele el pecho. Hasta este momento no era consciente de lo mucho que deseaba que me besara, pero ahora hasta la última célula de mi cuerpo lo anhela. Siento un hormigueo de intensa anticipación en todo mi ser.

Holt tiene el semblante serio. La mirada oscura e inquisitiva. Sus manos se posan en mis caderas y, a medida que sus dedos aprietan y sueltan con movimientos irregulares, me dejo caer contra la puerta.

Finalmente inspiro; ahora se halla tan cerca de mí que aspiro su aliento cálido y dulce.

Va a pasar. Oh, Dios, por favor, que pase.

Cierro los ojos y entreabro los labios casi llorando ante la expectativa de tener su boca sobre la mía.

Pero entonces todo se detiene. Su aliento deja de envolver mi cara y sus cálidas manos se despegan de mi cuerpo.

—¿De verdad crees que después de leer todo eso hay alguna posibilidad de que pueda darte un puto beso? —pregunta en tono cortante—. Por Dios, Taylor, ni siquiera soporto estar en la misma habitación que tú.

Cuando abro los ojos se echa la mochila al hombro y sale por la puerta dando zancadas.

La mortificación y la vergüenza llenan todo el espacio de mis pulmones; me escurro pared abajo y me tapo la cara con el deseo de volverme invisible.

Sigo esperando que la tierra me trague cuando oigo cerrarse la puerta del apartamento de un portazo.

6

SUPERCASTING

Hoy
Nueva York
Cuarto día de ensayo

En la cafetería hay ruido, pero tienen wifi gratis. Un lugar perfecto para sacar mi iPad y evadirme durante mi hora para comer. Casi todos los días escribo en mi diario. Sobre todo porque Tristan sigue empeñado en que me mantendrá cuerda frente a la vorágine de mi actual situación. Tiene razón, como de costumbre.

Últimamente, por supuesto, utilizo un diario virtual con clave encriptada y más seguridad que una comitiva presidencial, pero no es lo que se dice lo mismo que escribir en auténtico papel.

Todos los días Elissa y Ethan me invitan a acompañarles para comer, pero es algo que no pienso hacer bajo ningún concepto.

Allí voy a trabajar, a cumplir con mi deber, e intento guardar las distancias con Ethan durante el tiempo que pasamos fuera del escenario. Él se empeña en que hablemos tendiéndome encerronas, pero yo he aprendido a esquivar y a escabullirme mejor que un campeón mundial de boxeo.

Con hablar no solucionaremos nada salvo recorrer el Callejón de los Recuerdos Terriblemente Dolorosos. Ninguno de los dos tenemos necesidad de ello.

Estoy enfrascada tecleando mi último comentario en el diario cuando plantan junto a mí una gigantesca ensalada César. Al levantar la vista para explicar que yo no la he pedido, me encuentro a Elissa.

—Te estás quedando hecha un palillo —comenta mientras se sienta a mi lado con su comida—. Una mujer no puede sobrevivir a base de cafeína y nicotina, ¿sabes?

—Te equivocas —digo, y le sonrío—. Soy un magnífico ejemplo.

—Pues tu directora de escena opina que cada vez te pareces más a una muñeca cabezona, así que a comer. Invito yo.

Al fijarme en la ensalada me doy cuenta de lo hambrienta que estoy.

—A sus órdenes.

Mientras guardo mi tableta reparo en Holt sentado solo a una mesa al fondo.

Maldita sea. De todas las cafeterías de todas las ciudades del mundo, tiene que venir a la mía. Se supone que este es un espacio libre de Holts.

Como si anticipara la pregunta que iba a hacer a continuación, Elissa dice:

—Voy a comer contigo porque estoy harta de aguantarle. Siempre que me intereso por cómo van las cosas entre vosotros se cierra en banda.

Me encojo de hombros y sigo comiendo. Dejé de intentar averiguar las motivaciones de Holt hace mucho tiempo.

—Prácticamente no cruzáis palabra en los ensayos. Tú ni siquiera le miras, pero él se pasa todo el rato sin quitarte ojo de encima. ¿Me quieres decir qué pasa?

Miro con disimulo a Holt, que está leyendo mientras picotea distraídamente patatas fritas de un bol.

—No pasa nada —contesto, y le doy un sorbo a mi refresco—. Simplemente estoy trabajando a fondo.

Ladea la cabeza, me examina durante unos segundos y pregunta:

—¿Te estás tirando a mi hermano?

Me pongo a reír y toser al mismo tiempo. Cojo un puñado de servilletas para limpiarme el hilo de Coca-Cola que me chorrea por la barbilla.

Holt parece ajeno a nuestra conversación. Menos mal.

—Por supuesto que no —cuchicheo—. ¿Acaso crees que mi instinto de supervivencia es nulo?

Echa un vistazo a Holt antes de cuchichear a su vez:

—Creo que, en lo tocante a mi hermano, eres incapaz de pensar con claridad y que si quisiera llevarte a la cama, tardarías unos tres segundos en abrirte de piernas.

—No es verdad.

—¿En serio? Porque con el calor que generáis en los ensayos se podría iluminar la mitad de Nueva York. Los dos parecéis culpables. Si no estáis follando, ¿entonces qué?

No me apetece para nada mantener esta conversación hoy. Ni nunca.

Suspiro y niego con la cabeza.

—Oye, mentiría si dijera que ya no me atrae, pero, Dios, Elissa, se acabó. No tengo ninguna intención de volver a tener algo con él. Jamás.

—Pero todavía debes de sentir algo por él. Pensaba que te largarías a un millón de kilómetros al enterarte de que iba a ser el protagonista masculino. ¿Por qué no lo hiciste?

Me encojo de hombros.

—No tengo ni idea.

Eso no es del todo cierto. Tenía que verle. Necesitaba oírle decir que había cometido un error y que lo sentía, pero empiezo a dudar que eso llegue a ocurrir algún día. Ahora creo que simplemente trato de sobrellevarlo para demostrar que puedo seguir adelante sin él.

—Vaya, tienes agallas, de eso no cabe duda —señala Elissa—. O sea, yo quiero a mi hermano, pero si alguien me hubiese hecho lo que te hizo… —Se limpia la boca con una servilleta—. Digamos que entiendo que no respondieras a mis llamadas. Cuando Ethan me comentó que te habían elegido para el papel, pensé que sería nuestra oportunidad para reparar el daño hecho.

—Lissa, tú no me hiciste ningún daño. Fue tu hermano quien me lo hizo.

—Lo sé. Pero me alegro de que volvamos a hablar. Te he echado de menos.

Le cojo la mano y se la aprieto.

—Yo también te he echado de menos.

Hasta ahora no era consciente de hasta qué punto.

—Oye, Marco tiene previsto ensayar el beso después de comer, ¿no? —comenta mientras unta una patata frita con kétchup—. ¿Nerviosa?

—No. No es la primera vez que actúo con tu hermano cuando su presencia me pone enferma.

—Cierto. Pero la última vez el vaso no estaba tan colmado.

—Y yo era mucho más joven y menos capaz de distinguir la realidad de la fantasía. —Me llevo a la boca un poco de ensalada, aunque la verdad es que se me ha quitado el apetito.

Elissa termina la última loncha de queso fundido y pregunta:

—Entonces, ¿no tienes inconveniente en besarle? ¿No reavivará sentimientos del pasado?

Me encojo de hombros.

—No hay sentimientos que reavivar. Murieron hace mucho tiempo.

Se me queda mirando unos segundos y a continuación niega con la cabeza.

—Claro.

Continuamos charlando de temas triviales sin que ninguna vuelva a mencionar a Ethan. Nuestra amistad giró más de lo debido en torno a él cuando debía haberse limitado a nosotras dos.

Mientras charlamos me fijo en que tres chicas se han sentado a la mesa de Ethan. Sus grupis. Siempre hay unas cuantas esperándole a la salida del teatro. Parecen tener un sexto sentido para intuir adónde va. Es irritante.

Chillan, le piden fotos y autógrafos. Le miran como si fuera un regalo de los dioses. Sacan tetas como si tuvieran alguna oportunidad con él.

Ojalá supieran la verdad. A pesar de tener cara de ángel, es un demonio, el cabrón que abandonó a Cassie.

Pincho el resto de la ensalada con entusiasmo un pelín exagerado mientras un aluvión de risitas llena el café.

Maldita sea su estúpida cara de ángel.

Cuando Elissa y yo acabamos de comer, dice:

—Nos vemos ahí dentro. No olvides echarte cacao. Ethan no se ha afeitado. A ver si se te va a irritar la piel. —Me da un rápido abrazo y acto seguido se lleva la cuenta a la caja.

Cuando se marcha dejo escapar un largo suspiro.

Casi había olvidado el beso. Bueno, no tanto olvidado, más bien lo había borrado de la mente. Como Tristan comprobará, mi talento para negar los hechos es fuera de serie.

Cuando me pongo a recoger mis cosas noto una presencia detrás de mí. No me extraña que mi cuerpo reaccione antes de averiguar quién es.

—¿De modo que hablas con mi hermana y conmigo no? —dice al tiempo que me doy la vuelta.

—Eso es porque tu hermana me sigue cayendo bien.

Tiene su inconfundible ceño fruncido.

—En algún momento tendremos que hablar, Cassie.

—No hay necesidad. —Cojo mis bártulos y le aparto para dirigirme a la salida.

Cómo no, me sigue.

—¿Crees que podemos sacar adelante esta obra tal y como estamos? ¿Que no afectará a nuestras interpretaciones?

Salgo a la calle y el ruido del tráfico me hace levantar la voz.

—No voy a permitir que afecte a mi interpretación. Este es el trabajo de mis sueños. Y aunque el universo me esté jodiendo al elegirte a ti como coprotagonista, voy a hacer que funcione. —Me vuelvo hacia él—. Si tú no eres capaz, haznos un favor a los dos y abandona.

Se inclina hacia delante invadiendo mi espacio personal adrede para provocarme.

—Cassie, no te engañes pensando que podrías hacerle justicia a este papel con otro, porque ambos sabemos que eso es una gilipollez.

—Estaría dispuesta a intentarlo —contesto, dedicándole mi mejor sonrisa.

Cuando está a punto de protestar, aparecen más grupis.

Se me adelantan para arremolinarse a su alrededor.

Se lo regalo. Yo ya no soy su fan.

Mientras me alejo, me llama.

No me detengo.

Seis años antes
Westchester, estado de Nueva York
The Grove
Sexta semana de clase

Me mira fijamente.

Centro mi atención en Erika y procuro concentrarme. Me cuesta. La mirada de Holt me provoca un hormigueo eléctrico que comienza en mi nuca y se extiende por todo mi cuerpo.

De buena gana le diría que parara, pero eso implicaría reconocer su existencia y no estoy dispuesta a hacerlo ni de broma en un futuro a corto plazo.

Desde que leyó mi diario hace casi dos semanas le he evitado a toda costa. Cada vez que le miro me embarga un tremendo sentimiento de humillación, acto seguido una ira desmedida y por último unas ganas enormes de restregar todo mi cuerpo contra él. Pensé que iba a besarme. Esa era la impresión que daba. Después se marchó, y ahora no tengo ni idea de lo que le pasa por la cabeza.

Con solo pensar en nuestro beso inminente se me excitan todas mis partes femeninas. No tengo valor para decirles que vamos a morir sin llegar a experimentar un orgasmo. Las deprimiría demasiado y la verdad es que no puedo permitirme el lujo de tener una vagina triste.

—¿Taylor?

—¿Perdón? ¿Qué?

Erika me está mirando. Igual que el resto. Menos él. Vaya, qué ironía.

—Te preguntaba por qué crees que elegimos la interpretación —repite Erika—. ¿Qué nos impulsa a dedicarnos a esta profesión?

Vale, tranquila. Responde a la pregunta con franqueza. No te limites a darle la respuesta que desea escuchar.

—Taylor —dice Erika—, te prometo que no es una pregunta con trampa. ¿Por qué crees que actuamos?

—Bueno… —Respiro hondo e intento ignorar todos los ojos clavados en mí—. Considero que es una manera de comunicar ideas y conceptos. Supongo que somos como médiums canalizando a diferentes personajes y personalidades a fin de dar vida al trabajo de otras personas.

Erika asiente.

—¿No crees que colaboras en ese trabajo? ¿Que las elecciones de tu personaje aportan algo a la imagen original?

—Bueno, sí. Pero siempre que no la pifie con mis elecciones.

La gente se ríe.

Holt se burla.

—¿Holt? ¿Qué opinas?

Se recuesta en el asiento.

—Somos actores porque buscamos atención. Nos ponemos ahí de pie a pronunciar las palabras de otro e intentamos no cagarla.

Erika sonríe.

—Entonces, ¿piensas que lo que haces no tiene nada de artístico?

Se encoge de hombros.

—No especialmente.

—¿Qué me dices de un músico que interpreta temas de alguien? ¿Los consideras artistas?

—Bueno, sí…

—¿Y a un artista visual? ¿A un pintor que interpreta imágenes por medio de sus pinceles? ¿Son artistas?

—Por supuesto.

—Pero no los actores.

—La verdad es que no. Somos loros, ¿no? Memorizamos frases y las repetimos.

—En tal caso —aduce ella—, si piensas que actuar no es una labor creativa, ¿por qué lo haces, Holt? ¿Por qué actuar? Si eres una simple marioneta y no te implicas personalmente en lo que estás interpretando, ¿por qué invertir en ello tres años de tu vida? Seguramente encontrarás algo que te *apasione* más.

—No he dicho que no me apasione; solo que nos engañamos a nosotros mismos al pensar que es difícil.

—Quizá para ti no lo sea, pero a la mayoría de la gente le resultaría imposible subirse a un escenario delante de cientos o miles de personas.

Él se ríe.

—Holt —dice Erika con paciencia—, ¿sabías que en un estudio reciente casi el noventa por ciento de los encuestados dijo que preferiría lanzarse dentro de un edificio en llamas que hablar delante de un grupo numeroso de gente?

—¿Cómo? Eso es ridículo.

—No cuando se tienen en cuenta los diez principales miedos de la gente, pues el «miedo a hablar en público» es el número dos. Otros miedos de la lista relacionados con la interpretación son el «miedo al fracaso», «miedo al rechazo», «miedo al compromiso» y «miedo a la intimidad».

—Da la casualidad —señala Jack— de que esas son precisamente las razones por las que Holt no tiene novia.

Holt lo fulmina con la mirada.

—Para lanzarse al interior de un edificio en llamas hace falta muchísimo más valor que para arriesgarse a que te rechacen o mostrar tu intimidad.

Erika lo mira como una araña calibrando a una mosca.

—¿Más valor, dices?

Él asiente sin ser consciente de que le va a engullir.

—Pienso que sería más acertado decir que se trata de una clase de valor diferente y que las elecciones que haces deciden el alcance de ese valor.

Holt no parece convencido. Erika le escruta de nuevo.

—Hummm.

Él pone los ojos en blanco. Detesta ese sonido contemplativo.

Erika camina hacia el centro de la sala y escribe una palabra en la pizarra electrónica.

—¿Holt? —Le hace un gesto para que se coloque junto a ella. Él se endereza en el asiento y obedece.

—¿Serías tan amable de leer la palabra de la pizarra?

—«Perdón».

—Bien —dice Erika—. Yo soy la dramaturga. Esa palabra es mía. ¿Cuál es mi intención?

Holt se encoge de hombros.

—Tú sabrás.

—No, Holt, ese no es mi cometido. Como dramaturga, mi cometido es proporcionarte palabras. Como actor, tu cometido es interpretarlas. Venga...

Le hace una seña para que repita la palabra que ha leído.

Él se pone la mano en la oreja fingiendo que no la ha oído.

—¿Perdón?

Ella asiente.

—¿Ves? Has hecho una elección. Una elección aburrida y segura, pero no obstante una elección.

—Pero la elección no siempre depende del actor —rebate él.

—Cierto —admite Erika—. Los directores a menudo presionan a los actores para que opten por salidas más atrevidas y arriesgadas, así que vamos a profundizar en eso. —Se coloca al otro lado de Holt y se cruza de brazos—. Esta vez quiero que lo digas como si te dirigieses a alguien importante para ti. A un familiar o a una amante.

A Holt se le ensombrece el semblante.

—¿Por qué se supone que pido perdón?

—Tú sabrás —contesta Erika con una sonrisa.

Él resopla y se pasa la mano por la cara.

—Simplemente dime lo que tengo que hacer y lo haré.

—No, esto no funciona así. Tu labor es crear algo: una idea, una emoción..., según los parámetros que te doy. El parámetro es decir esa palabra a alguien que signifique algo para ti. Ya tienes las directrices. ¿Qué vas a hacer con ellas?

Echa un vistazo a la sala con gesto inquieto e incómodo.

—¿Holt?

—Estoy pensando —dice bruscamente.

—¿En qué?

—En la persona a quien pedir perdón.

—¿Quién va a ser?

Me mira fugazmente y a continuación contesta:

—Una amiga.

—¿Y por qué le pides perdón?

Deja de moverse inquieto.

—¿Por qué tengo que decirlo? ¿Es que importa?

Ella niega con la cabeza y le hace un gesto para que empiece.

—En absoluto. Cuando estés listo…

Él cierra los ojos, aspira una enorme bocanada de aire y espira con una larga exhalación. En la sala se respira expectación.

Cuando abre los ojos, se fija en un punto al fondo de la sala y se concentra. Le cambia el gesto. Es más suave. Contrito.

—Perdón —dice, pero sigue sin ser sincero.

—Se puede mejorar —señala Erika—. Prueba de nuevo.

Él mantiene su atención en el mismo punto con el gesto tembloroso.

—Perdón —repite, pero reprime la emoción.

—Hurga más hondo, Holt —le insta Erika—. Eres capaz de dar más. Demuéstramelo.

Parpadea y sacude la cabeza; los ojos se le ponen vidriosos en cuestión de segundos.

—¡Perdón!

Aunque lo dice en un tono más alto, continúa protegiéndose. Una chispa sin llama.

—¡Eso no es suficiente, Ethan! —exclama Erika, levantando la voz a su vez—. Deja de contener la emoción. Suéltalo. Todo. Aunque resulte amargo.

Traga saliva y aprieta la mandíbula. Aprieta los puños al tiempo que balancea su peso de un pie a otro.

Se queda callado.

—¿Holt?

Parpadea unas cuantas veces más y a continuación baja la vista al suelo.

—No —dice en un hilo de voz—. No… puedo.

—¿Te sientes demasiado expuesto?

Asiente.

—¿Demasiado vulnerable?

Asiente de nuevo.

—¿Demasiado… temeroso?

La mira desafiante. No es necesario que responda.

—Siéntate, Holt.

Camina a grandes zancadas hasta su asiento y se deja caer pesadamente.

—Entonces, ¿te gustaría cambiar de opinión sobre que actuar es fácil y que no exige valor? —pregunta Erika con delicadeza.

Él traga saliva con fuerza.

—Evidentemente.

Erika echa un vistazo a su alrededor.

—Actuar implica lidiar con emociones delicadas. Localizarlas en nuestro interior y dejarlas salir para que otros las vean. Pero, para conseguirlo, el actor debe estar dispuesto a revelar partes de sí mismo de las que se avergüenza. Debe armarse de valor para que afloren todas las inseguridades que le aterren y los sentimientos de culpa que le avergüencen. Nada puede quedar oculto. Al contrario de lo que generalmente se cree, no se trata de provocar una reacción por parte del público, sino de manifestar algo de *uno mismo* y permitir que el público sea testigo de ello.

Señala a Holt, que está mordiéndose una uña con la mirada en el suelo.

—Lo que le ha pasado a Holt hoy os pasará a todos en algún momento. Habrá ocasiones en las que penséis que no sois capaces de interpretar un personaje o transmitir una emoción porque es demasiado personal u os asusta demasiado. Pero vuestro cometido es precisamente hacer acopio de valor para permitir que otros vean vuestra vulnerabilidad. Ahí está el secreto de un buen actor. Kafka lo explicó maravillosamente: «Tenéis el poder de derretir el hielo de nuestro interior, de despertar células dormidas, de hacer-

113

nos sentir plenamente vivos, más humanos, más individuos y al mismo tiempo más conectados los unos con los otros». Por eso hacemos lo que hacemos.

Sus palabras resuenan en mi interior. Miro a Holt. Tiene la mirada clavada en el suelo; los hombros, hundidos. Sabe que Erika tiene razón, y está muerto de miedo.

—Bueno —dice Erika de camino a su mesa para coger un trozo de papel—, todos os presentasteis a la audición para la producción del primer curso, una obra poco conocida llamada *Romeo y Julieta...* —Todo el mundo se echa a reír—. Y me alegra decir que el casting ha concluido.

Todos nos ponemos más derechos al tiempo que la emoción se palpa en la sala.

Creo que la prueba me salió bien y, a pesar de mi falta de experiencia, quiero este papel. Con toda mi alma.

Erika empieza a leer en voz alta los papeles secundarios. Se oyen murmullos, tacos y algunos gritos de júbilo, pero a medida que nos acercamos a los personajes principales toda la sala se queda en silencio.

—El papel de Teobaldo es para... Lucas.

Lucas exclama: «¡Hurra!» a voz en grito y levanta el puño en el aire. Me lo imagino haciendo de Teobaldo, totalmente colocado y un poco grillado.

—Benvolio será interpretado por... Avery.

Jack asiente y comenta con aire presuntuoso:

—¡Bien! Aquí viene el cabrón de Benvolio.

Hay risas y vítores.

—La nodriza será interpretada por Sediki.

Hay una salva de aplausos y da la impresión de que Aiyah va a echarse a llorar.

Anuncia que Miranda, Troy, Mariska y Tyler interpretarán a los padres de los Capuleto y los Montesco. Entonces llega la hora de revelar los papeles protagonistas.

Se me seca la boca y se me hace un nudo en el estómago. Cierro los ojos mientras entono mis ruegos en silencio.

Erika carraspea.

—Nuestra Julieta —*Dios mío, por favor, por favor, por favor, por favor*— es Taylor.

¡Sí!

Me da un vuelco el estómago y el corazón me late desbocado. No creo que jamás me haya sentido tan feliz.

Todos aplauden y me da la sensación de que mi pecho va a explotar de orgullo.

Soy Julieta.

Yo.

La don nadie de ninguna parte con nula experiencia.

¡Toma!

Echo un vistazo a Holt. No me está mirando, pero sonríe. Probablemente esté pensando: «Te lo dije» y atribuyéndose el mérito de hacer que me presentara.

—Por último —dice Erika mirando a su alrededor—, elegir a estos dos papeles masculinos provocó un acalorado debate entre los miembros del tribunal, pero pienso que hemos tomado la decisión correcta. No es una elección obvia y, sin embargo, a veces son las más interesantes.

Holt se pone derecho. Me consta que quiere el papel de Mercucio. Lo ha hecho antes y, por lo que he podido saber, lo bordó.

Connor sería perfecto para Romeo y creo que trabajaríamos bien juntos. Mira hacia mí y cruza los dedos.

—En la producción de este año, Mercucio lo interpretará Baine. El papel de Romeo es para Holt.

La clase aplaude, pero no me sumo a ellos.

Siento como si me hubiera caído una pesa de plomo en el estómago.

A juzgar por sus respectivas expresiones, Holt y Connor sienten lo mismo.

Los tres nos miramos fijamente sin saber exactamente qué diablos acaba de ocurrir.

Erika da unas palmadas para anunciar el fin de la clase.

—Ya está. Quienes no tengáis asignado un papel estaréis en el coro. No os preocupéis, tenéis muchas cosas por hacer. Por favor, coged un guion y un plan de ensayo antes de marcharos.

La gente me felicita de camino a la salida, pero apenas les oigo.

Connor se acerca y me da un abrazo.

—Enhorabuena —dice con cariño—. Vas a ser una Julieta increíble, no me cabe la menor duda.

—Yo quería que fueras Romeo —contesto a sabiendas de que Holt no se ha movido del asiento.

—Me habría gustado —comenta—, pero no te voy a mentir, Mercucio es un papel de chulo. ¿«Una maldición sobre vuestras dos casas»? No podía ser mejor.

Cuando se marcha, camino aturdida hacia la mesa de Erika para coger un guion. Lleva mi nombre escrito junto al del personaje: Julieta. Me fijo en el único guion que queda. Romeo: Ethan Holt.

No.

No.

No.

—¿Taylor? ¿Estás bien?

Intento disimular lo mal que me encuentro.

—Eh..., sí. Muy bien.

Erika sonríe.

—Pensaba que te alegrarías más por haber conseguido tu primer papel de protagonista. Es uno de los clásicos. Muy pocas actrices tienen ocasión de interpretar a Julieta a lo largo de su vida.

—Oh, lo sé —comento—. Estoy contentísima. De verdad. Es que...

Erika me mira expectante.

—No quiere que yo sea su Romeo —explica Holt acercándose a mi lado—. Y, a decir verdad, ya somos dos. Sabías perfectamente que yo quería a Mercucio. Y lo que odio al puto Romeo. ¿A qué viene esta gilipollez?

—Parafraseando las inmortales palabras de los Rolling Stones, Holt, no siempre se consigue lo que se quiere. Querías el papel de Mercucio porque ya lo has hecho antes y te encontrarías cómodo interpretándolo otra vez. Ser actor no consiste en sentirse cómodo. Consiste en retarte a ti mismo. Me consta que detestas a Romeo y esa es una de las razones por las que has sido elegido. Tú no eres el típico héroe romántico. Eres descarado, cínico y, a veces, un grosero de tomo y lomo. Tienes un punto que creo que Romeo necesita. Por otro lado, Baine tiene una sensibilidad que hará que el público conecte con Mercucio. Créeme, no he tomado esta decisión a la ligera. Sabía que te mostrarías reacio y, teniendo en cuenta que tengo que dirigirte, no he hecho más que complicar muchísimo más mi trabajo. Pero resulta que considero que, si consigo sacar de ti lo que creo que puedes dar, merecerá la pena.

Holt se queda mirándola y se cruza de brazos.

—¿Y si me niego a hacerlo? —pregunta—. Porque aun considerando la posibilidad de que yo me plantee interpretar a semejante patán blandengue, lo cual no es el caso, dudo mucho que a Taylor le entusiasme la idea.

Erika me mira con gesto inquisitivo.

—Es verdad —digo—. Es un capullo.

Erika apoya las manos en la mesa y deja caer la cabeza.

—¿Y qué sugieres? ¿Hacer el papel de Mercucio y que Baine haga el de Romeo?

—¡Sí! —exclama Holt—. Le saldría genial el rollo ese del plasta acaramelado. Yo podría morir montando un número y listo. Todos contentos.

—Pues no, Holt, porque no avanzarías en tu desarrollo como actor y me perdería sacar partido de la química que he percibido entre Taylor y tú en las audiciones.

Holt se queda cortado.

—¿Por eso me has elegido para este papel? ¿Por ese estúpido ejercicio de imagen especular? ¡Por Dios, Erika!

—Esa no es la única razón, pero en parte sí. ¿Es que crees que ese tipo de química es cosa de todos los días? Pues yo te lo digo: no.

—Pero eso es... No era algo que yo... Es que no voy a...

—Ethan —ataja Erika—. Entiendo que asuste asimilar una empatía de esa índole, pero es justo lo que necesitas para crecer. Aunque tienes talento de sobra en muchísimos aspectos, tu talón de Aquiles es cualquier cosa que exija que te muestres abierto y vulnerable con otra persona, y créeme cuando te digo que no llegarás muy lejos en esta industria, en este curso ni en la propia vida si te sigue suponiendo un problema.

Vuelve la vista hacia mí.

—Bien, habéis sido elegidos como protagonistas de una de las tragedias románticas más grandes de la historia mundial, de modo que dejaos de tonterías y mostraos agradecidos. Interpretaréis los papeles que se os han asignado y, si no, os suspenderé el semestre. Me trae sin cuidado cómo lo hagáis, pero no tenéis más remedio que encontrar la manera de trabajar juntos. Presentaos el lunes con vuestros guiones aprendidos y metidos en la piel de los personajes porque voy a hacer que parezcáis enamorados aunque sea lo último que haga. Aquí las gilipolleces no se toleran bajo ningún concepto. ¿Queda claro?

Holt y yo farfullamos: «Sí, Erika», y bajamos la vista al suelo.

Erika suspira, recoge sus cosas y añade antes de marcharse:

—No olvidéis los guiones.

Holt y yo nos quedamos ahí plantados sin mirarnos ni hablarnos.

Debería estar contenta por mi papel, pero no lo estoy.

Holt agarra el guion y el plan de ensayo y los mete a empellones en su mochila.

—Menuda putada —mascula entre dientes—. El año entero va a ser una puta mierda, y todo por tu culpa.

—¡¿Por mi culpa?! ¿Cómo diablos va a ser culpa mía que te hayan dado el papel de Romeo? No te va a tocar siempre hacer de rebelde intocable y taciturno, ¿sabes? Llegará el momento en el que tengas que interpretar al protagonista romántico.

—Eso es una chorrada. No todos los actores tienen que hacer el protagonista masculino. Samuel L. Jackson, Steve Buscemi, John Turturro, John Goodman..., todos tienen carreras *alucinantes* y no hacen bodrios románticos.

—No te tomes esto a mal, Holt, porque la verdad es que no me apetece adularte precisamente ahora, pero no te pareces a ninguno de esos tipos ni de coña. Eres alto y guapo y llevas el pelo a la última. Te van a elegir de protagonista quieras o no.

—¿Conque deseas que sea tu Romeo? ¿Es eso lo que me vienes a decir? Porque la última vez que quise comprobarlo ni siquiera soportabas mirarme a la cara.

—No —contesto—, no serías mi primera elección para hacer de Romeo, ¡sobre todo porque eres un pedazo de animal que va por ahí leyendo los diarios ajenos!

—A la mierda.

Agarra su mochila y echa a andar con aire indignado hacia la puerta, pero le sujeto del brazo.

—Holt, ¿qué diablos te pasa? Han pasado dos semanas y ni siquiera te has molestado en tratar de arreglar las cosas entre nosotros. ¡Pide perdón ya, cotilla impresentable!

Se gira en redondo hacia mí echando fuego por los ojos. Retrocedo unos pasos, pero me sigue. No para hasta que mi espalda topa con la pared.

—Leer tu diario fue un puto error; lo reconozco. Ojalá no lo hubiera hecho, porque mi vida sería muchísimo más fácil si ignorara todo ese rollo de mierda de lo que sientes por mí. Pero, para empezar, ¿cómo coño se te ocurrió escribir todo eso? ¡Por supuesto que la persona sobre la que escribes va a leerlo de una u otra manera y va a ser una tortura para ambos y a joderlo todo!

—¿Cómo? —Un fogonazo de sangre me sube de repente a la cara—. ¡¡Encima no estarás echándome la culpa de haber leído mi diario?!

—Sí, va a ser que sí.

—¡Lo que faltaba! —Levanto bruscamente las manos, exasperada—. Se acabó. Tiro la toalla contigo. Ya ni te molestes en disculparte. Mantente alejado de mí y punto.

Le aparto de un empujón para pasar, pero me sigue.

—¿Cómo quieres que me mantenga alejado de ti si tenemos que actuar juntos en infinidad de escenas de esta maldita obra, eh? Te aseguro que me encantaría no tener que sufrir esa puta tortura, pero en esta cuestión no me queda otra.

Acelero el paso.

—Preferiría clavarme agujas en los ojos antes que tener que fingir estar enamorada de ti, pero voy a hacerlo porque esta producción equivale al cuarenta por ciento de la nota de interpretación del semestre ¡y no vas a fastidiarme la nota media!

—Ni se me pasaría por la cabeza, princesa. De todas formas, seguramente te limitarías a despotricar sobre ello en tu diario.

—¡Sí! ¡Seguramente lo haría!

—¿Sabes? —comenta mientras camina junto a mí siguiendo tranquilamente el paso de mis piernas al trote—. Millones de personas se tiran toda su puñetera vida sin escribir sus fantasías sexuales y pensamientos más íntimos en un libro que puede encontrar y leer cualquiera. ¡Deberías intentarlo!

—¡En cuanto comprobaste lo que era deberías haber dejado de leer!

—¡Sí, claro, como si resultara tan fácil al ver que estabas hablando de mi *polla!*

Me paro en seco y le doy un puñetazo en el brazo.

—¡Ay! ¡Coño!

—¡No es culpa mía! ¡Que te jodan!

Me agarra de los brazos y tira de mí.

—Bueno, según tu diario, eso es precisamente lo que necesitas. ¿De ahí sale toda esta agresividad? ¿Estás de uñas porque no te besé el otro día y necesitas montarte en mi polla un rato?

—¡Dios, eres un gilipollas!

—¡Eso no es un «no»!

Instintivamente hago amago de golpearle, pero me agarra la muñeca y me sujeta con fuerza.

—Esa no es la parte de mi cuerpo donde debes poner las manos, cariño. ¿No quieres aliviar un poco la parte que tengo dura como una piedra desde el instante en que leí tu estúpido diario? ¿No quieres sentir el calvario por el que estoy pasando? ¿Tantas ganas tienes de tocar una polla? Pues adelante. Ponme tus malditas manos encima y líbrame de mi suplicio.

Me zafo de un tirón.

—Eres asqueroso —le digo antes de marcharme.

—¡¿Eso es un «no» a la paja, o qué?! —grita.

Me alejo de él lo más rápidamente que puedo y, al doblar la esquina, compruebo que sigue en el mismo sitio con la cabeza gacha y las manos en el pelo.

Vuelvo a casa con las piernas temblorosas y hasta que no entro en mi dormitorio y cierro la puerta de un portazo no me doy cuenta de que tengo los ojos llorosos.

7

PUNTO DE NO RETORNO

Hoy
Nueva York
Sala de ensayos del Teatro Graumann
Cuarto día de ensayo

Estoy mordiéndome las uñas. Prácticamente me las he destrozado por completo y he pasado a la piel áspera de las cutículas. No me ayuda a tranquilizarme, pero sí a dejar de caminar de un lado a otro.

Marco está hablando con Holt. Explicándole la escena en cuestión.

Mi estómago se retuerce con una mezcla de angustia y anticipación irracional. Me entran ganas de devolver el almuerzo.

Aunque Marco habla en voz baja, oigo cada palabra.

—Sarah viene a pedirte explicaciones de por qué la apartas de tu lado. Su madre te ha revelado que no es la chica pueblerina que pensabas que era y, a raíz de ello, sientes que jamás serás lo bastante bueno para ella. En el fondo siempre has sabido que vuestra historia era demasiado bonita para ser cierta, y ahora se han confirmado todas tus dudas.

Ethan asiente al tiempo que frunce el ceño con actitud concentrada. Mantiene los brazos cruzados sobre el pecho. Postura a la defensiva.

Me mira y enseguida vuelve la vista hacia Marco con cara de póquer.

No me quedan cutículas. Necesito un cigarrillo, pero no tengo tiempo.

—Quiero que sientas que en tu opinión ella estará mejor sin ti, pero eso te está matando. ¿Entiendes?

Él asiente y le da un espasmo en la pierna.

Está nervioso.

Me alegro.

—¿Cassie?

Me toca.

Marco se acerca a mí y me rodea con el brazo.

—El comportamiento de Sam te desconcierta. Le amas y no te importa lo diferentes que son vuestros entornos. Al parecer él se ha rendido, pero tú quieres que luche. ¿Vale?

Asiento. Me acabo de marear. Quiero sentarme.

—Ahora es cuando nos muestras tu desesperación. Hace días que no le ves. Lo único que deseas es que se quede, ¿vale?

—Sí. Perfecto.

Aparento más seguridad de la que siento. Él confía en que voy a hacer bien mi trabajo. No quiero decepcionarle.

—Tomaos unos minutos para prepararos; empezaremos con la entrada en escena de Sarah.

¿Prepararme? ¿Cómo diablos me preparo para esto? ¿Para sentir cosas tan íntimas e importantes? ¿Para besarle?

Camino de un lado a otro. Quiero encontrar a mi personaje porque encarna la trinchera entre la fantasía y la realidad. Sin embargo, solo me encuentro a mí misma. *Mi* dolor. *Mi* confusión.

Cierro los ojos y respiro. Largas inspiraciones mesuradas entran por mi nariz y salen por mi boca. Trato de imaginar una sábana blanca tendida en una cuerda meciéndose con la brisa. Es mi centro de atención.

Hoy no lo consigo. La imagen es borrosa y oscilante, como un canal de televisión que no logro sintonizar.

Mis ojos siguen cerrados cuando oigo pasos. A continuación noto el calor de una presencia delante de mí; sé que me observa.

—¿Qué? —pregunto sin abrir los ojos—. Intento no distraerme de mi centro de atención. Titila como un espejismo.

—¿Quieres comentar algo?

—La verdad es que sí. Siempre que hago pis noto una extraña sensación de quemazón. ¿A qué se deberá? —Mantengo fluida la respiración.

Él suspira.

—Me refería a la escena.

—Sé a lo que te referías.

—Ya lo creo.

—Vamos a quitárnosla de encima y a ver qué pasa. —Me la quitaré de encima saliendo despavorida de la sala a grito pelado.

—¿Seguro?

Jamás he estado menos segura de algo en mi vida.

Abro los ojos.

—Vale. ¿Qué quieres?

Se mete las manos en los bolsillos.

—¿Por dónde coño empiezo?

Espero. Sé que está pensando porque da la impresión de que le duele algo. Hay cosas que no cambian nunca.

—Cassie, ¿no te parece que es de locos que no hayamos ni mencionado los malos rollos que ha habido entre nosotros y que de aquí a unos minutos me ponga a besarte?

—No, no vas a besarme —contesto.

—Pues sí. Está en el guion.

—Lo que quiero decir, petardo, es que Sam va a besar a Sarah. Tú y yo estaremos en otra parte, ¿entendido?

Da un paso al frente y yo me niego a recular. Eso se acabó.

El calor de su cuerpo me cala a través de la ropa. Con las pocas ganas que tengo de mirarle a los ojos, no me queda otra alternativa.

—Ambos sabemos que eso no funciona así —me cuchichea—. Por mucho que deseemos que sean las emociones de los personajes, eso no va a quitar que sean mis brazos los que te abracen y mi boca la que te bese. Mira, todo esto me resulta bastante raro teniendo en cuenta que con todo el maldito lastre que arrastramos podríamos llenar unos grandes almacenes, pero, ya que no quieres comentar nada, a tomar por saco: vamos a ver lo que sale.

Su habilidad para sacarme de mis casillas en treinta segundos es sorprendente. ¿Ahora le apetece hablar porque le conviene?

Lo único peor que su habilidad para tomar decisiones sobre una relación es su capacidad para elegir el momento oportuno.

—Tuviste tres años para hablar. Pero solo te ponías en contacto conmigo cuando estabas borracho y balbuciendo.

—Eso no es cierto. Los correos…

—Eran una sarta de estratagemas e intentos patéticos para conseguir que fuera detrás de ti… de nuevo. Eran imprecisos y autocompasivos, y no pediste perdón ni una vez, cabrón arrogante.

—¿Todo bien? —nos pregunta Marco. Nos ponemos las máscaras con las sonrisas falsas y asentimos.

—Muy bien —contesta Holt con voz tensa—. Solo estamos poniendo en común algunas ideas.

—Excelente. Entonces, manos a la obra.

Holt se vuelve hacia mí, pero por mi parte la conversación está zanjada.

—Acabemos con esto de una vez —digo, pues no estoy de humor para encontrarme en el mismo sitio que él y mucho menos para representar una escena de amor—. Coge tu guion y vamos.

Se ríe, pero con sorna.

—No necesito ningún guion para esta escena.

—No, me figuro que no.

Ocupamos nuestros puestos de salida en sendos extremos de la sala.

Marco da unas palmadas para hacer callar a los presentes.

—Vale, cuando estés lista, Cassie.

Entro en escena, más enfadada de lo que debería estar a estas alturas de la obra, pero a la mierda. Recurriré a mi rabia y haré que funcione.

Interpretamos la escena reprimiendo la retahíla previa y los sentimientos amargos subyacentes entre nosotros. Le rodeo. Él guarda las distancias. Dolido y huidizo.

Lo está bordando.

—¿Crees sinceramente que tenemos alguna posibilidad? —pregunta. Puedo sentir su intensidad desde el otro lado de la sala—. No, y lo sabes. La bruja ociosa de tu madre lo sabe y es la única que tiene agallas para decirlo alto y claro. Deja de luchar contra lo inevitable. Lo inevitable siempre gana la partida.

Mi voz, aunque contenida, hierve de rabia. Me embarga la ira. Se equivoca. Como de costumbre.

Me meto lentamente en la piel de Sarah y hago mías sus reacciones.

—¿Cuándo te convertiste en semejante cobarde?

—Casi en el mismo momento en que descubrí que no te conocía en absoluto.

—¡Claro que me conoces! Conoces las únicas cosas que son importantes.

—¡Chorradas! Conocía a la persona que fingías ser; y eres toda una actriz, sí señora, me tenías totalmente engañado.

La tensión se palpa en la sala. Está buscando una escapatoria. No voy a dársela.

Me aproximo a él.

—Sam, sé que me quieres. Lo veo tan claro como que el cielo es azul y el mundo redondo. Si me dejas ahora, dentro de cinco años te despertarás preguntándote qué demonios has hecho, porque la gente se pasa la vida entera buscando lo que nosotros tenemos, y tú lo estás tirando por la borda. ¿No te das cuenta?

Mi ira se palpa en el aire; lo vuelve denso e irrespirable.

No se atreve ni a mirarme. Es como un animal herido a punto de meterse en la madriguera.

—No puedo ser tu proyecto, Sarah. No soy algo que puedas ajustar. —Da media vuelta para marcharse.

—¡Espera! —Mi voz atormentada lo detiene—. Nunca has sido un proyecto para mí. Y no dejaré que te vayas hasta que digas que no me quieres.

Se le hunden los hombros y masculla una maldición.

—¡Dilo!

Se da la vuelta. El conflicto es patente en su expresión atormentada.

—Si quieres echar a perder lo nuestro —digo con voz trémula— al menos hazlo como es debido.

Se encuentra en apuros, pero no estoy dispuesta a recular.

—Dilo.

Inspira.

—No te quiero.

Prácticamente puedo oír su corazón resquebrajándose a juzgar por la congoja de su voz.

Le ordeno que lo repita. Lo hace, pero en tono más bajo. Voy a hacer que se derrumbe para impedir que se vaya. Tiene que quedarse y venirse abajo conmigo.

Le insto a que lo diga una vez más y le falta el aliento por el esfuerzo al decir:

—No... te quiero.

Tiene la vista clavada en el suelo. Está destrozado.

—¿Te lo crees ya? —pregunto.

Cuando me mira con los ojos rebosantes de agonía y agua salada, me da la sensación de que me ahogo.

—No —responde y, sin darme tiempo a pensar, a prepararme o a echar a correr, avanza hacia mí con paso resuelto y posa sus manos en mi cara. Su roce me entrecorta la respiración. Mientras el aire entra precipitadamente en mis pulmones, me cubre la boca con la suya.

Todo explota. Mi cuerpo y mi mente se paralizan. Los sentidos se sobrecargan y en una milésima de segundo cegadora desaparecen tres años.

Sus labios son tal y como los recordaba. Tibios y suaves. Una delicia imposible de definir con palabras. De repente inspira y sus manos me aprietan; una la mejilla, la otra la nuca. Su garganta emite un ligero gemido y siento una oleada de calor. Mi cuerpo está pegado al suyo, mis manos en su pelo, y todas y cada una de las razones por las que debía mantenerme alejada de él se desvanecen cuando nuestras bocas se abren para recibir a la otra.

Es un beso fiero, apremiante y lleno de pasión que no deseo sentir. Pero aquí…, aquí es donde perviven mis mejores recuerdos de él.

Así es como debería haber sido. Siempre. Bocas y manos enredadas, aspirando el aliento recíprocamente. Recreándonos en la profunda conexión de nuestras almas, no huyendo de ella.

Sus manos recorren un cuerpo trémulo que no ha sentido este fuego desde hace demasiado tiempo.

Por eso no he tenido ninguna relación larga en los últimos tres años. Por eso me acuesto con hombres una vez y no les vuelvo a llamar. Porque no me provocan estas sensaciones.

Me muero de ganas de que alguien sea mi perdición como él, pero no lo consiguen ni por asomo. Esta es la primera vez que me siento realmente excitada desde que se fue y me odio a mí misma por ello.

Aparto la boca y logro decir jadeando:

—Ethan.

Él farfulla entre dientes:

—Dios… Cassie —Y vuelve a besarme.

Mi cuerpo ansía más, a pesar de que mi mente sabe que está mal. Le deseo con todo mi ser.

—Vale, ya está bien —dice Marco tras carraspear—. Vamos a dejarlo aquí antes de que tengamos que conseguiros una cama. Buen trabajo. Una química excelente.

Se rompe la magia y, al apartarme de Holt, abre repentinamente los ojos.

—Cassie…

Le doy un empujón. No puede besarme así, pronunciar mi nombre en ese tono y adueñarse por completo de mí sin mi puto permiso. Da un paso al frente, pero ya no aguanto más. Cuando hace amago de tocarme, le doy una bofetada.

Retrocede con tal desconcierto en el semblante que por unos instantes me arrepiento de lo que he hecho.

No tendría por qué. Es culpa suya. Es consciente del poder que tiene sobre mí. Contaba con ello y se ha aprovechado. Ahora tengo el cuerpo palpitante y ansioso, anhelándole hasta un punto que me supera.

Odio que aún tenga la capacidad de hacerme sentir así. Que con un beso pueda derribar hasta el último mecanismo de defensa que siempre me ha protegido de él.

Le odio por esto, pero más me odio a mí misma por desear que lo vuelva a hacer.

Seis años antes
Westchester, estado de Nueva York
Diario de Cassandra Taylor

Querido diario:
Después de las dos semanas de pena que me ha hecho pasar, Holt ha reconocido que se siente atraído por mí.

Bueno, ha dicho que al leer mi diario se le puso dura, lo cual me figuro que viene a ser lo mismo.

¿Y a mí qué más me da? Es un imbécil maleducado y egocéntrico con fobia a pedir perdón; si nos liamos, nada bueno saldrá de esto. Salvo tal vez sexo de alucine.

Ay, el sexo. Me lo imagino.

No puedo seguir negándolo. Le deseo, a pesar de que me pone negra.

Y ahora que lo reconozco (tanto ante mí misma como ante ti, querido diario), me da un miedo espantoso que lea esto porque, según él, es inevitable. En cuanto escriba algo que me haga morir de la vergüenza, el universo encontrará la manera de permitir que él lo vea.

En fin, en ese caso: ¡Eh, Holt! ¡Sí, tú, mamarracho metomentodo! Quiero meterte mano. ¿Te apetece sexo salvaje y hacer volar por los aires mi cachonda mente virginal?

Suelto el boli, arranco la página de mi diario, la estrujo y la lanzo a la papelera. Rebota contra el filo y cae junto a las otras siete hojas de papel hechas un ovillo que hay desperdigadas por el suelo.

—¡Cabrón entrometido! —Lanzo el diario a la otra punta de la habitación y se estampa contra la puerta con un fuerte ruido sordo. Vuelvo tambaleándome a la cama y dejo caer el brazo sobre los ojos.

Es inútil. Ya no puedo escribir en mi diario. Holt ha echado a perder el ritual porque soy incapaz de superar el pánico a que vuelva a leerlo. Lo único que me ayudaba a dar sentido a mis ridículos sentimientos hacia él ya no está a mi alcance, lo cual me revienta soberanamente.

—¿Cassie? —Llaman a la puerta y Ruby asoma la cabeza—. ¿Estás bien?

—No —contesto; acto seguido me restriego la cara y doy un suspiro.

—¿Holt?

—Sí.

—¿Qué ha pasado?

—Va a interpretar a Romeo. Yo soy Julieta. Nos hemos enzarzado en una pelea.

—¿Por el diario?

—Entre otras cosas.

—¿Sigue sin pedir perdón?

—Pues claro. Encima, prácticamente me ordenó que le hiciera una paja.

—Qué morro. Como mínimo debería haberlo pedido «por favor». —Se acerca y se sienta en el borde de la cama—. Sabes que le gustas, ¿no?

—Me da igual.

—No, no te da igual. A ti también te gusta.

—Me niego.

—A veces el que te guste alguien no tiene nada que ver con lo que deseas y todo es cuestión de lo que necesitas.

—Ruby, es un capullo.

—Estás colada por él.

—Lo nuestro sería un desastre.

—O una maravilla.

Resoplo y me incorporo.

—¿Qué me quieres decir con eso?

—Que deberías dar un paso.

Me froto los ojos.

—Por Dios, Ruby, no. Es que no encajamos. Es como si fuéramos aceite y vinagre. Por mucho que nos batan, jamás nos mezclarán.

—Cassie —dice, poniendo su mejor gesto de «Haz caso de las sabias palabras que voy a pronunciar»—, no olvides que, aunque el aceite y el vinagre no se mezclan, forman un delicioso aliño para ensalada.

Entrecierro los ojos.

—Pues eso no tiene ningún sentido.

Suspira.

—Ya. Perdona, no se me ha ocurrido nada mejor. No obstante, el aliño para ensalada es delicioso. Lo que vengo a decir es que deberías tirarte a Holt. Sería un manjar.

La miro estupefacta.

—¡¿Cómo?! ¿Que debería… qué? Vamos a ver… Ni siquiera entiendo…

—Ni se te ocurra decirme que jamás se te ha pasado por la cabeza echar un polvo con ese chico, porque me consta que sí.

Me da un bajón y hago un mohín.

—Bueno, vale, lo he pensado, pero eso no significa que vaya a hacerlo en realidad.

—¿Quieres que te recuerde que le metiste mano descaradamente cuando te emborrachaste? Y, en opinión generalizada, él no puso pegas.

—Eso no cuenta.

—Restregaste tu margarita contra su músculo del amor, Cass. Sí que cuenta.

Me echo el pelo sobre los ojos y refunfuño:

—Ruby…

Me retira el pelo de la cara y me mira fijamente.

—Cassie, es evidente que estás colgada por este tío. Vais a tener que asumir lo que se está cociendo entre vosotros antes de que os dé un patatús. No puedes reprimir esta tensión sexual. No es sano. Voto por que te lo folles hasta que no podáis aguantar más, pero vamos, tú misma.

Gruño de impotencia y me vuelvo a desplomar sobre la cama.

Se levanta y de camino a la puerta se vuelve.

—¿Sabes? Un sabio dijo en una ocasión: «El amor no puede encontrarse donde no existe, ni ocultarse donde realmente existe». Piensa en ello.

—Qué profundo, Rubes. ¿Es de tu libro de *101 citas filosóficas*?

—Qué va —responde con una sonrisa—. De David Schwimmer. *Bésame, tonto*. Un bodrio de película.

Me echo a reír.

—Buenas noches, Cass.

Esa noche sueño con Holt y, gracias a Ruby, la clasificación es definitivamente X.

Al día siguiente, de camino a nuestro primer día de ensayo, sigo teniendo mis dudas sobre cómo tratarle.

Al doblar la esquina del edificio de arte dramático me lo encuentro apoyado en la verja de entrada al teatro con gafas de sol y un vaso de cartón en cada mano. Me ve acercarme y se pone derecho. Me paro delante de él.

—Hola —digo.

—Hola. —Me mira y se muerde el carrillo.

Nos quedamos inmóviles unos segundos hasta que me tiende un vaso de cartón bruscamente y dice:

—Oh, mierda. Esto es…, hummm…, esto es para ti.

Lo cojo y me lo llevo a la nariz.

—¿Qué es?

—Es un *capullochino*.

Trato de reprimir la sonrisa que eleva las comisuras de mi boca.

—Ja, pues a mí me da la impresión de que huele a chocolate caliente de toda la vida.

—Sí, bueno, resulta que se habían agotado los *capullochinos*. Me ofrecí a preparar más, pero dijeron que tenía más cualificación de la requerida.

—Tenían razón.

Nos ponemos a dar sorbos en silencio; me figuro que lo más cercano a una disculpa que voy a conseguir de él es un chocolate caliente. De momento me conformo con eso.

—Bueno —comento—, ¿te sabes el guion?

Asiente.

—Lástima que Shakespeare no eligiera a un buen editor. El tío era farragoso.

—¿Le has tomado algo de cariño a Romeo ya?

Baja la vista a su vaso y se pone a toquetear el borde.

—No. Cuanto más profundizaba en el guion, más claro tenía la tremenda gilipollez que es este casting. No puedo interpretar este papel, Taylor. Soy incapaz.

—Erika opina lo contrario.

—Sí, bueno. Erika se engaña a sí misma. Piensa que soy alguien que no soy.

—O quizá tenga fe en quien puedas llegar a ser.

Niega rotundamente con la cabeza.

—Ya puede tener toda la fe del mundo; lo único que soy capaz de ofrecerle es un maldito Romeo.

—A lo mejor eso es lo que quiere. El Romeo perfecto es aburrido. Es más interesante observarle luchar contra sus emociones. Ya sabes, que supere sus inseguridades.

Examina su vaso unos segundos y a continuación pregunta:

—¿Y si no las supera, qué?

Me estoy devanando los sesos para dar una respuesta alentadora cuando llega Erika. Desfilamos delante de ella y tiramos los vasos vacíos a la basura antes de internarnos en la penumbra del teatro. Después de soltar los petates en el auditorio, nos dirigimos al escenario al encuentro de Erika.

—¿Qué tal estáis hoy, chicos? —pregunta.

Holt y yo respondemos entre dientes algo que suena vagamente positivo y se pone fin a la charla trivial.

—No quiero asustaros —dice Erika mirándonos—, pero el éxito de toda la producción depende de vosotros dos y de la credibilidad de vuestra relación.

Holt suspira.

—Por Dios, Erika. Menos mal que no hay presiones de ningún tipo.

Erika le sonríe con gesto comprensivo.

—La buena noticia es que me consta que tenéis capacidad de sobra para encarnar a estos personajes. —Holt pone los ojos en blanco—. Pero vais a tener que confiar en mí y el uno en el otro y entregaros de lleno a la experiencia. ¿Entendido?

Ambos asentimos. Holt, cargando su peso de un pie a otro listo para salir desbocado, parece un caballo asustado.

—Esta es la escena de la fiesta en la que os veis por primera vez y, por cursi que parezca, tenéis que convencernos de que se trata de amor a primera vista.

—Holt no cree en el amor a primera vista —objeto.

—No es necesario que crea —afirma Erika sonriendo—. Basta con que haga que el público lo crea. ¿Entendido, Holt?

Holt baja la vista al suelo.

—Como quieras.

Ella se ríe y nos coloca en sendos extremos del escenario.

—Vale, tenéis que imaginar que el lugar está lleno de asistentes a la fiesta. Romeo, tú estás más aburrido que una ostra. Tus amigos han prometido que te harán olvidar por completo a Rosalina cuando te presenten a otras mujeres hermosas, pero tú no tienes el menor interés. En lo que a ti respecta, Rosalina ha echado a perder tu interés por cualquier otra mujer y no dejas de contar los minutos para marcharte.

»Julieta, tú tratas por todos los medios de evitar a tu madre y a Paris. Cuando ves a Romeo por primera vez es como si algo despertara en tu interior. Todo se vuelve negro y él es lo único que ves. Te asusta esa atracción irrefrenable.

Asiento al tiempo que bullo de nerviosismo. Miro a Holt. Está blanco como el papel.

—¿Tenéis alguna pregunta?

Holt traga saliva y niega con la cabeza. Yo hago lo mismo.

—De acuerdo, entonces. Empecemos por el momento en que os veis el uno al otro desde sendos lados de la sala. Quiero ver pasión. La sensación del destino. Vamos a probar a ver qué tal.

Se sienta en la primera fila del auditorio con el guion y una libreta. Holt y yo nos quedamos solos en escena. Da la impresión de que está tan nervioso como yo.

—Vale, cuando estéis listos —exclama Erika.

Inspiro hondo y espiro despacio. Miro a Holt. Tiene los ojos cerrados y el ceño fruncido con aire concentrado, como si estuviera mentalizándose para saltar de un avión o para caminar sobre ascuas. Hace varias inspiraciones profundas y agita las manos. Alcanzo a ver que mueve los labios, pero no oigo lo que dice.

Por fin abre los ojos y mira en mi dirección, empezando por mis pies. Parece darse por satisfecho y seguidamente se fija en mis rodillas. Hoy llevo una falda. Vaquera. Cortita. Su mirada sigue ascendiendo hasta mis muslos y continúa por mi estómago, mis pechos, luego mi cuello y, por último, mi cara.

Se fija en mi boca durante unos segundos y después… Oh, Dios…, me mira a los ojos. Doy un grito ahogado al sentir la conexión de nuestras respectivas energías. Es como si me fundiera en él y le absorbiera al mismo tiempo.

Intuyo que intenta vencer el miedo, pero está asustado. Por un momento me da la sensación de que va a echar a correr. Su cuerpo se pone rígido al tiempo que una fugaz expresión de pánico ilumina sus ojos. Entonces exhala y veo surgir a Romeo, intenso y desesperado. Está canalizando sus emociones en el personaje. Recurriendo al miedo. Transformándolo.

Le miro con los ojos de Julieta y es el hombre más bello que he visto en mi vida.

Ayer por la tarde estábamos gritándonos el uno al otro. Y sin embargo ahora…

Ahora, él es todo.

Nos acercamos. Siento un hormigueo de excitación en la piel. La expectación embarga mi cuerpo. Me quema con la mirada, profunda e intensa. Cuando se detiene delante de mí apenas puedo respirar.

Me mira como si fuera hermosa. Como a un milagro de la naturaleza creado solo para él.

Necesito tocarle, sentir que es real, que está aquí y que me desea, pero sé que Julieta no lo haría. De modo que me quedo quieta y pendiente de él. De su fuerte mandíbula y sus pómulos marcados. De sus preciosos ojos y su pelo rebelde.

Cada parte de él posee su propia belleza particular, pero viéndolo todo en conjunto soy incapaz de describir con palabras lo impresionante que es.

El miedo aún se aprecia en sus ojos, latente, pero él lo vence. Alarga la mano hacia mi cara. Aunque me toca con delicadeza, me provoca una fuerte reacción. Sus pestañas aletean mientras me acaricia la mejilla. El fuego que yace bajo mi piel aumenta con cada suave roce de sus dedos. Su temor, latente bajo su resolución, aflora un poco más.

Concentra su atención en mi boca y carraspea antes de susurrar:

—Si mi indigna mano profana con su contacto este templo sagrado, he aquí la dulce expiación: mis labios, dos ruborosos peregrinos, se hallan prontos a borrar la ruda impresión causada… con un tierno beso.

Sus palabras son formales y arcaicas; sin embargo, la forma en la que mi cuerpo reacciona al oírlas es intemporal.

Mantiene los dedos en mi mejilla mientras se inclina despacio. Lo único que distingo son sus labios, entreabiertos y suaves. Sé que Julieta se apartaría, pero yo me resisto.

Recuerdo mi propósito y aparto su mano de mi cara. La sujeto y acaricio con suavidad sus dedos.

—Buen peregrino, sois harto injusto con vuestra mano, que en lo hecho muestra respetuosa devoción; pues las santas tienen manos que tocan las del piadoso viajero y esta unión de palma con palma constituye un palmario y sacrosanto beso.

Pego mi mano a la suya y mi voz se vuelve etérea. Estoy bloqueada. No puedo pensar con claridad. Se halla tan cerca que huelo su fragancia: jabón y colonia. El dulce aroma a chocolate de su aliento.

Puedo sentirlo en todos los rincones de mi ser, y me tiemblan las manos.

Él levanta la otra mano para cubrir la mía y a continuación la acaricia. El suave sonido del roce de piel contra piel es lo más íntimo que jamás he experimentado. La intensa corriente que fluye entre nuestras manos titila en mi sangre.

También debe de afectarle a él, pues su voz se vuelve suave y contenida.

—¿No tienen labios las santas y los peregrinos también?

—Sí, peregrino —respondo mientras entrelaza sus dedos entre los míos y me estremezco con el suave roce de su piel—, labios que deben consagrar a la oración.

—¡Oh! —exclama, y vuelve a centrar su atención en mi boca—. Entonces, santa querida, permite que los labios hagan lo que las manos. Ruegan pues; otórgales gracia para que la fe no se torne desesperación.

La intensidad de su energía me abruma. Me falta el aliento para hablar.

—Las santas permanecen inmóviles —musito— cuando otorgan su merced.

—Pues no os mováis —dice en un hilo de voz al tiempo que se acerca— mientras recojo el fruto de mi oración. Por la intercesión de vuestros labios he purgado mi pecado.

Contengo la respiración mientras acerca sus labios, suspendidos sobre los míos, tan lejos de donde deseo que estén. Cuando estoy a punto de cerrar los ojos y saborear el momento, se detiene. Parpadea y niega con la cabeza. Me agarra con más fuerza las manos.

Ethan, no.

Aprieta los párpados y, frustrado, emite un sonido ahogado.

—¿Holt? —Erika lo llama desde el auditorio—. Es el momento de besarla. ¿Algún problema?

Me suelta las manos y retrocede. El miedo que con tanto esfuerzo trataba de superar ha aflorado. Se revela de manera patente en su expresión y le frunce los músculos.

—Te dije que no podría —alega con voz tensa, presa del pánico—. Os lo dije a las dos.

—¿Holt?

Él niega con la cabeza y se mete las manos en los bolsillos con los hombros encorvados.

—¿Por qué nadie me hace ni puto caso cuando hablo?

Se marcha a grandes zancadas hacia los bastidores y, aunque Erika lo llama, no se detiene.

Me dispongo a seguirle, pero Erika me hace una señal para que espere.

—Cassie —me advierte mientras sube al escenario—, ten cuidado con él. Está claro que asocia la intimidad emocional con consecuencias dolorosas y posiblemente sea el desencadenante de problemas mucho más graves. No dudo de su capacidad para hacer este papel, pero hay que convencerle. Para ser realistas, tú eres la única que puede ayudarle.

—No sabría por dónde empezar. Nuestra forma habitual de comunicación es a gritos.

Sonríe.

—¿No te has dado cuenta de que eres la única persona de la clase con la que hace un esfuerzo? Prácticamente no habla con el resto.

Me sabe mal no haber notado lo solo que se encuentra Holt. A mediodía se esfuma cuando me siento con Connor y Miranda. Después de clase, cuando todos se disponen a marcharse mientras charlan, él es el primero que sale por la puerta.

Tiene razón. Como siempre.

—Sabes que te odio, ¿no?

—De eso nada.

Tomo un enorme trago de vino.

—Deja que pasen solo unos días; entonces... hablaré con él.

Me da otro abrazo.

—Vale. Te quiero.

—Yo a ti también. Pásalo bien en el club.

—Sabes que lo haré. Hasta mañana.

Le beso en la mejilla y a continuación me llevo el vino a mi habitación y cierro la puerta.

Después de poner música, abro mi portátil y paso unos minutos revisando el correo. Hay uno de Ruby que me hace gracia, además de varios de empresas muy útiles que explican cómo mejorar el tamaño de mi pene. Borro la propaganda y enciendo mi ordenador de sobremesa.

Ahí esta.

El pequeño icono que me incordia constantemente. Lo he etiquetado: «Correos del capullo». Doy un sorbo al vino y lo observo fijamente con el dedo vacilante sobre el botón del ratón.

Ya los he leído todos. Montones de veces. Siempre con los ojos empañados de amargura y pena.

Me pregunto qué encontraría si intentara superar todo eso. ¿Describirían a un Holt distinto al que pasé tantas horas maldiciendo?

—Joder, joder, joder.

Abro la carpeta.

La pantalla está llena de palabras manidas; inspiro hondo.

El primero está fechado a los tres meses de marcharse.

Solo.

Pensaba que era únicamente por evitarme a mí, pero quizá estaba evitando a todos.

—Hablaré con él.

Sonríe.

—A veces la gente levanta murallas, no solo para mantener a los demás fuera, sino también para comprobar quién se molesta en derribarlas, ¿entiendes?

Asiento y salgo del escenario. Mientras recorro el laberinto de bastidores a oscuras, oigo un chirrido y avanzo en esa dirección.

—¿Holt?

Lo encuentro en uno de los camerinos desplomado en una silla con la cabeza entre las manos. Las luces del filo del espejo brillan detrás de él como un halo.

Me quedo junto a la puerta. Parece tan abatido que me dan ganas de decirle que todo va a salir bien, pero no estoy segura de qué decir.

—Deja que abandone y punto —dice sin levantar la vista—. Necesitas a otro. A mí no.

—No quiero a otro —replico, acercándome a él—. Solo pienso que si confías en ti mismo, y en mí, podríamos crear algo de lo más alucinante.

—Taylor... —Se levanta empujando la silla y se acerca a las ventanas—. Conozco mis limitaciones, y se acabó.

—Por lo menos inténtalo —digo al tiempo que doy unos pasos para colocarme detrás de él—. Es lo único que te pido. Sé que este rollo es difícil para ti, pero no hay que rendirse sin al menos intentarlo.

—¿De qué sirve intentarlo cuando sé cuál va a ser el resultado? Me atascaré y te arrastraré conmigo. Más te vale cortar por lo sano mientras aún hay tiempo para que otro ensaye el papel.

—Ya es demasiado tarde para eso —afirmo mientras me fijo en sus músculos prietos bajo la camiseta y me dan ganas de masajearlos—. Sé que el otro día dije que no quería que fueras mi Romeo, pero me equivoqué. Solo puedes ser tú. No concibo que sea ningún otro.

Apoya las manos en el alféizar de la ventana y sus hombros se hunden al dejar caer la cabeza.

—¿Por qué tienes que decir esas cosas?

—¿El qué?

—Esas cosas que hacen que me gustes. Me da rabia, joder.

Ya no aguanto más, así que le pongo una mano entre los omóplatos y le masajeo con suavidad.

Sus músculos se tensan bajo mis dedos y al inspirar lo hace fuerte y entrecortadamente.

—Dile a Connor que lo haga él —sugiere al tiempo que se gira para mirarme—. Seguro que se corre vivo en cuanto le beses, aunque haría un buen trabajo.

—No quiero besar a Connor —replico—. Quiero besarte a ti.

Se queda helado y me da la impresión de que ha dejado de respirar.

Me examina durante unos instantes y a continuación da un tímido paso. Mantengo mi atención en él a pesar de que todo mi instinto me grita que eche a correr. Él podría perfectamente rechazarme de nuevo, pero a estas alturas no puedo echarme atrás.

—¿De veras quieres que te bese?

—Sí. Por favor, Ethan.

—No sabes lo que estás pidiendo. —Se le frunce el entrecejo.

—Sí que lo sé —digo, y doy un paso al frente—. Si esto es lo que necesitas para ver si puedes interpretar este papel, adelante. Solo es un beso.

Da un paso atrás y el pánico se va adueñando de su expresión a medida que avanzo.

—¿Y si no es solo un beso? —pregunta, al tiempo que topa de espaldas contra la pared—. Entonces, ¿qué hacemos?

Le pongo las manos en el pecho y noto lo rápido que late su corazón. Un ruido vibra en su garganta y al levantar la vista me topo con su mirada. Se me nubla la mente y se me aflojan las piernas por la necesidad que emana de él.

—No seas tan dramático —susurro mientras deslizo mis dedos por su cuello y mandíbula—. Si nos besáramos seguramente descubriríamos que nuestros cuerpos son tan absolutamente incompatibles como nuestras personalidades.

Dios, menuda embustera soy. A estas alturas estoy más excitada de lo que lo he estado en toda mi vida. Todo mi ser pide a gritos que me toque. La sensación de su roce en mis manos es alucinante.

—Taylor —dice al rodearme por la cintura para tirar de mí—. Somos cualquier cosa menos físicamente incompatibles.

Me aprieta contra él y doy un grito ahogado. Se la noto, larga y dura, contra mi vientre. Saber que provoco esto en él me produce una satisfacción bestial.

Me pego más a él. Cierra los ojos y gime.

—Esto no ha sido buena idea. En serio.

Enredo los dedos en su pelo.

—Bésame.

Poso las yemas de mis dedos en sus labios y se abren. Noto el calor de su aliento en mi mano. Recorro con el dedo índice su labio superior y luego le acaricio el inferior.

Qué sedosos. Suaves.

Parece apabullado.

—Me he portado como un imbécil rematado desde el mismo día que nos conocimos.

—Ya.

Apoya la frente contra la mía al tiempo que sus manos recorren mi espalda.

—Te he apartado de mi lado una y otra vez. Sin embargo, ¿todavía deseas que te bese?

—Ya lo creo.

Posa las manos con delicadeza sobre mis caderas y dice en voz baja y entrecortada:

—¿Es que no ves lo jodido que es esto? ¿Lo mal que lo pasarías conmigo?

—Lo sé —contesto, incapaz de apartar los ojos de su boca—, pero ¿lo deseas o no? ¿Me… deseas?

Dilo ya. Por favor.

Vuelve a tragar saliva y musita:

—Joder, sí.

Me pongo de puntillas y le tiro hacia abajo de la cabeza. Cuando su boca está lo bastante cerca, presiono con suavidad mis labios contra los suyos.

Oh, Dios.

Ambos inhalamos con fuerza; nuestros cuerpos se tensan al estallar la chispa. Se me retuercen las entrañas y se me hacen nudos; él emite un sonido quejumbroso que aúna a la perfección placer y dolor.

Me despego de sus labios y me echo hacia atrás. Su boca está abierta y relajada, y le vuelvo a besar con más ahínco. Noto que exhala contra mi cara; no sé qué coño estoy haciendo, pero le chupo con dulzura los labios. El calor rezuma por los poros de mi piel. Me quema el vientre. Él emite otro sonido atormentado y entonces se pone a chuparme los labios también. Arde hasta el último centímetro de mi ser. El calor de su aliento penetra en mis pulmones y me maldigo por no haber estado besando a este hombre desde el mismo día que le conocí, porque su efecto sobre mí es absolutamente increíble.

—No puedo creer que nadie te haya hecho esto antes —dice entre besos cada vez más apremiantes. Después su lengua se abre paso en mi boca y me desato. Me pierdo en su torrente sensual. El subidón de feromonas me desenfrena. En la habitación no hay nada más que él. Mi cuerpo, carente de sensibilidad salvo para lo que él me está dando. No hay sensación en el mundo excepto su piel al contacto de mis manos.

En ese momento soy esa otra chica. La segura de sí misma, hermosa y deseable. Soy todas esas cosas gracias a él. Gracias a lo que hace aflorar en mí.

Me echo hacia atrás para mirarle, jadeante y abrumado. Su mirada, desenfrenada; su pecho, agitado. Su apariencia refleja cómo yo me siento. Novata e insaciable.

—Ay, Dios. —Me quejo porque a partir de ahora siempre va a despertar este deseo en mí. No hay vuelta atrás—. Esto está mal. Mal, pero que muy mal.

—Te lo advertí —jadea con las manos en mis mejillas—. ¿Por qué diablos no me has hecho caso?

Entonces se pone a besarme de nuevo y todo lo que yo sabía sobre los besos queda borrado por sus labios. Su lengua. Sus ruiditos quejumbrosos. Sus manos y brazos están en todas partes y en ninguna. Le araño el cuero cabelludo mientras gimo en su boca intentando saciarme de él y fracasando miserablemente.

—Oh, Dios… —resuello mientras recorre mi cuello chupándolo con la boca abierta. Me está volviendo loca.

Va empujándome hacia atrás hasta que mi culo choca contra el tocador. Me sube de un tirón y empuja las caderas entre mis piernas. La falda se me sube al apretar su entrepierna hinchada contra mí.

Nos besamos, nos desatamos y enredamos nuestros cuerpos con ansia de más. Hay demasiada tela y poco aire. Su miembro aprieta contra mi suave sexo; jamás pensé que nada en el mundo podría hacerme sentir tan bien.

—Dios —gruñe mientras con una mano me agarra del pelo y con la otra busca mi pecho—. Esto es… Maldita sea, Taylor, soy un imbécil del culo porque sabía que ibas a ser mi perdición y aun así he dejado que pase. La he pringado hasta el cuello.

—Los dos lo hemos hecho. —Le agarro de la cabeza para que siga besándome porque soy adicta al sabor de sus labios y su lengua, pero mis manos necesitan más, así que las meto debajo de su camiseta y palpo su vientre, liso y cálido, que se estremece al tocarlo.

Me gruñe en la boca y me besa con más ganas. Después mete las manos por debajo de mi camisa y las posa en mi sujetador para acariciarme y sobarme. Mi deseo es tan ávido que duele.

Se aprieta contra mí con más fuerza, pero no me basta. Resuello cada vez más y nada de lo que hace me contenta. Necesito más. Todo.

—Por favor... —Ni siquiera sé lo que le estoy pidiendo. ¿Hacerlo aquí mismo? ¿Es eso lo que quiero?

—No deberíamos. —Jadea al despegarse de mis labios para seguir besándome detrás de la oreja, su respiración caliente y superficial sobre mi piel—. Esto es una puta locura. Dime que pare.

—No puedo.

Me da un chupetón en la unión entre el hombro y el cuello. Sé que va a dejar marca, pero el daño importa menos que el hecho de que me reclame de esa manera.

Me levanta y se vuelve para apretarme contra la pared y, cuando empuja entre mis piernas, grito de placer.

Dios, está tan cachondo... Quiero tenerle dentro de mí, aplacando el ansia. Calmando la sed.

—Por Dios... —Balancea las caderas con más rapidez y me agarra del culo—. Cassie, como no me digas que pare ahora mismo, te juro por Dios que te voy a follar contra esta pared. Qué sensación. Lo sabía. Sabía que sentiría esto.

Me retuerzo. Sería incapaz de decirle que parara ahora mismo aunque tuviera una pistola apuntándome a la cabeza. Se balancea contra mí y no tengo más remedio que esperar y rezar para que siga moviéndose. Todo mi ser se encoge, se contrae, se tensa con un placer increíble. Jamás había sentido nada parecido y no quiero que acabe nunca. Siento como si estuviera escalando la cima de una montaña. Como no deje de moverse voy a salir propulsada al espacio.

—Cassie, no puedo…, no debería —jadea al ritmo de sus caderas. Tiene que continuar. No le queda otra.

Acurruco la cabeza contra su cuello y le doy un chupetón en la dulce piel de esa zona, dejándole una marca tal y como él ha hecho conmigo; el sabor penetrante de su colonia hormiguea en mi lengua mientras gemimos y maldecimos. Aguanto la respiración a la espera de echar a volar.

—Ethan…

—Dios, Cassie…

—¿Holt? ¿Taylor?

Nos quedamos paralizados al oír la voz de Erika. Él deja de moverse. Deja de respirar. La tensión de mi cuerpo se relaja y disipa.

¡No, no, no, no, no!

Oigo pasos y luego su voz.

—Estáis aquí. Me estaba preguntando si había perdido a mis actores protagonistas, pero parece ser que de hecho estáis trabajando los personajes. Qué entrega por vuestra parte.

Se halla justo detrás de nosotros.

Dentro de la habitación.

Me despego del cuello de Holt y él me mira con el pánico asomándole a los ojos. Ambos estamos sin resuello. Tenemos los labios inflamados y enrojecidos.

Erika carraspea mientras despego las piernas de la cintura de Holt para que pueda bajarme al suelo.

Tiro hacia abajo de mi camiseta y mi falda; Holt se atusa el pelo, se mete las manos en los bolsillos y suspira.

Echo una ojeada a Erika. Nos examina detenidamente.

—Vaya, parece ser que habéis tenido un interesante… debate. Por lo visto has superado tus reparos en lo tocante a besar a Taylor, ¿no, Holt?

Holt carraspea.

—Bueno, estaba llegando al quid de la cuestión cuando has llegado.

Erika esboza una sonrisita.

—Eso he oído.

Se me escapa una risa nerviosa y me tapo la boca porque creo que estoy a punto de perder totalmente los papeles. Todavía tengo el cuerpo palpitante, el corazón se me sale del pecho y el mero hecho de sentir a Holt detrás de mí no hace sino empeorar la situación.

—Entonces, ¿doy por sentado que no vas a abandonar la obra, Holt? —pregunta Erika.

Holt cambia de postura.

—Parece ser que no.

Erika asiente y sale de la habitación. Holt y yo nos volvemos a quedar a solas envueltos en capas de tensión sexual tan gruesas que servirían para aislar una casa.

Le echo un vistazo. Parece un preso tramando una complicada fuga.

—Oye, Taylor… —Se frota los ojos—. Este beso ha sido… *¿Alucinante? ¿Una pasada? ¿De infarto?*

Como sé que no va a utilizar ninguno de mis adjetivos, digo:

—Ha sido una estupidez; lo sé. También sé que prefieres hacer como si no hubiera pasado, así que, venga, hagamos eso. Un plan unánime.

No concibo que un beso haya puesto mi mundo patas arriba. En su momento pensé que deseaba a Holt, pero lo que siento ahora no se encuentra ni por asomo en la misma dimensión que «deseo». Se trata de «compulsión». Fuerte e irrefrenable. Ojalá pudiera retrotraerme al vago anhelo que sentía en aquel entonces.

Él sabía que pasaría esto. Debería haberle hecho caso.

Se remueve inquieto.

—Haré la obra y todo lo que implique, pero fuera de escena seremos simplemente...

—Amigos. Ya. Lo he pillado. —Deberíamos evitar el desastre al que nos veríamos abocados.

Mantener las distancias e intentar no obsesionarnos.

Salvo que yo ya lo estoy.

8
CORREOS Y ZEN

Hoy
Nueva York
Fin del cuarto día de ensayo

Al entrar en mi apartamento oigo sonidos del bosque amazónico. Puñeteros cantos de pájaros y agua fluyendo con no sé qué mierda me-
lódico-electrónica crispante que me da ganas de tirarme de los pelos.

—Joder.

—Te he oído —dice una voz muy serena procedente de la
sala de estar—. Por favor, no contamines nuestro santuario con
vocabulario soez. Estás alterando mi calma.

Mi agotamiento emocional pesa como una manta de plomo.
Dejo caer el bolso en la entrada y me dirijo con andares de zombi
al salón para desplomarme en el sofá.

—Por favor, apaga esa mierda. —Doy un suspiro y reclino
la cabeza para mirar al techo—. No es relajante. Me entran ganas
de torturar a cachorritos. Y a ti.

Mi compañero de piso, Tristan, está sentado sobre la gran
alfombra que hay delante de mí con las piernas cruzadas y las ma-

nos sobre las rodillas. Tiene los ojos cerrados y su respiración es acompasada y mesurada. Lleva puestos unos pantalones muy cortos. Nada más. Dedico unos instantes a reflexionar sobre cómo los años de yoga han esculpido hasta el último centímetro de su metro noventa y cuatro hasta convertirlo en el pináculo de la perfección masculina. Lleva recogida su larga melena oscura en una coleta y tiene el semblante relajado y libre de tensiones. El tener madre japonesa y padre malasio le aporta un atractivo exótico que debería ser inmortalizado por un artista. Quedaría fenomenal como estatua.

Un Buda buenorro.

A diferencia de mí, es la encarnación del maldito zen.

—¿Un mal día? —pregunta.

He pasado casi todo el día dándome el lote con el buenorro de mi examante, con el que no he pasado página ni mucho menos. «Mal» se queda corto.

—Ni te lo imaginas.

Tristan abre los ojos y me evalúa de un vistazo.

—Oh, Dios, Cass. Tus chakras están desperdigados por todas partes. ¿Qué diablos ha pasado?

—Holt y yo nos hemos besado. —Tengo la voz cansada y ronca. El cerebro, embotado. Estoy tan cachonda que apenas puedo hablar.

Tristan suspira y niega con la cabeza.

—Cassie, después de todo lo que hemos hablado... Después de jurarme y perjurarme que no volverías a liarte con él a la primera de cambio. Después de escribir el juramento de la autoconservación.

—No ha sido espontáneo, Tris. Formaba parte de la escena.

Apaga el equipo de música. Menos mal.

—Ah. ¿Y?

—Y...

Se queda esperando, pero no puedo hablar. Si abro la boca saldrá de mí un torrente de amargura que me arrancará la piel de los huesos.

—¿Cassie?

Hago un ademán con la cabeza. Le basta.

Se sienta a mi lado y me estrecha entre sus gigantescos brazos.

—Mi niña. —Suspira y le abrazo como si fuera lo único que me anclase a la realidad.

—Tris, estoy muy jodida.

—Sabías que esto sería duro.

—No tanto.

—¿Qué me dices de él? ¿Cómo lo lleva?

—Se está portando como un gilipollas.

—¿En serio?

Vuelvo a suspirar.

—No, la verdad es que no. En general se muestra, por así decir, medio decente y preocupado, lo cual es casi peor. Con esa actitud no sé cómo tratarle.

—A lo mejor ha cambiado.

—Lo dudo.

—¿Te ha pedido perdón?

—Qué va.

—¿Y si lo hiciera?

Ya pensé en ello. ¿Lo aceptaría? ¿Podría llegar a arrepentirse lo suficiente como para que le perdonase?

—¿Cassie?

—Digamos que sí que lo hizo, que viene a ser prácticamente lo mismo que si por tu culo salieran volando animalillos peludos. No cambiaría nada. Sigue siendo el mismo, y yo también. Somos como imanes gigantes que no dejan de voltearse una y otra vez, atrayéndose recíprocamente y luego alejándose entre sí, y yo..., yo...

Me da un bajón y me quedo inmóvil.

Soy incapaz de decirlo. Soy incapaz de admitir que la primera vez que me he sentido plena desde hace años ha sido hoy mientras me besaba. Me revienta ser consciente de que él es el único que puede hacerme sentir así.

Me froto la cara.

—No sé qué hacer.

—Tienes que hablar con él.

—¿Y qué le voy a decir? ¿Oye, Ethan, a pesar de que me dejaste hecha polvo al marcharte, todavía te quiero porque soy la mayor masoca del mundo? No le pienso dar tregua.

—No estáis en guerra.

—Ya lo creo.

—¿Lo sabe?

—Debería. Empezó él.

Tristan me lanza una elocuente mirada. Sé que está a punto de decir algo profundo, sabio y que va a cabrearme a base de bien. Diga lo que diga, tendrá razón. Siempre tiene razón. No soporto eso de él.

También me encanta eso de él.

Congeniamos desde la noche que me esperó en la entrada de artistas para decirme lo genial que había estado en la versión de *Portrait* fuera del circuito de Broadway. Intuí que estaba destinado a formar parte de mi vida, lo cual no me había pasado desde que Ruby se trasladó al extranjero en nuestro último curso de universidad.

Él necesitaba un lugar donde alojarse, de modo que, cuando mi compañera de piso resultó ser una ladrona de zapatos y huyó en mitad de la noche con toda mi colección, le pedí que se mudara sin pensármelo dos veces.

Desde entonces somos amigos íntimos y a lo largo de los tres últimos años ha sido testigo de todas las etapas de mi evolución «Odio a Holt». Me ha ayudado a superar muchas tendencias autodestructivas, pero lo de hoy es un revés definitivo.

—Cassie, ¿qué quieres?

Aunque parece una pregunta decepcionante por su simpleza, a mí no me la pega. Tristan no plantea preguntas simples.

—Ya no quiero que me haga sentir estas cosas.

—No te he preguntado lo que no quieres, sino lo que quieres. Si pudieras tener cualquier cosa, sin tener en cuenta el presente, pasado o futuro, ¿qué sería?

Me lo pienso bien. La respuesta es sencilla. E imposible.

—Quiero volver a ser feliz.

—¿Y qué te hace feliz?

Ethan.

No.

Sí. Que me abrace y me bese.

No. No puede ser. No lo hará.

Ethan. Que sus manos recorran mi cuerpo al desnudarme.

Dios, no.

Que gima mi nombre mientras se mueve dentro de mí y me declara amor eterno.

Oh, Dios.

Me levanto y voy a la cocina con paso resuelto. Me tiemblan las manos mientras empuño la primera botella de vino que encuentro a mano, la descorcho y me sirvo una copa. Tristan se apoya en el marco de la puerta. Noto su desaprobación mientras bebo a grandes tragos y demasiado rápido.

—Cassie...

—Déjalo.

—Voy a sacarte por ahí.

—No.

—Sí. Necesitas relajarte y dejar de obsesionarte con el divino de Holt.

—Por favor, no utilices «divino» para referirte a él. Ni «Holt». De hecho, ni lo menciones. Sería genial.

—Deja que te lleve a Zoo. Es la noche de los heteros. Te puedes dar el gusto de comértelos con los ojos.

Apuro el resto de la copa.

—Tristan, lo que necesito esta noche es hartarme de beber para sumirme en un sopor semiinconsciente en casa, sola. Si salgo, sabes que acabaré echando un polvo con un desconocido que me hará olvidar por completo al capullo innombrable durante unas cuantas horas. Luego, por la mañana, me darás una charla sobre el sinsentido de los rollos de una noche y de cómo los utilizo para insensibilizarme al dolor de los rechazos sufridos por parte de Su Alteza el Capullo Real, y sobre que al final tendré que tratarme la causa del tremendo vacío de mi corazón y no solo los síntomas.

Resopla y parpadea.

—Vaya, pues en esta miniperorata acabas de reunir más autoconciencia de la que has mostrado desde que te conozco. Empezaba a creer que no me escuchabas cuando hablaba.

—Sí que escucho. Y quizá esté aprendiendo. —Me sirvo otra copa.

—Gracias al bendito dios Sol —dice, y se acerca a abrazarme—. A ver, ¿cuándo vas a hablar con él?

Suspiro y muevo la cabeza de lado a lado.

—No lo sé. ¿Cuando pueda afrontarlo sin venirme abajo?

—No llegará el caso.

—Tristan…

—Cass, basta de dejar las cosas para más tarde. Cuanto antes lo hagas, antes podrás empezar a planear cómo purgar toda la mala energía que hay entre vosotros.

—Ni siquiera sé si eso es lo que él quiere.

Pone los ojos en blanco.

—Hasta yo sé lo que quiere, y no le conozco. He leído sus correos, ¿recuerdas? ¿Cuándo vas a dejar de esconderte y a permitir que se explique? Si encuentras la manera de perdonarle, entonces tal vez…, solo tal vez…, puedas dilucidar cómo volver a ser feliz. Con o sin él en tu vida.

De: EthanHolt <ERHolt@gmail.com>
Para: CassandraTaylor <CTaylor18@gmail.com>
Asunto: <Sin asunto>
Fecha: viernes, 16 de julio 21:16

Cassie:

Llevo dos horas aquí sentado mirando la pantalla procurando armarme de valor para escribirte y, ahora que me he puesto, no tengo ni puta idea de lo que voy a decir.

¿Debería pedirte perdón? Claro.

¿Debería suplicar tu perdón? Desde luego.

¿Me perdonarás? Lo dudo.

Pero aun habiéndote hecho sufrir, sigo pensando que hice bien en marcharme. Tuve que hacerlo cuando uno de nosotros todavía tenía una oportunidad de salir vivo.

Ahora estoy sonriendo porque te imagino poniendo los ojos en blanco y llamándome gilipollas. Estarías en lo cierto. Te lo advertí el mismo día que nos conocimos, ¿recuerdas? Me acojonabas tanto que dije que nunca seríamos amigos, pero hiciste que lo fuéramos de todas formas.

Acabaste siendo la mejor amiga que he tenido en mi vida.

Echo de menos nuestra amistad.

Te echo de menos.

Supongo que eso es todo lo que quería decir.

Ethan

El siguiente es de un mes después.

De: EthanHolt <ERHolt@gmail.com>
Para: CassandraTaylor <CTaylor18@gmail.com>
Asunto: <Sin asunto>
Fecha: viernes, 13 de agosto 19:46

Cassie:

He decidido seguir escribiéndote, aunque nunca me respondas, porque voy a fingir que lo lees y que piensas en mí. Ya sabes lo bien que se me da fingir.

La función está yendo bien. El reparto es bueno y me alegro de volver a interpretar a Mercucio en vez de a Romeo. Hacer de protagonista romántico nunca ha sido mi fuerte, como sabes.

A menudo me duele el pecho al pensar en ti. No tiene gracia. Soy demasiado joven para sufrir afecciones cardíacas, pero me da miedo hacerme un chequeo por si me dicen lo que ya sé: que está defectuoso y que no tiene arreglo.

A veces me pregunto lo que estarás haciendo y espero que sigas adelante. Eso es lo que te mereces, aunque en parte espero que te sientas triste por mi ausencia.

Te echo de menos.

Ethan

Y el siguiente. El que más he leído de todos. El que leo cuando le echo tanto de menos que casi siento sus manos en mi cuerpo.

De: EthanHolt <ERHolt@gmail.com>
Para: CassandraTaylor <CTaylor18@gmail.com>
Asunto: <Sin asunto>
Fecha: miércoles, 1 de septiembre 2:09

Cassie:

Son las dos de la mañana y estoy borracho. Tengo un pedo del quince. Te deseo tanto… Te quiero desnuda y jadeando. Quiero ver tu cara mientras te corres y…, Dios…, te deseo.

Pero, claro, nunca fui capaz de averiguar la manera de follarte, ¿no? No era simplemente cuestión de marcar distancias y considerarlo puro sexo, porque nunca lo fue. Jamás. Era muchísimo más.

Esta noche he traído a una chica a casa. Una chica guapa. Preciosa, diría yo.

No tan perciosa como tú, pero, claro, ninguna lo es.

Quería que la follara, pero he sido incapaz. Casi no he podido ni besarla porque sus labios no sabían como los tuyos, ni olía como es debido porque no eras tú.

Ahora la tengo dura como una puta piedra mientras estoy aquí sentado escribiéndote y en lo único que puedo pensar es en que sé que jamás volveré a estar dentro de ti. Así que, cuando termine de escribir esto, seguramente me consolaré con la mano mientras fantaseo contigo y luego me odiaré a mí mismo un poquito más.

Soy patético.

Quiero dejar de obsesionarme contigo. Duele demasiado.

No sabes cuánto te echo de menos.

Ethan

Y después este.

De: EthanHolt <ERHolt@gmail.com>
Para: CassandraTaylor <CTaylor18@gmail.com>
Asunto: No hay excusas
Fecha: miércoles, 1 de septiembre 10:16

Cassie:

No sabes la vergüenza que me da el correo que te envié anoche. No hay excusas que valgan. Bebí demasiado y, en fin, qué te voy a contar.

Por favor, bórralo y olvida lo ocurrido.

Eso es lo que yo voy a intentar hacer ahora.

Ethan

Después de eso pasaron meses sin saber nada de él. Luego mandó este.

De: EthanHolt <ERHolt@gmail.com>
Para: CassandraTaylor <CTaylor18@gmail.com>
Asunto: <Sin asunto>
Fecha: jueves, 13 de enero 00:52

Cassie:

Feliz Año Nuevo.

Ha pasado mucho tiempo.

¿Cómo estás?

No espero que respondas a esto, claro. Nunca me respondes. Es lógico.

He buscado ayuda profesional. A alguien con quien hablar sobre el motivo por el que fastidio las cosas constantemente. Estoy tratando de mejorar. Aunque sé que debería haberlo hecho hace mucho tiempo, más vale tarde que nunca, ¿no?

Mi terapeuta dice que tengo que superar mis miedos para abrirme a la gente. Joder, ya no sé cómo coño hacerlo.

Pienso que a lo mejor no estoy destinado a ser feliz. Si fui incapaz de ser feliz contigo, no tengo esperanzas.

Quiero que las cosas mejoren entre nosotros. A lo mejor, recuperando nuestra amistad. Pero no tengo ni idea de cómo hacerlo. Y, aunque la tuviera, dudo que tú quisieras. ¿Querrías?

Me gustaría volver a ser tu amigo, Cassie.

Te echo de menos.

Ethan

Hay más, pero no puedo leerlos. No queda vino y me escuecen los ojos.

Redacto un correo.

De: CassandraTaylor <CTaylor18@gmail.com>
Para: EthanHolt <ERHolt@gmail.com>

Asunto: Fin de semana
Fecha: viernes, 4 de septiembre 21:46

Ethan:

Por el bien de la función, supongo que deberíamos encontrar el momento de hablar. ¿Qué te parece mañana por la noche, después del ensayo?

Cassie

Pulso «Enviar» antes de que me entre el canguelo.

Mis sueños me odian. Siempre me transportan a una época en la que lo único que intentaba hacer era olvidar. O recordar. Nunca supe discernirlo.

El tío me besa el cuello mientras acelera el ritmo. Embestidas largas y profundas. Yo emito todos los sonidos adecuados, pero ni con esas.

—Cassie, mírame.

No puedo. Así no es como funciona esto. Mirarle echa por tierra la ilusión y, por leve que sea, la ilusión es lo único que tengo.

—Cassie, por favor.

Le empujo para tumbarle boca arriba y tomar el control. Para cabalgar sobre él con desenfreno. Para intentar que esto sea más de lo que es.

Gime y me agarra de las caderas; sé que está a punto de acabar. Desliza las manos por mi cuerpo con admiración y cariño. No me lo merezco. ¿Cómo es posible que no lo sepa a estas alturas?

—Cassie, por favor, mírame.

No quiero escuchar su voz. Me muevo más rápido para evitar que hable. Cuando gruñe y se queda inmóvil, no me quedo satisfecha. Solo aliviada.

Finjo que me corro y me desplomo sobre él; aunque me estrecha entre sus brazos, crece la distancia que nos separa.

Escucho su corazón. Late con fuerza. Rápida y acompasadamente. Sin temor a amar. El sonido me resulta ajeno.

Me aparto de él y recojo mi ropa. Él sigue cada uno de mis movimientos con su mirada.

—¿No puedes quedarte?

—No.

Resopla. Está cansado de esa respuesta. Yo también.

—Oye, dime una cosa —añade, y se incorpora.

—¿Qué?

—¿Alguna vez vas a pensar únicamente en mí cuando hacemos el amor?

Aguardo unos instantes y a continuación me pongo la camiseta. Odio que resulte tan evidente.

—Cassie, él te dejó.

—Ya.

—Deja que se vaya.

—Lo intento.

—Se encuentra al otro lado del mundo, y yo aquí. Te quiero. Desde hace mucho tiempo. Pero eso nunca cambiará la situación, ¿verdad? Por mucho que lo desee.

Se levanta y se pone los calzoncillos. Con movimientos bruscos, frustrado. No le culpo. Se merece algo más.

Me siento en la cama, abatida. Aunque esta historia empezó por rencor, ahora quiero que funcione. Daría lo que fuera por no estar tan tocada.

Pero lo estoy. Intentar fingir lo contrario no surte efecto. El alivio que siento al hacer daño a alguien en vez de que me lo hagan a mí hace que me odie a mí misma.

Se pone de pie delante de mí y, al abrazarle, me aprieta con fuerza.

—No puedo creer que Ethan Holt esté fastidiándome las cosas incluso estando ausente.

La mera mención de su nombre me atenaza el pecho.

Me echo hacia atrás y paso los dedos por los pliegues de su entrecejo para intentar atenuarlos.

—Lo siento. Sé que es un tópico manido, pero no tiene absolutamente nada que ver contigo. Es cosa mía.

Le hace gracia.

—Ay, ya lo sé. —Su expresión se relaja—. No obstante, tengo la esperanza de que pases página algún día, Cass. De verdad.

Asiento y le miro al pecho.

—Yo también.

Entonces me besa, suave y despacio, y comenta:

—Y espero que ese cabrón se dé cuenta de que apartarse de tu lado ha sido la mayor estupidez que ha cometido en su vida.

Me acompaña a la puerta y me besa una vez más antes de decir:

—¿Nos vemos esta noche en el teatro?

Asiento, le digo adiós y, sin más, volvemos a ser exclusivamente amantes en escena.

Es mejor así.

Al marcharme, juro dejar de causar sufrimiento a inocentes. Aquí te pillo, aquí te mato. Sin ataduras.

El amor es una debilidad.

Eso no es lo único que Holt me enseñó, pero sí lo que mejor recuerdo.

Casi me caigo de la silla del sobresalto al recobrar la consciencia.

El corazón me late aceleradamente, avivado por un sentimiento de culpa latente.

Mierda, ¿qué hora es?

Miro el reloj. Las once menos cuarto. Llevo dormida una hora sobre mi escritorio.

Tengo la boca seca y el vaivén de la habitación me recuerda que me he bebido una botella de vino entera. Gruño y me aparto de la mesa con el cuerpo entero dolorido al levantarme y dirigirme al baño.

Me doy una ducha rápida y me cepillo los dientes mientras una punzada de terror me oprime la boca del estómago.

Le he mandado un correo.

Le he mandado un correo diciéndole que deberíamos hablar.

No estoy tan preparada para que esto ocurra. Si intenta justificar su comportamiento acabaré dándole un puñetazo en la cabeza. Lo sé.

Me lío el pelo con una toalla y ni me molesto en cepillármelo; me pongo mi pijama favorito y me meto en la cama. Abro un libro y trato de leer, pero se me nubla la vista. Me froto los ojos y suspiro.

Estoy tensa, cachonda y borracha. Maldita sea, necesito un polvo.

Ni me acuerdo del último tío que me dio placer. Sinceramente, no tengo ni idea de cómo se llamaba. ¿Matt? ¿Nick? ¿Blake? Sé que su nombre era un monosílabo.

Fuera cual fuera su nombre, era un amante aceptable, pero no consiguió que me corriera. Pocos lo consiguen. Alimentan mi ego y me hacen olvidar durante un rato, aunque jamás me hacen sentir lo mismo que Holt. Pero, claro, por otro lado tampoco me arrancan el corazón y lo hacen mil pedazos.

Suena el teléfono. Sé que es Tristan con ganas de hablarme del último buenorro que se ha ligado en el club.

Cojo el teléfono y pulso el botón para responder.

—Oye, reina de la noche, estoy borracha y cachonda y no estoy de humor para oír hablar de tíos buenos que no van a follarme. Así que, por consideración a mi pobre vagina abandonada, pídete otro Cosmo y que te jodan.

Hay una pausa y un carraspeo vacilante.

—Por mí, encantado de que me jodan, pero, para tu información, no tenía intención de hablar de pollas. Estoy bastante más interesado en saber más cosas de tu pobre vagina abandonada. ¿Cómo le va? No hemos tenido un cara a cara desde hace tiempo.

De repente las mejillas me arden. Tratándose de él no debería quedarme un ápice de vergüenza y sin embargo al parecer siempre me queda algo.

—¿Qué quieres, Holt?

—Bueno, en vista de que estás cachonda y borracha, la verdad es que me gustaría encontrarme a la distancia justa para meterte mano. A falta de eso, solo quiero hablar. He recibido tu correo.

Me froto los ojos. Esta noche no estoy de humor para aguantar sus pamplinas.

—Sí. Vale.

—El sábado por la noche me vendría genial. Gracias.

—No me lo agradezcas todavía. Caben muchas posibilidades de que antes de que acabe la noche te tire algo encima, aunque supongo que las cosas no pueden ir a peor entre nosotros, ¿no te parece?

Se ríe.

—No lo sé. Hubo una época en la que éramos menos civilizados que ahora. De todas formas, agradezco la oportunidad de aclarar las cosas.

Se queda callado, y yo también. Antes solíamos pasar horas hablando por teléfono. Ahora apenas ha transcurrido un minuto y el ambiente ya se ha enrarecido.

—Bueno, ¿has llamado solo para esto? Porque podrías habérmelo dicho mañana.

Hay un momento de silencio. A continuación dice:

—Te he llamado para decirte una cosa que no puede esperar a mañana.

Un escalofrío me recorre la espalda.

—¿Y qué es?

—Necesitaba decirte… que lo siento, Cass.

Se me corta la respiración y cierro los ojos con fuerza mientras una extraña tormenta de emociones se arremolina en mi interior.

Esas palabras. Esas palabras sencillas e impactantes.

—¿Cassie? ¿Me has oído?

—Creo que no. Ha sonado como una disculpa, pero con tu voz.

Suspira.

—Sé que no me oíste disculparme ni mucho menos durante nuestra relación, y también te pido perdón por eso. Pero, antes de pasar un día más juntos, tenía que decirlo. Si no, reviento.

Con el shock casi no reparo en que arrastra las palabras.

—Holt, has bebido, ¿verdad?

—Un poco —responde.

—¿Un poco?

—Bueno, mucho, pero eso no tiene nada que ver con el hecho de que te pida perdón. Debería haberlo hecho en cuanto te vi el primer día de ensayo, pero… no estabas dispuesta a escuchar. Y, en fin, me dabas miedo.

—Porque no has visto mi pelo desde que salí de la ducha. Todavía doy miedo.

—Tonterías. Apuesto a que estás preciosa.

Está borracho como una cuba. Únicamente me piropea cuando pierde sensibilidad en las extremidades.

—¿Qué estás bebiendo?

—Whisky.

—¿Por qué?

—Por…, por ti. Bueno, por ti y por mí. Y por los besos. Por los besos, seguro.

Omito que me he bebido una botella de vino entera por la misma razón.

Suspira.

—Por Dios, Cassie. ¿Por besarte? —rezonga—. Llevo tres años fantaseando con ello, pero ninguna de mis fantasías tiene punto de comparación con lo que ha pasado hoy.

Baja tanto el tono de voz que ni siquiera sé si sigue al otro lado de la línea.

—He echado de menos tus besos. Muchísimo.

Maldita sea. Esto es superior a mí.

—Holt, por favor…

—Sé que no debería decir cosas así, pero estoy borracho, te echo de menos y… ¿te he dicho que estoy borracho?

Me río porque, con esta actitud, vuelve a ser mi amigo. Pero sé que no es real y que no durará.

—Vete a la cama, Ethan.

—Vale, guapa. Buenas noches. Y no olvides que lo siento mucho. Por favor.

Sonrío a mi pesar.

—Sabes que por la mañana vas a tener una resaca del quince, ¿no?

Se ríe entre dientes.

—¿Algo de lo que te he dicho esta noche hace que me odies un pelín menos?

—Puede.

—¿Un poco o mucho?

—Un poco.

—Entonces ha valido la pena.

9

HACIENDO EL PARIPÉ

Al día siguiente, la disculpa de Holt continúa resonando en mi cabeza de camino al ensayo. Pensaba que el hecho de que pidiera perdón me permitiría en cierto modo pasar página, pero no es así. En vez de eso me ha provocado una extraña ansiedad latente.

Doy un suspiro y enderezo los hombros.

¿Qué es lo peor que podría pasar? ¿Que diga que no lo hizo aposta?

No, musita mi conciencia, y suena tan irritante como Tristan. *Sería peor si dijese que lo había hecho aposta, porque entonces no tendrías más remedio que decidir si darle una oportunidad u olvidarte de él. Para ser realistas, ambas opciones te acojonan.*

Rechino los dientes.

El Tristan de la conciencia es tan sabiondo como el Tristan de la vida real. ¿Quién lo iba a decir?

Mientras me aproximo al teatro, reflexiono sobre el ensayo de hoy. Se supone que debemos ensayar la escena de sexo y pasar luego a la mañana siguiente. Me echo a temblar cuando de pronto me vienen a la cabeza imágenes de Holt recorriendo mi cuerpo con sus manos.

167

Señor.

El mero hecho de pensar en él excitándome, sea de mentirijilla o no, basta para que mi vagina se ponga a dar lentas palmadas de anticipación.

Respiro hondo y tiro de la puerta. Al entrar en la sala, Cody, el maravilloso ángel de la cafeína, me da mi café. Cuando suelto el bolso y le doy un sorbo, Holt aparece delante de mí con demasiado buen aspecto para alguien con una resaca mortal.

—Hola —dice en voz baja.

—Hola.

Nos quedamos plantados en un silencio incómodo durante unos segundos.

—Bueno… —dice, mirándose las manos.

—Vaya… Menuda pinta tienes esta mañana —comento por pura maldad.

—Gracias. Por lo visto ya no puedo beberme una botella entera de Jack como solía hacer antes.

—Qué lástima. ¿No figura eso en tu CV como habilidad especial?

—Sí. Sin embargo, nunca he tenido que ponerla en práctica para un papel, aunque la he ejercitado mucho para investigación.

—Oh, sí. Muy importante, la investigación etílica.

—Claro. —Sonríe haciendo ese coqueto mohín ladeado que resulta tan irritantemente encantador—. Oye —dice—, ¿hasta qué punto hice el ridículo anoche? No te cortes en mentir diciendo que para nada, porque me da la sensación de que fue lamentable.

Casi se me cae el café.

—¿Es que no te acuerdas?

Traga saliva y, tras una pausa, responde:

—Sí que me acuerdo; es que… no sé si te reíste mucho cuando colgamos. De ser así, no te culparía.

—No me hizo ninguna gracia —digo, procurando ser sincera para variar—. Me impactó tanto que pidieras perdón que no tuve más remedio que convencerme a mí misma de que no estaba soñando.

Asiente.

—Sí, soy consciente de que me cuesta. Es una de las cosas por las que me estoy tratando.

—Lástima que no te trataras por eso cuando estuvimos juntos.

Me siento mal por el gesto dolido que pone, pero ¿qué se le va a hacer? No es que pueda dejar de portarme como una arpía con él de la noche a la mañana.

Marco irrumpe en la sala y se produce un gran ajetreo al colocar las piezas del decorado en su sitio. Hay una cama en medio de la sala de ensayo elevada e inclinada para que el público pueda vernos cuando estamos tumbados.

Se me seca la boca con solo mirarla.

Miro con disimulo a Holt. Está tomando bocanadas de aire acompasadamente, bien para calentarse o para tranquilizarse. Yo sigo su ejemplo. Mi corazón late muy, pero que muy rápido.

Al cabo de cinco minutos, Marco ya nos ha colocado en la postura más incómoda en que dos examantes podían haberse encontrado jamás: Ethan entre mis piernas, con las manos en mi cara y su boca justo por encima de la mía.

Me besa con delicadeza y dulzura mientras balancea las caderas de atrás adelante y luego deja escapar un leve gemido cerrando los ojos.

—Mírame, Sam —susurro.

Él abre los ojos.

Qué belleza. Abrumador y complicado. Siempre.

—Bésala de nuevo —exclama Marco—. Bésala en la boca y después ve bajando por el cuello.

Antes de obedecer, Ethan me mira vacilante unos instantes con los labios relajados, pero cerrados.

Me quedo inmóvil, demasiado paralizada para corresponder al beso, aunque consciente de que debería hacerlo.

Él se aparta y me mira desconcertado.

Maldita sea, necesito empezar a pensar como Sarah.

Él es Sam. Sarah y él vivieron felices y comieron perdices. He leído el guion.

Me besa de nuevo y respondo con torpeza.

—Tienes que emitir algún sonido, Cassie —indica Marco con impotencia—. Desde aquí no transmites nada. Ponle más ganas.

Me desbloqueo y trato de cumplir mi cometido.

Le estrecho entre mis brazos y me pongo a gemir a voz en grito levantando las caderas y arqueando la espalda. Es artificial y porno, pero a estas alturas no tengo ni idea de qué demonios estoy haciendo.

Le agarro del culo y aprieto contra mí. Él susurra:

—Joder, Cassie…

Acto seguido resopla con fuerza contra mi hombro.

—Creo que la frase es: «Oh, Sarah, te amo» —corrijo, y me pongo a gemir y a besarle el cuello.

Instintivamente, estiro los brazos por encima de sus hombros y le agarro de la camiseta. Tiro de ella para quitársela y la lanzo al suelo.

—¿Conque ahora me quitas la ropa? —cuchichea—. Pensaba que solo íbamos a hacer el paripé.

—¿Qué quieres que te diga? Parece ser que nada de lo que hago le llega al público. Me figuro que si te desnudo le llegará.

Sienta bien mostrarse agresiva. Me ayuda a desconectar.

De mi boca continúan saliendo más sonidos fingidos, pero cuando sus músculos se tensan con el roce de mis dedos, todos los pensamientos de Sam se van al traste.

Ethan medio desnudo.

Me provoca una sensación increíble. Más increíble que antes, si es que eso es posible.

Estoy tan distraída con su torso al desnudo que de repente no tengo ni puñetera idea de lo que debo decir. Sarah se ha ido de paseo.

Deslizo las manos hasta su vientre y después estiro el brazo para rodearle por la espalda y le toqueteo la cintura de los vaqueros. Masculla algo que suena vagamente como «Hostia puta».

Deja caer la cabeza sobre mi hombro y la sábana a ambos lados de mi cabeza se frunce cuando aprieta los puños. Todos sus músculos se tensan y dudo que esté respirando.

—¿Hay alguna razón por la que hayáis parado? —pregunta Marco, desconcertado. Se vuelve hacia Elissa—. ¿Por qué han parado?

Ethan sigue sin respirar.

—¿Ethan? —digo en voz baja.

No se mueve; exhala una bocanada de aire caliente contra mi cuello.

—¿Qué?

—¿Estás bien?

Tras una pausa, suspira y contesta:

—Sí. Genial.

—Te toca.

Se pone tenso.

—Me toca qué.

—Te toca decir una frase.

Se separa de mí apoyando los brazos en la cama y me mira con la mandíbula rígida.

—Cassie, en este momento no tengo ni pajolera idea de cómo me llamo, y mucho menos de las frases que debo recitar. Vamos a acabar de una vez lo que tenemos entre manos y ya resolveremos lo del diálogo más tarde, ¿vale?

Parece enfadado, pero sé que solo se siente frustrado. Yo también me siento frustrada.

—Vale. Como quieras. —Cuando me aferro a él con mis piernas y le aprieto contra mí, siento el origen de su frustración duro contra mi cuerpo. Deja escapar un grito ahogado y luego se desliza hacia abajo para apretarme con el vientre en vez de con la entrepierna.

—Por lo que más quieras, Cassie, de verdad que intento pensar en cachorritos muertos, pero…

—¿Te cuesta más de lo que pensabas?

Me fulmina con la mirada.

—¿Estás haciéndote la graciosa?

—No, porque como empiece a reír ahora no creo que pueda parar.

Deja caer la cabeza.

—Maldita sea.

—¡Menos cháchara y más actuar, por favor, chicos! —brama Marco—. Ethan, te has quedado quieto. ¿Es que tengo que explicarte cómo hacer el amor a una mujer? Porque, aunque nunca he tenido el placer, tengo clarísimo que hay que empujar.

Ethan suspira y reanuda las acometidas simuladas. Aun sabiendo que intenta apartar su erección de mí, noto su roce en la cara interna de mi muslo.

—Mierda. Perdona —dice, y vuelve a ajustar el ángulo—. La puñetera piensa por sí misma en lo que a ti respecta.

—No te preocupes por eso —digo entre dientes porque, en realidad, ¿qué voy a decir? *¿Cómo te atreves a excitarte cuando estás fingiendo que hacemos el amor? ¡Hay que tener jeta!* Para qué mencionar que ahora mismo mis bragas están empapadas, qué necesidad tiene de enterarse.

No es que ninguno de los dos pueda evitarlo…

Nuestra atracción física nunca fue algo que pudiésemos controlar.

Demasiado a menudo nos rendíamos ante lo que nuestros cuerpos deseaban sin resolver ninguna de nuestras miserias y la mayoría de las veces acabábamos arrepintiéndonos.

Ahora todo va mal porque tratamos de canalizar nuestra atracción enfermiza a través de nuestros personajes.

Fingimos no sentir.

Tras unos cuantos minutos más de relaciones sexuales mediocres, Marco resopla de frustración.

—Vale, paremos aquí —dice, y hace un ademán con la mano acercándose a nosotros—. Esto no funciona. Parecéis tan incómodos como vegetarianos en una fábrica de salchichas. ¿Qué pasa?

Ethan se despega de mí y nos incorporamos. Ninguno de los dos contesta.

—¿Es demasiado íntimo? —pregunta Marco dirigiendo la vista del uno al otro—. ¿Os da vergüenza? Porque, francamente, os he visto actuar en escenas mucho más complejas que esta. Y sin embargo, estáis ahí dando palos de ciego como un par de vírgenes. ¿Dónde está la pasión? ¿La llama? ¿El ansia mutua que os desgarra las entrañas? Ayer la teníais. ¿Qué ha ocurrido para que quede en nada?

Lo que ocurrió es que Ethan me pidió perdón inesperadamente y ahora nuestra relación se encuentra en un extraño limbo porque no somos amigos y, mucho menos, amantes. Por raro que parezca, ni siquiera somos enemigos, así que… eso.

Marco da un suspiro y menea la cabeza.

—Vale, venga. Saltémonos la escena de sexo y pasemos directamente a la mañana siguiente.

Nuestros gestos de alivio deben de ser evidentes, porque Marco se echa a reír.

—Parece que acabara de donar médula ósea para salvaros la vida.

No voy a mentir: en cierto modo así es.

Marco nos explica la escena y nos indica que nos dejemos guiar por nuestro instinto. Como a la mayoría de los directores, le gusta ver cómo se desenvuelven sus actores por sí mismos antes de empezar a pulir la escena. Todo eso está muy bien y es positivo, siempre y cuando la protagonista sea capaz de mantener el tipo para no caer desplomada por un colapso emocional.

Cuando nos colocamos en sendos lados de la cama, Holt comenta:

—Esto será más fácil, ¿no?

—Claro —afirmo, aparentando seguridad—. A mí no era a la que le daba un síncope después de hacer el amor, ¿recuerdas?

Da un suspiro.

—Sí, bueno, eso era antes. Es agua pasada.

Nos tumbamos el uno junto al otro. Me rodea con el brazo y tira de mí hacia su pecho desnudo. Siento los latidos de su corazón, fuertes e irregulares, bajo mi mano.

Es agua pasada; y un cuerno.

A pesar de mi actitud convincente, también estoy perdiendo los papeles.

Ahora que me encuentro así me doy cuenta de que esta postura —mi mano sobre su corazón, sus labios en mi pelo, nuestros cuerpos pegados— es más íntima que cualquiera de las escenas de sexo que he hecho hasta ahora.

El sexo es cuestión de hormonas y de partes del cuerpo.

Esto es cuestión de intimidad. De amor. De confianza.

Todo lo que me da un miedo espantoso.

La primera vez que Ethan y yo hicimos el amor, al terminar nos abrazamos así. Yo rebosaba felicidad. Estaba muy enamorada de él.

Luego todo se fue al carajo.

En esta postura, con mi cabeza apoyada en su pecho, oigo los latidos del corazón de Ethan, rápidos e irregulares. Igual que entonces.

Una desazón que me resulta familiar nace en mi pecho y serpentea hasta mi garganta. Aprieto la mandíbula para reprimir un gemido, pero no creo que haya surtido efecto porque Holt me aprieta con más fuerza y musita:

—Eh…, ¿qué te pasa?

Lleva la mano hacia mi mejilla.

Cierro los ojos y trato de reprimir el pánico.

Esto es ridículo.

—¿Cassie? Eh... —Su voz es puro consuelo y cariño tácito.

Un tremendo cúmulo de emociones del pasado aflora y rebosa mi cuerpo de adrenalina.

Me incorporo porque la cabeza me empieza a dar vueltas.

Segundos después, Holt me rodea con el brazo.

—Parece que vas a devolver. Hacía tiempo que mi presencia no te hacía encontrarte mal físicamente. Me alegra saber que no he perdido mi don.

Espera mi respuesta, pero me quedo callada. Estoy sufriendo un ataque de pánico en toda la extensión de la palabra y tengo la sensación de que mi estómago está intentando trepar lentamente por mi tráquea para estrangularme.

—¿Cassie? —dice con el ceño fruncido—. En serio, ¿estás bien?

—No. —Respiro con dificultad y me observa con verdadera preocupación—. Deja de mirarme así. Para.

—Perdona —dice, como si fuera de lo más normal que esa palabra salga de su boca. Como si la pronunciara todos los días y yo estuviera acostumbrada a escucharla.

—¿Taylor? —Marco se acerca a nosotros—. ¿Va todo bien?

Resoplo y trato de meter mi ansiedad en su caja.

—Perdona, Marco. Ha sido una semana larga. ¿Te parece si dejamos esta escena para el lunes?

Claro, porque el lunes seré capaz de hacer todas estas cosas tan íntimas con Ethan sin venirme abajo.

Idiota.

—Vale, no hay problema —contesta Marco—. Los dos estáis cansados. Demos por terminada la jornada.

Vuelve a la mesa de producción y Elissa nos mira fugazmente antes de comunicar al resto de la compañía que damos por terminados los ensayos de la semana.

Noto movimiento detrás de mí y al darme la vuelta veo a Ethan cogiendo su camiseta. Se la pone, saca las piernas de la cama y acto seguido apoya los codos en las rodillas.

—Recuerdo la primera vez que tuvimos que hacer una escena como esta —comenta volviéndose hacia mí—. Te mostraste menos indulgente con mi… excitación.

—No diste la impresión de sentirlo tanto. De hecho, si no recuerdo mal, te aprovechaste de tu poder sobre mí.

—¿De mi poder sobre ti? —repite con gesto inocente—. No tienes ni idea de lo que me hiciste pasar aquel día, ¿verdad? Por Dios, sufrí verdadero dolor físico.

—Te estuvo bien empleado.

Asiente al tiempo que se pone a toquetear el borde de la sábana.

—Mira —dice, tirando de la costura—. Asumo que puede que jamás me perdones, pero al menos quiero intentar ponerte las cosas fáciles. Dime qué tengo que decir y lo diré. Mándame a tomar por culo y lo intentaré. Dímelo y punto, ¿vale? ¿Qué quieres que haga?

Inspiro hondo y espiro lentamente.

—Bueno, para empezar, finjamos que no acabo de perder los papeles delante de todo el mundo porque me has abrazado. Es de lo más humillante.

Sonríe.

—No voy a mentir: por una vez me alegro de no ser el que pierde los papeles.

Muevo la cabeza de lado a lado.

—Yo tampoco voy a mentir: nuestro cambio de roles es un mal trago.

Se levanta y me tiende la mano.

—¿Sigue en pie lo de salir esta noche?

Casi había olvidado nuestra cita para hablar.

—¿No hay más remedio?

—Efectivamente.

—Al menos podré hartarme de beber, ¿no?

—Claro —contesta al tiempo que me ayuda a ponerme de pie—. Invito yo.

—Hecho. Entonces pediré lo más caro.

Seis años antes
Westchester, estado de Nueva York
The Grove

Llego al ensayo y hago unos ejercicios de calentamiento, decidida a tranquilizarme y pasar un buen día.

Holt entra y me pilla haciendo estiramientos de yoga. Suelta su mochila en un asiento de la segunda fila, se deja caer en el contiguo y acto seguido apoya los pies en el asiento de delante y cierra los ojos. Alcanzo a ver que mueve los labios; probablemente esté repasando sus frases.

La tensión entre nosotros ha alcanzado niveles alarmantes desde el beso. Nos presentamos en los ensayos, recitamos nuestras frases, simulamos que estamos enamorados, nos besamos apasionadamente. Después, cuando termina el ensayo y tenemos ocasión de hablar, nada. Nos quedamos demasiado sobrecogidos como para mantener una conversación. Esto me está volviendo loca.

Para colmo, cuando me besa me pone tanto que casi se me corta la respiración. He pasado los tres últimos días en un estado de excitación totalmente extenuante, y hoy tenemos que terminar la escena de sexo entre Romeo y Julieta.

Jopé.

Me niego a ser de esas chicas que hacen el ridículo por un hombre. Si Holt ha decidido ignorar lo que quiera que esté pasando entre nosotros, yo también. No le necesito.

Bueno, igual le necesito para llegar al orgasmo, pero por lo demás es un tío como otro cualquiera.

Un tío con el que voy a tener que fingir que mantengo relaciones sexuales durante las próximas siete horas.

Qué asco de vida.

Erika aparece en escena y nos hace una seña para que nos acerquemos. En lo tocante al ensayo, nuestra «cama» es una simple tarima negra cubierta por una sábana.

Qué romántico.

—Bien —dice Erika—. Desde el punto de vista histórico, la escena de la noche de bodas es controvertida dado su contenido explícito, de modo que vamos a aspirar a algo realista pero con gusto, ¿vale?

Holt y yo asentimos, aunque no acabo de entender a qué se refiere. No estoy muy familiarizada con el sexo real, y mucho menos con el simulado.

—Sin embargo, puesto que somos una escuela de arte dramático, es necesario que se vea que asumimos ciertos riesgos. Por eso me gustaría crear la ilusión de desnudez.

Seguro que el gesto aterrorizado de Holt se refleja en el mío.

—Que no cunda el pánico —dice Erika entre risas—. No os tenéis que desnudar; solo aparentarlo. —Alarga la mano hacia una bolsa que hay junto a sus pies y saca algo con pinta de ropa interior.

—Taylor, tú te pondrás esto debajo del atuendo. —Sujeta en alto una malla de color carne—. Holt, tú llevarás esto. —Sonrío con malicia cuando enseña unos calzones del mismo tono—. A ver, entiendo que tal vez os mostréis algo reacios, pero, creedme, son bastante recatados. En la playa dejaríais al descubierto más partes de vuestro cuerpo.

—Yo normalmente uso bermudas de surfista —mascula Holt.

—Yo me pongo vaqueros y capucha. —Erika y Holt se vuelven hacia mí—. Soy del estado de Washington. En nuestras playas hace un frío que pela.

Erika saca una camiseta blanca con unos pantalones blancos fruncidos con cordón para Holt y un sayo marfil para mí.

—Estos son los atuendos para esta escena. Tenéis que ponéroslos para ensayar, pues en el cierre de escena tendréis que quitároslos.

Madre mía, ¿tengo que ensayar cómo desnudar a Holt? En mi actual estado, esto no va a acabar bien.

Erika nos da a Holt y a mí los trajes y la ropa interior y nos escabullimos hacia nuestros respectivos camerinos. Al salir, juro que estamos igual de sonrojados.

Le sienta bien el traje. Con su porte alto y estilizado, el blanco inmaculado acentúa el azul de sus ojos. Hace amago de meterse las manos en los bolsillos, pero los pantalones no tienen. Resopla frustrado. Me paro delante de él y, al fijarse en el escote de pico de mi sayo, deja caer la cabeza hacia abajo y farfulla por lo bajini: «¡Mierda!».

—Vale, manos a la obra —dice Erika dando unas palmadas—. Comenzaremos repasando la secuencia de acontecimientos. Taylor, tú empezarás sentándote en la cama. Te pones a esperar a tu flamante esposo embargada de anticipación y deseo. Holt, con ayuda de la nodriza, te las has ingeniado para entrar a hurtadillas en la habitación de Julieta. Dispondrás de escasas horas para consumar tu amor antes de que te destierren de la ciudad. Ambos deseáis saborear hasta el último centímetro de piel, memorizar todos los rincones del cuerpo del otro. ¿Alguna pregunta?

Niego con la cabeza y me muero de vergüenza al sentir que el elástico de la malla se desliza hacia arriba sobre mi nalga izquierda. Holt niega con la cabeza mientras se hace crujir los nudillos.

—Empezad sin prisas. Tomaos vuestro tiempo para exploraros mutuamente. Romeo, este es tu primer encuentro sexual con alguien a quien amas de verdad. Es una experiencia totalmente diferente para ti. Y tú, Julieta, el deseo que sientes por tu flamante esposo supera con creces tu aprensión ante el hecho de entregarte a un hombre por primera vez. A medida que se intensifica la pasión, vuestros movimientos pueden hacerse más apremiantes. Pero cuando os corréis al mismo tiempo, es una revelación para ambos. Aquí no busco porno, sino una mera recreación de una relación sexual sincera. ¿Queda claro?

—Sí —respondemos al unísono.

Me sudan las palmas de las manos; Holt se mordisquea el carrillo. El teatro se me hace muy pequeño.

—Bien. Tomaos un momento para comentar lo que vais a hacer y después colocaos en vuestras posiciones.

Erika baja del escenario mientras Holt y yo nos ponemos cara a cara y arrastramos los pies con nerviosismo.

—Bueno... —digo, levantando la vista hacia él.

Él asiente y deja escapar un suspiro.

—Pues...

—Vamos a fingir que hacemos el amor.

—Sí.

—Tú y yo.

—Eso parece.

—Tengo que quitarte la ropa y..., bueno..., tocarte y eso.

Se vuelve a tantear la pernera en busca de los inexistentes bolsillos y acto seguido se pone en jarras.

—Cojones con la obra.

—No te preocupes por eso. Seguro que al cabo de unos minutos nos morimos de aburrimiento.

Me dedica la mirada más escéptica del mundo.

—¿Estáis listos? —pregunta en voz alta Erika.

Nos miramos un segundo y Holt sale sin decir palabra por un lado del escenario.

O sea, que en serio vamos a hacer esto. Una escena de sexo entre una virgen y el hombre que detesta desearla. Promete ser divertido.

Me siento en el filo de la tarima y balanceo las piernas.

—Cuando queráis —dice Erika abriendo su libreta.

Hago unas cuantas inspiraciones y entonces Holt entra en escena descalzo con su preciosa cara, el miedo y el deseo patentes en sus ojos.

Me pongo de pie en dirección a él mientras se aproxima; siento un incipiente y tenue aleteo de mariposas en el vientre que desciende cuando me recorre de arriba abajo con la mirada.

A ver, Cassie, céntrate. Busca a tu personaje. A Julieta. Todo gira en torno a Julieta.

Señor, qué bien le sienta ese traje.

Romeo, Romeo, ¿porque sois vos, Romeo?

Se detiene delante de mí y parece que ha corrido un kilómetro en vez de caminar unos cuantos pasos sobre el escenario. Tiene la respiración acelerada y el pecho agitado mientras me sostiene la mirada.

Señor.

Sus ojos.

Está totalmente entregado a esta escena. Sin temores ni reservas; tan solo pasión pura y sincera.

Se concentra en mí, y yo me derrito. Esa mirada me va a matar.

Su expresión dice a gritos que caminaría sobre ascuas para poseerme, y mi cuerpo entero reacciona. Un profundo anhelo surge en mi interior y cobra intensidad con cada segundo que pasa.

Me rodea la cara con las manos y me acaricia la mejilla suavemente con el pulgar. Siento un fuerte cosquilleo en cada trozo de piel que hay bajo su mano. Mi corazón se acelera, palpitando fuerte y rápido, y me mareo.

Doy un paso hacia él. Ahora nuestros cuerpos se rozan. Imito el movimiento de su mano y le toco la cara. Una barba incipiente le cubre las mejillas y el mentón. Deslizo los dedos por la textura áspera. Sus labios se entreabren y los recorro con el pulgar, fascinada por su suavidad.

Qué labios tan bonitos.

Necesito saborearlos.

Me pongo de puntillas y poso la mano en su nuca para que incline la cabeza. En ese momento está exhalando, pero, cuando pego mis labios a los suyos, inhala bruscamente. Me agarra de la nuca con una mano y con la otra me rodea la cintura.

Todo mi ser se derrite pegada a él. La manera en la que reaccionamos recíprocamente es primaria. Cera de vela y llama. Dondequiera que me toque, un calor abrasador arde bajo mi piel.

Sus labios se mueven despacio mientras me saborea, rebosante de pasión contenida y anticipación febril.

—Bien —señala Erika.

Abro los ojos y me echo hacia atrás sorprendida.

—No —susurra él—. Ignórala.

Me besa de nuevo al tiempo que tira de mi cuerpo pegado al suyo y Erika deja de existir.

Cuando inspiro es como si trozos de él se acoplaran en mi interior. Su sabor. Su olor. Igual de turbadores que el resto de su persona.

Recorro su pecho con mis manos y, al llegar a su estómago, se echa hacia atrás y me mira.

Agarro el bajo de su camiseta. No hay más remedio que quitársela. Tengo que verlo. Me ayuda y la tira al suelo.

Y aquí está.

Holt sin camiseta.

Inspiro hondo y me fijo bien en él. En sus anchos hombros, suaves y sólidos. En la anchura de su pecho, ligeramente salpicado de vello. En su vientre liso y su estrecha cintura. Musculoso, pero no fornido.

Delgado.

Fuerte.

Sexy.

Me observa mientras le escudriño y se le acelera la respiración.

—Tócame —me ordena en voz baja.

Recorro el dorso de sus manos con las yemas de mis dedos y deslizo las palmas de mis manos por sus antebrazos, tríceps y hombros. Inspira con un estremecimiento y cierra los ojos mientras mis dedos recorren su clavícula, su pecho y su tórax hasta los abdominales.

Respiro asimilando todas las emociones que estoy experimentando e intento entender el motivo por el que ejerce tanto poder sobre mí.

Aunque siempre me he sentido atraída por él, esto va más allá. Me embarga una intensa sensación de familiaridad. El susurro de un «sí» a pesar de que mi mente grita «no».

Abre los ojos, recorre con la mirada mi pecho y baja hasta alcanzar el lazo que rodea mi cintura. Frunce el ceño al tirar del tejido sedoso para desanudarlo. El sayo cae hacia los lados y soy totalmente consciente de que lo único que impide que Holt me vea desnuda es una mísera malla que no hace nada por camuflar mis pezones.

Toma una fuerte bocanada de aire y me mira a los ojos antes de dar un paso al frente. Se agacha para besarme con ternura la clavícula, seguidamente el escote y luego más abajo, entre mis pechos. El fino tejido de la malla no me protege ni mucho menos del efecto de sus labios sobre mi cuerpo. Me besa en sentido inverso, retrocediendo por el camino que ha tomado hace unos instantes, hasta que pega la boca a mi oreja.

—¿Ya estás aburrida? —pregunta en voz baja.

Le acaricio el pecho, deslizo mis uñas a lo largo de sus abdominales y me detengo en la cintura de sus pantalones. Meto el dedo índice bajo el elástico y, al besarle el pecho, me agarra con más fuerza.

—Prácticamente en coma —musito sobre su piel.

Holt emite un sonido lastimero y ahí se acaban los miramientos: me agarra de la cara y me besa con pasión. Toda pretensión de mostrar ternura y paciencia se va al traste cuando nuestra rápida respiración y los tenues gemidos rompen el silencioso ambiente.

—Oh, qué bien —comenta Erika—. Bonita sensación de apremio. Seguid.

—No te jode, como si fuera a parar ahora —dice Holt contra mi boca.

Me levanta y le rodeo la cintura con mis piernas. Gruñe y continúa besándome de camino a nuestra improvisada cama. Me tiende y se me sube encima. Doy un grito ahogado cuando se acomoda entre mis piernas.

Está ahí. Justo donde ha ido creciendo toda mi tensión a lo largo de los últimos días. Está duro y caliente contra mí, y nada de lo que hace me basta. Quiero consumirle. Tenerle dentro hasta saciarme.

Le agarro del culo para apretarlo con más firmeza contra mí. Gime y bascula las caderas, haciendo que mis dedos se hinquen en su piel conforme la tensión crece dentro de mí. Jadeo al notar una mano tibia sobre mi pecho derecho.

—Vale, ahora estáis caminando sobre la cuerda floja —dice Erika en voz alta—. Cuidado con dónde ponéis las manos.

—¿Habría algún problema si toco a mi flamante esposo? —le pregunto—. Es que hasta ahora nunca he tenido esa experiencia con un hombre. —Ni en el escenario ni fuera de él.

—Bueno —responde ella—. Supongo que en eso tienes razón, pero que no sea demasiado gratuito. Tócale el muslo para que vea el efecto desde aquí.

Alargo la mano y, en el intento, rozo la erección de Ethan con el dorso de mi muñeca.

Se pone tenso.

—Eso no es mi muslo.

—Perdona. Ha sido sin querer.

Tensa la mandíbula.

—No he dicho que no me gustara; solo que no es mi muslo.

—Vale, tiene buena pinta desde aquí —comenta Erika—. Se intuye que le estás tocando, pero sin resultar demasiado obvio. Bonita reacción realista, Holt.

—Gracias —dice él con voz ahogada mientras giro la mano para poder agarrársela con delicadeza.

Dios, qué sensación tan increíble. Si me provoca esto con ropa, ¿cómo será cuando la tenga al desnudo en mi mano?

Deslizo la mano a todo lo largo.

—Joder —dice en voz baja—. Será mejor que pares.

—¿Por qué?

—Hostia —gruñe—. Por favor...

Resopla e intenta apartarse.

Voy besando su pecho desde el cuello mientras se la sujeto con más firmeza. Exhala con fuerza.

—Vale, Taylor, es suficiente —señala Erika—. Ahora parece repetitivo.

—Menos mal —dice Holt cuando aparto la mano.

Le agarro de la nuca y tiro de él. Nos fundimos de nuevo en un largo y apasionado beso que acrecienta el ardor de mi interior.

Tengo tantas ganas de tenerle dentro que duele.

—En algún momento tendrás que quitarle los pantalones, Taylor —advierte Erika—. Si no, va a ser muy difícil que consuméis vuestro matrimonio.

Holt me mira con el pánico escrito en la cara.

—No te ve —digo mientras tiro para bajarle los pantalones hasta las caderas, dejando al descubierto sus calzones de color carne. Él eleva la pelvis para que pueda bajárselos hasta las rodillas y se los saca a puntapiés.

—Esto es lo más bochornoso que he hecho en mi puta vida —mascula mientras se vuelve a colocar encima de mí.

—Ídem de ídem.

—Vale —dice Erika—. Ahora hay que ver el momento de la auténtica consumación. Sé que esto probablemente suponga un reto, y lo siento. No tiene que ser una pasada, pero es lo que hay.

Holt baja la pelvis a la altura de la mía y se le relaja el gesto.

—¿Estás lista para perder tu virginidad? —pregunta y, a sabiendas de que bromea, algo en su tono me provoca un cosquilleo en el estómago.

—Totalmente.

—Si esto fuera real, dolería.

—Lo sé.

Bascula la pelvis hacia atrás y pone las manos entre nosotros como alineándose conmigo. Me roza con sus dedos e inhalo bruscamente.

—Allá vamos —anuncia.

Empuja contra mí y doy un grito ahogado ante la expresión de asombro que revela su cara.

¿Es ese el gesto que tendría si estuviera dentro de mí? Dios mío.

Interpreto mi papel haciendo una mueca de dolor mientras empuja con fuerza.

—¿Estás bien? —pregunta con dulzura; no sé quién quiere saberlo, si él o Romeo.

Esbozo una media sonrisa a ambos.

—Muy bien.

Me corresponde con una sonrisa.

—Me alegro.

Se mueve despacio y con cuidado. No tengo que actuar para mostrar tanto placer como dolor mientras se desliza contra mí, porque mi cuerpo responde pidiendo a gritos más y quejándose porque me abruma. Él observa mi expresión y seguro que percibe mi desesperación.

—¿Todavía no has llegado al orgasmo? —pregunta al tiempo que va besándome el cuello hasta la ligera marca que dejó a principios de semana. La lame y a continuación pega la boca y me da un chupetón.

—No —digo mientras enredo mis dedos en su pelo y tiro de él.

Se echa hacia atrás y baja la vista hacia mí; sus caderas se mueven en círculo…, presionan…, oprimen.

—¿Que no te deje marca o que no te provoque un orgasmo? —Jadea tanto como yo.

No respondo.

No puedo.

La noto. La sensación escurridiza. Surge en mi interior como una espiral, girando y enrollándose en círculos cada vez más estrechos. Odio que me provoque esta sensación, y me supera. Es demasiado poder en sus manos, y lo sabe.

—Si no quieres, dilo y punto; pararé —dice. Su tono de voz se vuelve más grave y ronco.

Me quedo callada; no puedo hablar. Me mantengo aferrada a él mientras empuja y aguanto la respiración con los ojos cerrados con fuerza, concentrada en el ritmo intenso y fuerte que amenaza con sobrepasarme.

—Dime que lo deseas —dice en tono de exigencia y súplica al mismo tiempo.

Se mueve más rápido, dando sacudidas más largas y firmes.

—Lo deseo.

Oh…

—Di por favor.

—Por favor. Dios…

Oh… Oh…

—No. «Por favor, Ethan».

Oh, Dios, sí. No pares ahora. No pares.

—Por favor, Ethan.

Por favor, por favor, por favor, Ethan.

Queda poco. Poquísimo.

—Por favor —gimo—. Por favor, Ethan.

Él aprieta, se mueve en círculos y empuja susurrando mi nombre. Estoy tan absorta en perseguir lo que está fuera de mi alcance que no puedo ni pensar.

—Déjate llevar, Cassie. Siéntelo.

Me besa y, al empujar una vez más, ocurre.

¡Oh, Dios mío!

Cuando alcanzo el orgasmo doy un grito ahogado y arqueo la espalda porque ninguna descripción de oleadas, impulsos o una espiral de sacudidas de placer podía prepararme para la abrumadora sensación que sacude todo mi ser. Se me corta la respiración y se me agarrotan los músculos. Seguro que se me han puesto los ojos como platos al experimentar lo que me he perdido durante toda mi vida.

—Dios, Cassie —susurra con veneración—. Tu expresión…

Me aferro a él mientras deja caer la cabeza sobre mi cuello y resopla suavemente. Después se pone a gemir y al empujar por última vez se contraen todos los músculos de su espalda.

—Joder. —Emite un sonido largo y lastimero que armoniza a la perfección con mis propios sonidos.

El placer corre densamente por mis venas mientras respira pegado a mí con jadeos superficiales y largos gemidos.

Oh.

Ooooh.

Ha sido…

Guau.

La realidad va cobrando presencia mientras en mi interior pierden intensidad los últimos estremecimientos. Holt y yo estamos sin resuello, sudorosos y agotados.

—Vale —dice Erika con retintín—. Caramba, desde luego os habéis entregado… en la interpretación. No obstante, opino que hay que pulir los orgasmos o bien bajar el telón antes de que se produzcan. Han sido un poco tópicos.

La cama cruje cuando ambos contenemos la risa.

Al cabo de dos horas, Holt y yo nos dirigimos a la salida del teatro y voy riendo como una tonta mientras recita las frases de Romeo al estilo de Marlon Brando en *El padrino*. Por una vez, no discutimos. Es obvio que los ensayos orgásmicos nos sientan bien.

Casi al final del pasillo hay un grupo de estudiantes de tercer curso hechos una piña ensayando con máscaras de la comedia del arte y soltando carcajadas. Prácticamente los hemos dejado atrás cuando uno de ellos dice:

—Vaya, vaya, vaya. Ethan Holt.

Todo el grupo se queda en silencio al pararnos Holt y yo. Cuando una guapa morena se quita la máscara y asoma entre los demás, la postura tensa que adopta Holt no me pasa desapercibida.

Clava en él una mirada agresiva.

—Tienes buen aspecto, Ethan.

A Holt se le tensa la mandíbula.

—Tú también.

—Me he enterado de que por fin te han aceptado. ¿Te ha obligado Erika a que te sometas a un examen psiquiátrico para admitirte? ¿O simplemente estaba harta de hacerte audiciones año tras año?

Él niega con la cabeza y le sonríe con ironía.

—Tendrías que preguntárselo a ella.

—Igual lo hago. Por lo visto te ha elegido para el papel de Romeo. Qué gracia. Como si no te conociera de nada.

Holt se mete las manos en los bolsillos.

—No tenía especial predilección por él, te lo aseguro.

—Seguro. El primer Romeo de la historia que va a ser interpretado por un cabrón sin corazón.

Alguien murmura: «Uf, bronca», y, aunque intuyo que Holt va a enardecerse y a entrar al trapo, se limita a bajar la cabeza y suspirar.

—Me alegro de verte, Olivia —dice, y se vuelve hacia mí—. Tengo que irme, Taylor. Nos vemos mañana.

Se marcha a toda prisa y la chica dirige su atención hacia mí.

—De modo que tú eres su nueva Julieta, ¿eh? ¿Te ha macha-
cado ya?

—Yo…, eh…

Se acerca a mí.

—Huye mientras estés a tiempo. Puedes creer lo que te digo.
Cuando ese chico se autodestruya, más vale que no te pille cerca.
Te arrastrará con él y el daño que provocará te joderá la vida para
siempre. Si no, pregunta a mi terapeuta. Y a mi confidente.

La convicción de su tono me pone la carne de gallina.

Se aleja con sus amigos y me quedo preguntándome qué
diablos le hizo Holt para que esté tan amargada.

10
QUÍMICA

Hoy
Nueva York
Sala de ensayos del Teatro Graumann

Guardo mis cosas en el bolso mientras miro a Holt con el rabillo del ojo.

Está nervioso y no deja de observarme como pensando que voy a largarme y a dejarle plantado.

No estaría mal, pero mi cerebro me dice que tenemos que quedar para que pueda explicarse y yo dar rienda suelta a mi rabia. Después quizá podamos destrozarnos mutuamente y comprobar si nuestras piezas siguen encajando. Pero mi corazón se encuentra acobardado como un perro que ha sido apaleado demasiadas veces.

Lo que viene pasando entre nosotros en los últimos días me da un miedo terrible. La química que llevo tres años intentando olvidar ha resurgido con la misma fuerza de siempre, sin apenas el menor esfuerzo.

Incluso ahora, al verle embutirse en su cazadora y meter a empujones el guion en su mochila, el gigantesco impulso magnético que siempre me atrajo hacia él está ahí, exigiéndome que me acerque.

Odio esa compulsión tan familiar.

—¿Cassandra?

Al girarme me topo con Marco, guion en mano, con el sombrero ladeado de un modo que solo puede describirse como «estiloso».

—¿Va todo bien? —pregunta al tiempo que echa un vistazo a Holt, que en este momento está revoloteando descaradamente al otro lado de la sala—. Ethan y tú parecíais alicaídos durante la escena de sexo de hoy. ¿Hay algún problema?

Él contaba con que nuestra química natural allanara el camino y los baches de nuestro pasado. Sin embargo, va a hacer falta algo más que química como Holt y yo no soltemos lastre. El trayecto entero se detendrá en seco con un chirrido y nuestro deseo ciego por el otro será un mero punto en el espejo retrovisor.

—Estamos arreglando las cosas —contesto con toda la sinceridad de la que soy capaz—. Es complicado.

Asiente y vuelve a mirar a Holt.

—Ya veo. Pero no te equivoques: independientemente de vuestros líos, mi prioridad absoluta es la obra.

—Entiendo.

—Cuando Holt me suplicó que le diera este papel, yo sabía que corría un riesgo por vuestro pasado tórrido. Sin embargo, confiaba en que dejaríais vuestras diferencias al margen por el bien de la obra. Si no es el caso, dímelo ahora y buscaré a otro para el papel.

Me da un vuelco el estómago.

—Espera, ¿cómo? ¿Que Holt suplicó para salir en esta función?

Marco suspira.

—Sí. Después de decidir que te quería a ti, mantuve conversaciones con otro actor. Un desconocido con mucho talento. Pero, de buenas a primeras, Holt me llamó para venderse para el papel. Yo, por supuesto, sabía que su horda de fans desmadradas prácticamente garantizaría el éxito de taquilla y físicamente resultaba perfecto, pero había oído rumores sobre lo que te hizo y tenía mis dudas en cuanto a si funcionaría. Me llamó tres veces al día, todos los días, durante dos semanas. Me recordó la reacción que tuve al veros en *Romeo y Julieta* en The Grove. Me resultó un poco irritante. Pero su pasión es lo que finalmente me hizo ceder; el modo en el que hablaba de ti… No pude pasarlo por alto.

—Lo siento, Marco, no tenía ni idea.

—No lo sientas. Hazlo mejor. Si no puedes trabajar con él, dímelo. Todavía estamos a tiempo. Podría conseguir que lo sustituyeran para finales de la semana que viene, si eso es lo que quieres.

Me mira expectante. Es una oferta tentadora. Si Holt no estuviera en la función, no tendría que enfrentarme a los fantasmas de nuestro pasado. Podríamos reanudar nuestras respectivas vidas y no volver a vernos jamás.

Se me hace un nudo en la garganta ante la perspectiva.

—Sus fans armarían la gorda si lo sustituyéramos —señalo.

Marco se encoge de hombros.

—Puede ser. Pero es preferible eso a que los críticos nos destrocen por una actuación de los protagonistas torpe y sombría.

—¿Me dejas que me lo piense? —pregunto, y él coge mi mano.

—Por supuesto. Personalmente, tengo la esperanza de que lo arregles. Es obvio que ambos os sentís abatidos sin el otro, y ser testigo de ello es deprimente. Él especialmente.

Hace un ademán con la cabeza hacia Holt, que ahora está caminando de un lado a otro alternando la mirada entre sus pies y nosotros.

—Pensaba que la historia era que *él* te había roto el corazón —comenta Marco en un hilo de voz—. Desde mi posición da la impresión de que es al contrario.

Reprimo la risita nerviosa que bulle en mi garganta.

—Te aseguro que yo fui la víctima, no el verdugo. Lo que pasa es que no sé si...

Enarca las cejas.

—¿Si qué?

Doy un suspiro.

—Si el daño es irreparable. Si podremos recomponernos algún día.

Sonríe y se acerca para besarme en la mejilla.

—Querida Cassandra, a veces no es cuestión de intentar arreglar algo que se ha roto; a veces es cuestión de empezar de nuevo y construir algo distinto. Algo mejor. —Echa una ojeada a Holt, que ha dejado de dar vueltas y nos mira fijamente—. Da la impresión de que los viejos cimientos siguen ahí. Úsalos.

Se marcha y al pasar junto a Holt le da una palmadita en el hombro.

—Espero verte el lunes, Holt.

Ethan frunce el ceño y me mira.

—¿Lista?

Asiento y nos ponemos en marcha.

Subimos en silencio por las escaleras que conducen al vestíbulo. Sujeta la puerta para que pase y salimos a la calle.

—Marco quiere sustituirme, ¿verdad? —pregunta al tiempo que unos cálidos dedos se posan en la parte baja de mi espalda y me acercan a él cuando cruzamos la calle.

—No quiere, pero, como no arreglemos lo nuestro, lo hará.

Al llegar a la acera de enfrente se detiene.

—¿Es eso lo que quieres?

Me froto los ojos para evitar mirarle.

—No lo sé. Marco me ha dicho que te vendiste para salir en la función. Yo pensaba que toda esta historia era el destino que nos volvía a unir, pero no es así. A lo mejor esta obra es una mala idea.

Por un momento pierde la compostura y acto seguido adopta una determinación férrea.

—No quiero fastidiarte esta oportunidad, Cassie. Si quieres que abandone, abandonaré. Pero, si solo lo haces por evitar tener que lidiar conmigo, la jugada no va a salirte bien porque volví a Nueva York por ti. La función era un mero aliciente.

—Ethan...

—Sé que en su momento me porté como un imbécil, pero ¿esto? ¿Volver a estar contigo? Llevo tanto tiempo deseándolo que ni siquiera concibo que no esté funcionando.

—Es que no funciona. Ese es el problema.

—Tiempo al tiempo. Voy a demostrarte que he cambiado. Entonces volverás a enamorarte de mí y tendremos el final feliz que deberíamos haber tenido la primera vez.

Me quedo sin aire en los pulmones.

—¿Ese es tu plan? ¡Por Dios, Ethan! ¿En qué estabas pensando?

—No hagas eso —dice con un gesto totalmente serio—. No adelantes acontecimientos antes de intentarlo.

—No estoy adelantando acontecimientos. Lo que digo es que tus esperanzas son *imposibles*. ¿A qué vienen esas expectativas tan poco realistas sobre lo nuestro después de tanto tiempo?

Suspira y, al volver a hablar, su tono es más suave pero firme.

—Tú ten pocas expectativas si eso es lo que necesitas para protegerte, pero no me digas que limite las mías. Eso no va a pasar. Si son demasiado ambiciosas, quien únicamente va a salir mal parado soy yo.

—Ethan, no...

Me coge de la mano y desliza el pulgar por mi piel. Un gesto de lo más dulce y sencillo, pero lo siento en todo mi ser.

—Mira, Cassie, lo he pillado —dice—. Entiendo cómo te sientes porque antes yo también me sentía así. Resulta más fácil no esperar nada porque así nadie te puede arrebatar nada. Pero las cosas no funcionan así. Yo intenté convencerme a mí mismo de que no quería nada de ti y acabé perdiéndolo todo.

Me mira a los ojos y creo que Marco tiene razón: por mucho que me rompiera el corazón, él también salió mal parado.

—A estas alturas ya no quiero nada de nada. Si me echas de la obra, lo entenderé, pero no voy a permitir que me cierres las puertas de tu vida sin luchar. ¿Está claro?

Ahora me explico por qué Marco claudicó. Su pasión es muy persuasiva.

¿Que quiere luchar por nosotros? No está mal, para variar.

Seis años antes
Westchester, estado de Nueva York
Diario de Cassandra Taylor

Querido diario:

Hoy es la mañana después del día «cero»: un día que perdurará en mi recuerdo para siempre con un agradable cosquilleo entre las piernas.

Ni siquiera puedo expresar con palabras las sensaciones que Holt despertó en mí.

No es normal que un hombre sea tan sexy que desquicie. A lo mejor ha hecho un pacto con el diablo. ¿Ves? Eso lo entendería.

Ha vendido su alma a Lucifer a cambio de poderes sexuales sobre vírgenes frustradas.

Eso explicaría muchas cosas.

Por lo visto Olivia siente lo mismo. Estaba bastante cabreada con él.

Tengo que indagar sobre su historia. O tal vez sea más conveniente hacer lo típico: esconder la cabeza como los avestruces para lidiar con tíos nocivos, intensos y amargados. Lo que no conozco no puede hacerme daño, ¿no?

¿No?

Conforme me aproximo al teatro veo a Holt ahí, esperando. Me muero de vergüenza cuando caigo en la cuenta de lo excitada que me pongo al verle.

Jo, Cassie. Hazte valer. No permitas que ejerza sus poderes maléficos sobre ti.

Ay, Dios. Demasiado tarde. Mírale.

Vaqueros oscuros. Camiseta de escote de pico negra remetida de cualquier manera por la cintura. Hebilla de cinturón vintage que me dan ganas de desabrochar con los dientes.

Levanta la mirada a medida que me acerco. Tiene dos vasos de cartón en las manos. Doy por sentado que uno es para mí, aunque seguramente hoy no me ofrecerá un *capullochino*. No después de su experto sobeteo.

Quizá en Starbucks preparen *orgasmolattes*.

Mientras me observa, se pone más erguido. Su pecho sube y baja con un profundo suspiro.

Oh, sí. Desde luego que quiere provocarme un orgasmo. Quiere matarme a orgasmos.

Quizá esta vez utilice sus dedos.

Por favor, Señor, que use sus excitantes dedos.

Le sonrío. Traga saliva, pero no me devuelve la sonrisa.

Suenan timbres de alarma en mi cabeza.

—Hola —digo, haciéndome la despreocupada.

—Hola. —Pues la despreocupación no se le da mejor que a mí.

Está nervioso; suda un poco. Me tiende un vaso y lo cojo. Sospecho que es un *capullochino* después de todo.

Pone su vaso sobre el banco que hay junto a él y se endereza. Frunce el ceño y dice:

—Oye, Taylor, lo de ayer…

Caray, Holt, no lo digas.

—La verdad es que no tenía que haber hecho eso…, ya sabes…, eso. A ti.

197

Mira a cualquier punto menos a mí.

—Fue una gilipollez como la copa de un pino y estuvo mal… y… te utilicé.

—No —niego con rotundidad—. No lo hiciste. Yo deseaba que tú…

—Taylor —ataja—, te follé como un puto perro. Delante de nuestra profesora de interpretación. ¿Qué coño me pasa?

—Holt…

—Olivia tiene razón. Necesito un examen psiquiátrico. Siempre que nos vemos pierdo la cabeza. Es una puta locura, por no decir que es un error monumental.

—Pero no podemos simplemente…

—No, no podemos de ninguna de las maneras.

—¡Deja de interrumpirme! Intento…

—¡Sé lo que intentas hacer, pero esto no admite discusión! ¡Lo que estamos haciendo se zanja ahora, antes de que alguno salga perjudicado!

Me dan ganas de replicar con una pulla ingeniosa, pero no se me ocurre nada. En vez de eso, sopeso la posibilidad de golpearle.

Su expresión se suaviza al dar un paso hacia mí.

—Oye, por el camino que vamos esto no va a acabar bien para ninguno de los dos. Te lo aseguro. Intuyo que quieres cosas de mí que no puedo darte. ¿Y si te enamoras? Bueno, esa sería una de las mayores estupideces de tu vida. Hay un montón de chicas que darán fe de ello.

Un fogonazo de rabia me sube por la espalda.

—Por Dios, ¿no anda tu ego un poco subido? A lo mejor no quiero nada de ti.

—Entonces dime que me equivoco —dice, y extiende las manos—. Dime que tu gesto al verme hace un momento no era de excitación con un toque de «Por favor, fóllame ya». Dime que no piensas en mí. Que no sueñas conmigo.

No digo nada porque no puedo negarlo. Pero no entiendo qué mal hay en tener esos sentimientos. Por la manera en que habla, parece ser que estrechar distancias entre nosotros es un crimen.

—Tú también me deseas —replico.

—No lo niego —dice, acercándose más—. Y ahí radica parte del problema. Ya me distraes lo bastante. Si empezamos a sucumbir a la tentación, entonces… Hostia, Taylor, apaga y vámonos. Olvídate de concentrarnos en nuestras actuaciones. ¿Tu virginidad? Fuera. ¿Mi cordura? Fuera. Nuestro tiempo aquí se convertiría en una vorágine de polvos y hormonas, y no quiero implicarme en eso con nadie, y mucho menos contigo.

—¿Qué coño significa eso?

Se acerca tanto que huelo su colonia.

—Significa que no te conformarás con follar. Querrás emociones y manos agarradas y tonterías románticas. Y te mereces todas esas cosas, pero a mí no me van. Ya no.

—¿Por qué no?

Baja la vista y no contesta.

—Dios, Holt, alguna chica te dio un buen palo, ¿verdad? ¿Fue esa chica de ayer?

Se queda callado, pero me lanza una mirada de advertencia para que no insista.

—¿Qué te hizo?

—Nada. Lo que ocurrió entre nosotros fue culpa mía, y no voy a cometer el mismo error dos veces. Seguro que te advirtió que te apartaras de mí. Hazle caso.

Me da la impresión de que está rompiendo conmigo, a pesar de que nunca hemos estado juntos de verdad.

De repente me encuentro muy cansada. Tengo la sensación de que siempre estoy luchando por estar con él, mientras él lucha por apartarme de su camino.

—Estupendo —digo—. Tienes razón. No debería sentir nada por ti. Está claro que no te lo mereces.

No soporto su gesto dolido al repetir:

—Está claro.

Como estoy demasiado agotada para discutir, echo a andar hacia la puerta del teatro. Justo antes de abrirla, me vuelvo hacia él.

—Holt, no hay muchas personas en el mundo que tengan la química que, por la razón que sea, tenemos nosotros y decir que no deberíamos sentirla no va a hacer que desaparezca. Igual algún día llegas a la misma conclusión, pero para entonces será demasiado tarde.

Le doy la espalda y cierro la puerta al entrar.

—Vale, Taylor, empecemos por «¿Qué es esto?».

Vamos a ensayar la escena de la muerte. Holt yace delante de mí, inerte. Romeo se ha envenenado.

Idiota.

Como Julieta, estoy consternada al ver al amor de mi vida muerto en el suelo. Asesinado por su propia mano porque no podía seguir adelante sin mí. Él no sabía que yo simplemente estaba dormida. Cualquiera habría comprobado el pulso, ¿no?

Trato de levantar su cuerpo para abrazarle, pero pesa demasiado y me resigno a tumbarme sobre su pecho. Demasiado conmocionada para llorar, demasiado emocionada para no hacerlo. Paso mis manos por su cuerpo como si la fuerza de mi necesidad pudiera devolverle la vida. Salvarle de sí mismo.

Pero no hay salvaciones que valgan. Su precipitada decisión nos ha matado a los dos, porque sin él estoy muerta por dentro, a pesar de seguir teniendo ilusión por la vida.

Una vez asumida la muerte en mi corazón, lo único que necesito encontrar es el medio.

Recorro sus brazos con mis manos y descubro un pequeño frasco en su puño.

—¿Qué es esto? —me pregunto con la voz ronca de emoción—. ¿Una copa comprimida en la mano de mi fiel consorte?

Me la llevo a la nariz, huelo y a continuación me quejo angustiada.

—El veneno, lo veo, ha causado su fin prematuro.

Miro en el interior por si quedase la pizca que necesito, pero está vacío. Furiosa, lo lanzo.

Agarro a Romeo de la cabeza y le reprendo en su preciosa cara inerte mientras las lágrimas se me derraman.

—¡Oh, avaro! ¡Tomárselo todo, sin dejar una gota amiga para ayudarme a ir tras él!

Tiene los labios entreabiertos; me agacho y cierro mis ojos anegados en lágrimas cuando nuestras frentes se tocan.

—Besaré tus labios; acaso exista aún en ellos un resto de veneno que me haga morir… sirviéndome de un cordial.

Presiono con dulzura mis labios sobre los suyos. Aún tan suaves… ¿Cómo puede estar muerto y sin embargo aparentar tanta vitalidad?

Se los chupo dulcemente, desesperada por encontrar cualquier traza de veneno. Holt se tensa debajo de mí.

—Vuestros labios están calientes —suspiro contra su boca.

Se tensa aún más.

Paso mi lengua por su labio inferior; él gruñe al tiempo que su cuerpo da una sacudida.

—¡Parad ahí! —exclama Erika.

Holt se incorpora y me mira fijamente.

—Caramba, Julieta —comenta Erika—. Al parecer tus labios tienen propiedades curativas milagrosas. Ojalá Shakespeare hubiera relatado la dramática recuperación de Romeo de la manera que Holt acaba de improvisar, pues habría muchísima menos tragedia al final de esta obra y la gente podría irse a casa silbando una alegre melodía.

—Me ha lamido los labios —protesta Holt.

—Eso es precisamente lo que Julieta haría —replico—. Está intentando ingerir el veneno. Tienes suerte de que no te haya metido la lengua en la boca para hacerla girar como una escobilla de váter.

—Ah, porque eso es lo que haría Julieta, ¿no? Tú no.

—Sí.

—Mentira.

—¡Por lo que más queráis, haced el favor de poneros a follar ya! —exclama Jack Avery desde el auditorio.

El resto del reparto rompe a carcajadas; Holt y yo intercambiamos miradas avergonzadas.

Ojalá fuera tan sencillo, Jack.

Erika ordena al reparto que mantenga el orden.

—Holt, lo que Taylor ha hecho me parece perfectamente aceptable. Quizá solo sea necesario que modifiques tu reacción. Estás muerto. Lo de menos es si te lame la boca entera empezando por las amígdalas. Tú no te muevas. ¿Entendido?

Holt menea la cabeza y se ríe con amargura; a continuación se vuelve hacia mí y me clava la mirada.

Mi sonrisa no podría ser más cursi si la hubiera comprado en Don Sonrisas en Villa Feliz.

Pone los ojos en blanco.

—Bien, Taylor —dice ella mirándome—, cuando empuñes la daga para apuñalarte, quiero que te sientes a horcajadas sobre él.

—Me cago en la leche —masculla Holt.

Erika lo mira.

—Holt, cuando Taylor se desplome encima de ti, no quiero que dé la impresión de que os han acribillado a tiros en una reyerta entre bandas. Es necesario que muráis como habéis vivido: como amantes.

Estoy procesando todo lo que dice, pero mi cerebro tiene fijación con dos palabras: a horcajadas.

Piernas despatarradas. Mis partes aplastadas contra las suyas. Jolines.

Holt se frota la cara y refunfuña.

Erika nos sonríe. Creo que disfruta con nuestra mutua incomodidad.

—Volvamos al beso a ver si podemos llegar al final, ¿vale? El resto del reparto que interviene al final de esta escena, ¿hacéis el favor de colocaros en vuestro sitio a un lado del escenario?

Se produce cierto bullicio a medida que la gente ocupa sus puestos. Holt me mira con cara de pocos amigos.

Le dedico mi sonrisa más inocente.

Me observa con una intensidad que me asustaría de no estar disfrutando tanto con su impotencia.

—Tiéndete, amante —musito con sensualidad—. Tengo que despatarrarme.

Maldice por lo bajini y se tiende.

A fe mía que el caballero objeta en demasía.

—Vale, allá vamos. Gracias, Taylor.

Empiezo de nuevo la escena. Cuando llego al beso hago que sea lo más erótico posible adrede. Noto que Holt respira pesadamente y deja escapar un leve sonido.

Eh, eh, eh. Hazte el muerto, por favor, cadáver caliente.

Exhala y se queda inmóvil.

Así me gusta.

Se oyen voces entre bastidores y miro en esa dirección. A Julieta se le acaba el tiempo.

—¿Ruido? Sí —digo con el pánico patente en mi voz al mirar a mi alrededor con desesperación—. Apresurémonos, pues.

Localizo la daga, apoyo la rodilla sobre la cintura de Holt y me siento en su entrepierna mientras empuño la vaina que lleva sujeta a la cadera.

—Oh, dichosa daga —digo al sacarla de la funda y llevármela hacia el pecho—. Esta es tu vaina.

Me clavo la cuchilla plegable en medio del pecho y grito con el rostro crispado de dolor. Al público le dará la impresión de que me he asestado una puñalada mortal.

—Enmohece… en ella… —doy un quejido y dejo caer la daga al suelo al tiempo que me aprieto el pecho. Me agarro a la camisa de Holt y beso con ternura a mi Romeo una vez más antes de suspirar—: Y… déjame… morir.

Me desplomo encima de Holt. Mi cara le aplasta el cuello; tengo una mano en su pecho, la otra en su pelo. Si alguien nos hiciera una foto, pareceríamos una pareja joven durmiendo en un íntimo abrazo.

Otros personajes entran precipitadamente en el escenario y continúan la escena llorando nuestra muerte y analizando la serie de acontecimientos que la desencadenaron. Noto a Holt tenso debajo de mí, intentando controlar su respiración. Tengo su entrepierna oprimida con fuerza contra mí, y siento cómo se va endureciendo paulatinamente. Trato de no inmutarme. Mi vagina va por otros derroteros. Intento explicarle que está muerta y que por lo tanto ya no necesita la impresionante erección de Romeo, pero le resulta difícil dar crédito.

Ralentizo mi respiración y escucho la escena que se está desarrollando a mi alrededor. El lenguaje arcaico y su cadencia tienen un efecto sedante. Enseguida me concentro en los latidos del corazón de Holt bajo mi oído. Son hipnóticos, muy fuertes y constantes. A medida que mis músculos se relajan y mi ritmo cardíaco se ralentiza, mi cuerpo se hunde en el suyo; por un momento pienso que debo de resultar muy pesada hasta que su olor y su calidez me adormecen hasta el aturdimiento.

Antes de ser consciente de lo que está ocurriendo, noto que una mano me zarandea el hombro. Al abrir los ojos me encuentro a Jack de pie junto a nosotros y a otros miembros del reparto detrás.

—Vaya. Me alegro de veros tan excitados por nuestra actuación, chicos —comenta con una sonrisita—. A lo mejor la próxima vez podríais procurar no roncar.

Me siento rápidamente y bajo la vista hacia Holt. Tiene cara de sueño y está confuso. Aguza la mirada cuando se da cuenta de que estoy encima de él. Capto la indirecta y me bajo, pero tengo los músculos flojos y endebles.

Jo, ¿quién iba a decir que sentarse a horcajadas corta tanto la circulación?

Jack me coge de la cintura y me ayuda a enderezarme. Soy el hazmerreír cuando las piernas me vuelven a flaquear y me doy de bruces contra él.

—¡So! Quieta ahí, Cassie. Llevas muerta un buen rato. Será mejor que te lo tomes con calma.

Me estabilizo mientras Holt se levanta. Se fija en que Jack me está sujetando y enseguida aparta la vista.

—Holt, Taylor —dice Erika mientras sube los peldaños del escenario—, ¿doy por sentado que vuestras últimas posturas eran cómodas?

Me aparto de Jack y me atuso el pelo para intentar distraerme de mi creciente rubor.

—Más o menos.

La gente se ríe por lo bajini. Me muero de vergüenza. He besado a Holt delante de toda esta gente. Joder, he fingido tener relaciones con él. ¿Pero lo que acabo de hacer? ¿Acurrucarme con él? ¿Fundirme en él y quedarme dormida? Eso es más íntimo que cualquier otra cosa que haya hecho.

Nos sentamos en el escenario mientras Erika comenta nuestra actuación; en general está satisfecha con nuestros progresos. Jack está sentado al lado de Holt, cuchicheando y riéndose por lo bajini. Holt empuña a Jack de la pechera y le dice algo entre dientes cara a cara. Jack empalidece y se calla inmediatamente. Cuando Holt lo suelta, Jack se aparta refunfuñando. Holt se atusa el pelo y echa una ojeada hacia mí.

Parece furioso.

Erika pone fin al ensayo y el ambiente se llena de conversaciones mientras todo el mundo recoge el escenario y el atrezo.

Miranda y Aiyah me invitan a cenar con ellas, pero no estoy de humor. Les agradezco el ofrecimiento y me despido de ellas con un abrazo. Cojo la daga y se la llevo a Holt mientras el resto del teatro se va vaciando despacio. Cuando la coge, parece que sigue enfadado.

—¿Estás bien? —pregunto mientras desabrocha la funda de su cinturón.

—Genial.

—¿Qué ha pasado con Avery? —pregunto.

—Es un gilipollas. —Mete la daga en la funda.

—¿Por qué?

—No paraba de preguntarme si estaba follando contigo.

—¿Qué le has dicho?

—No he contestado.

—¿Y?

—Y él ha dado por hecho que no.

—Lo cual es cierto.

—Sí, pero después le ha parecido buena idea decirme lo mucho que le gustaría follarte.

—¿Y qué le has dicho al respecto? —pregunto, y doy un paso al frente.

Su mirada me recorre el cuerpo de arriba abajo antes de contestar:

—Que como se le ocurra acercarse a ti le corto los huevos y se los doy de comer a mi rottweiler.

—¿Tienes un rottweiler?

—No, pero él no lo sabe.

Toco la hebilla de su cinturón. Es un rectángulo con una especie de crucifijo. Qué curioso que lleve el símbolo de Dios estando confabulado con el diablo.

—A ver si me aclaro —digo al tiempo que paso los dedos por el metal frío—: ¿No quieres estar conmigo, pero tampoco quieres que otros tíos lo estén?

—Él no es un tío cualquiera. Es Avery. Si te acostaras con él, tu coeficiente intelectual automáticamente caería cuarenta puntos.

—¿Te has parado a analizar por qué eres tan celoso?

—No soy celoso. No quiero que ese pedazo de ceporro te toque y punto. Es de puro sentido común.

—¿Qué me dices de Connor? ¿Me das permiso para acostarme con él?

Se le crispa el gesto.

—¿Tú quieres acostarte con él?

Aprieto los dedos y reprimo las ganas de arrancarle la camiseta.

—En ese caso, ¿te importaría?

Parece fuera de sí.

—Joder, no. Demasiado blandengue.

—¿Y Lucas?

—Demasiado colgado.

—¿Troy?

—Creo que es gay.

—¿Y si no lo es?

—Demasiado ambiguo.

—Y dices que no eres celoso…

—Pues no.

—Entonces dime un nombre —exijo—. Dime con quién me permites que me acueste.

Levanta las manos con un ademán.

—¿Por qué coño te obsesiona tanto el sexo?

—¡Porque nunca lo he practicado! ¡Y, si por ti fuera, jamás lo haría!

Traga saliva y agacha la cabeza.

—¿Qué diablos quieres de mí, Taylor? ¿Eh? ¿Quieres que te folle? ¿O simplemente buscas una polla al azar para perder la virginidad? Si eso es lo único que quieres, te compraré un puto vibrador.

—Eso no es lo único que quiero, y lo sabes.

—Entonces volvemos a lo mismo, al motivo por el que necesitamos mantenernos alejados el uno del otro. Tú quieres lo que yo soy incapaz de darte. ¿Por qué te cuesta tanto entenderlo?

—Lo que no entiendo es cómo puedes sentir *esto* —digo al pegarme a él y poner mis manos sobre su pecho— y fingir que no pasa nada como si tal cosa.

Ni siquiera pestañea cuando recorro sus pectorales con mis manos.

—¿No te has dado cuenta? Fingir se me da fenomenal.

Meneo la cabeza y suspiro.

—Pues ya está. Tú decides que no podemos estar juntos, y es lo que hay.

—Pues sí.

—¿Y te crees capaz de acatar tus propias reglas?

—¿Te refieres a si soy capaz de guardar las distancias?

Agacha la cabeza, sus labios justo por encima de los míos, tan próximos que puedo saborear su aliento, pura calidez y dulzura.

—Sí —susurro, sin otro deseo más que el de ponerme de puntillas y besarle.

Su exhalación es suave y mesurada.

—Taylor, creo que subestimas mi capacidad de autocontrol. Aparte del lapsus que tuve durante la escena de sexo, contigo he mostrado el comedimiento del puto Dalai Lama. ¿Nuestro primer beso? Tú empezaste. ¿Hoy en la escena de la muerte? Todo cosa tuya. ¿Lo de ahora mismo? Tú.

—De modo que tu teoría es —replico— que, si no fuera porque yo me abalanzo sobre ti, nunca se te habría ocurrido tocarme.

—Exacto.

—Chorradas.

—Haz el favor de fijarte en que me estás toqueteando todo el cuerpo con las manos, mientras que las mías las tengo en sendos lados.

Bajo la vista mientras le acaricio distraídamente los abdominales. Inmediatamente doy un paso atrás.

Dios, tiene razón.

Soy yo.

Todo lo he empezado yo.

—Vale, estupendo —digo, y reculo un poco más—. No te tocaré fuera de la función, a menos que me lo pidas.

—¿Crees que vas a ser capaz de controlarte? —pregunta. Juro que le ha puesto alguna especie de salsa picante sexual a su voz para provocar mis ganas de lamerle—. ¿Le damos más emoción?

—¿Cómo? ¿Con una apuesta o algo así?

—¿Por qué no?

Lo medito durante unos segundos.

—Vale. El primero que toque al otro de manera íntima pierde y tiene que conseguir que el ganador tenga un orgasmo.

Se echa a reír y se atusa el pelo, pero me doy cuenta de que pasa revista a mi cuerpo con su mirada.

—Eso más bien anula el objetivo de la apuesta.

—No desde mi punto de vista. Los dos saldríamos ganando.

Agarra su mochila y se la cuelga al hombro.

—Vete a casa, Taylor. Tómate un trago. Deja de pensar en mí.

—La apuesta es no tocar. Puedo imaginarte en cientos de posturas sexuales diferentes si me apetece, y no hay nada que puedas hacer para impedírmelo.

Deja caer la cabeza y suspira; sé que he ganado el round.

—Nos vemos la semana que viene.

—Sí, nos veremos.

A continuación se marcha.

11

MIEDO ESCÉNICO

Hoy
Nueva York

Holt y yo nos dirigimos a un bar de los alrededores del teatro para «hablar».

Caminar a su lado me resulta raro y al mismo tiempo familiar, con una pizca de fatalidad inminente: muy similar a la mayor parte del tiempo que pasamos juntos.

Mi prudencia me susurra que estar con él es como calzar los zapatos más cómodos del mundo, que a veces te catapultan de cabeza contra un muro. Es como ser alérgico al marisco y negarse a renunciar a la langosta. Como saber que estás a punto de caer de bruces en un macizo de hiedra venenosa pero negarte a detener tus pasos.

Su brazo roza el mío mientras caminamos.

Dios, me pone a cien.

Cuando llegamos al bar, me abre la puerta y pide una mesa al fondo. La camarera se lo come con los ojos en un tris antes de darnos asiento.

Él está en su mundo. Como de costumbre.

Ojalá yo pudiera decir lo mismo. No me corresponde estar celosa. Estoy segura de que, en los años que estuvimos separados, perdió la cuenta de sus conquistas. Siempre ha arrasado entre las mujeres, pero su popularidad se disparó durante su gira europea. Su personaje se pasaba la mayor parte de la obra sin camisa y, cuando sus fotos sexys de promoción circularon por internet, las mujeres le seguían de ciudad en ciudad para verle actuar.

Yo no las culpaba.

Recuerdo cómo me sentía al ver las imágenes online. Intentaba apartar la vista, pero resultaba imposible.

Con solo pensar en ello hace que me arda la cara.

Cojo la lista de tapas y me abanico. Holt me mira y frunce el ceño.

—¿Estás bien?

—Sí.

—Estás colorada.

—La menopausia. Sofocos.

—¿No eres un pelín joven para eso?

—¿Eso crees, eh? Ser chica es una mierda.

—Salvo por toda esa historia de los orgasmos múltiples —comenta, y enarca una ceja—. Alguien me dijo en una ocasión que es una pasada.

—Bueno, sí. —*Si lo quieres expresar con toda la intención de provocarme*—. Salvo por eso.

«Ethan Múltiple»: ese debería ser su apodo. La noche que descubrió que podía provocarme eso, juro que toqué el cielo con los dedos.

Vuelvo a abanicarme.

Maldita sea, está prohibido que hable de estas cosas. Y mucho menos cuando estoy intentando ignorar el morbo que me provoca.

Todos los temas relacionados con el sexo quedan vetados.

¿Cómo es que no conoce las reglas que acabo de inventarme?

—¿Por qué me miras con el ceño fruncido? —pregunta con cara larga.

—¿Por qué no tomamos algo ya? Hemos venido a tomar algo.

—Y a hablar.

—Y a beber.

—¿Con la menopausia también te da por beber?

—Sí. Y me provoca psicosis. Ándate con cuidado.

—Eso hago. No es fácil con una psicópata menopáusica con cara de pocos amigos.

Pongo cara de pocos amigos de verdad.

Se ríe.

Sumemos la risa a la lista de cosas que tiene prohibido hacer cuando estoy intentando ignorar lo guapo que es.

Se da cuenta de que no me hace gracia y me mira con gesto preocupado.

¿Preocupación? A la lista.

—¿Cassie?

Decir mi nombre, también.

—Estoy bien. Necesito un trago.

—Vale. Claro.

Me mira fijamente durante unos instantes más y, cómo no, mirar fijamente se añade a la lista. Me doy por vencida y asumo que la lista va a actualizarse constantemente. Trato de apartarla de mi mente.

Por fin viene una camarera. Sheree se presenta y se pone a comerse con los ojos a Ethan mientras este coge la carta de vinos. Me dan ganas de darle un puñetazo en su boca con brillo de labios.

Mientras Sheree recita de un tirón sus recomendaciones, Ethan levanta la vista hacia mí. No la está escuchando. Está intentando averiguar el vino que me apetece.

Solía ser un juego entre nosotros, y jamás fallaba. Sabía lo que me apetecía aun sin yo saberlo. Cuándo pedir un vino dulce, o seco, o especiado.

Cuando la camarera termina, Ethan vuelve la vista hacia la carta.

—La cuestión es, Sheree... ¿a mi amiga le apetece tinto o blanco?

La camarera frunce el ceño.

—Esto... ¿No debería preguntárselo?

—Preguntar no tiene gracia; tengo que deducirlo. Como un Sherlock sumiller. Si me equivoco, empañará mi impecable historial.

—¿Y si acierta? —pregunta Sheree enarcando una ceja.

Niego con la cabeza. Cuando acertaba, la recompensa era mi boca. Eso no ocurrirá ni en broma esta noche.

—Si acierto —contesta Ethan— igual se da cuenta de que, a pesar de todas mis meteduras de pata, aún la conozco mejor de lo que nadie lo hará jamás.

Se queda mirándome y, cuando el calor se propaga sobre la mesa, no tengo más remedio que apartar la vista.

Sheree cambia de postura mientras jugueteo con el borde del mantel.

Si se buscara la palabra «embarazoso» en un diccionario, habría una imagen de este instante.

Cuando la situación alcanza un momento crítico, Ethan carraspea y pide Duckhorn Vineyards Merlot con plena confianza.

Es la elección perfecta. No sé por qué me sorprendo tanto.

Cuando la camarera se marcha, Ethan se reclina en la silla y entrelaza los dedos sobre la mesa.

—He dado en el clavo, ¿a que sí?

Me encojo de hombros.

—Puede.

Parece satisfecho.

—No estaba seguro de si todavía podría conseguirlo. Ha pasado tiempo.

—Sí.

Me mira fijamente durante unos segundos y dice:

—Demasiado tiempo, Cassie.

Un denso silencio se impone entre nosotros.

Ambos sabemos que esta es nuestra última oportunidad. Nuestra ocasión definitiva para sacar algo bueno de nuestra desastrosa relación.

La presión es sofocante. Carraspeo. Tengo la boca más seca que el Sáhara.

—¿Cómo es posible que se tarde tanto en coger una botella de vino y dos copas? ¿Estará la propia Sheree pisando las puñeteras uvas?

Se me retuercen las tripas de los nervios. Me vendría de miedo un cigarro, pero aquí no se puede fumar.

Holt se cruje los nudillos e intuyo que está maquinando frases mentalmente.

Me fijo en sus dedos: sus pulgares, rozándose despacio; sus manos, tensas e inquietas. Me dan ganas de alargar la mano y tranquilizarlas, y asegurarle que… ¿Qué? ¿Que no voy a ser una arpía? ¿Que voy a escuchar con calma y atentamente, a considerar todas sus explicaciones con sensatez?

No puedo decirle eso. No sería cierto.

Caben muchas posibilidades de que esta noche acabe mal; de que, al hablar de todo esto, se esfumen todas mis buenas intenciones de ser amigos.

Lo sabe tan bien como yo.

Tras un rato aparentemente interminable, Sheree trae el vino. Holt y yo la miramos con inmensa gratitud mientras lo sirve. Al marcharse ambos bebemos un buen trago y dejamos las copas sobre la mesa.

Él, agobiado, resopla y se pasa la mano por la cara.

—Se suponía que no iba a resultar tan difícil.

—¿Acaso te extraña? —digo—. Somos duros de pelar.

—Es cierto.

El estómago me da retortijones; bebo más vino para intentar calmarlo.

Holt tuerce el gesto.

—¿Estás bien?

Tomo otro trago y asiento.

—Sí. Genial. Qué vino más bueno.

No miento sobre el vino. Está delicioso. Miento al decir que me encuentro bien. He bebido demasiado, demasiado rápido, y, por mucho que pensara que estaba preparada para hablar con Ethan, mi estómago me dice lo contrario.

Me da otro retortijón y hago una mueca de dolor.

—¿Cassie?

Empiezo a sudar porque sé lo que se avecina. La boca se me llena de saliva mientras salgo disparada al baño.

Llego justo a tiempo.

Mientras me enjuago la boca llaman a la puerta.

—¿Cassie? ¿Estás bien?

Silencio.

—La verdad es que no.

—¿Puedo entrar?

—Si no hay más remedio…

Para ser un baño, este tiene bastante estilo: muy limpio, accesorios de lujo, flores frescas.

Entra y cierra la puerta mientras termino de lavarme las manos.

—Solía ser yo quien vomitaba debido a los nervios —comenta.

Me seco las manos con toallitas de papel y las tiro a la papelera.

—Ahora soy yo.

—¿Te encuentras mejor?

—Un poco.

Hace amago de tocarme el hombro, pero instintivamente me aparto. En este preciso instante no puedo soportar el hecho de que me reconforte.

Deja caer la cabeza hacia abajo y suspira.

—Cuando ensayé esta noche en mi cabeza, y que sepas que la ensayé un montón, estaba mucho más tranquilo. Había de por medio pocos vómitos. Ahora, no solo te he puesto enferma, sino que no me acuerdo de nada de lo que tenía que decirte.

Me vuelvo para mirarme al espejo. Tengo una pinta lamentable. No, peor aún: parece que he pasado por un invierno atómico y el apocalipsis zombi.

Mientras sopeso la idea de reparar las secuelas con maquillaje, Ethan se acerca por detrás y me atusa el pelo. Me da un escalofrío por la espalda que me pone la carne de gallina.

—Dios, Cassie —dice en un hilo de voz—, eres la mujer más guapa que he visto en mi vida incluso cuando tienes ganas de vomitar.

Me quedo helada; tiene la mirada clavada en nuestro reflejo en el espejo.

—Ethan, qué cosas dices.

—¿Que no? Míranos. Juntos somos perfectos. —Me acaricia las manos. Cierro los ojos e inspiro—. Siempre lo fuimos. Por muy jodidas que se pusieran las cosas de puertas adentro, siempre daba la impresión de que estábamos hechos el uno para el otro. Y así es.

—Ethan…

Me doy la vuelta para mirarle. Él se inclina hacia mí, pero le freno poniendo mi mano en su pecho.

Resopla y aprieta la mandíbula.

—Tocarme en este preciso momento probablemente no sea una buena idea, a menos que pretendas alterar mi actitud serena y templada.

Aparto la mano y me apoyo en la encimera. No sirve de nada para aplacar la atracción que siento por él y que llena hasta el último rincón de este diminuto espacio.

—¿Cómo es que después de todo este tiempo sigues ejerciendo este efecto sobre mí? —pregunta, avanzando despacio.

—¿Qué efecto? —Sé de sobra a lo que se refiere, pero quiero oírlo de su boca.

—Me siento nervioso y tranquilo al mismo tiempo. Enloquecido y sereno. Salvaje y civilizado. Solo con tenerte cerca olvido todos los malos tragos que hemos pasado y solo...

—¿Qué?

Su expresión se vuelve ávida.

—Quiero fundirme en ti y olvidarme de todo. Pasar página a nuestro pasado. —Ojalá fuese tan fácil—. Joder, te he echado tanto de menos, Cassie. No tienes ni idea. Ni te lo imaginas.

Vacilo. Mi lado cauteloso cuchichea que estoy a punto de ponerme esos malditos zapatos y a estamparme de bruces contra un muro. Me advierte que no puedo comer langosta bajo ningún concepto. Me dice a voz en grito que estoy a punto de caer en un enorme macizo de hiedra venenosa.

Tras considerar mi inminente caída durante unos tres segundos, le echo los brazos al cuello y tiro de él para abrazarle. Él me estrecha entre sus brazos y, al apretar su cabeza contra mi garganta, deja escapar un suspiro de estremecimiento.

Como es de esperar, noto un picor.

Seis años antes
Westchester, estado de Nueva York
Diario de Cassandra Taylor

Querido diario:

Es la noche del estreno y ha pasado una semana desde que Holt y yo nos apostamos no tocarnos. Desde entonces el día a día ha sido... raro entre nosotros.

Bueno, más raro.

Nuestra fuerza motriz está anulada, incluso mientras actuamos. Como ambos estamos decididos a ganar esta absurda apuesta, nuestros besos son comedidos y nuestros abrazos, falsos. Una versión aséptica de nuestra desbocada lujuria animal.

Erika también lo ha notado. Opina que estamos encasillados porque nos ha hecho ensayar hasta la saciedad. Pero no es culpa suya; es nuestra. Y, aparte de tirándomelo, la verdad es que no sé cómo remediarlo.

Si a eso le añadimos el canguelo enfermizo por los nervios de la noche del estreno, es de recibo decir que estoy bastante aterrorizada. (Y cuando digo «bastante» quiero decir «totalmente». Y cuando digo «totalmente» me refiero a que será un milagro si consigo pisar el escenario sin sufrir un ataque de histeria épico acompañado de chillidos y/o llanto y/o que me enganche desesperada a las bambalinas mientras la directora de escena trata de llevarme a rastras al escenario).

Por favor, Señor, que pase la noche sin hacer un ridículo espantoso.

Que me salga bien.

Te lo suplico.

De camino al teatro voy dando caladas a un cigarrillo. Cada vez se me da mejor fumar. No estoy segura de si esto será bueno, pero me calma los nervios.

El espectáculo empieza a las siete y media. Ahora son las tres de la tarde. Espero que el hecho de estar en el teatro me sirva para concentrarme y aflojar el nudo que me atenaza el pecho.

En cualquier caso, esa es la idea.

Cosas que hacer en las próximas horas: yoga y taichí, caminar por el escenario, meterme en la piel de Julieta, poner mis tarjetas de felicitación y regalos por la noche del estreno en los camerinos, cambiarme, intentar no vomitar, entrar en escena sin ser espoleada, clavar el papel.

Fácil.

Cosas que evitar: obsesionarme con Holt, vomitar, salir gritando despavorida del teatro.

No tan fácil.

Al entrar voy directamente a mi camerino.

Casi todos los camerinos se encuentran detrás del escenario, pero hay media docena en el entresuelo. Erika nos los ha cedido a los protagonistas. Yo comparto uno con Aiyah y Mariska, y Ethan con Connor y Jack.

Saco mis bártulos y extiendo mis pinturas y mis adornos para el pelo. Después de ponerme unas mallas y mi camiseta de la suerte —de Campanilla— me dirijo al escenario.

Está a oscuras y el tenue brillo de los focos crea largas e inquietantes sombras sobre el escenario.

Genial. Por si estuviera poco amedrentada, encima se me mete más miedo en el cuerpo.

Respiro hondo y camino por el escenario. Deslizo las manos por la piedra de espuma de poliestireno y el lienzo de bosque mientras observo las filas y filas de butacas vacías. Intento ignorar que la piel de los brazos se me pone de gallina al sentir el brillo de varios centenares de ojos fantasmas.

Esta noche quiero estar genial.

Quiero que Holt esté genial.

Es como si toda la obra dependiese de que nos recompongamos. No tengo ni puñetera idea de cómo hacerlo.

Me quedo de pie en medio del escenario y respiro mientras realizo varias posturas de yoga. Estiro los músculos. Centro la mente.

Al cabo de un rato, el yoga se convierte en taichí. Cierro los ojos para concentrarme en la respiración. Inspiro. Espiro. Me muevo despacio. Sincronizo aire y movimiento. Exhalo temor. Inhalo confianza.

Me concentro en imágenes que me resultan placenteras. Inevitablemente, Holt me viene a la mente. La marcada línea de su mandíbula con barba de tres días, masculina y sexy. Sus labios, increíblemente suaves como la seda. Su mirada. Ardiente. Nerviosa. Temerosa y aterradora al mismo tiempo.

Se me acalora todo el cuerpo al pensar en él.

Guardar las distancias con él esta semana ha sido una tortura. He intentado no mantenerle demasiado la mirada, incluso durante las escenas, porque si no el dolor resultaba insoportable. He fijado mi atención en la pared situada detrás de él, o en una pieza del decorado, o en su pelo. En cualquier parte menos en esos ojos mortíferos que me impulsan a hacerle cosas malísimas durante horas y horas.

Al exhalar con fuerza por última vez, me siento serena. Concentrada y preparada.

Cuando abro los ojos casi me meo encima al toparme con la cara de Holt a escasos centímetros.

—¡Me cago en la leche! —grito y sacudo los brazos como un pulpo haciendo paracaidismo acrobático.

Holt da un respingo hacia atrás y se lleva la mano al pecho.

—¡Hostia, Taylor! ¡Me has dado un susto de muerte! ¡Por Dios!

—¡¿Yo?! —Voy a su encuentro y le doy un empujón—. ¡Casi me hago pis del pasmo!

Suelta una carcajada ante mi comentario.

—¡No tiene gracia! —exclamo, y le doy un cachete en el pecho.

—Ya lo creo que sí —replica, y recula para esquivar mis golpes.

—¡¿Pero cómo eres tan friki como para aparecer con tanto sigilo?!

—No quería molestarte —aduce al tiempo que intenta sujetarme las manos—. Joder, deja de pegarme.

Me sujeta las manos contra su pecho, pero ya estoy pasando demasiados apuros en controlar los fuertes latidos de mi corazón como para notar la tibieza de sus pectorales bajo mis dedos.

Me zafo de un tirón, me dirijo indignada al dormitorio del decorado y me desplomo en la cama.

—¿Qué coño haces aquí? Pensaba que estaba sola.

Se queda de pie delante de mí y se mete las manos en los bolsillos mientras su risa se va apagando.

—Se me ocurrió lo mismo que a ti. Me gusta pasar unas horas en el teatro antes del estreno. Me ayuda a tranquilizarme.

Me atuso el pelo.

—¿Sí? ¿Cómo te sientes con tu bromita de *Scare Tactics*? ¿Tranquilo?

—Por muy gracioso que haya sido, no fue mi intención asustarte. Solo quería… mirar.

Cuando se me pasa el shock dedico unos instantes a fijarme en lo que lleva puesto.

Camiseta de tirantes blanca, bermudas azul marino y unas Nike plateadas y negras.

¿Qué demonios…?

No puede vestir así.

O sea…, es que así… está…

Dios mío, ¡qué pasada!

Hombros prominentes. Preciosos brazos. Pecho ancho. Cintura estrecha. Pantorrillas musculosas.

¡No es justo! ¡No se puede permitir que vaya tan escandalosamente sexy!

—¿Por qué me miras así? —pregunta, cambiando de postura.

—¿Cómo? —consigo preguntar, obnubilada de deseo.

—Como si quisieras darme un cachete en el culo.

Llegados a este punto, mi lengua trata de atragantarme. Toso y salpico.

—¿Por qué te has puesto eso?

Comprueba su aspecto y se encoge de hombros.

—He venido corriendo. Pensé que me vendría bien para despejar la cabeza.

Mi cerebro le visualiza corriendo: movimiento de brazos de arriba abajo, rostro congestionado, largas piernas dando zancadas, pelo sacudiéndose con la brisa…

—¿Que has venido… corriendo?

—Sí.

—¿Así?

Vuelve a comprobar su aspecto y frunce el ceño.

—Sí. ¿Qué pasa? Es una simple camiseta sin mangas y unos pantalones cortos.

—Una simple… Según tú, es… una simple… ¡No! ¡Muy mal! —Me atasco.

Me mira como si estuviera loca y sin embargo no puedo apartar la vista.

¿Qué genio decidió llamar a esa prenda en particular «camiseta de tirantes»? No es una camiseta. Es una *excitavaginas*. Una *provocababas*. Una *destructora de bragas*.

Jopé.

—¿Taylor?

Da unos pasos hacia mí y toda la lujuria que he estado reprimiendo invade mi cuerpo. Salto de la cama y doy un paso atrás.

No estoy dispuesta a perder esta maldita apuesta porque de buenas a primeras haya decidido vestirse como un buenorro. Ni pensarlo.

Tengo que alejarme lo más posible hasta que se me quiten las ganas de tumbarle sobre el escenario y meterle mano.

—Tengo que irme… a hacer unas cosas —digo mientras salgo dando traspiés hacia los bastidores.

—¿Taylor? —Me llama, pero no me detengo. Soy incapaz de volver a mirar esos hombros. Los bíceps. Los antebrazos.

¡Jopé!

Voy corriendo a mi camerino y cierro de un portazo; paso las dos horas siguientes realizando ejercicios de respiración. Me digo a mí misma todo el rato que suplicar por tener sexo con Holt en nuestra noche de estreno es una pésima idea.

A las cinco y media me pongo a prepararme. Quiero acabar pronto para dejar mis tarjetas y regalos en los camerinos de los demás antes de que lleguen.

La noche del estreno es costumbre dar tarjetas de buena suerte a los miembros del reparto y de producción. También les he comprado bomboncitos con forma de corazón para simbolizar el cariño que hemos puesto en esta obra.

Ya, es cutre, pero soy pobre y los bombones eran baratos.

Termino de maquillarme, me cepillo el pelo, me anudo el sayo de seda de la buena estrella y empuño la bolsa con todos mis regalos. Me muevo por los camerinos con rapidez sin dejar de cavilar que todavía no he terminado de escribir la tarjeta de Holt. Lo único que he puesto hasta ahora es: «Querido Holt». A partir de ahí, no sé qué decir.

«Buena suerte la noche del estreno» suena manido e impersonal, y «Por favor, acuéstate conmigo» no parece acertado. Necesito encontrar algo intermedio, pero del dicho al hecho hay mucho trecho.

Al pasar por su camerino ya he repartido la mayoría de las tarjetas. Asomo la cabeza. La habitación está vacía.

Entro a hurtadillas y coloco rápidamente las tarjetas de Connor y Jack en su sitio mientras me digo a mí misma que terminaré la de Holt y se la daré más tarde.

Cuando me dispongo a salir, aparece junto a la puerta; su cara queda en la penumbra del pasillo.

—¿Qué, para mí no hay tarjeta? —pregunta. Su voz revela que algo va mal.

—Hummm... Sí, es que aún no he terminado de escribir tu dedicatoria.

Me dirijo a la puerta, pero él entra y me corta el paso. To-davía lleva puesta la *destructora de bragas*. Le hace unos hombros increíbles. Me dan ganas de morderlos.

—Ya has escrito dedicatorias a todos los demás, Taylor, ¿por qué a mí no? ¿No soy lo bastante bueno para merecerme una tarjeta?

Tiene el semblante sombrío y un poco sudoroso.

—¿Holt? ¿Estás bien?

—Bonito sayo —comenta al tiempo que me mira los pechos. Toca el lazo que llevo alrededor de la cintura—. ¿Llevas algo debajo?

—Nada más que mi divino modelito interior a la última —contesto, apartándole la mano—. Nada de miraditas. Ya lo has visto.

—Demasiadas veces.

—Tampoco está tan mal, ¿no?

Vuelve a agarrar el lazo.

—No, si esperas que siga ignorándote con esa pinta. —Desliza el sedoso tejido entre sus dedos—. He puesto tanto empeño… en ser bueno y respetuoso. Sería tan fácil no serlo…

La energía que faltaba entre nosotros desde hace una semana ha vuelto con fuerza e ímpetu. Con un magnetismo apremiante.

Se me corta la respiración.

—Tú eres quien pone los límites. Quiero que hagas exactamente lo que desees hacer conmigo.

Resopla mientras se lía la mano con el lazo de seda y da un paso al frente.

—Qué cosas dices.

Su tono de voz es tenso. Le tiemblan las manos. Además del ligero sudor que le cubría la frente, ahora también le brillan el cuello y los hombros.

—En serio, ¿estás bien? —pregunto mientras traga saliva y hace una mueca de dolor.

Prácticamente no me da tiempo a pronunciar la frase cuando se lleva las manos al estómago. Se tambalea hacia atrás y se desploma en el sofá.

—Joder.

—¿Holt?

Después de varias respiraciones profundas, echa la cabeza hacia atrás y cierra los ojos.

—Solo son nervios, ¿vale? Putos nervios y nada más.

—¿Por la función?

—Sí, entre otras cosas.

Suelta una larga y suave bocanada de aire.

—La ansiedad se me acumula directamente en el estómago. Me dan retortijones y náuseas. Soy un gallina.

—Tú no eres un gallina —replico—. Entiendo cómo te sientes.

Se frota la cara.

—Pues no… salvo que tengas un padre que solo viene a verte actuar para poder decirte que estás malgastando tu vida en estas chorradas de la interpretación.

—¿Tu padre no está contento con la profesión que has elegido?

—Decir eso sería quedarse muy, muy corto.

—Ah.

Deja caer la cabeza entre las manos y se tira del pelo.

—No importa. De todas formas, esta noche la voy a cagar. Tendrá los cojones de decir: «Te lo advertí».

—No vas a cagarla —afirmo.

—Nos ha salido de puta pena toda la semana. Lo sabes tan bien como yo.

—De pena no, solo… un pelín flojo. —Me fulmina con la mirada—. Vale, nos ha salido espantosamente, pero nuestra actuación se está resintiendo porque tratamos por todos los medios de negar nuestra atracción. No podemos encerrarnos en nosotros mismos y esperar que parezca que nuestros personajes no pueden vivir el uno sin el otro. Es imposible.

—¿Entonces qué sugieres? —pregunta—. ¿Que nos demos un revolcón en este repugnante sofá para que hagamos de amantes creíbles?

—Bueno, no estaría mal...

—Taylor...

—Vale, estupendo. Fuera del escenario no nos dejamos llevar por nuestros impulsos. Pero ¿y en escena? Necesitamos dejar fluir nuestra química. Basta de oponer resistencia. Porque cuando nos abrimos para permitir que entre el otro es cuando se produce la magia.

Parece escéptico.

—¿Solo en escena? ¿Crees que va a resultar tan fácil como pulsar un interruptor?

—No —respondo, y me pongo de rodillas delante de él para mirarnos cara a cara—. Pero hay un reparto lleno de gente que depende de que nosotros arreglemos nuestros malos rollos y hagamos que este espectáculo funcione. Si nos vamos a pique, arrastramos a todos con nosotros. Así que manos a la obra y la semana que viene podrás volver a negar lo que sientes por mí, ¿vale?

Por un momento pienso que va a acariciarme la cara. En vez de eso, pasa los dedos por la pechera de mi sayo. Se me corta la respiración.

—Vale, tú ganas. Si consigo dejar de sentir como si tuviera ganas de chillar como un poseso cada cinco segundos, haré como si me volvieras loco.

El tono de su voz me pone el vello de los brazos de punta.

—Tengo técnicas de concentración que tal vez te sirvan —comento mientras continúa acariciando mi sayo.

—Primero tengo que ducharme y cambiarme.

—No hay problema —digo al levantarme—. Volveré para el aviso de la media hora previa a la función. Cuando acabemos estaremos tan concentrados que clavaremos a estos condenados personajes.

Da un suspiro y menea la cabeza.

—¿Qué? —pregunto.

—Nada.

—Dime.

—Ahora tengo una imagen mental tuya clavada a la pared. Será mejor que te vayas.

Me pongo a reír, pero el ansia animal de sus ojos me dice que habla totalmente en serio.

Se levanta y se me acelera el pulso.

Dios. Lo va a hacer. Me va a clavar a la pared.

Contengo la respiración mientras se acerca.

Para mi desgracia, me rodea y coge la toalla del respaldo de su silla para dirigirse al baño.

—Taylor, lárgate —dice por encima del hombro—, antes de que olvide por qué he dejado que sigas con ese maldito sayo encima.

Sobre las seis y cuarto, el teatro es un hervidero de gente. Hay tarjetas de buena suerte y regalos desparramados por todo mi camerino. Mis padres me han enviado un enorme ramo de flores con una tarjeta donde me dicen lo orgullosos que se sienten y lo mucho que les gustaría poder estar aquí.

Ojalá estuvieran aquí. Mi primer gran papel y ninguno de mis seres queridos está presente para verme.

Me dirijo al escenario para revisar por última vez mi atrezo. Todo aquel que me encuentro me desea suerte y me da un abrazo, pero no me muestro convincente. Tengo angustia y mi estado de nervios empeora conforme se acerca la hora del espectáculo.

Para cuando llego al camerino de Holt me da la sensación de que el sándwich de pollo que he tomado para cenar se está amotinando al estilo de *Rebelión a bordo*.

Respiro hondo y llamo a la puerta. Jack me da una voz para que pase.

—Hola —digo, y me quedo vacilante en la puerta.

—Hola, dulce Julieta —dice Jack mientras se da los últimos toques de maquillaje en polvo en la cara—. Tu donjuán está en el baño.

—¿Todavía?

Oigo sonidos ahogados de arcadas.

Jack hace una mueca de disgusto.

—Sí. —Se levanta y me abraza—. Que te lo pases bien besándole esta noche.

Me da un apretón de ánimo y acto seguido sale y cierra la puerta.

Me acerco a la puerta del baño y llamo.

—Vete —responde Holt con desgana.

—Soy yo —digo a través de la madera—. ¿Puedo pasar?

—No —contesta con voz quebrada—. Doy un asco tremendo.

—Ya, bueno, estoy acostumbrada a eso.

Empujo para abrir la puerta y entro en el baño. El acre olor a bilis flota en el ambiente. Casi me dan arcadas. Entonces veo a Holt desplomado contra la pared con el semblante pálido y brillante de sudor.

—Oh, mierda, ¿estás bien? —Me pongo en cuclillas delante de él—. Menuda pinta tienes.

Para desgracia de mi amor propio, le sigo encontrando increíblemente atractivo.

—Se supone que deberías hacer que me sienta mejor —comenta al tiempo que se lleva las rodillas al pecho—. Si solo vas a insultarme, ya me siento deprimido y angustiado yo solito.

—Te voy a echar una mano —digo—. Pero será mejor que obedezcas. Nada de preguntas.

—Claro, como tú digas. Con tal de que pares esto…

Ya lleva puesto el traje: camisa blanca con las mangas remangadas. Desabotonada por el escote, deja al descubierto una turbadora porción de pecho. Abajo lleva vaqueros negros y botas.

Agarro su pie izquierdo y empiezo a desatarle los cordones.

Se tensa.

—¿Qué coño...?

—Nada de preguntas, ¿recuerdas?

—Vale, pero esa regla se aplica cuando me expliques lo que estás haciendo.

—Tengo que descalzarte.

—¿Por qué?

—Esa es otra pregunta.

—Taylor...

—Porque tengo que darte un masaje en el pie.

Aparta bruscamente la pierna y niega con la cabeza.

—De eso nada. Romperías el trato. Mis pies dan grima.

—Seguro que podré superarlo.

—Pues yo no.

—Holt. —Doy un suspiro, exasperada—. ¿Quieres salir ahí y salvar el culo esta noche, o prefieres cagarla como un patán y dar a tu padre argumentos para reprocharte que estás desperdiciando tu vida?

Le da un bajón.

Me sabe mal no jugar limpio, pero ¿qué diablos? Que se aguante.

Resopla de impotencia y me tiende bruscamente el pie. Termino de desatarle la bota rápidamente y se la quito junto con el calcetín.

Me quedo mirando durante unos instantes.

Tiene un pie precioso. Perfecto. Podría ser un puñetero modelo de pies.

Levanto la vista y él se encoge de hombros.

—Son feos. Demasiado grandes. Huesudos.

—No digas tonterías.

Pongo su pie de modelo en mi regazo y él se encoge.

—Confía en mí, ¿vale? Mi madre es experta en todo tipo de terapias alternativas habidas y por haber y, aunque considero que la mayoría son cuentos chinos, la reflexología es algo que siempre me ha funcionado. A los doce años ya había aprendido todos los puntos de presión, de modo que tranquilízate. No te va a doler. Mucho.

Hace una mueca cuando hundo los pulgares en el punto de unión entre el puente y el talón.

—¿Duele? —pregunto. Si un órgano está inflamado hay que tocar el punto de presión con suavidad. No hay más que preguntar al punto de presión de mi útero cuando me viene la regla.

—No —contesta—. Estoy…, esto…

—¿Qué?

Suspira y me reta con la mirada.

—Ni se te ocurra darme la vara con esto, pero tengo unas cosquillas de muerte, ¿vale?

Reprimo la risa.

—¿Cosquillas?

—Sí.

—¿Tú?

—Sí.

—¿El chulo que pasa de todo?

Me fulmina con la mirada.

—Que te den.

—¿Ves?

Resopla y se aprieta el estómago.

—Sigue y punto.

Sonrío y le vuelvo a masajear el pie. Una parte de mi cerebro llega a la conclusión de que el hecho de que tenga cosquillas resulta encantador, mientras que la otra parte se concentra en conseguir que se encuentre en condiciones de entrar en escena dentro de media hora.

Al cabo de unos minutos se ralentiza su respiración.

—¿Notas algo de mejoría? —pregunto mientras le masajeo el puente para presionar puntos de sus intestinos, colon y páncreas.

—Sí. —Suspira—. Los retortijones están disminuyendo un poco.

Continúo moviendo los pulgares en círculo; su pie se hace más pesado al relajarse.

Es un pie grande. Me viene a la cabeza una tontería que oí una vez sobre la relación entre el tamaño del pie y del pene.

Procuro concentrarme en lo que estoy haciendo. Pensar en su pene justo ahora podría acabar de forma desastrosa.

Continúo unos minutos más hasta que se le relaja el gesto. Después le vuelvo a poner el calcetín y la bota y observo mientras se ata los cordones.

—Gracias —dice, y me sonríe agradecido—. Me siento mejor.

—¿Te sientes lo bastante bien como para salir de este baño pestilente?

—Sí. —Se pone de pie y se acerca al lavabo, donde hay un cepillo de dientes, dentífrico y un bote de enjuague bucal—. Hummm..., ¿me das un minuto? No quiero que beses a alguien que sabe a sándwich de pavo regurgitado.

Me lavo las manos rápidamente antes de que me eche con cajas destempladas. Al salir al camerino, me dejo caer en el sofá mientras escucho la limpieza de boca más concienzuda desde que se inventó el cepillo de dientes. Termina batiendo el récord mundial de tiempo haciendo gárgaras. Muevo la cabeza de lado a lado al ser consciente de que hasta las gárgaras suenan sensuales viniendo de él.

Está claro que estoy trastornada.

Por fin aparece con un fresco aroma mentolado. Le hago una seña para que se siente con las piernas cruzadas en el suelo.

Ayudarle me ha tranquilizado un poco, pero todavía tengo mis dudas de poder realizar una buena interpretación esta noche.

Como si percibiera mi ansiedad, Holt señala hacia mis pies.

—Esto..., ¿quieres que..., ya sabes..., o algo?

Da la impresión de que la idea le incomoda tanto que casi digo que sí con tal de torturarle.

—Paso —contesto—. Andamos justos de tiempo. Limitémonos a centrarnos para poder salir ahí fuera y arrasar.

Asiente con gesto agradecido.

Le digo que cierre los ojos y se concentre en una imagen que le resulte relajante. Yo trato de visualizar una sábana blanca meciéndose con la brisa. Meryl Streep recurre a ello para tranquilizarse. Por lo general surte efecto, pero esta noche no.

Tengo plena conciencia de que Holt está sentado a mi lado. Su aroma y su energía hacen que mi cuerpo vibre y palpite, echando a perder toda posibilidad de encontrar mi remanso de felicidad.

Dudo que le vaya mucho mejor que a mí porque respira forzada e irregularmente. Agobiado, refunfuña y dice:

—Esto no funciona.

Abro los ojos.

Me observa fijamente.

—Estás demasiado cerca y demasiado lejos.

Justo entonces el intercomunicador crepita y la directora de escena anuncia: «Damas y caballeros de la compañía de *Romeo y Julieta*, quedan quince minutos para salir a escena. Quince minutos y empieza la función. Gracias».

Estoy convencida de que mi cara es la viva imagen del pánico.

No estoy lista. Ni mucho menos. Estoy descentrada. Anulada.

¿Dónde diablos está Julieta? No la encuentro.

Me levanto con dificultad y me pongo a dar vueltas por el camerino.

—Deberíamos haber empezado antes. Por el amor de Dios, ¡llevamos aquí toda la tarde!

—Taylor, cálmate. Podemos hacerlo —dice en un tono de voz asombrosamente sereno.

—No —replico, sacudiendo las manos y la cabeza—. No queda tiempo.

—Respira y punto.

Me dirijo a la puerta, pego la frente y doy bocanadas de aire entrecortadas.

Puedo imaginar al público, desfilando hasta sus asientos, hojeando el programa. Rebosante de emoción y expectación por una función que no va a arrasar. Va a decepcionar.

—Tengo que irme —digo, y agarro el pomo de la puerta.

—¿Adónde?

—Lejos. Necesito hacer... yoga... o lo que sea.

Giro el pomo.

Él me sujeta la mano.

—Taylor, para.

Abro la puerta, pero la cierra de un portazo.

—¡Holt! ¡Abre la puerta!

—No. Tranquilízate. Te estás poniendo histérica.

—¡Cómo no voy a ponerme histérica! —exclamo al tiempo que me vuelvo hacia él—. ¡El espectáculo empieza en menos de quince minutos y no tengo ni puta idea de lo que estoy haciendo!

—Taylor...

Me pone las manos en los hombros. No me inmuto.

—Es mi primer gran papel. Erika dijo que entre el público habría directores y productores de Broadway.

—Basta... —Me pone las manos bajo los pómulos. Le ignoro.

—¡Por lo que más quieras, hay críticos ahí fuera! Dirán que me cargué el espectáculo. Yo. Que me lo cargué sin remisión.

—Cassie... —Me acaricia las mejillas. Le ignoro.

—Van a publicar lo pésima que soy y el mundo entero sabrá el tremendo fraude que yo...

Entonces me besa.

No puedo ignorar eso.

Deja caer su peso contra mí y gime mientras me chupa con suavidad los labios. Inspiro ruidosamente una bocanada de aire y todo mi cuerpo arde de vida.

Me oigo gemir y a continuación le devuelvo el beso con apremio y desesperación, tratando de buscar consuelo en su deliciosa boca.

Él se queda inmóvil, se echa hacia atrás y me observa perplejo.

—Oh…, caramba.

Ambos respiramos pesadamente sin apartar la vista el uno del otro.

—Me has besado.

—No era mi intención. Te estabas poniendo histérica. Quería que pararas.

—¿Metiéndome la lengua en la boca?

—Ha sido sin lengua.

—Todavía estoy un poco histérica. A lo mejor un poco de lengua está justificado.

Suspira y baja la vista. Aún tiene las manos sobre mi cara y el cuerpo apretado contra el mío.

—Dios, acabo de perder la apuesta.

—Efectivamente.

—Joder.

—Si insistes…

Se aparta y se pasa la mano por el pelo.

«Damas y caballeros, quedan diez minutos. Diez minutos, gracias».

El pánico se vuelve a apoderar de nosotros.

Tenemos que hacer algo. Ya.

—Tengo una idea disparatada —dice.

—¿Tiene que ver con tu lengua?

—No.

—Bah.

Me agarra del brazo.

—Ven aquí —ordena, y me conduce hasta el sofá.

Se sienta y tira de mí. Intuyo lo que pretende y coloco las rodillas en sendos lados de sus caderas. Me hundo en él y recreo nuestra postura en la escena de la muerte. A medida que nuestros cuerpos conectan, gemimos.

Entierro mi cara en su cuello y me limito a respirar; de pronto se desvanece hasta la última pizca de pánico.

Hace un ruido y me estrecha entre sus brazos.

—No hay mejor ejercicio de concentración que este —musito contra su piel.

Enredo mis dedos en su pelo y le masajeo el cuero cabelludo. Gime, se deja caer y empuja sus caderas contra mí.

—Joder, sí.

Los nudos de mi estómago se aflojan y los sustituye un hormigueo de expectación.

Me aprieta con más fuerza, y me maravillo de lo bien que encajamos. Sabe cómo abrazarme, y yo sé cómo tranquilizarle. Es instintivo. Nuestros cuerpos hablan entre sí sin que tengamos que pronunciar palabra.

Es absurdo resistirnos a estar juntos. Ojalá supiera lo que sigue frenándole.

—¿Alguna vez me vas a hablar de tu ex? —pregunto.

—¿De cuál?

—De cualquiera.

—No lo tenía en mente.

—¿Entonces no vas a volver a salir con nadie jamás?

—Ese es el plan.

—Vaya plan más tonto.

Me estrecha entre sus brazos.

—Mejor eso que volver a causarle daño a alguien.

—¡No!, querido Romeo —digo, apropiándome de las palabras de Mercucio—. Queremos que bailes.

Me acaricia la espalda.

—No bailaré. Creedme: vosotros tenéis tan ligero el espíritu como el calzado. Yo tengo un alma de plomo que me enclava en la tierra; no puedo moverme.

El intercomunicador crepita de nuevo:

«Damas y caballeros, quedan cinco minutos. Cinco minutos, gracias».

Nos quedamos pegados el uno al otro, intercambiando energía, el máximo tiempo posible. Cuando suena el último aviso, me da la sensación de que formo parte de él.

Me encuentro extrañamente serena.

«Damas y caballeros de la compañía de *Romeo y Julieta*, diríjanse al escenario. Rogamos ocupen sus puestos para el primer acto. Gracias».

Nos despegamos en silencio y nos ponemos de pie. Me coge de la mano, abre la puerta del camerino y me conduce escaleras abajo.

Entre bastidores todo el mundo está en sus puestos. La tensión y la expectación se palpan en el ambiente. Algunos nos miran cuando pasamos y enarcan las cejas al ver que Holt me agarra de la mano.

Me da igual. Me siento como un transformador eléctrico, rebosante de energía. Miro fugazmente a Holt; tiene el semblante tranquilo, pero intenso. Me recuerda a un superhéroe, todo energía contenida y poder oculto. Hay un zumbido de energía donde sus dedos envuelven los míos: sé que estamos listos. Nuestros personajes simplemente yacen bajo la superficie, a la espera de cobrar vida en cuanto pisemos el escenario.

A continuación cambian las luces y todo se queda en silencio mientras escuchamos las primeras líneas del prólogo:

«En la hermosa Verona, donde situamos nuestra escena, dos familias de igual nobleza, arrastradas por antiguos odios, se entregan a nuevas turbulencias en las que la sangre patricia mancha las patricias manos. De la raza fatal de estos dos enemigos vino al mundo una pareja de enamorados con funestos destinos».

Mientras suspiro emocionada, Holt tira de mí hasta un rincón oscuro detrás de una cortina y mi Romeo de pies a cabeza me mira y pregunta en voz baja:

—¿Lista?

—Estoy genial —respondo con plena confianza.

Oigo los sonidos de los jóvenes Montesco y Capuleto peleando y sé que es casi el momento de que entre Holt.

Me mira fijamente con los ojos relucientes por las luces del escenario.

—Yo también. Vamos a mostrarles a un Romeo y una Julieta que no olviden jamás.

Lo único que puedo hacer es asentir, pues él es la cosa más bonita que he visto en mi vida.

Me deja para ocupar su lugar en el resplandeciente escenario y, sin más, la fantasía se hace realidad.

12

NUEVOS PAPELES

Hoy
Nueva York

Cuando Holt y yo volvemos a la mesa tras nuestro encuentro en el baño hay un grupo de jazz tocando en un rincón. El lastimero sonido del saxo flota sobre nosotros mientras la cantante entona con voz grave la primera estrofa de *Nature Boy*.

«There was a boy... a very strange, enchanted boy...».

Dejo de prestarle atención.

La verdad es que no necesito añadir más emociones a la noche.

Holt me mira y, por la picazón nerviosa que me sube por la espalda, intuyo que está a punto de decir algo que va a incomodarme.

—Baila conmigo —dice en voz baja.

No es una pregunta.

—¿Eh...? ¿Por qué?

Sonríe y echa un vistazo a las pocas parejas que hay en la pista de baile antes de volver la vista hacia mí.

—Porque hay cosas que necesito decirte, pero no quiero que nos separe esta puñetera mesa. —Toma un sorbo de vino y se mira los dedos—. Quiero estar cerca de ti.

La simple idea me molesta. No porque no quiera bailar con él, sino porque tengo tantísimas ganas que duele.

Tomo un trago de vino. Un buen trago. Es inútil; no hay suficiente vino en el mundo para esto.

Observo espantada a cámara lenta cómo se levanta y rodea la mesa.

—Creo que no deberíamos —alego.

Me tiende la mano.

—Por favor, Cassie.

Miro su mano. La perfecta y cálida mano de Ethan. Luego le miro a la cara. Hay una esperanza tan leve en sus ojos que soy incapaz de negarme.

Poso mi mano sobre la suya y entrelazamos los dedos. Se acoplan mejor de lo que les corresponde.

Me conduce a la pista de baile y me estrecha entre sus brazos. Suspiro sin querer.

—¿Recuerdas la primera vez que bailamos juntos? —me pregunta al oído.

—No —contesto, porque quiero escuchar su versión de los hechos.

—Fue la noche que rodamos aquel anuncio publicitario para el club restaurante de la calle 46 oeste, ¿te acuerdas? Estábamos en el reparto tú y yo, Lucas y Zoe. Todos jóvenes, bohemios y enamorados.

—Sí, pero a mí me pusieron a Lucas de pareja y a ti con la putilla de Barbie. No dejaba de toquetearte como un pulpo.

—Menudos celos tenías…

—Y lo dice quien se pasó la noche comportándose como si quisiera partirle las piernas a Lucas.

—Te tocó el culo.

—Era tu amigo.

Baja la vista hacia nuestras manos entrelazadas.

—Pensaba que cualquiera que te tocase así no era mi amigo.

—Intentaste lincharle.

Tras una breve pausa, dice:

—No me enorgullezco de mi comportamiento aquella noche. Me hizo darme cuenta de que te merecías algo muchísimo mejor que un gilipollas inseguro y celoso.

Recuerdo bien sus celos. Al principio su actitud posesiva me daba morbo. Al final simplemente fue un clavo más en nuestro féretro.

—Aquella noche —continúa— deseé tanto ser diferente… Deseé con todas mis fuerzas ser diferente. Pero no lo era.

Me hace girar y me echa hacia atrás rodeándome con su fuerte brazo la cintura.

—Así que nos destruiste.

Aprieta el brazo alrededor de mi cintura.

—Pensaba que yo era un cáncer en tu vida.

—Yo jamás lo vi así.

—Ya, y ese era el problema. No podías ver el daño que estaba causando incluso mientras se estaba produciendo.

Seguimos bailando inmersos en nuestros pensamientos.

Al cabo de unos minutos, se echa hacia atrás y baja la vista hacia mí.

—¿Sabes? Cuando le supliqué a Marco que me incluyese en este espectáculo ni siquiera había leído el guion. Me daba igual el papel con tal de que tú y yo actuásemos juntos. Luego te vi después de muchos años, demasiados, y… de pronto reviví todo nuestro pasado: lo que sentía al estar cerca de ti, cómo me ponías a cien con una sola mirada… Tenía la esperanza de que al verme también recordaras los buenos momentos, de que me hubieses echado de menos tanto como yo a ti. Pero estabas tan enfadada…

—Tenía motivos para estarlo.

—Ya —reconoce sin dejar de balancearse conmigo a pesar de que la música ha dejado de sonar—. Lo esperaba.

—Y te lo merecías.

—Pero al ensayar el beso, yo… —Se detiene y me aparta el pelo del cuello para acariciarme la piel—. Supongo que una parte de mí confiaba en que besándote borraría todos los malos tragos que te hice pasar. Que sería capaz de expresar sin palabras cómo me sentía y que me perdonarías por arte de magia.

—No es tan fácil. —Le agarro la camisa con los puños cerrados porque tengo ganas de apartarle de mí y de estrecharle con más fuerza al mismo tiempo.

—Soy consciente de ello. Pero ¿sabes lo que me revienta? —La frustración es patente en su voz—. ¿Lo que me machaca cada día que vengo a los ensayos? Que puedo estar ahí, en la cama contigo, besándote y fingiendo que hacemos el amor… y sigo echándote de menos. Porque no es real. Y quiero que lo sea. Me muero de ganas, joder.

Intento tragar saliva y no puedo. Quiero mirar a otro lado, pero es imposible.

Un calidoscopio de arrepentimiento empaña sus ojos.

—Cassie, el tiempo que estuve lejos de ti me sentí como un fantasma. De verdad. Ahora quiero volver a sentirme real.

Me escudriña, pero ya no soy capaz de mirarle. Todas las fisuras de mi interior se están resquebrajando.

Mi garganta está demasiado saturada de emociones para hablar. Él asiente con ademán comprensivo y vuelve a estrecharme entre sus brazos.

Continuamos balanceándonos. En realidad no estamos bailando, sino meciéndonos de un lado a otro. No moviéndonos hacia delante o atrás; simplemente, moviéndonos.

Flotando, como la mayor parte del tiempo que pasamos juntos.

Tratando de no ahogarnos.

Seis años antes
Westchester, estado de Nueva York
The Grove
Noche del estreno de Romeo y Julieta

Hay ocasiones en la vida de cualquier actor en las que el inmenso torbellino de posibilidades y fantasías se destila con una claridad cristalina; en las que la línea que separa la imaginación de la invención se difumina y el talento y la convicción convergen en un esplendor fugaz.

Esta noche es una de esas noches.

En el instante en que pisé el escenario, mi transformación fue absoluta. Julieta revivió plenamente en mí.

Ahora estoy viviendo su realidad y, a medida que transcurre la obra, mi voz habla por ella, mi cuerpo siente sus emociones y mi mente se esfuerza en comprender que el hombre que tengo delante es real, perfecto y mío.

Se halla bajo mi balcón, impulsado por su necesidad de estar conmigo. Me avergüenza que me acabe de oír lamentándome por lo mucho que le amo, pero por nada del mundo dejaría de atenderle.

Trepa por el emparrado con gesto sombrío y determinado.

—¿Cómo habéis entrado aquí? —le pregunto en voz baja. Ha cometido una tremenda imprudencia—. ¿Decidme, con qué objeto? Los muros del jardín son altos y difíciles de escalar y, considerando quién sois, este lugar es vuestra muerte. Si alguno de mis parientes os hallara en él…

Salta al balcón con un ruido sordo y sonríe mientras yo, nerviosa, echo un vistazo a mi alrededor.

—Con las ligeras alas de Cupido he franqueado estos muros —responde al tiempo que se acerca a mí—, pues las barreras de piedra no son capaces de detener al amor: todo lo que este puede hacer lo osa. Vuestros parientes, en tal virtud, no son obstáculo para mí.

Me acaricia la cara y seguidamente se inclina para rozar sus labios con los míos. Con suma delicadeza, pero ávido de deseo.

—Si os encuentran —le advierto sin resuello contra su boca—, acabarán con vos.

—¡Ay! —exclama al tiempo que desliza el pulgar por mi mejilla—. Vuestros ojos son para mí más peligrosos que veinte espadas suyas. Dulcificad solo vuestra mirada y estaré a prueba de su encono.

Se oye un estruendo de voces ebrias en el interior de la casa y le empujo hacia la pared, a la penumbra.

—No quisiera, por cuanto hay, que ellos os vieran aquí —susurro. Tengo las manos en su pecho, acariciándole. Él las observa, turbado.

—El manto de la noche me sustrae de su vista —dice posando su mano sobre la mía para apretarla con más firmeza sobre su corazón—. Y con tal que me améis, poco me importa que me hallen aquí. Vale más que mi vida sea víctima de su odio que el que se postergue la muerte sin vuestro amor.

Me observa con gesto desgarrado y apasionado y no me explico cómo creía estar realmente viva antes de conocerle.

Esta es la sensación que produce el amor: que ya no eres tu propio dueño; que te arrastra de lo que sabes a lo que sientes.

No me extraña que la gente viva y muera por este sentimiento.

El tiempo pasa en una nebulosa y, a lo largo de las dos horas siguientes, mi mundo se altera. Se vuelve completamente patas arriba. Mi anhelo por él reescribe todo lo conocido hasta ahora.

Ignoramos todo y a todos para estar juntos y, justo cuando pienso que hemos burlado a nuestros padres y amigos con sus reproches, me despierto y compruebo que se ha ido.

Está muerto.

Con la misma rapidez que le había dado a mi vida un nuevo sentido, automáticamente mi vida sin él no vale nada.

Así que prefiero morir. Tragarme la pena como el veneno, coger su daga y reunirme con él.

Hasta que no me hundo en su cuerpo, todavía caliente, no siento la paz que me aporta fundirme con él. Cierro los ojos e inspiro. Su aroma es lo último que aprecio conforme me quedo inmóvil y en silencio.

Floto en la semiinconsciencia hasta que una tremenda cacofonía martilleante hace que me rebulla. Paso unos instantes de confusión.

Al abrir los ojos veo el cuello de Holt; sus latidos son fuertes y rápidos. El clamor del gentío me bombardea y es en ese momento cuando sé a ciencia cierta que hemos estado geniales.

Me siento genial.

A prueba de balas.

Totalmente colocada y sobrepasada.

Se corre el telón. Holt me estrecha entre sus brazos, se incorpora y me insta a que me levante.

—Vamos —susurra mientras me saca a rastras del escenario—. Los saludos.

Me agarra de la mano entre bastidores. El corazón me late con más fuerza y rapidez conforme nuestros compañeros de reparto desfilan por el escenario para recibir los aplausos. El público jalea y silba. Cuando hacen su entrada los personajes principales el reconocimiento es más enérgico y entusiasta.

Holt y yo salimos juntos. Camino con seguridad, a pesar de que la inmensa ovación que nos brindan es del todo irreal. Hago un ademán hacia Holt y él, radiante, hace una reverencia. Estoy tan orgullosa de él que se me saltan las lágrimas.

Después me toca a mí agradecer los aplausos. Siento un hormigueo por todo el cuerpo, electrificada por la adrenalina de mi actuación y por estar con él. El público da muestras de reconocimiento a voz en grito y me siento tan feliz que me da la impresión de que no quepo en mi pellejo.

Holt me coge de la mano y, al hacer una reverencia juntos, el público salta de sus butacas. Sus vítores y silbidos son casi ensordecedores.

Miro a Holt sin dar crédito. Él, radiante y despampanante, sonríe.

El aplauso parece prolongarse eternamente hasta que en un momento dado la directora de escena baja el telón y el reparto al completo lanza vítores de júbilo. Todo es un maremágnum de abrazos, besos y comentarios eufóricos; me gustaría que esta sensación no acabara nunca.

Al darme la vuelta veo a Holt, feliz y risueño. Abraza a los chicos, besa a las chicas y da palmaditas en la espalda a la gente. Con la mayor naturalidad y sin reservas.

Mientras le observo una sensación de tibieza me aflora en el pecho; a continuación se vuelve hacia mí. Sin la menor vacilación avanza dando zancadas y me estrecha entre sus brazos.

—Esta noche has estado de puta madre —me susurra al oído—. Alucinante.

Le echo los brazos al cuello.

—Tú también. Absolutamente increíble.

Nos echamos hacia atrás para mirarnos el uno al otro y es como si todo a nuestro alrededor se fundiera en negro. Solo existen su cara, sus ojos, la sensación de nuestros cuerpos pegados el uno al otro, la atracción magnética de sus labios, tan cerca…

—¡Eh, chicos! Esta noche habéis estado mediocres. Debe de ser un asco tener tan poco talento. ¿Venís a la fiesta?

Nos dan unas palmaditas en la espalda y al darnos la vuelta vemos la cara risueña de Jack. Holt le pone mala cara, lo cual no hace sino acentuar la sonrisa de Jack.

—Allí estaremos —contesto.

—¿Vas en tu coche? —pregunta Jack a Holt—. ¿O te vienes con Connor y conmigo?

Holt me mira.

—Hummm… Taylor, ¿tienes con quién ir? No tengo aquí el coche.

—Porque hoy te viniste corriendo.

—Sí.

—Lo recuerdo. —Su imagen con el conjunto de deporte está grabada a fuego en una parte muy calenturienta de mi mente—. No hay problema; le dije a Ruby que iría con ella y con tu hermana.

—¡Estupendo! —exclama Jack, y nos da unas palmaditas en los hombros—. Esto va a ser un desmadre. ¡Sííííí!

Jack se aleja para acosar a otros asistentes a la fiesta.

—¡Taylor! ¡Holt!

Me doy la vuelta y veo que Erika viene a nuestro encuentro acompañada de un hombre al que nunca antes había visto. El desconocido lleva una chaqueta de terciopelo rojo oscuro y un pañuelo morado. Parece recién salido del plató de *Pigmalión*.

—Cassie, Ethan —dice Erika al parar delante de nosotros—, me gustaría presentaros a Marco Fiori. Marco es muy buen amigo mío y uno de los mejores directores de Broadway. Su reciente producción, *Muerte de un viajante,* acaba de ganar el premio del Círculo de la Crítica a la mejor versión moderna.

El hombre me tiende la mano y se la estrecho con dedos temblorosos.

Un director de Broadway en vivo y en directo. Esto es surrealista.

—Encantado de conocerte, Taylor —dice en tono afectuoso al tiempo que me estrecha la mano entre las suyas—. La actuación de esta noche ha sido…, bueno, deja que te diga que si en un futuro próximo necesitara a una Julieta, sé a quién llamaría. Has estado excepcional, querida. Sinceramente.

Una ráfaga de calor enciende mis mejillas; dudo que pueda sonreír más sin una intervención quirúrgica.

—Muchísimas gracias, señor Fiori —consigo decir salvando el enorme nudo de mi garganta—. Es…, vaya… Es un honor.

—Y tú, Holt —dice al soltar mi mano y dirigirse a Ethan—, has conseguido lo imposible: interpretar a un Romeo al que no me han dado ganas de apalear con el paraguas. Bravo. Eres un joven con mucho talento.

Por lo visto Holt tampoco es inmune a ruborizarse porque las orejas se le ponen rojas como tomates al estrechar la mano del hombre.

—Hummm…, gracias —dice con una sonrisa forzada—. Me alegro de que no quiera apalearme. No obstante, sería estupendo si pudiera convencer a Taylor para que no lo haga.

Marco se vuelve hacia mí y enarca las cejas.

—¿Apaleas al protagonista masculino, Taylor?

Me encojo de hombros.

—Solo cuando se lo merece.

Marco se ríe y da una palmada.

—Vaya, entre vosotros hay una interesante química, ¿no? Dirigirles ha debido de ser una delicia, Erika.

Erika menea la cabeza y sonríe.

—Por llamarlo de alguna manera. La experiencia, desde luego, ha sido todo menos aburrida. De todos modos, no hay más que ver los resultados.

Erika nos sonríe con orgullo. Me da la sensación de que el pecho va a explotarme de felicidad.

Marco nos señala a Holt y a mí.

—Sí, todo sea dicho, vuestra interpretación juntos ha sido un fenómeno especial y poco común. Bastante excepcional. No he presenciado una química tan potente desde que vi a Liza Minnelli sujetando contra el pecho un whisky escocés triple en la noche del estreno de *The Boy from Oz*. Os auguro un gran futuro a los dos, sobre todo si continuáis trabajando juntos. Ni que decir tiene que me encantaría dirigiros algún día.

Holt y yo cruzamos una mirada. No doy crédito a lo que estoy oyendo. A juzgar por su expresión, él tampoco.

—Bueno, será mejor que vayáis a cambiaros —dice Erika cogiendo del brazo a Marco—. Creo que tenéis que asistir a una fiesta y no cabe duda de que esta noche os merecéis celebrarlo.

Holt y yo nos despedimos y nos dirigimos a nuestros camerinos. Sube las escaleras a mi lado con la mano rozando la parte inferior de mi espalda. Caminamos en silencio, pero intuyo que la cabeza le da vueltas tanto como a mí.

—Era un director de Broadway —comenta impresionado.

—Sí.

—Ha elogiado nuestra interpretación.

—Pues sí.

—De hecho, ha insinuado que nos contrataría. A ti y a mí. Para un espectáculo de Broadway.

—Entonces esa parte no eran imaginaciones mías, ¿verdad?

—No.

—Guau.

—Sí. Guau.

Al llegar a su camerino, me coge de la mano y me conduce dentro. La habitación está vacía y cierra la puerta. Se vuelve hacia mí, con la expresión más intensa conforme se acerca, y me empuja contra la puerta.

—Perdona —dice al inclinar la cabeza—, pero lo que acaba de pasar me ha dejado totalmente descolocado. Tengo que hacer esto.

Se aprieta contra mí y me besa. Es un beso largo, lento y apasionado y, aunque ya le he besado mucho en escena esta noche, es diferente. Puede que aún llevemos puestos los trajes, pero esto no tiene nada que ver con nuestros personajes.

Al apartarse tiene la respiración acelerada, el rostro congestionado y los ojos brillantes de lujuria.

—Ven a conocer a mis padres.

No puedo creer lo que estoy oyendo.

—Hummm..., vale.

—Me da la sensación de que esta noche eres mi amuleto de la suerte. A lo mejor estando contigo me resulta soportable hablar con mi viejo.

Sonrío.

—No es mi intención acojonarte, pero acabas de decirme algo bonito. A propósito.

—Pues sí —dice, y arruga el gesto—. Me ha sonado raro.

—Ha sonado raro.

—¿Pero te ha gustado?

Me pongo de puntillas y le beso con dulzura. Aunque se tensa, me deja. Incluso me corresponde.

Me echo hacia atrás y suspiro.

—Mucho. Gracias.

Me estrecha entre sus brazos y me roza el cuello con la nariz.

Me estremezco cuando acaricia con sus labios mi garganta y musita:

—De nada.

Al cabo de diez minutos y otro beso que hace que me flaqueen las rodillas llegamos al escenario vestidos para la fiesta. Elissa está esperando.

Al vernos se queda pasmada.

—Oh, Dios mío. ¿Es que acabáis de enrollaros?

—Por Dios, Elissa, no —contesta Holt con cara de pocos amigos a su hermana.

—Vaya, pues esa es la impresión que da —comenta Elissa al tiempo que limpia una marca de carmín del cuello de Holt y me arregla el pelo—. Venga, moved el culo. Sois los últimos. Mamá y papá pensarán que nos hemos olvidado de ellos.

—Mejor que no —masculla Holt de camino a la puerta.

Nos abrimos paso hacia el vestíbulo, repleto de amigos, familiares y compañeros. Siento otra punzada de lástima por el hecho de que mis padres no puedan estar aquí.

Hay un ligero murmullo de reconocimiento y algunos aplausos cuando Holt y yo aparecemos; la gente nos dice cosas agradables al pasar. Holt parece tomárselo con calma, pero él tiene más experiencia en este tipo de cosas. Aun así, saludo a cuantas personas puedo y trato de sonreír.

Nos abrimos paso entre la multitud hasta que Elissa grita:

—¡Mamá! ¡Papá! —De repente sale disparada hacia una atractiva pareja de mediana edad. El hombre es casi tan alto como Holt, pero con el pelo castaño cobrizo, y la mujer es baja como Elissa y casi tan rubia como ella. Reconozco sin lugar a dudas rasgos de Elissa en su madre, pero me cuesta encontrar algún parecido entre Ethan y sus padres.

Elissa abraza a su madre primero; después su padre la estrecha entre sus brazos. Ethan se inclina para dar un beso a su madre. Mira a su padre y se mueve inquieto. Hay unos segundos violentos hasta que su padre le tiende la mano y Ethan se la estrecha.

Elissa tira de mí.

—Mamá, papá, esta es Cassie Taylor, nuestra increíble Julieta. Cassie, nuestros padres, Charles y Maggie Holt.

—Señores Holt —digo al tiempo que les doy nerviosos apretones de manos—. Me alegro mucho de conocerles.

Porfavorquelescaigabien, porfavorquelescaigabien, porfavorquelescaigabien.

—Cassie, tu interpretación de Julieta ha sido ma-ra-vi-llo-sa —comenta Maggie sonriendo—. Muchísimo mejor que la chica que la interpretó en el Festival de Shakespeare el año pasado. ¿Cómo se llamaba, Ethan?

—Hummm… Olivia —contesta con aire incómodo.

Ah, ¿sí? Ahora su comentario socarrón por el hecho de que yo fuera su nueva Julieta tiene más sentido.

—Sí, Olivia. —confirma Maggie—. Bonita chica, pero no te llega a la suela del zapato comparado con tu actuación de esta noche. Aunque no me extraña: tú has actuado con mi impresionante hijo.

Tira de Holt hacia abajo para besarle en la mejilla. Él se sonroja. Mucho.

—Es que Ethan ha facilitado mucho todo el proceso —digo, y le lanzo a Holt una mirada de complicidad.

Holt se agacha y cuchichea:

—Menuda embustera. —No me queda otra que reírme.

—Me encantó Ethan en el papel de Mercucio —señala Maggie—, pero ¿esto? Oh... Esto ha sido muy especial. Los dos tenéis muchísima química.

Pillo a Maggie dedicándole a su hijo una mirada elocuente.

Holt suspira y menea la cabeza; tengo la impresión de que está acostumbrado a que su madre le haga pasar malos ratos. Me hace gracia.

—Cassie —dice en voz baja su padre inclinando la cabeza—, creo que lo que mi mujer está insinuando es que Ethan debería pedirte una cita.

—¡Dios! —exclama Holt al tiempo que se atusa el pelo—. ¿Podéis hacer el favor de callaros todos los miembros de esta familia?

Todos nos quedamos en silencio unos instantes hasta que Charles susurra un poco más bajo:

—Yo también pienso que debería salir contigo. Pareces agradable, y ya ha pasado tiempo desde que nos presentó a una de sus muchas...

—¡Papá! —ataja Holt bruscamente, con la frustración y la vergüenza cada vez más patentes en su voz—. Basta. Por favor.

Charles se ríe y levanta las manos con ademán resignado. Me pregunto por qué Holt se lleva tan mal con su padre. De momento parece un tipo agradable.

Elissa se vuelve hacia su padre.

—Bueno, papá, ¿has disfrutado del espectáculo?

Charles se frota la nuca y echa un vistazo a su hijo.

—En fin, Shakespeare no es precisamente mi estilo, pero… supongo que ha estado bien. Todo el mundo sabía lo que se hacía. Y, Cassie, coincido con mi esposa: has estado muy bien.

Sonríe de compromiso a Ethan y acto seguido se vuelve para darle un achuchón a Elissa.

—Y, cómo no —dice en voz baja y luego la besa en la mejilla—, la iluminación era genial.

Percibo la tensión de Holt a mi lado y, al echarle una ojeada, tiene la mandíbula apretada. Está claro que no soy la única a quien le extraña que su padre no comente nada agradable sobre su interpretación.

¿Es que este hombre está sordo, mudo y ciego? ¿Acaso no ha visto lo mismo que el resto?

—Y Ethan también ha estado increíble, ¿a que sí? —dice Elissa mientras su hermano resopla y se mete las manos en los bolsillos—. ¿A que este ha sido el mejor papel que ha hecho hasta ahora?

El señor Holt da un suspiro.

—Elissa, tu hermano siempre es muy competente en sus actuaciones. No necesita mi aprobación para darle validez.

Ethan deja escapar una risita.

—Menos mal.

¿Competente? ¿Cómo? Ha estado espectacular.

—Pero, papá —dice Elissa cogiéndole de la mano—, ¿no puedes al menos reconocer que la actuación de Ethan y Cassie ha sido extraordinaria? O sea, no se ven cosas así todos los días ni mucho menos.

El señor Holt la mira con paciencia.

—Cariño, reconozco que actuar implica ciertas dosis de dedicación, pero yo no lo calificaría precisamente de extraordinario. ¿Curar el cáncer? Eso es extraordinario.

—Ya estamos —mascula Holt.

—¿Soldar huesos rotos? Eso es extraordinario. ¿Salvar vidas a diario? Eso sí que es extraordinario. Puede que los actores consideren que lo que hacen es importante, pero, francamente, ¿qué diferencia habría si no existieran? ¿Que de repente no habría revistas de cotilleo y los centros de rehabilitación se vaciarían? Que yo sepa, no supondría una gran pérdida.

Holt tuerce el gesto y su madre posa la mano en el brazo de su marido.

—Charles, por favor.

—No pasa nada, mamá —dice Holt—. Como si me importara lo que opine.

—Ethan —dice ella en tono reprobatorio.

—¿Crees que los actores no son importantes? ¿Qué me dices de los artistas, papá? ¿Y de los músicos? Por esa regla de tres, nos podrías echar a todos al mismo saco roto, ¿eh? ¿De verdad quieres vivir en un mundo sin color? ¿Sin música? ¿Sin entretenimiento? ¿No te das cuenta de que si eso ocurriera la raza humana fenecería? Todas las culturas de la tierra tienen arte. Hasta... la... última. Sin ello, los humanos seríamos un montón de psicópatas primitivos cuyas únicas compulsiones serían comer, follar y matar. Pero el arte no es importante, ¿no?

El señor Holt mira a su hijo con gesto severo y me da la impresión de que está conteniéndose por mi presencia.

—Como de costumbre, hijo —dice Charles—, me malinterpretas. Me he limitado a comparar la importancia de la interpretación con otros roles esenciales en nuestra sociedad. Dudo mucho que puedas colocar a los actores en la misma categoría que los médicos, por ejemplo.

—Vale, vosotros dos —advierte Maggie—. Ya está bien.

El señor Holt la ignora.

—Ethan, con tu inteligencia tienes la oportunidad de llegar muy lejos. En vez de eso optas por algo que tiene muy pocas posibilidades de ser poco más que un pasatiempo frívolo. Es que no me explico tu falta de ambición…

—Sí que tengo ambición —replica Holt—. He pasado tres años rompiéndome los cuernos para que me admitieran aquí. Volvía una y otra vez, incluso cuando seguían rechazándome, porque aspiro a dar lo mejor de mí mismo haciendo algo que me encanta. Eso precisamente es ambición, papá. Simplemente es diferente a la tuya. Qué puto crimen, ¿eh? Ah, y gracias por echar mierda a la profesión que he elegido. Y a Cassie también. Enhorabuena por ser un capullo que no me apoya. —Antes de que su madre pueda volver a reprenderle, se vuelve hacia ella—. Lo siento, mamá. Esta noche no le aguanto. Luego hablamos.

Se abre paso a empujones entre la multitud mientras todos le observamos en un violento silencio. Tengo la cara caliente de rabia y vergüenza. ¿Cómo se atreve el señor Holt a hablar así a su hijo?

Charles baja la cabeza y su mujer le dice en voz baja:

—¿Cuándo vas a parar? Esto es lo que ha elegido hacer. Asúmelo.

Él levanta la vista hacia mí con gesto apurado.

—Siento que hayas tenido que presenciar esto, Cassie. Es que… —Menea la cabeza—. Durante los últimos años, Ethan y yo hemos tenido ciertas desavenencias. Es duro presenciar que tu brillante hijo elige una carrera tan…

—¿Frívola? —Me adelanto con sarcasmo.

Me mira con expresión culpable.

—Iba a decir diferente a lo que yo esperaba. Creo que cualquier padre desea que su hijo cambie el mundo. A mí me pasa lo mismo. No ha sido mi intención subestimar la profesión que has elegido.

—Pero si su hijo encuentra algo que realmente le apasiona —alego—, ¿quién es usted para decirle que se ha equivocado?

Me escruta durante un segundo.

—Entonces, ¿tus padres están contentos de que hayas elegido la carrera de interpretación?

La pregunta me deja descolocada.

—Bueno, no precisamente contentos, aunque puedo garantizarle que si estuvieran aquí esta noche me habrían dicho lo bien que lo he hecho y se sentirían orgullosos de mí. Como mínimo eso, por descontado.

Observo atentamente la expresión del señor Holt a sabiendas de que seguramente le habré ofendido, pero no parece enfadado. Si acaso, disgustado.

—Supongo que imaginaba que Ethan tomaría otros derroteros. Desde los ocho años lo único que decía era que quería ser médico. Luego, en el tercer año de instituto, alguien le convenció para que se apuntara al club de teatro, y de repente la medicina quedó relegada a un segundo plano frente a las obras y películas de estudiantes. Sinceramente, pensé que se le pasaría.

—El caso es, señor Holt, que la gente nunca deja pasar su pasión.

Por un lado, entiendo perfectamente por qué Holt tiene tanta animadversión hacia su padre, pero, por otro, me consta que a los padres les cuesta renunciar a sus expectativas y confiar en que sus hijos encuentren su propio camino, por mucho que les quieran.

—Será mejor que vayas a por él —dice Elissa señalando hacia las puertas—. Cuando se pone así no habla con ninguno de nosotros; igual tú tienes alguna posibilidad.

Los padres de Ethan me miran expectantes.

—Bueno, me alegro de conocerles —digo, y me marcho rápidamente en busca de Holt.

Empujo las puertas y me pongo a correr todo lo rápido que me permiten los zapatos, taconeando por el pavimento adoquinado. Suspiro aliviada al distinguir su figura caminando con aire resuelto hacia el Hub.

—¡Ethan! ¡Espera!

Al girarse me ve y por un momento no esconde lo cansado que se encuentra; hasta qué punto se halla hundido por la razón que sea que le impulsa a comportarse así.

—Qué cabrón —dice al tiempo que se mete las manos en los bolsillos—. No podía decirlo, ¿verdad? ¿No podía simplemente darme una puta palmada en la espalda por una vez y decir: «Bien hecho, hijo, estoy orgulloso de ti»? Gilipollas.

Le toco el hombro.

—Lo siento.

—Ese teatro estaba lleno de gente a quien le ha gustado mi actuación. Me han adorado, cojones. Completos desconocidos que tienen más fe en mí que mi supuesto padre.

—No es que no tenga fe en ti, es solo que…

Las palabras mueren en mi garganta al ver su expresión.

—¿No le estarás defendiendo?

—No, solo pienso que…, Dios, es un padre. La incertidumbre de una carrera de interpretación asusta a quien no entiende que es algo que nos fascina, aunque el sueldo sea una miseria.

Se queda mirándome un momento y seguidamente agacha la cabeza y se mete las manos en los bolsillos.

—No me ha dedicado ni una palabra amable sobre mi actuación, Cassie —dice bajando la voz hasta susurrar amargamente—: Ni una puta palabra. Ha felicitado a Elissa e incluso a ti. Pero ¿a mí? A mí me sermonea porque estoy malgastando mi vida.

Se me hace un nudo en la garganta por la pena que denota su voz. Agarro su mano y, por una vez, no la aparta.

—¿Sabes cuándo fue la última vez que dijo que me quería? —comenta con la vista en la acera—. El 7 de septiembre, hace dos años. Lo recuerdo perfectamente porque no ocurre tan a menudo. Estaba borracho. Está bien saber que necesita valor líquido para sincerarse con su hijo.

—Ethan…

Me acerco a él para intentar abrazarle, pero inspira y retrocede.

—Tengo que irme.

—¿Qué? ¿Adónde?

—Necesito irme de aquí un rato. —Echa a andar.

—Ethan, espera.

Se detiene, pero me da la espalda.

Me adelanto y le pongo las manos en el pecho. Entonces me mira con expresión fría.

—No hagas eso —digo—. No... lo hagas.

—¿El qué?

—Encerrarte en ti mismo.

Me mira fijamente y por un momento creo que va a adoptar su habitual actitud de desviar la conversación y negar, pero el cansancio que acabo de percibir en sus ojos persiste.

Suspira.

—Taylor, no lo entiendes. Mi forma de ser... —Niega con la cabeza—. No es que pretenda encerrarme en mí mismo. Es algo que no puedo remediar.

—Sí, vale, pues no lo permitas —replico mientras le masajeo el pecho y siento que los músculos se relajan un poco—. ¿Te has parado a pensar que de hecho podría beneficiarte tener a alguien a tu lado que está dispuesta a escuchar?

—No te metas en ese fregado.

Resoplo, impotente.

—Caray, Ethan, ¿es que no puedes confiar en que me gustas? ¿En que quiero estar a tu lado para apoyarte o lo que sea? Pero tienes que dejarme.

No dice nada. Se limita a mirarme como si le hubiera pedido que saltara de un avión sin paracaídas.

—Por favor, no te acojones —digo.

—No me acojono —contesta, pero tiene el cuerpo rígido y tenso.

—Qué embustero.

—Mira —dice—, necesitar cosas…, que te necesiten…, solo conduce a la desilusión.

—No tiene por qué.

—Pero normalmente pasa.

Le acaricio los pliegues del entrecejo. Su expresión se suaviza, pero solo un poco.

—Solo necesito un rato para tranquilizarme —asegura—. Nos vemos en la fiesta.

Pasa por delante de mí y se aleja.

Justo cuando pensaba que estábamos progresando…

13
QUÉ MÁS DA

Hoy
Nueva York

Dios mío. Está en mi apartamento. O sea, en mi apartamento. Y encima, dando vueltas y mirando mis cosas.

Tenerle en mi antiguo «santuario sin Holt» me produce un picor caliente en la piel.

Este es el lugar donde Tristan y yo hemos hablado de él. Donde doy rienda suelta a mi angustioso veneno en mi diario noche tras noche. Donde he traído a infinidad de hombres que siempre acababan teniendo su cara. Sus manos. Su cuerpo.

Y ahora está aquí. Quitándose la cazadora y dejándola en el sofá. Volviéndose hacia mí con una sonrisilla nerviosa. Demostrándome que, por muchos hombres que traiga, él es el único al que realmente le corresponde estar aquí.

Caramba.

¿Cómo ha ocurrido esto? ¿Por qué lo he permitido?

El ensayo de hoy ha sido una mierda como la copa de un pino. Ethan ha clavado su caracterización, mientras que yo no he parado de meter la pata con frases sencillas. Cuando Marco nos ha invitado a tomar algo después, no se me ha pasado por alto que nos ha dejado a solas, y solo se había bebido la mitad de su vino blanco con soda. Qué sutil.

Lo mismo podía haber contratado publicidad aérea para anunciar: «Arregla tus malos rollos con Holt y deja de echar a perder mi obra».

A pesar de que decliné su ofrecimiento para sustituir a Holt, todavía me cuesta abrirme del todo. De modo que juré poner más empeño al quedarme con Ethan de copas.

Cuando Holt se ofreció para acompañarme caminando a casa supuse que quizá serviría para reconciliarnos.

Mi error fue dejar que me acompañara hasta mi apartamento. Cuando abrí la puerta él ya tenía prácticamente el cuello estirado fisgando en el interior y, cuando me pidió descaradamente que le invitara a pasar, fui incapaz de negarme.

Así que ahora, aquí estamos: él dando vueltas por mi sala de estar y yo, observando como si fuera un ejemplar de zoo.

Examina mi colección de libros y sonríe al posar los dedos en mi manoseado ejemplar de *Rebeldes*.

—Hace tiempo que no lo leo —comenta, y lo saca para hojearlo—. Lo echaba de menos.

—Pensaba que lo leías todos los años.

Me dedica una sonrisa y seguidamente lo coloca en su sitio.

—Sí..., es que... se lo regalé a una chavala. Todavía no he encontrado el momento de comprar otro.

El día que me regaló ese libro estaba orgullosísimo. Un regalo de cumpleaños que jamás olvidaré, pues me lo dio el novio perfecto.

Lástima que el chico que me lo regaló no existiera realmente.

Oigo el clic de la cerradura de la puerta y la voz retumbante de Tristan llamándome desde el pasillo.

—¿Cass? ¿Estás en casa? Voy a sacarte por ahí esta noche y no acepto un «no» por respuesta. Saca ese provocativo vestido negro con la espalda al aire. Quiero lucirte.

Da un portazo al guardar su esterilla de yoga en el armario del pasillo y la expresión de Holt dice a gritos: «No me habías dicho que vivías con alguien. Y mucho menos que era un hombre».

Tristan entra en la sala y se queda helado al ver a Holt. Los dos hombres se miden las fuerzas recíprocamente igual que los perros en la calle.

—Hola —dice Tristan en tono frío antes de mirarme con gesto serio. Me encojo de hombros cuando se vuelve hacia Holt y le observa con recelo—. Imagino que eres Ethan Holt por las fotos que Cassie me enseñó antes de quemarlas.

Holt se pone a la defensiva, pero recompone el gesto y le tiende la mano con más gracia de la que he presenciado hasta ahora.

—El mismo. ¿Y tú eres...?

Pongo los ojos en blanco cuando Tristan da un paso adelante para encararse con Ethan. Tristan no le saca ni medio centímetro de altura, pero la camiseta sin mangas negra que siempre lleva a clase de yoga realza su físico asquerosamente musculado.

Ignora la mano de Holt y dice:

—Soy Tristan Takei. Vivo aquí. Con ella.

—Ya veo —dice Holt, y deja caer la mano—. Me alegro de conocerte, Tristan. Cassie no me había dicho que vivía con alguien.

—A lo mejor pensó que no era asunto tuyo.

La testosterona flota en el ambiente y, sin darme tiempo a explicar que no comparto piso con mi amante, Tristan me agarra del brazo y sisea:

—Cassie, tenemos que hablar en la cocina. —Sin más, me saca a rastras de la sala.

Cuando entramos en la cocina me mira con expresión furiosa.

—¿Qué diablos crees que estás haciendo?

—Tris, tranquilízate.

—Estoy tranquilo.

—De eso nada. Tus chakras están desperdigados como fuegos artificiales.

—Tú no crees en los chakras.

—Sí, ya. Si lo hiciera, así es como estarían. Tranqui.

Me fulmina con la mirada y acto seguido cierra los ojos y respira hondo. A continuación suelta el aire despacio y suspira.

—Vale. Estoy tranquilo… más o menos. Venga, responde a la pregunta.

—No estoy haciendo nada. Estábamos pasando el rato.

—Pasar el rato no implica traerle aquí. Sabes de sobra que cuando traes a un hombre a casa es por una razón y, si piensas que vas a volver a acostarte con él sin más…

—¡No! No voy a hacerlo. Estaba un poco achispada. Me ha acompañado a casa.

—¡¿Has estado de copas y le dejas entrar aquí?! ¡Por el amor de Krishna! ¡Es un milagro que no te haya encontrado haciéndole un maldito *striptease!* ¡Sabes que si hay un hombre atractivo en un radio de seis metros cuando estás borracha lo más seguro es que le quites la ropa y te lo tires en un tiempo récord! ¡Y para colmo, a tu guapo ex, con quien no has terminado de pasar página!

—Maldita sea, Tris, ¡¿quieres hacer el favor de bajar la voz?!

Suspira de nuevo. Nada altera su equilibrio con más rapidez que la idea de que yo vuelva a las andadas.

Le toco el brazo.

—¿Crees sinceramente que con un par de semanas que lleva comportándose como es debido va a convencerme de que ya no es un gilipollas con lacras emocionales? Ni yo soy tan ingenua.

—No digo que lo seas, pero ese hombre es tu talón de Aquiles. Si te pidiera que te acostaras con él ahora mismo, ¿acaso serías capaz de negarte?

Se me acalora todo el cuerpo.

—Tristan, por Dios…, eso no es lo que pretende.

—Y un cuerno. He visto cómo te mira. Si le dieras cancha, ese chico te haría de todo.

Me atuso el pelo.

—Tris…

Suspira y posa las manos en mis hombros.

—Mira, primor, sé que toda esta historia es difícil de manejar, pero tienes que recordar todo lo que hemos hablado: límites, respeto, sinceridad, disponibilidad emocional…

—¿Te refieres a él o a mí?

—A los dos. Que no te cieguen tus hormonas. No puedo volver a verte pasar por semejante trance.

Tira de mí para abrazarme y suspiro.

—Gracias, Tris.

—Encantado. —Se echa hacia atrás—. Pero solo tengo que hacer una última cosa antes de dejaros a solas. Igual prefieres mirar a otro lado porque va a resultar embarazoso.

Sin darme tiempo a impedírselo, se me adelanta y enfila hacia la sala de estar. Holt, sentado en el borde del sofá, se levanta al entrar Tristan.

—Oye, tú —dice Tristan apuntándole con el dedo—. Solo voy a decir esto una vez, así que atiende: paso una buena parte del día procurando encontrar paz en este mundo y fluir con serenidad, pero quiero a esta mujer prácticamente más que a nadie en este planeta, de modo que como se te ocurra hacerle el menor daño juro por la gloria del poderoso Buda que no dudaré en acabar contigo. ¿Queda claro?

Holt echa un vistazo hacia mí antes de asentir; me sorprende comprobar que su gesto no revela miedo, sino una férrea determinación.

—Vale, Tristan, te entiendo. Pero, para tu conocimiento, lo último que se me pasaría por la cabeza es hacerle daño. Aunque sé que en su momento me comporté como un idiota y que tengo que compensarlo con creces, tengo la intención de llegar hasta el final de esta historia. Sea lo que sea lo que eso signifique. Así que más te vale que te acostumbres a verme por aquí, pues esta vez no voy a ninguna parte. ¿Queda claro o no?

Tristan le mira fijamente durante unos instantes y a continuación, con gesto sorprendido, se relaja.

—Bueno…, entonces, vale. Tienes una cara bonita. Si la tratas bien, no tendré que partírtela.

Reprimo una sonrisa porque, desde que le conozco, solo he visto a Tristan ponerse en plan macho alfa una vez, y fue cuando un tío que salía con él calificó a Gandhi de «hipócrita, fanfarrón y pringado». Tris tardó mucho tiempo en recobrar la serenidad después de pegarle un puñetazo en la cara.

Tras lanzar una última mirada maliciosa a Holt, da una palmada y dice:

—Bueno, tengo que ducharme. Portaos bien en mi ausencia.

Tris se marcha y nos deja a Holt y a mí mirándonos cara a cara incómodos.

—Bueno…, pues ese es Tristan —digo—. Vive aquí y por lo visto amenaza a mis ex. ¿Te apetece un vino?

—Joder, sí —contesta Holt, y me sigue hasta la cocina.

Cojo una botella de tinto y sirvo dos copas más que generosas. Le paso una y bebo un trago de la mía antes de apoyarme en la encimera.

—Me da que Tristan tiene una actitud protectora hacia ti —comenta Holt.

—Vaya, ¿te has dado cuenta?

—Bueno, sí. No me sucede a menudo que un tío japonés acojonantemente alto y supercachas me amenace. No puedo decir que haya disfrutado.

—Solo es medio japonés. Y por lo general no se comporta así, pero supongo que el hecho de ver al Anticristo en su casa ha sido superior a él.

Se ríe y se frota la nuca.

—Bueno, últimamente me hago llamar Satanás, pero si te pones tan formal...

—¿Puedo llamarte Luci?

—¿Eh?

—La abreviatura de Lucifer.

—Ah, claro, pero solo cuando estemos a solas. No puedo permitir que me llames así delante de mis maléficos adláteres. Podrían burlarse y..., en fin, herirían mis sentimientos en lo más profundo.

Volvemos a la sala de estar y nos sentamos en el sofá.

—Oye, ¿Tristan y tú estáis —parece que le da náuseas pronunciar la palabra— juntos?

Me dan ganas de reír.

—No.

—¿Lo habéis estado? —Me observa con expresión inquisitiva mientras espera mi respuesta.

—No. No tengo el..., hummm..., *equipamiento* necesario para satisfacer a Tristan.

Me mira desconcertado durante unos segundos mientras mis palabras van calando en su cerebro, embotado por el vino. A continuación se le enciende una bombilla virtual en el fondo de los ojos.

—¡Ah! Vale, menos mal. Me ha dado un bajón de tensión.

Me río, bebo un sorbo de vino y, al levantar la vista, me está mirando fijamente.

—Vi fotos vuestras juntos, ¿sabes?

—¿Cuándo?

—Cuando estaba en Europa. Durante los primeros meses que pasé allí mi ritual nocturno era cogerme un pedo del quince y buscarte en Google. Había fotos tuyas con Tristan durante tus actuaciones fuera del circuito de Broadway. Cuando las veía..., yo... Joder, Cassie, me revolvía las tripas. Pensaba que era tu novio. Que habías pasado página, mientras que yo no podía dejar de suspirar por ti.

Me hago una imagen mental de él, botella en mano delante del ordenador, viéndome con Tristan y maldiciéndome por no estar destrozada. Sin embargo, aunque las fotos mostrasen mi cara risueña, sí que estaba destrozada.

—Sí, bueno, tú siempre subestimaste lo que sentía por ti —señalo, y aparto la mirada para toquetear el pie de mi copa—. Ese era uno de nuestros principales problemas.

—Sé que va a sonar como una excusa, pero… simplemente no concebía cómo podías amarme tanto como yo te amaba a ti. Es que no parecía posible.

Por un momento no doy crédito a lo que acabo de oír. Siempre le costó pronunciar ese verbo. Eso fue precisamente lo que hizo que lo nuestro fuera demasiado auténtico para él.

Al volver a mirarle parece alguien con fobia a las arañas que acaba de enfrentarse a un cargamento.

—¿Impresionada? —pregunta—. Fíjate, he soltado la dichosa palabra. Y sin balbucear.

—Es como un milagro, solo que menos probable.

Ahora le toca a él clavar la mirada en su vino.

—Solo he tardado tres años en darme cuenta de que el hecho de no decirla no me ayudaba a negar mis sentimientos. Amarte o no amarte no dependía de una palabra. Era un mero hecho. Lisa y llanamente. Te sorprendería lo mucho que lo digo últimamente.

Vuelvo a posar la vista en mi vino porque su rostro rebosa tal emoción que soy incapaz de mirarle.

—¿Música? —digo, y voy en busca de mi iPod.

Paso unos instantes consultando mis listas de reproducción hasta que dice:

—¿Necesitas ayuda? Porque como pongas música country no me va a quedar más remedio que burlarme de ti.

—Vas a estar toda la vida dale que te pego con eso, ¿no?

—¿Con qué? ¿Con que una vez te gastaste la pasta en un álbum de las Dixie Chicks? Pues no, esa no te la perdono.

—Oye, había canciones buenas.

—Cassie, ese álbum parecía un puto popurrí tirolés. Casi seguro que se cargó el estéreo de mi antiguo coche.

Me río.

—Solías poner AC/DC a todo volumen en ese coche todos los días. Aquellos altavoces estaban hechos polvo. Ni se te ocurra echar la culpa a dos minutos de música estilo tirolés.

Se acerca y me quita el iPod.

—Esos dos minutos me dejaron secuelas en los tímpanos de por vida. No quiero ni imaginar lo que le hicieron a mi pobre estéreo. Aparta, anda; deja que busque la música ideal para nosotros.

Meneo la cabeza y me siento. Me vuelvo a quedar perpleja de lo surrealista que es tenerle en mi apartamento. Hace seis meses habría sido inconcebible; ahora está poniendo mucho empeño en demostrarme que ha madurado. Ojalá fuera también mi caso. Incluso ahora noto que el rencor bulle en mi interior a la espera de que Ethan haga un movimiento en falso para poder estallar.

—¡Anda! Guaau… —dice echando un vistazo nervioso por encima del hombro—. No me odies por poner esto, pero…, Dios…, este álbum…

Por los altavoces se filtran los primeros acordes de *Pablo Honey* de Radiohead y automáticamente me pongo tensa.

Bebo otro trago de vino.

—Si quieres lo cambio —señala—. Es que… hace tiempo que no lo escucho.

Ya, yo tampoco.

—Está bien —digo, y acto seguido vuelvo a beber. Mentir resulta más fácil con alcohol. Este álbum es la banda sonora de muchísimos recuerdos y, aunque son agradables, también son las cosas de él que más añoro.

Se sienta conmigo en el sofá, lo bastante lejos como para que parezca que respeta mi espacio personal y lo suficientemente cerca para hacer que mi cerebro, embotado por el vino, ansíe su proximidad. Reclino la cabeza y dejo que la música me distraiga.

Vamos por la tercera canción cuando Tristan aparece recién duchado y listo para salir.

Asimila la escena que está presenciando y frunce el ceño.

—Si no te conociera, juraría que estabais meditando, aunque me extraña que lo hicierais con música para sexo.

Holt se encoge un poco.

—Cass, ¿seguro que no te apetece salir conmigo? —pregunta Tris—. Es la noche de la espuma en Neon. Hasta puedes ir con tu amigo de aire oscuro y malhumorado. Da la impresión de que le vendría bien un poco de burbujeo.

—No, gracias —digo con un suspiro—. Da la casualidad de que estoy disfrutando de mi meditación. Deberías estar orgulloso.

Tristan aprieta los labios en una fina línea al dirigirse a Holt.

—¿Conque así es como va a funcionar esto? ¿Vuelves a entrar tan campante en su vida y consigues que haga algo que normalmente a mí me cuesta tener que sobornarla con chocolate?

Holt parpadea perezosamente.

—¿Qué quieres que te diga, tío? No necesito recurrir al chocolate porque soy así de dulce por naturaleza.

Tristan me mira desconcertado como si se estuviera debatiendo entre si le ha caído fenomenal o gordísimo.

Bienvenido a mi mundo.

—Bueno, me voy —dice Tristan poniendo cara larga a Holt una vez más—. Oye, Cassie: no olvides lo que hablamos. No quiero llegar a casa y tener que limpiar tu aura de vibraciones negativas.

Ethan se pone tenso.

—Me he esforzado mucho en deshacerme de «vibraciones negativas», pero si por casualidad quedaran algunas prometo no contagiárselas a Cassie.

—Más te vale —masculla Tristan mientras echa a andar por el pasillo para coger su chaqueta—. Hasta luego, Cass.

—Hasta luego.

La puerta se abre y se cierra; Holt y yo nos hundimos en el sofá.

—Te parecerá un disparate —comenta Holt volviéndose hacia mí—, pero creo que le he caído fenomenal a Tristan.

—Bueno, es una hipótesis.

—¿Cuál es la otra? —pregunta.

—Que quiere arrancarte la cabeza, sacarte los ojos y jugar a los bolos con tu cráneo.

—Ah, ¿juega a los bolos? —pregunta con cara de póquer.

—De vez en cuando. Cuando sale de marcha.

Sonríe con una de esas sonrisas radiantes que le iluminan toda la cara. Cuando nota que le estoy observando fijamente su sonrisa se transforma en un gesto más nostálgico.

—Señor, cómo echaba de menos esto. Nunca fui consciente de hasta qué punto me afectaba tu ausencia hasta que volví a verte, y el dolor desapareció.

Mi sonrisa flaquea. El vino está haciendo que se le vaya la lengua y se le intensifique la mirada y a mí no me ha hecho el suficiente efecto como para oírle decir semejantes cosas.

—¿Me has echado de menos? —pregunta casi en un hilo de voz.

—Ethan...

—No me refiero a mi faceta de cabrón —señala—. Me refiero al que se portaba bien contigo. Al que te hacía reír. Al que... te amaba.

—Por desgracia, estaba atrapado en tu yo cabrón —contesto levantando la vista hacia él—. Nunca pude tener al uno sin el otro.

—Puedes —afirma—. Te prometo que puedes.

—Creerlo va a costarme tiempo.

—Ya. Jamás pensé que arreglar las cosas contigo iba a resultar fácil, pero sé que valdrá la pena.

—¿Y si no, qué? —pregunto, incapaz de soportar que piense que me tiene en el bote—. ¿Y si, después de tanto tiempo, solo te engañas a ti mismo al pensar que podemos reavivar una historia que se acabó hace mucho tiempo?

Se le apaga la mirada y la consabida atracción que siento hacia él hace más denso el aire.

—Cassie —musita al inclinarse tan cerca de mí que huelo el dulce aroma a vino de su aliento—. Lo nuestro nunca se acabó. Lo sabes tan bien como yo. Ni siquiera cuando yo me encontraba viajando por medio mundo y me odiabas a muerte. Ahora lo puedes sentir entre nosotros. Y cuanto más cerca estamos, más se palpa. Eso es lo que te asusta.

Me mira los labios y recurro al último resquicio de mi instinto de conservación, cada vez más mermado, para apartarme.

—Si eres capaz de decirme que no lo sientes —dice en voz baja—, me echaré atrás. Pero estoy prácticamente seguro de que no es el caso, ¿a que no?

Solamente titubeo un momento antes de contestar:

—Yo no lo siento. —Mi respuesta no le hace gracia.

Toca mis dedos y las cálidas yemas de los suyos me rozan el dorso de la mano hasta llegar a mi muñeca. Su mano envuelve mis finos huesos y los aprieta con delicadeza.

—Puedes decir lo que te venga en gana, pero tu pulso no miente. Late con fuerza. Es por mí.

—¿Cómo sabes que es atracción y no miedo?

—Estoy seguro de que es un poco por ambas cosas, pero no cabe duda de que hay atracción.

Aparto la mano y apuro mi copa. He bebido demasiado. Igual que él. Llegados a este punto, la falta de inhibición no va a ayudar en absoluto.

Bostezo y me pongo de pie.

—Bueno, se está haciendo tarde.

Asiente y sonríe. Puede leerme el pensamiento como un libro abierto.

—Sí, será mejor que me vaya.

Cuando llegamos a la puerta, con una mano apoyada en el picaporte, se vuelve hacia mí.

—Cassie —dice con cierta vacilación al apoyarse contra el marco de la puerta—. Antes de irme solo necesito que me digas una cosa.

—¿Qué?

Se inclina y comenta en voz baja:

—Tristan y tú no estabais precisamente cuchicheando en la cocina. Le oí decir que serías incapaz de resistirte si te pidiera que te acostaras conmigo. ¿Es cierto eso?

Me fijo en su alto porte que ocupa el umbral, en la larga línea de su cuello que asciende hasta su asombrosa y expresiva cara. Recuerdo la sensación de su cuerpo bajo mis manos, los sonidos que emitía al tocarle. La increíble expresión de su rostro cada vez que su cuerpo se fundía con el mío.

—Ethan...

—Espera —ataja, y menea la cabeza—. No respondas a eso. Porque si me dijeras que me deseas..., en fin... —Al bajar la vista hacia mí noto lo mucho que desea tocarme; cómo dobla y aprieta los dedos junto a sus flancos, cómo se le agita ligeramente la respiración—. No habría fuerza en el mundo para detenerme.

Menos mal que, antes de que uno de los dos cometa una estupidez, recula.

—Buenas noches, Cassie. Por el bien de los dos, cierra la puerta. Ya.

Le doy con la puerta en las narices.

Alcanzo a oír su suspiro de alivio incluso a través de la madera.

Seis años antes
Westchester, estado de Nueva York
Fiesta de la noche del estreno de Romeo y Julieta

La música está demasiado fuerte. Retumba en mi cabeza y me molesta en los ojos.

La sala de estar rebosa de gente meneándose y riendo. Hay quienes incluso intentan charlar por encima del ruido que pretende hacerse pasar por música.

En el sofá, a mi lado, Lucas se está fumando un porro. Me lo tiende y, cuando lo rechazo, se lo pasa a Jack, que tiene los ojos tan vidriosos que podrían catalogarlo como «Mr. Mochuelo» en el museo de cera Madame Tussauds.

Estoy un poco acojonada por el hecho de que alguien esté fumando sustancias ilegales tan cerca de mí. No dejo de pensar que mi padre va a irrumpir en la sala hecho un basilisco, pero evidentemente se encuentra al otro lado del país y, a pesar de su agudo olfato de padre, desde allí no podría olerlo.

Bueno, casi seguro que no.

—¡Cassie!

Vuelvo la vista hacia Ruby, que me hace un gesto para que beba. Suspiro y me tomo de un trago el chupito de tequila que tenía en la mano. Me da una rodaja de limón y hace un gesto de aprobación levantando el pulgar. Me meto el limón en la boca y sonríe de oreja a oreja.

Tras dejar el limón y el chupito en la mesa de centro me vuelvo a desplomar sobre el sofá y suspiro. Echo un vistazo a mi alrededor por enésima vez en dos horas con la esperanza de que Ethan haya decidido hacer acto de presencia.

Como es lógico, no lo ha hecho.

—Voy a airearme un poco —digo a voz en grito mientras me levanto y paso por delante de Ruby. Ella asiente y se sirve otro chupito.

Al llegar a la entrada de la casa veo a Elissa sentada en la escalera dando sorbos a algo de un barril.

Me dejo caer pesadamente a su lado.

—¿Te diviertes?

—Claro —contesta—. Me encanta que se me revienten los tímpanos cada vez que Jack organiza una fiesta. Como está medio sordo, se empeña en que a los demás nos pase lo mismo. Sus vecinos deben de odiarle a muerte.

—Su padre es el dueño de todas las casas del vecindario. Ese es el único motivo por el que se sale con la suya.

Me ofrece su bebida mientras observa fijamente la calle.

—¿Esperas a Ethan? —pregunto.

—Sí.

—¿Crees que aparecerá?

Niega con la cabeza.

—Ethan se pone hecho una furia cada vez que tiene una bronca con mi padre. He intentado decirle que lo deje pasar y punto, pero no hace caso.

—¿Su relación siempre ha sido tan… complicada?

—Sí. —Se echa a reír—. Es como si mi padre no supiera cómo tratarle. Conmigo se lleva fenomenal porque soy chica, pero ¿con Ethan? No creo que sepa cómo comunicarse con él a nivel emocional. En mi opinión se debe a que nuestro abuelo consideraba que los hombres no debían mostrar abiertamente su afecto entre sí porque se reblandecían, o qué sé yo. Así que ahora, siempre que Ethan se enfrenta a mi padre, se pelean en vez de hablar las cosas.

—Debe de ser duro.

—Ya lo creo. Y ha empeorado desde hace unos años. La culpa la tiene Vanessa, la muy zorra.

Aguzo el oído.

—Ah, ¿entonces no fue Olivia?

—No —contesta, y suspira—. Vanessa no le pasaba ni una a Ethan. Ella fue el motivo por el que se fastidió la historia con Olivia.

—¿Qué pasó entre ellos? Me refiero a Ethan y Vanessa.

Baja la vista y pasa el índice por el filo del vaso.

—Será mejor que te lo cuente él.

—Elissa, por favor. Lo he intentado, pero se cierra en banda.

—Ya, pero me mataría si te lo cuento.

—Ya, pero, por si te sirve de algo, leyó mi diario, así que se ha enterado de un montón de intimidades mías que preferiría que no supiera.

Se queda pasmada.

—¿Que leyó tu diario?

—Sí. Hace unas semanas. *Puede* que yo hubiera escrito algo sobre las ganas que tenía de tocarle el…, esto…, pene.

—Oh, Dios mío.

—Y más o menos di a entender que su polla ganaría premios.

—Oh… Madre mía…

—Ya.

—Encima… Uf. Es mi hermano.

—Ya. Aunque tengo que decir en mi defensa que tu hermano está buenísimo.

Me mira con gesto incrédulo.

—Si tú lo dices…

—Pues sí.

Elissa suspira.

—Bueno, por muy burdo que me resulte, en cierto modo me alegro de que te sientas así porque eres la única chica con la que veía que se lo empezaba a tomar en serio desde que acabó toda la historia con Vanessa. Puedo entender que tenga sus dudas, pero aun así…

—Por favor, dime que esa afirmación va a favorecer toda esta historia. —Le pongo ojos de carnero degollado.

Pone los ojos en blanco y dice:

—Vanessa era novia de Ethan en el instituto. Empezaron a salir en segundo curso.

Asiento tratando de disimular los celos enfermizos que arden en mi interior. Es absurdo estar celosa de una chica que ni conozco, ¿no?

—En el instituto, Ethan y Vanessa eran como la pareja ideal. Pero de puertas adentro discutían mucho. A Vanessa le gustaba provocarle. Si consideraba que no le prestaba suficiente atención, coqueteaba con otros tíos. Disfrutaba de lo lindo poniéndole celoso. Estoy totalmente convencida de que era una sociópata. Hasta llegó a coquetear con Matt, el mejor amigo de Ethan del colegio. Utilizaba los celos para tenerlo a raya.

—¿Por qué no cortó con ella por lo sano?

—No lo sé. Era como si lo tuviera metido en un puño. Podía manipularlo en todos los sentidos. Se aprovechaba de sus inseguridades.

—¿Y qué ocurrió?

—Bueno, una noche, en el último curso, después de que Ethan por fin le dijera a mi padre que no iba a estudiar Medicina y que iba a solicitar plaza en The Grove, tuvieron una bronca de órdago. No conseguí oír exactamente lo que decían, pero de buenas a primeras mi madre se puso a llorar y mi padre a gritarle a Ethan que se fuera. Él fue a casa de Vanessa, pero, como no estaba, fue a la de Matt. Al llegar allí se encontró a Matt y a Vanessa. En la cama.

—Oh, Dios mío.

—Ethan se quedó hecho polvo. Me imaginaba algo así por parte de Vanessa, pero no de Matt. Ethan y él eran como hermanos. Al día siguiente, en clase, Matt trató de limar asperezas y pedir perdón, pero… Ethan estaba furioso. Le dio una paliza de muerte. Acabó partiéndole la nariz y fue expulsado dos semanas. A Vanessa le impresionó que se pelearan por ella. Estoy segura de que les tomó por tontos a los dos.

—Qué zorra —digo, sintiendo un odio mortal hacia ella. Doy un largo suspiro. Ni me imagino lo traumático que debió de ser que le traicionaran sus mejores amigos. No me extraña que Holt tenga problemas a nivel íntimo.

—A partir de eso fue cuando realmente se encerró en sí mismo —explica Elissa—. Para colmo, fue rechazado por The Grove. Dejó de comunicarse conmigo y con mi madre y se distanció aún más de mi padre. Se metió de lleno en su trabajo en el teatro. Bebía demasiado. Se enzarzaba en peleas. Se acostaba con todas las mujeres que se cruzaban en su camino y después no las llamaba. Fue espantoso ser testigo de ello.

Se me debe de notar en la cara lo mucho que odio pensar en él con otras mujeres, porque añade rápidamente:

—Jamás tuvo nada serio con ellas.

—¿Ni siquiera con Olivia? —pregunto.

Elissa tuerce el gesto.

—Sí, tuvieron un rollo. Pero, sinceramente, Ethan se portó tan mal con ella que la historia estaba condenada al fracaso desde el principio. Y eso que ella era una buena chica. Nada que ver con Vanessa. Jamás pensé que mi hermano podía ser cruel hasta que le vi con Olivia. Ella habría hecho cualquier cosa por él, y él la machacó. Desde entonces no ha salido con nadie.

Pienso en todas las cosas crueles que ha dicho o hecho desde que le conozco y me compadezco de su anterior Julieta.

—Así que esa es la historia —dice Elissa al tiempo que se pone de pie y tira de mí para levantarme—. Bueno, ¿por qué no dejamos de hablar del impresentable de mi hermano y empezamos a pasarlo bien? Dudo que se presente esta noche. Es probable que esté en algún bar mirando la pared con gesto ceñudo hasta que consiga agrietar la pintura.

Volvemos dentro y, al cabo de media hora y dos chupitos de tequila, Elissa y Ruby me convencen para bailar. Me pongo a dar vueltas y a menearme con ellas, pero no puedo evitar pensar en Holt y en lo que ha sufrido.

Cuando oigo una ovación procedente de la entrada de la sala me doy la vuelta y veo a Holt con los brazos estirados y una botella de whisky casi vacía en la mano gritando:

—¡Eh, colegas! ¡Aquí viene Romeo! ¡Fiesta!

La sala entera da su aprobación a voz en grito; oigo a Elissa a mi lado decir:

—Oh, Dios. ¿Qué diablos está haciendo?

Observo sin dar crédito a Holt repartiendo abrazos y entrechocando manos a diestro y siniestro mientras se abre paso como una estrella del rock entre sus fans.

Al llegar a nosotras esboza una sonrisa empalagosa y dice: «Hola, chicas», en un tono de voz que me imagino que pretende resultar sensual.

—Ruby —dice, tirando de ella para abrazarla—, me odias, ¿verdad? Mucha gente me odia. Hasta mi propio padre. No te preocupes; no te lo tengo en cuenta.

Luego se vuelve hacia su hermana y la estrecha entre sus brazos.

—Ay, Elissa. Mi dulce tocapelotas. ¿Por qué me aguantas? No me lo explico. Pero te quiero. Te quiero muchísimo.

—Esto... Ethan —dice ella, haciendo una mueca de dolor mientras la estruja—, ¿es que te has puesto ciego de éxtasis esta noche?

Él le da un beso en la mejilla antes de dirigirse a mí. Automáticamente su sonrisa se desvanece, pero toma otro trago de licor y seguidamente da un paso adelante y alarga los brazos para posar las manos en mis mejillas.

—Cassie..., mi preciosa Cassie. ¿Estás bien?

—Sí. ¿Y tú?

—¡Genial! Ya ni me importa lo que pasó esta noche con mi padre. ¿Y sabes por qué? Porque he decidido que nada me importe. Es una idea tan simple que no me explico cómo no se me ocurrió hace años. ¡Fíjate lo contento que estoy!

Echa la cabeza hacia atrás y se ríe. Es la escena más triste que he visto en mi vida.

—Holt —empiezo a decir, pero me pone los dedos en los labios.

—No me vengas con «Holts». —Deja la botella sobre la mesa—. Esto es una fiesta y me apetece bailar. Hasta luego.

Se abre paso entre la multitud, que le jalea cuando empieza a moverse con energía y sin gracia.

—Vaya —comenta Elissa—, es la primera vez que veo bailar a mi hermano. Esto…, Dios…, esto me rompe todos los esquemas.

—La verdad es que baila fatal —señala Ruby—. Parece que está sufriendo un ataque en vertical.

Es el alma de la fiesta. Habla con todo el mundo; se muestra amable con todos. Caramba, incluso le hacen gracia las bromas de Jack y no adopta una actitud desdeñosa cuando Zoe coquetea con él.

Seguramente lo que le apetece es dar rienda suelta a su rabia y emprenderla a puñetazos con la gente, pero en vez de eso se comporta como el Holt que según él todo el mundo desea.

Los dientes me rechinan de frustración.

Sé que Holt puede ser un imbécil porque lo ha sido conmigo en más de una ocasión, pero al menos era auténtico. Este Holt desconocido es tan falso como las tetas de Zoe.

Ahora sé cómo se sentía al ver mi actitud complaciente. Me saca de quicio.

Cuando ya no aguanto más, me abro paso entre la gente para ir a su encuentro. Está hablando con Zoe, sonriendo y riéndose. Ella le hace ojitos y me dan ganas de estamparle la cara contra el bol de Doritos que hay en la mesa a su lado.

Holt me ve acercarme y de nuevo le cambia el gesto fugazmente antes de volver a sonreír de oreja a oreja.

—¡Taylor! —exclama en tono cariñoso—. ¿Qué tal? Precisamente Zoe me estaba diciendo que si hubiera sido mi Julieta no habría fingido la escena de sexo. ¿A que es para partirse de risa?

—Totalmente —contesto sin el menor entusiasmo—. Zoe —digo, cogiendo el bol de Doritos—. ¿Quieres?

Paf. En toda la jeta.

Pone los ojos en blanco.

—Sí, claro. Como si fuera a comer hidratos de carbono...

Resoplo y adopto una expresión pacífica.

—Holt, ¿podemos hablar un momento?

—En realidad —dice Zoe enganchándose de su brazo con actitud posesiva—, en este preciso momento está hablando conmigo. Igual más tarde.

Tía, más te vale quitarle las manos de encima antes de que te haga una limpieza de cutis con almidón hidrolizado de queso.

Dejo bruscamente el bol en la mesa y me obligo a esbozar una sonrisa.

—No le voy a entretener mucho. Seguro que antes de que te des cuenta le tendrás de vuelta para escuchar tus divertidas hipótesis pornográficas.

Le doy un tirón del brazo a Holt y, gracias a Dios, me sigue hasta la cocina.

Me giro en redondo para plantarle cara.

—¿Qué estás haciendo?

Se encoge de hombros.

—¿Pasarlo bien?

—No me digas. ¿Así es como defines hablar con esa guarra fingiendo que te gusta?

—«Guarra» es un calificativo muy hiriente —dice arrastrando las palabras—. Y puede que de hecho me agrade su compañía.

—Qué gilipollez.

—¿Estás celosa, Taylor?

—Sí. Mucho. Venga, ¿quieres hacer el favor de dejar de hacer el tonto y besarme?

Mi comentario le deja pasmado. Parpadea tres veces. Yo ni me inmuto. Supongo que le estoy cogiendo el tranquillo a decir lo que realmente pienso.

Jack entra y va hacia el barril del rincón haciendo caso omiso de nuestro cruce de miradas mientras llena varios vasos de cerveza.

—¿Qué pasa, tío? No estarás aflojando el ritmo, ¿verdad? Vamos, coge una.

Holt se da la vuelta justo cuando Jack alarga la mano con una de las cervezas y esta se derrama en toda la pechera de la camisa de Ethan.

—¡Mierda! —exclama Jack—. Perdona, tío. Ha sido sin querer.

Jack coge un paño de cocina para secar la camisa de Holt mientras farfulla más disculpas.

—No pasa nada —dice Holt con una sonrisa forzada—. De verdad que no tiene importancia. ¿Me prestas una camiseta?

Jack asiente.

—Sí, arriba, en mi armario. Ponte lo que quieras.

Holt le da una palmada en el hombro tal vez con demasiado ímpetu al pasar y mascula:

—Gracias, tronco.

Se abre paso entre la multitud y sube las escaleras a zancadas; hago un esfuerzo sobrehumano para no seguirle.

—¿Sabes? —dice Jack—, nunca había visto a nadie borracho contento y enfadado al mismo tiempo, pero Holt de alguna manera lo consigue.

Asiento.

—Es un don especial y poco común. —Coge una cerveza de la encimera y le da un sorbo con aire pensativo—. Debería echar un vistazo en internet a ver si han colgado ya alguna reseña de la función de esta noche. Me he enterado de que estaba allí el crítico del *Online Stage Diary*. Me pregunto si habrá comentado algo bueno.

De repente se me hace un nudo en el estómago.

—¿Estaba allí?

—Sí. Él y unos cuatro más. Uno del *Broadway Reporter*. —Me mira y enarca una ceja—. Nunca se sabe, Taylor. Igual por la mañana eres una estrella.

—Sí, claro. O igual echan pestes de mí. —Me río, pero, en serio, como echen pestes de mí...

—Seguro que dicen cosas increíbles de ti —señala Jack al tiempo que me pone la mano en el hombro para darme ánimos—. ¿Que no lo hacen? Bueno, todavía queda medio barril de cerveza. Podrías beber para olvidar.

Agarra sus cervezas y se va.

Me quedo allí unos segundos barajando la posibilidad de mi inminente humillación pública y caigo en la cuenta de que solo hay una cosa que puede ayudarme a mantener el tipo y que se encuentra arriba, a lo mejor sin camisa.

Me abro paso por la sala de estar, subo las escaleras y cruzo el pasillo hasta la habitación de Jack. La puerta está abierta y, al asomarme, veo a Holt sentado en la cama, desnudo de cintura para arriba, la camisa empapada en el suelo y la cabeza acurrucada entre sus manos. Se tira del pelo y suspira de pura impotencia, que emana de él como un aura.

—Eh —digo, y entro vacilante en la habitación.

De repente levanta la vista y automáticamente sale disparado de la cama hacia el armario.

—Hola. —Abre las puertas de par en par y echa un vistazo a la impresionante colección de camisetas de Jack—. Menuda fiesta, ¿eh?

No puedo apartar la mirada de los músculos de su espalda desnuda moviéndose y flexionándose. Bueno, eso no es cierto. Sí que puedo apartarla, pero no quiero.

—¿Estás bien? —pregunto al acercarme.

—Genial. —Me enseña una camiseta con la frase: «Errar es humano. Currar, inhumano»—. ¿De veras se pone esto en público Avery?

—Holt...

—Y si no, esta. —Saca una camiseta con la frase: «Vivan los pezones. Sin ellos, las tetas no serían un puntazo».

—Oye...

—O sea, en serio. ¿Se las habrá comprado o habrá pagado a la gente para quitárselas de encima?

—Tenemos que hablar.

—No hay necesidad. —Vuelve a colgar la percha y echa un rápido vistazo al resto del perchero—. ¿Es que este tío no tiene nada salvo camisetas con puñeteros mensajes chistosos? ¿Nada deportivo? O, Dios nos libre, ¿liso?

Su postura se va tensando conforme revisa las perchas.

—Ethan —digo, y poso la mano en medio de su espalda.

—No. —Se gira en redondo y retrocede—. Ni se te... Joder, no, ¿vale?

—¿Por qué no?

—Porque cuando me tocas las cosas nunca acaban bien. Porque cuando me tocas yo..., joder, se me va la cabeza y me dan ganas de cometer estupideces y..., así que... no...

Doy un paso adelante y él se pega a la puerta del armario. Cuando poso la mano en el centro de su pecho, inhala bruscamente y aprieta la mandíbula.

—No sé de qué tienes tanto miedo. Yo no soy Vanessa.

Su expresión se endurece.

—¿Qué coño sabes de Vanessa?

Respiro hondo.

—Elissa me ha hablado de ella. Y de las otras chicas. Y de Olivia. —Suspira profundamente y me acerco un poco más—. No te enfades. Yo la obligué.

Aprieta los puños.

—Aun así, ha sido una bocazas.

—Yo le pregunté. —Llevo la otra mano a su pecho, donde siento el pálpito desbocado bajo la superficie—. Y ahora entiendo un poco mejor por qué te muestras tan reacio a volver a salir con alguien. Lo que Vanessa te hizo fue horrible. Pero yo no soy ella. No tengo nada que ver con ella.

Baja la vista hacia mí con menos rabia, pero adopta un gesto de resignación y hastío. Como si ya hubiese mantenido esta conversación consigo mismo muchas veces.

—No te enteras —dice—. Que no seas como ella es lo de menos. Una parte de mí piensa que sí y solo está… esperando… a que todo se vaya al carajo. Es absurdo, pero no puedo evitarlo. Y por mucho que me asuste que me hagas daño, más me asusta hacértelo yo. ¿Ves lo que ocurrió con Olivia? No puedo volver a hacerle eso a nadie y mucho menos a ti.

Piensa que está intentando protegerme, pero temiendo como he temido equivocarme durante toda mi vida, por fin sé, sin ninguna duda, que soy la persona adecuada para él.

—Ethan, no hay relación que no suponga riesgos y, aunque creas que puedes seguir apartando a la gente de ti de por vida, estoy aquí para decirte que vas a fracasar estrepitosamente.

Deslizo con delicadeza mis manos por sus antebrazos, sus bíceps. Sin apenas rozar su suave y cálida piel.

—El caso es que —dice mirándome y poniendo las manos con vacilación en mis mejillas— por mucho que me cague de miedo y por mucho que sepa que uno de nosotros, si no los dos, lo va a lamentar profundamente… quiero fracasar contigo.

Nos quedamos mirándonos el uno al otro durante unos instantes y, mientras observo sus ojos, percibo el segundo exacto en el que toma la decisión. Se me corta la respiración cuando aprieta los dedos entre mi pelo. A continuación inclina la cabeza, su boca vacilante justo por encima de la mía, el aliento dulce y cálido acariciándome la cara mientras el tiempo se detiene.

—No es justo que me mires así —susurra—. Es una putada.

Entonces el espacio entre nuestros labios desaparece y me besa apasionada y ávidamente. La honda inspiración de ambos suena increíblemente fuerte en mis oídos. Nos besamos con apremio, acoplando y apretando los labios, que se funden como si fuera su cometido y después se entreabren para dejar escapar leves gemidos.

El efecto que provoca en mi cuerpo es instantáneo y poderoso; aprovecho al máximo que se encuentra semidesnudo. Mis manos palpan todo, sus anchos hombros y brazos, rodean su espalda y suben hasta sus omóplatos para luego bajar por los costados hasta el vientre.

Gime en mi boca y recorre mi cuerpo con la misma avidez.

—Dios… Cassie.

Me besa con entrega y pasión y por fin siento que, tras recular tantísimas veces, avanzamos definitivamente. No tengo ni idea de hacia dónde, pero el mero hecho de saber que está abierto a la experiencia es la mejor sensación que he tenido en mi vida.

—Llevo toda la noche queriendo hacer esto —dice jadeando entre los besos—. Mantenerme alejado de ti ha sido agotador, joder.

De alguna manera nos vamos acercando a la cama, besándonos con fuerza y desesperación. De buenas a primeras, me encuentro tumbada boca arriba con él entre mis muslos. Me aferro a él mientras se aprieta contra mí lenta e insistentemente.

—Oh, Dios. Sí.

Hunde la cabeza en mi cuello y se pone a chuparlo. Continúa por mi garganta y va bajando hasta posar las manos en mis pechos sin dejar de moverse sobre mí, impidiéndome respirar.

Basculo las caderas para encajarme y le agarro descaradamente del culo para empujarle con más fuerza contra mí.

—Joder —maldice sobre mi hombro, y para en seco. La habitación está en silencio, salvo por nuestra respiración entrecortada.

—¿Qué pasa? —pregunto, y me aferro a sus hombros con el corazón a cien por hora.

—Nada —responde, pero sigue quieto—. Un momento. No te muevas.

En el fondo estoy encantada de ejercer semejante efecto sobre él. Me alegra saber que nuestra atracción es definitivamente mutua.

—Di algo —me pide, mientras deja caer la cabeza sobre mi hombro—. Lo que sea para distraerme del calentón que me provocas.

—Uf..., bueno, siento lo que ha sucedido con tu padre esta noche. —Le acaricio suavemente la espalda—. Se ha pasado tres pueblos. Y yo desde luego no dejaría que transcurrieran dos años sin decirte que te quiero. Es ridículo. Si fueras mío, te diría que te quiero todos los días.

Inhalo rápidamente.

—A ver, me pongo en la piel de tu padre, ¿sabes? Si fueras mi hijo te lo diría. No estoy diciendo que te quiero. No estoy diciendo eso. Solo...

—No he pensado que estuvieras... —Sonríe—. Igual deberías cerrar el pico y besarme otra vez.

Le empujo para tenderle boca arriba.

—Bueno, si insistes...

Él tira de mí y nos ponemos a besarnos; es como si estuviera en un placentero y cálido sueño que no quiero que acabe nunca.

El beso se vuelve más apremiante, bocas y manos moviéndose con avidez hasta que oímos una voz alterada que dice:

—¡Por Dios, chicos, venga yaaaa! ¡En mi cama no!

Al levantar la vista vemos a Jack en la puerta tambaleándose como si hubiese sobrepasado su límite con la bebida hace más o menos una hora.

—¿No habéis recibido la nota donde se decía que queda prohibido hacerlo en mi cama esta noche? ¡Ese edredón de *La guerra de las galaxias* es vintage!

—¿Qué quieres, Jack? —Holt resopla y yo contengo la risa.

—Tenéis que bajar —dice y, al apoyarse contra la puerta, derrama la cerveza—. Se ha publicado la primera crítica de nuestro espectáculo y es…, bueno…, os pone a caldo a los dos.

Holt y yo nos miramos con expresión de pánico.

—¡Habéis picado! —dice Jack entre risas—. Es la leche. Moved el culo y bajad para que pueda leerla en voz alta. ¡Vamos!

Se va haciendo eses. Holt se despega de mí de mala gana y coge una camiseta del armario. Se la mete por la cabeza y se la estira con una sonrisita. Lleva una enorme cruz roja que reza: «Donante de orgasmos».

—Bueno, al menos he acertado en la elección.

Meneo la cabeza y me echo a reír mientras me enderezo.

Se acerca, me sujeta la cara con sus manos y se inclina para besarme.

—No voy a besarte delante de ellos —comenta—. Ni a cogerte de la mano. Es que no me apetece que hablen de nosotros. Que den por sentado cosas.

—Vale —digo, decepcionada por tener que esconder lo que siento por él—. Pero ¿no les dirá Jack que nos hemos enrollado?

Niega con la cabeza.

—En vista del estado en el que se encuentra, seguro que se ha olvidado de nosotros a los cinco segundos de salir de la habitación.

Me vuelve a besar y a continuación nos dirigimos abajo; tratamos de hacer caso omiso de los cuchicheos que se dejan sentir entre la gente cuando aparecemos juntos.

—¡Por fin! —exclama Jack. Manda callar a todo el mundo, deja su cerveza y sujeta en alto las páginas que ha imprimido.

—Vale, escuchad, chicos. Esta reseña es de Martin Kilver, del *Online Stage Diary*. Tiene fama de ser difícil de contentar, de modo que tenedlo presente cuando escuchéis lo que tiene que decir.

Toda la sala se queda en silencio y noto la tensión de Holt junto a mí mientras Jack empieza a leer:

—«En cualquier producción de una obra clásica de Shakespeare, los actores corren el riesgo de imitar y recrear gran parte de actuaciones previas. Nada podía estar más lejos de la realidad en el caso de la producción más reciente de *Romeo y Julieta* realizada por la Academia de Arte Dramático de The Grove. La producción es austera y moderna, lo cual no es innovador en sí. Lo que es revolucionario es que, tras ver infinidad de producciones a lo largo de los años, finalmente creo en la autenticidad y en el poder de dos jóvenes enamorados. Decir que este crítico ha disfrutado de una de las obras de teatro más emocionantes de su vida sería quedarse corto».

Tras los murmullos de sorpresa y algún que otro aplauso, Jack sonríe y continúa:

—«La directora, Erika Eden, ha convertido a su joven cantera en una lograda y potente compañía de fascinantes intérpretes y, pese a que todos muestran madurez en sus interpretaciones, no pierden en absoluto la bravuconería de la juventud tan fundamental en la historia».

Más silbidos de aprobación. Noto la leve presión de la mano de Holt en la parte baja de mi espalda.

—Vale, silencio —dice Jack—. Ahora viene la mejor parte. —Carraspea—. «Aunque la totalidad del reparto es francamente excepcional, son dignos de mención Aiyah Sediki en el papel de la nodriza, personaje al que aporta un maravilloso cariz de dignidad, y Connor Baine como Mercucio, un papel que a menudo se interpreta con bidimensionalidad por su excesivo desparpajo».

Hay una algarabía de gritos de aprobación; Aiyah y Connor no caben en sí. Yo, orgullosísima, les aplaudo.

Jack nos mira con complicidad y continúa:

—«Pero el mayor triunfo de esta producción es la elección de los dos protagonistas: Ethan Holt en el papel de Romeo y Cassandra Taylor en el de Julieta. —La gente silba y jalea; me pongo roja como un tomate—. Al interpretar a Romeo, Holt le aporta al personaje una vulnerabilidad puntillosa que juega totalmente en contra de la profusión de prosa florida que el personaje debe recitar. Su intensa energía felina ofrece un soplo de aire fresco frente a los Romeos petimetres que he visto anteriormente y, a juzgar por esta producción, le auguro a Holt un futuro muy brillante en el ámbito profesional».

Me trago el nudo que se me ha formado en la garganta mientras me lleno de orgullo por Holt. Me vuelvo hacia él con los ojos brillantes y emocionada. Tengo ganas de abrazarle y decirle al oído lo orgullosa que me siento, pero eso habrá que dejarlo para más tarde.

Vuelvo la vista hacia Jack, que ahora me mira fijamente.

—«Cassandra Taylor es igual de convincente en el papel de Julieta y es sin duda el arquetipo de una heroína del siglo XXI. Su Julieta, hermosa y audaz, no se achica. Es una mujer apasionada y obstinada cuya firme determinación hará que la gente se enamore de ella en la misma proporción que su desventurado Romeo. Taylor hace gala de un sensacional registro emocional en su pulida interpretación y posee lo que únicamente puede definirse como "alma de estrella"».

Intento tragar, pero estoy demasiado emocionada. Aprieto la mandíbula para reprimir las ganas de llorar y, cuando noto que los dedos de Holt rozan con delicadeza los míos, agradezco que se encuentre aquí.

—«Pero —dice Jack al leer el último párrafo—, por muy excepcionales que sean estos dos jóvenes actores por derecho propio, el éxito de esta producción realmente se debe a la increíble química existente entre ellos, pues en este mundo moderno de cinismo con una pasmosa cifra de divorcios e ideales efímeros no resulta fácil convencer al público para que crea en el poder del amor verdadero. Pues bien, permítanme decirles que esta pareja lo ha logrado a la perfección y reto a todo aquel que presencie su historia de amor en el escenario a que permanezca inmune a su extraordinaria pasión. No hay duda de que la obra hizo que este crítico, algo hastiado, deseara que hubiese más amor verdadero en el mundo».

Todo el mundo pronuncia un «Oooh» al unísono y, cuando miro a Holt, juro que está tan sofocado como yo. Una algarabía estalla en la sala cuando todos se ponen a comentar la reseña y sus implicaciones, pero yo me encuentro demasiado aturdida como para entablar conversación.

Jack saca su teléfono y nos ordena a Ethan y a mí que posemos para una foto. Sin pensarlo dos veces, nos cogemos de la cintura y sonreímos de oreja a oreja a la cámara.

Cuando salta el flash, Jack nos enseña la foto.

Es preciosa.

Nuestras sonrisas son tan radiantes que me pongo a pensar que jamás ha habido en la historia del mundo una pareja con un aspecto más feliz que nosotros en ese momento.

Somos estrellas.

14

TIRA Y AFLOJA

Hoy
Nueva York

El apartamento de Marco en cierto modo es como él: grande y extravagante. Está repleto de lujosos terciopelos y opulentas antigüedades que causan la impresión de que estuviera habitado por un excéntrico zar ruso en vez de un director de teatro.

Estamos celebrando el final de nuestra tercera semana de ensayo; Marco ha invitado a toda la compañía a un cóctel. Es la primera vez en poco más de una semana que veo a Holt fuera de un ensayo. A menudo me pregunta si me apetece tomar algo al salir, pero siempre declino su invitación. Pese a que cada vez me siento más atraída hacia él, me pongo a sudar ante la idea de que pasemos un rato a solas. Acepté venir esta noche únicamente porque sabía que estaríamos rodeados de gente.

Le observo al otro lado de la sala, hablando con Eric, la pareja de Marco. Se muestra atento y entusiasta mientras Eric le señala sus antigüedades favoritas y le cuenta cómo las encontró.

Holt hace preguntas, sonríe, se ríe, y a mí me da una punzada en el estómago al ser consciente de lo diferente que es del hombre huraño e inquieto que solía ser. Me pregunto si alguna vez me observará y notará el cambio que he experimentado. Mi hastío. Mi fragilidad.

Me pregunto si alguna vez llega a pensar que, con todo el esfuerzo que le ha supuesto volver a estar conmigo, ya no vale la pena.

—¡Un brindis! —exclama Marco, y todos nos arremolinamos en el salón mientras Cody vuelve a llenar nuestras copas de champán—. Por esta extraordinaria compañía y por nuestra maravillosa obra. Que el resultado final sea tan increíble como auguro. No me han nominado a los Tony desde hace dos años ¡y estoy empezando a tener mono! Así que, por favor, queridos colegas y amigos, alzad vuestras copas… ¡por nosotros!

Sonrío, levanto mi copa y busco a Holt con la mirada. Él me mira con cariño al brindar.

—Por nosotros.

¿Ves? Por eso tengo que guardar las distancias con él: porque con dos palabras puede hacerme sentir como una colegiala con su primer amor.

Me pongo a buscar el baño, pero de camino encuentro el estudio de Marco. Justo al cruzar el umbral hay una enorme vitrina repleta de copas de colores vivos.

Entro en la habitación y observo los copones y vasos, copas alargadas de champán y vino, todo resplandeciente con los colores del arcoíris, algunas con grabados en oro y plata.

—Ah, Taylor, veo que has descubierto el objeto de mi orgullo y dicha. —Al darme la vuelta me topo con Eric entrando a la habitación y Holt a la zaga—. Iba a enseñar a Holt mi capricho inconfesable. Marco no deja de amenazarme con que vamos a necesitar un piso más grande como siga comprando cristal antiguo, pero es superior a mí. Con internet me resulta facilísimo alimentar mi adicción.

Holt se pone detrás de mí y el calor que desprende su cuerpo me cala la espalda.

—Tienes una colección impresionante —comenta Holt examinando la vitrina—. ¿Llevas mucho tiempo coleccionando?

Eric asiente.

—Unos veinte años. Prefiero el cristal italiano, lo que sea de Murano en particular, pero también tengo piezas rusas e inglesas, algunas fechadas a principios del siglo XVIII.

—¿Sí? ¿Cómo se han conservado tanto tiempo? —pregunto.

Sonríe.

—Bueno, si quieres que te diga la verdad, son bastantes las que tienen muescas o algún tipo de tara, pero forma parte de su encanto. Eso avala su historia. Lo asombroso de las antigüedades es saber que han tenido una vida, tal vez muchas, antes de que yo las descubriera. Deja que te muestre a lo que me refiero.

Abre la puerta de la vitrina y saca una copa de vino alargada. No es de colores vivos como la mayoría. Es lisa, de cristal transparente, y el único adorno es un delicado grabado en la base.

—Es una de mis favoritas —señala Eric sujetándola con admiración—. Al parecer perteneció a lady Cranbourne de Wessex. Su tempestuosa relación con su marido fue tristemente famosa. En una ocasión él le regaló un juego de seis copas por su aniversario. Supuestamente aquella noche él hizo un comentario que la ofendió. Creo que hacía alusión a su relación con uno de los mozos de cuadra. Parece ser que esta es la única copa que sobrevivió intacta. Las demás se hicieron añicos cuando ella se las lanzó.

Sujeta en alto la copa hacia la luz y señala una línea fina que se extiende a todo lo largo de la base.

—¿Veis esa fisura? Se produjo al cogerla lord Cranbourne cuando su mujer se la tiró a la cabeza. Eso fue en 1741. A pesar del daño, esta copa ha sobrevivido durante casi trescientos años. Sorprendente, ¿no?

Coloca con cuidado la copa en la vitrina y se vuelve hacia nosotros.

—Supongo que eso forma parte de mi fascinación. Parece tan frágil y, sin embargo, de alguna manera logra perdurar a pesar de las fisuras y arañazos. Yo, personalmente, encuentro aburrido el cristal intacto. Me encantan todas estas piezas y las huellas de su supervivencia las hacen aún más bonitas desde mi punto de vista.

—¿Pero ese tipo de desperfectos no les quita valor? —pregunto, apelando a mis escasos conocimientos sobre antigüedades.

Eric me mira pensativo.

—El valor es un criterio tan subjetivo… —Se acerca a un gran aparador y saca una caja de nogal. La sujeta y me pide que abra la tapa. Al hacerlo, veo que el interior está forrado de lujoso terciopelo azul. Hay seis hendiduras para copas, pero en vez de copas intactas no hay más que un montón de pedacitos de cristal.

Miro a Eric confusa.

—Cuando compré las copas de Cranbourne —explica—, esto estaba incluido en el lote. Son los restos de las otras cinco copas. El subastador sugirió que los tirara. Al fin y al cabo, no son más que un puñado de trozos de cristal. Pero para mí significaba muchísimo más. Lady o lord Cranbourne debieron de guardar los cristales rotos después de su trifulca. Lo que los cristales simbolizaban —su matrimonio, su historia, su amor— era demasiado importante como para deshacerse de ello, incluso con estos daños irreparables.

Nos sonríe y acto seguido cierra la caja y la coloca en su sitio.

—El subastador consideraba que eran inservibles porque carecían de valor comercial, pero en mi opinión son valiosísimos. Simbolizan la pasión y, sin pasión, la vida no tiene sentido, ¿no os parece? Al menos eso es lo que siempre he creído. —Tras una pausa para dedicarnos una sonrisa, se dirige a la puerta—. Será mejor que ayude a Marco con el postre. Se pone nervioso si la gente no tiene un bocado en la boca cada cinco minutos. Quedaos el tiempo que os apetezca viendo el cristal. Tocadlo si queréis; no es tan frágil como parece.

Se interna en el pasillo y Holt y yo nos quedamos a solas demasiado cerca mientras las palabras de Eric flotan en el aire.

—Bueno —digo—, ¿quién crees que guardó los cristales rotos, lord o lady Cranbourne?

—Él —responde Holt sin titubear.

Le miro con gesto inquisitivo.

—Él le regaló las copas —explica— y le dijo algo hiriente. Se sentiría culpable.

—Sí, pero fue ella quien las hizo añicos —rebato—. Y quizá lo que él le dijo fuera cierto.

Holt niega con la cabeza.

—Da igual. Para que ella perdiera los estribos de esa manera él debió de comportarse como un imbécil insensible.

—O a lo mejor ella era la reina del drama.

Se queda callado un momento y me mira con intensidad.

—A lo mejor los guardaron los dos. Igual recogieron con cuidado todos los trozos y luego se reconciliaron dándose un increíble revolcón delante de la chimenea.

Enarco una ceja.

—¿Hay una chimenea?

—Por supuesto. Posiblemente con una cabeza de animal disecada colgada encima.

—Uy. Qué romántico.

—Lo sé. No hay nada mejor que cristales rotos y animales decapitados para decir «Te quiero».

Me río, y él también. Después su sonrisa se desvanece para dar paso al consabido gesto de añoranza que pone tan a menudo últimamente.

—Me has estado evitando —dice en voz baja—. ¿He hecho algo que te haya cabreado? Porque en ese caso me gustaría tener la oportunidad de disculparme.

Vuelvo la vista hacia la vitrina intentando ignorar los alucinantes reflejos del cristal en sus ojos.

—No es nada.

—Por el modo en el que me has estado mirando, seguro que algo es. —Está detrás de mí, con el pecho pegado a mi espalda—. Si fuera aficionado a las apuestas, diría que estás mosqueada por lo mucho que me deseas. —Me rodea la cintura con un brazo y me da la vuelta para mirarme a la cara—. ¿No te das cuenta de que conozco todas las estratagemas? Las miradas oscuras, la rabia, no tocar... Te hice lo mismo porque me daba miedo abrirme a ti. Pero tú no permitiste que te apartara de mí. Insististe una y otra vez. A lo mejor eso es lo que debería hacer ahora. Hacer que asumas lo que sientes por mí.

Mi corazón late con fuerza cuando enreda los dedos en mi pelo. Mi respiración se vuelve superficial e instintivamente me fijo en su boca. En lo suave que parece. En lo deliciosa que sabría.

—Estás deseando que te bese —afirma—. Jamás lo admitirías y, si intentara hacerlo, lo impedirías, pero... lo deseas. ¿A que sí?

Bajo la vista.

—No.

—Y una mierda.

Sujeta mi cara.

—Si lo dices mirándome a los ojos, entonces tal vez te crea.

Se me hace un nudo en el estómago y siento un arrebato en todo mi cuerpo, pero hago de tripas corazón y le miro a los ojos.

—No quiero que me beses.

Mi tono de voz es titubeante y poco convincente. Como mi determinación.

—Por Dios, Cassie —dice, acariciándome la mejilla—. ¿Eres una actriz aclamada por la crítica y eso es lo mejor que sabes hacer? Menudo fraude. Prueba de nuevo.

—No..., no quiero que me beses.

—Ya lo creo que sí —replica en tono bajo y categórico—. No voy a hacerlo. Solo quiero oírlo de tu boca.

Por la misma regla de tres podría haberme pedido que caminase por una cuerda floja a treinta metros de altura y sin red. Clavo la mirada en su pecho.

Suspira, pero no estoy segura de si es de impotencia o de alivio.

—Cassie, mírame. —Cuando titubeo, me levanta ligeramente la barbilla con un dedo hasta que le miro—. Solo quiero que sepas que en cuanto estés preparada para que lo intentemos de nuevo te voy a comer enterita a besos. Voy a besarte hasta que veas las estrellas y oigas ángeles, y no puedas mantenerte en pie durante una semana. Espero que lo tengas presente.

Me retumban los latidos del corazón al decir:

—Holt, si algún día estoy preparada, serás el primero en saberlo. Lo prometo.

Esboza una sonrisa.

—Entonces besarte queda descartado... Pero que sepas que hoy también doy abrazos gratis, estrictamente platónicos, a la primera mujer guapa que los solicite.

Me río, seguramente un pelín demasiado fuerte, y doy un paso al frente para que me estreche entre sus brazos. Posa la cabeza contra mi cuello y le doy un fuerte achuchón al contacto de nuestros cuerpos.

—Dios, hueles de maravilla —susurra sobre mi piel—. Nada en la faz de la tierra huele tan bien como tú.

—Eso no suena muy platónico que digamos.

—Chsss. No hables. Deja que te huela y punto.

Me echo hacia atrás y enarco una ceja.

—Vale, de acuerdo —dice, y pone los ojos en blanco—. Basta de olisquear. Mierda, me has cortado el rollo.

Me abraza de nuevo y suspiro.

—¿Ya estás lista para ese beso? —pregunta al tiempo que tensa los brazos.

—Todavía no.

Desliza la nariz por mi garganta e inspira.

—Solo quería asegurarme.

Seis años antes
Westchester, estado de Nueva York
The Grove
Diario de Cassandra Taylor

Querido diario:

Han pasado casi dos semanas desde que Holt y yo decidimos oficialmente declarar lo nuestro no oficial, y durante este tiempo he experimentado más frustración sexual de la que —estoy segura— cualquier ser humano es capaz de soportar.

Nos hemos dado algún que otro lote cuando me ha acompañado a mi apartamento al salir de clase, pero ahí acaba la cosa. Si no lo pillara de vez en cuando observándome como si quisiera darse el lote con mis tetas, jamás sabría si en realidad le gusto.

Mi problema es que estoy convencida de que todo el mundo nota que me gusta de verdad. Me hacen demasiada gracia sus bromas y me siento demasiado cerca de él en clase. Su demoníaco hechizo sexual ha aumentado a toda marcha y es mi perdición.

Para colmo, hace poco he tenido sueños de alto contenido erótico con él. Sueños en los que consigo ver lo que esconde en los pantalones. A consecuencia de ello, mi tiempo estipulado para ver porno ha sido desmedido. He visto infinidad de vídeos sobre cómo dar placer a un hombre y, aunque me pone bastante nerviosa la idea de llevar a la práctica mis pseudoconocimientos, me apetece muchísimo.

Esta noche va a pasarse por mi casa para preparar el examen tipo test de historia del teatro que tenemos mañana. Tengo ganas de seducirle, pero la verdad es que no estoy segura de lo que eso significa. Supongo que tengo dos horas para averiguarlo.

—Nombra a los seis dramaturgos más famosos de la antigua Grecia —dice con una voz de lo más sexy y unos ojos divinos.

—Hummm..., vale. Dramaturgos de la antigua Grecia. Esto..., un segundo.

Me pongo a dar golpecitos con el lápiz en mi libreta mientras hago memoria. Él me observa sentado con las piernas cruzadas, reclinado contra el respaldo del sofá. Su entrepierna se encuentra justo en mi punto de mira.

Ni de coña me puedo concentrar cuando prácticamente está haciendo ostentación de su pene delante de mí. ¿Cómo diablos se le ocurre?

Resoplo y cierro los ojos con fuerza.

—Hummm... Tipos de la antigua Grecia..., eh...

—Venga, Taylor, esto lo sabes.

—Ya, pero —*me estás distrayendo con tu miembro, seguramente una monada*— tengo la cabeza embotada. Llevamos estudiando dos horas.

Abro los ojos. Me observa fijamente y desprende un calor que me resulta familiar.

—Cuando terminemos con los clásicos hacemos un descanso, ¿vale?

Tiene un ligero brillo húmedo sobre el labio. No puedo apartar la mirada.

—¿En el descanso dejarás que te bese?

Se queda callado e intenta reprimir la sonrisa.

—Puede.

—¿Que te meta mano?

—Posiblemente.

—¿Que vea tu pene?

Los ojos se le salen de las órbitas y se atraganta con su propia saliva.

—¡Joder, Cassie!

Vale. Seducción abortada. Hora del plan B.

—Anda...

¿He mencionado que el plan B era arrastrarme suplicando? Se echa a reír y se atusa el pelo.

—Te voy a decir una cosa, Taylor: nunca sé lo que va a salir de tu boca.

Me muero de ganas de hacer un comentario sobre lo que me gustaría que *entrara* en mi boca, pero me figuro que ya le he acojonado lo suficiente.

—Vale, ¿y si nos retamos? —Me siento en cuclillas. Me mira con aire socarrón—. Por cada respuesta que acierte sobre los clásicos te quito una prenda.

Se ríe de nuevo, pero esta vez con una pizca de nerviosismo.

—¿Y si fallas las preguntas?

—Entonces tú me quitas ropa.

Me mira y baja la vista al suelo.

—Pensaba que habíamos acordado ir despacio.

—Sí, lo acordamos, y lo estamos haciendo —digo, y le cojo la mano—. Holt, lo único que va más despacio que nosotros en este instante es un glaciar de Nueva Zelanda, y que sepas que va ganando. —Bajo la vista a sus dedos y los acaricio—. Es que... tengo ganas de tocarte. ¿Qué tiene de malo?

Me aprieta los dedos.

—¿Te das cuenta de que por lo general son los tíos los que presionan a las tías para que se desnuden? O sea, prácticamente estás usurpando mis derechos masculinos.

Mi corazón se pone a latir más rápido al ver cómo se le dilatan las pupilas.

—Pues presióname.

Me observa fijamente con expresión incrédula.

—No tienes ningún miedo a esto, ¿verdad? —pregunta en voz baja.

Me hace gracia.

—Por supuesto que sí. Me aterroriza. Tú me aterrorizas. Pero no lo bastante como para pensar que no mereces la pena.

Su mirada es intensa.

—¿Crees que merezco la pena?

Asiento.

—No me cabe duda.

Traga saliva.

—Eso es lo más excitante que me han dicho hasta ahora.

En un segundo, me tira al suelo. Me da un beso apasionado y, al dejar caer su peso sobre mí, separo las piernas. Al acoplarnos entierra la mano entre mi pelo y su pecho emite mi gemido favorito.

—Si me catean este examen mañana —dice sin resuello mientras me besa el cuello— será por tu culpa. Lo sabes, ¿no?

Le beso ardientemente y a continuación le empujo para tumbarle boca arriba. Me siento a horcajadas sobre sus muslos y agarro el cuello de su camisa.

—Ay, por favor. Podemos hacer esto y seguir estudiando. Hummm…, los seis dramaturgos más famosos de la antigua Grecia… —Le desabrocho de un tirón el botón de arriba—. Tespis.

—Esquilo. —Fuera el segundo botón.

Aparto a un lado la tela para besarle el pecho. Me agarra de las caderas y aprieta mientras empuja con la entrepierna.

—Sigue —murmura. No sé si se refiere a mi boca o a los griegos.

—El número tres sería… Sófocles. —Desabrocho otro botón y continúo besándole; al contacto de mis labios su piel es tan cálida y suave que me vuelve loca—. El cuarto es…, hummm…, Eurípides. —Desabrocho el último, le abro la camisa y sigo besándole hacia el estómago. Él me suelta las caderas y hunde los dedos en la moqueta—. Y el quinto es... —Los músculos de su estómago se tensan al besarle—. Hummm..., el quinto es... —Le lamo los abdominales.

—Dios... Cassie.

—No, ni Dios ni Cassie. Creo que empieza por «A».

Le beso de abajo arriba hasta el pezón. No tengo ni idea de si los pezones de los hombres son tan sensibles como los de las mujeres, pero se lo beso de todas formas. Él arquea la espalda y suelta un taco tan fuerte que seguramente lo habrán oído los vecinos.

Vale. Tomo nota: le gusta que le besen los pezones.

—El quinto es... Aristófanes. —Me muevo al otro lado. Me asombra lo bien que huele. Salado y perfecto.

—El número seis es... Hummm... Dios... —Me oprime y soy incapaz de pensar. No puedo dejar de saborearle recorriendo con mis manos su cuerpo porque me encanta lo rápido que le palpita el corazón con lo que estoy haciendo.

—El sexto es..., es... Ay, mierda, no tengo ni idea.

Se incorpora y me besa con su dulce y cálida lengua mientras le bajo la camisa por los hombros.

—Menandro —dice con voz tensa—. Supongo que tendrás que quitarte una prenda. Deja que te ayude.

Se recuesta y me quita de un tirón la camiseta mientras masculla:

—Que Dios bendiga a Menandro por pasar sin pena ni gloria. —Posa las manos sobre mi sujetador y me aprieta con delicadeza.

Ay, Dios. Las manos de Holt. En mis tetas. Igual me desmayo.

Me estruja los pechos y traza un camino a besos por encima de ellos. La barba de tres días que le cubre la mandíbula me raspa provocándome un delicioso placer.

—Llevo semanas fantaseando con hacer esto. Hostia, son perfectas. Suaves. Tibias. Preciosas.

Tiro de su cabeza para pegarle más a mí y gimo; él continúa con sus caricias y besos. La piel me arde. Su roce me provoca un hormigueo dondequiera que toque. Apenas puedo respirar, pero no quiero que pare.

Basculo la pelvis para apretarle con más ahínco y, al hacerlo, doy un grito ahogado. Lo duro que está me hace ansiar más.

Le tumbo en el suelo, me pongo a horcajadas sobre sus muslos y voy besándole hasta el estómago. Al cabo de unos segundos tengo la cara justo por encima de la cintura de sus vaqueros. Acaricio el ligero vello que le nace bajo el ombligo mientras me observa con los párpados cargados.

—Quiero verte —susurro.

Exhala un suspiro.

—Taylor, eres la virgen más directa que jamás he conocido. A la mayoría le asusta las cosas que esconden los hombres debajo de los pantalones.

—¿Has conocido a muchas vírgenes? —pregunto.

—A un montón. Ninguna me pidió que le enseñara la polla. De hecho, siempre me pedían que la mantuviera bien lejos de ellas. Pero, claro, por entonces teníamos catorce años.

Sonrío.

—Qué tontas.

Beso la piel que asoma por la cintura de sus pantalones y, al levantar la vista hacia él, lo encuentro apoyado en los codos, contemplándome.

—Has leído mi diario —señalo, manteniendo el contacto visual mientras le lamo la cadera—. Ya conoces mi fascinación por lo que hay aquí dentro.

—Joder, sí. —Cierra los ojos con fuerza y gime—. Por favor, no me recuerdes lo que hay escrito en tu diario. Después de leer ese puñetero comentario tuve erecciones durante más de una semana. Fue una tortura.

—¿De modo que recuerdas lo que escribí? —pregunto al tiempo que mis manos recorren sus caderas.

—Taylor —dice en tono bajo y profundo—, me muero de vergüenza al decir que recuerdo cada palabra. Tu diario es literalmente como la Viagra.

Aprieta la mandíbula cuando le acaricio los muslos; mis dedos van subiendo poco a poco. Acercándose un poco más al bulto que me muero por palpar.

—Decías que mi pene seguramente ganaría premios —dice con voz quebradiza—. No me explico por qué me excitó tanto. Oh, joder…

Jadea cuando se lo acaricio con dulzura a todo lo largo; siento la presión del músculo tenso bajo la tela.

—Hostia. —Aprieta y afloja la mandíbula—. No tienes ni idea de lo que me estás haciendo. Ni puñetera idea.

Cuando le desabrocho el cinturón y me pongo a desabotonar la bragueta no me lo impide y de repente caigo en la cuenta de que, aunque todo esto es nuevo para mí, no hay duda de que él habrá estado con montones de chicas antes.

Temo no estar a la altura.

—Sigue —dice con una pizca de apremio en su voz cuando me detengo—. Ten compasión, mujer. ¿No entiendes hasta qué punto necesito que me toques justo ahora?

Sus palabras me dan confianza y, al continuar, me observa mientras su pecho sube y baja agitado. Cada exhalación va acompañada de leves sonidos. Cuando la bragueta está completamente desabotonada tiro para abrirla y miro.

—Oh… Guau.

Holt no lleva calzoncillos.

Respira, Cassie.

Levanto la vista hacia su cara. Medio se encoge de hombros, medio sonríe.

—Día de colada.

Vuelvo a fijar mi atención en su entrepierna.

Al bajarle los pantalones, su pene erecto se posa sobre su vientre, lo cual me permite verlo realmente por primera vez.

Mis pronósticos sobre cómo sería dieron en el clavo. Es una polla digna de premio.

Con mis investigaciones pornográficas he aprendido que hay pollas de todas las formas y tamaños y la verdad es que aprecio un pene bonito independientemente de sus dimensiones. Sin embargo, el pene erecto de Holt es como el resto de él: una absoluta preciosidad, grande y excitante.

Lo toco con delicadeza pasando los dedos por la piel tirante. La sensación es increíble al tacto; mucho más sedoso de lo que imaginaba. Lo acaricio con las yemas de los dedos a todo lo largo y observo sobrecogida la infinidad de emociones que revela su rostro.

—¿Te gusta? —pregunto, tocándole con más firmeza.

No responde; se limita a asentir. Su aprobación me estimula, así que me armo de valor para rodearlo con los dedos y apretar.

—Oh, vaya —digo—. Que sensación más alucinante.

Gime.

—No te cortes en volver a decirlo.

Muevo con suavidad mi muñeca de arriba abajo, flipada por la sensación de la piel moviéndose sobre el músculo. Alterno la mirada entre mi mano y su reacción y enseguida adquiero seguridad con la presión de mi mano y el ritmo.

—Oh… Cassie…

Fíjate. Fíjate qué guapo es.

Su cara es impresionante: la boca abierta, las cejas fruncidas. Cada movimiento de mis dedos provoca un jadeo, un gemido o un taco.

Necesito besarle, de modo que me arrastro despacio sobre su cuerpo para reclamar sus labios sin dejar de mover la mano. Me corresponde al beso con pasión y a continuación pone sus dedos sobre los míos y aprieta.

—Más fuerte —susurra y, cuando obedezco, gruñe a modo de aprobación.

No sé lo que pensaba que sería tocar a Holt de manera íntima, pero no imaginaba que fuera tan… placentero. Ver su reacción al tocarle y oírle hacer los ruidos que yo provoco es sin lugar a dudas lo más erótico que jamás he experimentado. Y cuando susurra con urgencia que va a correrse me siento como si acabara de dividir el átomo o inventado la rueda. Tan poderosa y lista…

Cuando llega al clímax me sobrepasa.

Se tensa todo su cuerpo y me atribuyo para mis adentros la autoría de su espectacular orgasmo. Yo he sido la causante. Yo. Por muy virgen inexperta que sea, he hecho que Holt se corra —y de manera bastante explosiva, todo sea dicho— encima de su estómago.

Soy una diosa sexual.

Holt da largos y fuertes gemidos al terminar y me pongo a besarle la cara mientras permanece tumbado tratando de recobrar el aliento. Después voy a por una toalla de mano para ayudarle a limpiarse.

Cuando acabamos se pone la camisa y se abrocha los vaqueros; a mí me da un arrebato de emoción tan fuerte que no sé qué hacer. Seguramente nota algo en mi expresión porque tira de mí y me pega a su pecho.

—¿Cassie? Eh… —Me sujeta la cara con sus manos; su voz se tiñe de preocupación—. ¿Te arrepientes de haber hecho esto? Lo de presionarte era en broma. No se me ocurriría obligarte a hacer algo contra tu voluntad. No soy tan gilipollas.

Me echo a reír y niego con la cabeza.

—No, he disfrutado mucho. Es solo que… —Resoplo y le miro—. Es que estoy contentísima de haber conseguido que mi no-novio se corra. ¿Está mal que me sienta orgullosa de mí misma?

Se ríe y me acaricia la mejilla.

—No. Tu no-novio también está orgulloso de ti. ¿Y esta ha sido tu primera vez? Caramba. No quiero ni imaginar lo que harás con un poco de práctica.

—Voy a acabar contigo para todas las demás mujeres —afirmo en serio.

Asiente.

—Demasiado tarde.

Da un profundo suspiro y acto seguido coge su libro y lo abre por donde nos quedamos.

—Odio decir esto, pero no tenemos más remedio que seguir estudiando. A menos que, claro, quieras que…, ya sabes, que te devuelva el favor.

Sonrío y niego con la cabeza.

—No, estoy bien. Aunque sí que tengo una petición antes de que volvamos a hincar los codos en plan serio.

—¿Una petición? —pregunta con una sonrisita—. Vale. ¿Qué es?

—Bésame.

15
CELOS

Dos semanas después
Westchester, estado de Nueva York
The Grove

Me miro las manos, demasiado nerviosa para ponerme de cara a él, pero a sabiendas de que se encuentra ahí por el calor que siento en la espalda.

—No deberías estar aquí —dice—. Si crees las historias que cuentan de mí, soy un asesino. Un animal que no es digno de amor ni de humanidad.

—Lo sé. He oído habladurías. Preferirían ahorcarte y bailar en tu funeral antes que abrir sus mentes por un segundo para dejar entrar un poco de sentido común. No se contentan si no son desdichados, y ver las debilidades de otros les ayuda a pasar por alto lo que odian de sí mismos.

—¿Y tú no?

—No. —Respiro hondo para calmar mi pulso a cien por hora y le miro directamente a los ojos—. Puede que no sea la chica más lista de esta ciudad, la más bonita ni la más rica, pero conozco a la gente igual que cualquiera. Y, aunque la gente habla de tu maldad, yo nunca la he visto. Lo único que he visto es a un hombre que busca una segunda oportunidad, pero demasiado orgulloso para exigir que se la den.

Traga saliva y me acaricia la mejilla con el dorso de los dedos.

—¿Cómo me dices esas cosas, mujer? No tengo más remedio que besarte.

—Eso es lo que iba buscando.

Entonces me besa, lentamente, cálidos labios y suaves manos. Por un momento me confunde porque la sensación de sus labios es distinta y su sabor extraño, pero sé que esos pensamientos son de Cassie, no de Ellie.

Cuando nos separamos y termina la escena hay una gran ovación. Parpadeo y agarro a Connor de la mano para mirar al público.

Esta noche nuestra clase está interpretando pasajes de guiones elegidos y dirigidos por estudiantes de tercer curso y, aunque me encontraba rara de pareja con Connor en vez de con Ethan, he hecho lo posible para que saliera bien. Nuestra directora, Sophie, está en la tercera fila aplaudiendo y dando brincos, así que me figuro que está contenta con el resultado.

Connor y yo hacemos una reverencia y salimos del escenario; me da un rápido achuchón mientras presentan a la siguiente pareja.

—Bueno, no quiero fanfarronear ni mucho menos —comenta—, pero acabamos de arrasar ahí fuera.

Asiento y sonrío.

—Ese aplauso ensordecedor refleja nuestra grandeza.

Se ríe de camino a los bastidores.

—Voy a por mi camisa y salimos a mirar, ¿vale?

—Claro.

—Nos vemos allí en unos minutos.

Lo agradezco porque hay alguien a quien necesito ver sin falta. Cuando mis ojos se adaptan a la oscuridad distingo a Holt cerca de la caja de luces caminando de un lado a otro y hablando entre dientes.

Esta noche va a interpretar con Troy y Lucas un pasaje de *Glengarry Glen Ross* y, como llevamos toda la semana ensayando en grupos separados, apenas hemos coincidido.

Me acerco y sonrío. Prácticamente ni me mira.

—¿Qué tal? —Me hago la despreocupada estupendamente bien teniendo en cuenta que lo único que me apetece es llevármelo a rastras a la penumbra de la caja de luces y comérmelo a besos—. ¿Cómo lo llevas?

—Hola. —Camina de un lado a otro y respira hondo.

—¿Estás bien?

—Sí. Genial. ¿Tú?

Se muestra distante. Evita el contacto visual. En vista del tiempo que llevamos separados en el fondo yo esperaba un recibimiento más cariñoso. Intuyo lo que le pasa, pero, si no me equivoco, es una estupidez.

—Holt…

—Mira, Taylor, tengo que calentar, así que si no te importa…

Se da la vuelta y se pone a girar el cuello. Suena un fuerte crujido.

Decido no insistir. Pronto saldrá a escena y necesita centrarse.

—¿Quieres —me acerco a él para que nadie me oiga—, ya sabes, un achuchón? También te puedo dar un masaje en los pies si tienes tiempo.

Suspira, pero no se vuelve.

—No. Estoy bien. Nos vemos luego, ¿vale?

Echo un vistazo a mi alrededor. Aparte de Miranda, que está viendo a Aiyah y Jack en escena, no hay nadie más que pueda vernos, así que le abrazo por detrás. Después apoyo la mejilla en su hombro e inspiro.

Huele tan bien el puñetero que casi gimo.

Su cuerpo se tensa al susurrar:

—Basta ya. Pueden vernos.

Le estrujo con fuerza.

—Me da igual. Esta noche he abrazado a todo el mundo. ¿Por qué no iba a abrazar a la única persona que realmente me apetece? Te he echado de menos.

Se queda callado, pero un segundo después se le hunden los hombros y pone la mano sobre la mía para entrelazar nuestros dedos.

—Maldita sea, Taylor..., yo... —Suspira—. Yo también.

Se aparta, pero por el modo en que me mira intuyo que me ha echado tanto de menos como yo a él.

Tal vez más.

Oigo pasos y Connor aparece a mi lado. Inmediatamente Holt adopta una postura tensa.

—Qué tal, Ethan. Cassie, ¿lista para salir?

—Sí, claro —contesto, a pesar de que me encantaría quedarme con Holt un poquito más—. Bueno, Ethan, hummm... Que te vaya bien, ¿vale?

Me pasmo de mi legendaria torpeza.

Holt esboza una sonrisa con desgana; no soporto verle tan angustiado. Espero que sea por los nervios y no por Connor y por mí, pero apuesto a que es un poco por ambas cosas.

—Hasta ahora, tronco —dice Connor, y le da unas palmaditas en el hombro a Holt—. Nos vemos después de la función.

Al alejarnos, estoy segura de que oigo a Holt farfullar:

—No si te veo yo antes, gilipollas.

Al cabo de unos minutos presentan a su grupo y, en cuanto pisa el escenario, me quedo atónita. Lucas y Troy aportan a la escena la rivalidad alimentada de machismo necesaria, pero, a juzgar por la energía que desprende Holt, está claro que es el macho alfa. Además, está para comérselo con traje y corbata.

La escena termina con aplausos entusiasmados y, tras varias representaciones más en grupo, acaba el espectáculo. Erika sube al escenario y pronuncia un discurso de enhorabuena para todos nosotros por el gran esfuerzo de colaboración y nos desea un buen fin de semana.

Cuando Connor y yo salimos hacia los bastidores para cambiarnos me rodea por la cintura, como de costumbre. No debería extrañarme porque siempre ha dado muestras de cariño a nivel físico, pero, tal y como están las cosas entre Holt y yo, me siento culpable. Encima, me he pasado toda la semana besando a Connor para nuestra escena.

No es que sienta nada por Connor aparte de la amistad que nos une, pero en cierto modo me pregunto cómo sería salir con un chico al que no le asusta mostrar afecto en público. Jo, me pregunto cómo sería *salir* con un chico. Dudo mucho que lo que Holt y yo hacemos pueda definirse como «salir». Por lo general, pasamos el rato en mi casa. En las raras ocasiones en las que salimos es para ir a fiestas con el resto de la clase y nos pasamos toda la noche evitándonos. Luego, cuando me lleva a casa, nos magreamos como posesos hasta que uno llega al orgasmo.

No me ha pedido una cita como es debido ni una sola vez. Ni siquiera me ha invitado a su casa.

—¿Nos vemos en la fiesta? —pregunta Connor al separarnos para tomar caminos diferentes. Asiento y le digo adiós con la mano. Me gustaría pensar que Holt tiene previsto llevarme, pero lo único coherente en él es su imprevisibilidad.

Cuando termino de cambiarme cojo la mochila y voy a su camerino. Al entrar me lo encuentro sentado en el sofá desatándose los cordones de los zapatos. Todavía lleva puestos los pantalones del traje, pero la camisa, la corbata y la chaqueta están echadas sobre la silla y lo único que lleva en la parte de arriba es una camiseta interior blanca.

Oh. Dios.

Me quedo inmóvil en un estado de lujuria que me consume, observando cómo dobla los brazos al tirar de los cordones. Levanta la vista y me pilla.

Frunce el ceño y se quita los zapatos y los calcetines.

—¿Estás bien?

—No. —Seguro que estoy boquiabierta y babeando.

Interrumpe lo que está haciendo.

—¿Qué pasa?

—¿Que qué pasa? —Hago un gesto hacia sus hombros y brazos—. Eso es lo que pasa, caballero. ¿Te parece poco? ¿Llevo cinco días sin verte y te encuentro así?

Apoya los codos en las rodillas y examina su aspecto.

—Taylor, ya me habías visto los brazos.

—Últimamente no. Y no se trata solo de tus brazos. Son tus hombros. Y tu cuello. Y esa pizca de vello que tienes en el pecho. Y todo en conjunto, envuelto en esa…, esa ridícula prenda que llevas puesta.

—¿Mi camiseta?

—¡Sí! Es como empaquetar la definición propiamente dicha de la palabra «sexy» en un envoltorio de morbo irresistible. —Gruño de frustración y musito—: Me provoca sensaciones raras, Ethan. También hace que desee hacerte cosas raras.

Me mira fijamente un segundo antes de recorrer mi cuerpo con la mirada de arriba abajo, y luego vuelta arriba.

—¿Qué tipo de cosas?

—Más te vale no saberlo.

—Creo que sería más acertado decir que me encantaría de verdad saberlo. Adelante.

—Me da muchísima vergüenza. Me juzgarías.

—Taylor, llevas cinco días sin tocarme. ¿En serio te apetece seguir discutiendo esto o prefieres hacer algo al respecto?

En eso tiene razón.

—Uy. Estupendo.

Me acerco y me pongo de rodillas entre sus piernas. Me observa con recelo cuando poso las manos en sus muslos.

—Flexiona el bíceps —ordeno en voz baja. Parece confuso—. Hazlo y punto.

Niega con la cabeza y acto seguido aprieta el puño y dobla el brazo; sus músculos se contraen de tal modo que me muerdo la lengua para reprimir un sonido descocado que dé vergüenza ajena.

Me inclino y aprieto mis labios contra el músculo contraído. Holt parece desconcertado.

Cuando rozo con mis dientes su suave piel y presiono la dureza de debajo frunce el ceño. Cierro los ojos y chupo el voluminoso músculo. Él emite un sonido ahogado y, al mirarle, me fijo en que está jadeando con las pupilas muy dilatadas.

Doy un último chupetón a su bíceps antes de que la vergüenza pueda conmigo y me aparto.

—Ese es el tipo de cosas que me dan ganas de hacer —explico al tiempo que me siento sobre los talones—. ¿Qué, no te avergüenzas de que te guste alguien que está tan obviamente trastornada?

Baja el brazo y parpadea.

—No tienes ni idea, ¿verdad? Literalmente ni pajolera idea.

—¿De qué?

—De lo sexy a rabiar que eres.

Me rodea con un brazo para tirar de mí y de repente extiende los dedos de la otra mano sobre mi mejilla para besarme apasionadamente. Su boca es cálida y apremiante. Reacciono haciendo más ruido de lo que probablemente sea conveniente teniendo en cuenta que oigo las idas y venidas de mis compañeros al otro lado de la puerta del camerino.

—Chsss —susurra al tiempo que tira de mí.

Estoy mareada; me agarro a sus hombros mientras continúa besándome la mandíbula y el cuello.

—Guau —digo, sin aliento—. Si así es como vas a reaccionar cuando te chupo el bíceps, imagina lo bien que vamos a pasarlo cuando llegue a otras partes de tu anatomía.

Automáticamente se queda paralizado.

Ya estamos: la reacción de siempre cuando doy a entender que me gustaría tenerlo en mi boca.

—¿Sabes? —digo, tratando de liberarme de sus brazos para poder echarme hacia atrás y mirarle—. Casi todos los hombres reaccionan de una manera totalmente distinta cuando una chica propone darles placer con sexo oral. ¿Temes que no lo haga bien porque no tengo experiencia? Te puedo asegurar que he visto porno de sobra para manejar un pene. A ver, no sé si seré capaz de metérmelo entero como algunas de ellas, pero seguro que si practico lo suficiente podría...

—Maldita sea, Taylor... —Me suelta y se deja caer en el sofá—. ¿Cómo...? No puedes ir por ahí diciendo semejantes cosas.

—¿Por qué no?

—Porque... —Se frota los ojos y seguidamente me mira compungido y excitado—. Procuro que la situación no se desmadre contigo y, como sigas diciendo esas cosas, joder, va a ser imposible.

—Muy bien. Me callo.

Tiro hacia arriba de la camiseta, le beso la barriga y voy bajando hasta la cintura de sus pantalones. Un largo gemido de tortura emana de él.

—No podemos —dice con voz quebradiza—. Seguro que no es la primera vez que han pillado a estudiantes de arte dramático dándose placer mutuamente entre bastidores. Somos una panda de cachondos, ¿o no te habías dado cuenta?

Le acaricio por encima del pantalón y, a pesar de que el gemido que lo acompaña suena como una protesta, no se resiste.

—Me estás matando, Taylor. Lo sabes, ¿a que sí? Cada vez que me tocas me matas un poco más.

Se oyen pasos a la carrera; Holt se levanta del sofá de un brinco y se abrocha los pantalones justo antes de que la puerta se abra de sopetón y Jack Avery entre como un rayo desnudo en la habitación.

—¡Carrera de destape antes de la fiesta! —Da una rápida vuelta por la habitación y se calla.

—Hostia. No tenía ninguna necesidad de ver eso. —Holt va con aire resuelto hacia la puerta abierta—. ¿Por qué no tendrán cerraduras estas malditas puertas? ¡Tapa tus vergüenzas, Avery!

Cierra de un portazo y se vuelve a desplomar en el sofá.

—La verdad es que —comento— Jack no tiene nada de qué avergonzarse. ¿Quién iba a decir que ese pazguato llevaba ese sable de luz superior a la media en sus calzoncillos de *La guerra de las galaxias*?

Holt pone los ojos en blanco; me echo a reír, me siento a su lado y le acaricio la nuca.

—Esta noche has estado fenomenal —digo, pasándole los dedos por la oreja.

Enarca las cejas.

—¿Sí?

—Sí. Me encanta verte en escena. Eres tan… sexy. Y tienes talento. De hecho, creo que eres sexy porque tienes talento. O sea, además eres guapo a rabiar, pero también lo son los actores de telenovelas y no me dicen absolutamente nada porque son pésimos actores. Así que, vaya, que tu talento me pone. ¿Es eso raro? ¿Mejor me callo?

Sonríe y se inclina hacia delante.

—Sí.

Me coge la cara entre sus manos y me besa con ternura. Cuando mi corazón se pone a latir a toda marcha me aferro a sus brazos para estabilizarme.

Se echa hacia atrás y suspira.

—Tú también tienes talento. Muchísimo talento en demasiados aspectos.

—Entonces —digo al tiempo que le cojo la mano y le acaricio los dedos—, ¿has visto mi escena con Connor?

Se pone tenso.

—Esto…, sí. La he visto desde bastidores.

En su expresión asoma una pizca de inquietud y casi alcanzo a oír su cerebro susurrando cosas que no son ciertas.

—¿Y qué te ha parecido?

—Que has estado bien.

—Ajá. ¿Y Connor?

Se encoge de hombros y se pone de pie.

—No ha estado mal. Ha optado por algunas obviedades, pero supongo que han funcionado.

Se quita los pantalones, lo cual me brinda una vista muy bonita de su trasero con calzoncillos gris oscuro antes de ponerse los vaqueros.

—Entonces…, ¿no quieres comentar nada más relacionado con la escena?

Coge un jersey de cuello de pico y se lo mete de un tirón por la cabeza.

—No. —Se remanga y se pasa la mano por el pelo.

—¿No te importa que le haya besado?

Se sienta en una silla enfrente de mí y saca sus botas y sus calcetines de debajo del tocador.

—Sí que me importa. Sencillamente no me apetece hablar de eso.

—¿Por qué no?

—Porque —contesta mientras se pone un calcetín— hablar de eso…, incluso pensar en eso, me desquicia.

Guau. Está reconociendo algo. Esto es legendario.

—Holt, sabes que no tienes ningún motivo para estar celoso, ¿verdad?

Empuja para meter el pie en la bota y se anuda bruscamente los cordones.

—¿No? Parecía que estabas disfrutando. Y es evidente que Connor tiene ganas de meterte mano desde el primer día.

Me acerco y me planto delante de él mientras se ata la otra bota.

—No creo que siga queriendo. Desde aquella primera fiesta en la que impedí que me besara creo que sabe que…, en fin…

Termina de atársela y levanta la vista.

—¿Que sabe qué?

Me fijo en el diminuto frunce que hay entre sus cejas.

—Incluso por entonces se figuraría que…, pues eso…, que me gustabas.

Se reclina en la silla y suspira.

—Sí, bueno, eso no significa que dejaras de gustarle. Simplemente empezó a disimularlo mejor.

—Lo disimula bastante bien. En toda la semana de ensayos no me ha hecho ni una sola insinuación.

—Salvo por todo el tiempo que ha pasado chupeteándote la cara, claro.

Parpadeo.

—Hummm…, sí. Salvo por eso.

Se levanta y da un paso hacia mí.

—¿Ha sido con lengua?

—Un poco.

—¿Cómo de poco?

Le echo las manos a la nuca y le tiro de la cabeza.

—Más o menos así.

Le beso lentamente, envuelvo su labio superior entre los míos, lo chupo con delicadeza y acto seguido hago lo mismo con el de abajo.

Hace un ruido y se aparta para mirarme desafiante.

—Cojones, Cassie, ¡¿te ha besado así!?

—Hummm…, más o menos.

—¡¿Más o menos?!

—Bueno, sí, pero… ha sido diferente porque eran nuestros personajes y… no eras tú. Y eso ha echado todo a perder.

Agacha la cabeza. No me estoy explicando bien, pero no sé qué decir.

—Entre él y yo no hay nada de la química que tenemos tú y yo.

—Desde donde yo estaba daba la impresión de que teníais química de sobra.

—Era puro teatro. ¿Has visto la escena de amor entre Miranda y Jack? Ha sido de lo más calentona, pero no es que Miranda haya canjeado su tarjeta de lesbiana y le apetezca abalanzarse sobre Jack. Fue solo la impresión que dio.

Pasa por delante de mí, coge una percha del perchero para colgar su traje y cierra la cremallera de la funda.

—Vamos, Ethan.

—Te creo —dice mientras empuja para colgarlo en el perchero—. Como es lógico, sé que has hecho lo posible para que la escena funcionara. Pero…

—¿Pero qué?

Se mete las manos en los bolsillos y resopla.

—El hecho de verte besarle me ha revuelto el estómago. —Me mira, e incluso ahora no parece encontrarse del todo bien—. Me he vuelto loco, Taylor, y no estoy exagerando para nada. Me ha sacado totalmente de mis casillas. Me han dado ganas de partirle la puta cara por tocarte.

—¿Como hiciste con Matt cuando te enteraste de lo suyo con Vanessa? —pregunto.

Se ríe con amargura y menea la cabeza.

—¡La leche! ¿Hay algo que no te haya contado mi puñetera hermana?

Me acerco a él, pongo las manos sobre su pecho y le acaricio por encima del jersey.

—Ethan, no te pondría los cuernos con Connor.

—Ya, bueno, técnicamente no puedes ponerme los cuernos porque no soy tu novio.

En un primer momento su comentario me sienta como una patada en el estómago, pero tengo que recordar con quién estoy hablando.

—Lo curioso es que nadie lo diría. —Le acaricio la nuca de abajo arriba—. El buenorro y celoso de mi novio.

Le saco las manos de los bolsillos y las pongo alrededor de mi cintura. Un característico atisbo de temor aflora en sus ojos y acto seguido menea la cabeza y me acaricia la parte inferior de la espalda.

—Taylor, tienes un gusto pésimo. Podrías tener novios muchísimo mejores que yo. Apuesto a que Connor sería un novio cojonudo. Sería un plasta de esos cargantes que te regalaría flores en plena cantina o que organizaría una serenata para tu cumpleaños.

—¿Estás insinuando que debería salir con Connor en vez de contigo?

—Te convendría más que yo.

—Ah, en ese caso será mejor que vaya a buscarle. —Me doy la vuelta para marcharme, pero no doy ni tres pasos cuando me hace girar en redondo, me encajona contra la puerta y me besa con la boca abierta de par en par moviendo la lengua suavemente.

Por nada del mundo consigo recordar lo que estábamos hablando hace treinta segundos.

Cuando se despega ambos estamos sin resuello.

—Bueno, no estoy seguro de si has pillado la indirecta —comenta—, pero me encantaría que te mantuvieras alejada del maldito Connor, ¿vale?

Mi corazón palpita a toda máquina.

—Si Connor supiera que eres mi novio tendría presente que no estoy disponible. No entiendo por qué no podemos hacerlo público y punto.

Apoya la cabeza contra la mía.

—Cassie, he tenido relaciones en boca de la gente. Cuando las cosas se tuercen resulta mucho más difícil sobrellevar la situación.

—Lo entiendo, pero te basas en el supuesto de que algo saldrá mal entre nosotros. A lo mejor no es así. A lo mejor somos felices y no discutimos nunca.

Se ríe.

—Ya sabes cómo somos. Discutimos continuamente. —Me estrecha con fuerza entre sus brazos y me aprieta con más firmeza contra sí—. Solo quiero que quede entre tú y yo durante un poco más de tiempo, ¿vale?

Asiento.

—Supongo que yo… simplemente no quiero sentir que te avergüenzas de que la gente sepa que te gusto o lo que sea.

—No me avergüenzo. —Me sujeta la cara con las manos—. Bueno, la verdad es que mi erección permanente me da un poco de corte, pero eso no viene al caso. Es que no quiero que la gente nos juzgue y hable a nuestras espaldas. Prefiero mantenerlo en secreto.

Suspiro y le paso los dedos por su barba de tres días.

—Vale. Podemos mantenerlo entre tú y yo un poco más, pero ¿qué digo si alguien me pregunta directamente?

Se oye un murmullo de voces en el pasillo y automáticamente se aparta y se mete las manos en los bolsillos.

—Miente.

—¿Y si pregunta Connor?

Le tiembla el párpado.

—Dile a ese cabrón que estamos prometidos.

Hoy
Nueva York

El vestíbulo del Teatro Majestic está atestado de actores, productores, patrocinadores e incondicionales del teatro: todos se han reunido aquí para asistir a una de las funciones benéficas más importantes del calendario de Broadway. Cada asistente ha desembolsado varios cientos de dólares para ver pasajes de algunos de los mejores espectáculos que se representan en este momento en el barrio de los teatros; todo lo recaudado se destina al Fondo Benéfico de Artistas de Variedades de Estados Unidos.

Holt y yo interpretamos un breve pasaje de nuestra obra en el preestreno y, a juzgar por la reacción del público, nuestra función va a ser un rotundo éxito. Incluso ahora, mientras avanzamos por el vestíbulo, la gente no deja de pararnos para decirnos las ganas que tiene de verla. Atisbo a Marco, radiante, al otro lado de la sala. Me alegra saber que hay buenas expectativas. Hace más llevadera mi creciente angustia ante la noche del estreno.

Con la mano en la parte baja de mi espalda, Holt me conduce junto a una hornacina a un lado del vestíbulo. Alberga una estatua de mármol de mala imitación que representa a un hombre con un pene minúsculo, pero al menos es un rincón apartado del ruido y la aglomeración del resto de la sala.

—Perdona por los restregones —dice—. Ha sido inevitable con tanta gente.

—Sí, eso es lo que he pensado las tres primeras veces. Luego ha sido totalmente intencionado.

Pone gesto indignado.

—Taylor, ¿estás insinuando que me he restregado contra ti aposta? —Se echa hacia delante y me pega contra la columna—. Eso es muy ofensivo; nunca caería tan bajo. Si fuera a acosarte, lo haría con la mayor sutileza, así.

Hace un mohín ridículamente sexy y me aplasta contra la pared; aunque me apetece reírle la gracia, la verdad es que tener su cuerpo apretado contra mí me impide hacer cualquier cosa salvo respirar.

Una carcajada me devuelve de sopetón a la realidad y un hormigueo de nerviosismo me sube por la espalda al ser consciente de que incluso aquí pueden vernos.

—Vale, pulpo, corta el rollo. —Le empujo para apartarle—. Hay periodistas ahí. Será mejor que no se lleven una impresión equivocada.

—¿De qué? ¿De que disfruto sobándote? Porque esa no es una impresión equivocada; es un hecho indiscutible. ¿Cómo es que no lo sabes a estas alturas?

—Lo que quiero decir es que podrían pensar que nosotros…, en fin…, ya sabes…

Su sonrisa se desvanece un poco.

—No, ¿por qué no me lo explicas?

Suspiro y le miro fijamente.

—Podrían pensar que estamos… juntos. Y no es así.

Su expresión revela una pizca de decepción, pero lo disimula rápidamente. Pone la mano en la columna por detrás de mi cabeza y se inclina.

—¿Sabes? Para nuestro espectáculo sería una publicidad buenísima que estuviéramos juntos. O sea, imagínate: «Pareja en la vida real interpreta a amantes en escena». Sería un bombazo en prensa.

—Ethan…

—Desde luego, tendríamos que hacer un montón de publicidad. Tendría que llevarte a restaurantes pijos y cerciorarme de que los *paparazzi* estuviesen mirando al besarte… y al darte chupetones en el cuello… y al meter la mano entre tus piernas por debajo de la mesa.

Mis ingles se deleitan ante la idea.

Me dejo caer pesadamente contra la columna.

—Si de verdad quieres que nuestro espectáculo sea un éxito —comenta alternando la mirada entre mis ojos y mi boca— dejarías que te besara. Ahora mismo. Delante de toda esta gente.

Me observa fijamente y no me queda más remedio que mirar absorta sus labios mientras me debato entre el deseo y el miedo.

—Di que sí y punto, Cassie. No le des más vueltas.

Su boca está cerca. Casi demasiado cerca como para negarle nada.

—Ethan…

—No, nada de «Ethan». Di: «Sí». O, mejor aún: «Sí, por favor, Dios, bésame antes de que nos volvamos locos»; me vale cualquiera de las dos cosas. «¡Joder, sí!» acompañándolo de un movimiento con el puño cerrado tampoco está mal.

No tengo más remedio que sonreír.

Dios, le amo.

Jadeo.

Basta.

De modo que todavía no estoy preparada para asumirlo.

Nota mi expresión temerosa y deja caer la cabeza hacia abajo en señal de derrota.

—Vale, muy bien, nada de besos, pero que sepas que has desperdiciado una oportunidad. ¿Una copa?

—Sí, por favor.

—Ah, ¿de modo que dices: «Sí, por favor» a un trago y a mí no? Qué bonito. Taylor, si la obra se va a pique, que sepas que es porque no te has apuntado a mi campaña publicitaria de «hacer el paripé con Ethan lo máximo posible». Espero que puedas vivir con ello.

Me río y le doy un cachete en el brazo.

—Un cóctel de vodka, por favor.

—Sí, lo que tú digas. —Finge enfurruñarse y se abre paso entre el gentío en dirección al bar; nada más alejarse de mí le echo de menos.

Me aparto de la hornacina y respiro hondo.

Con lo encantador, paciente y gracioso que está siendo, todavía hay un poso en mi interior que se retuerce y me abrasa sin motivo ni previo aviso, lo cual me aterroriza porque a veces tengo la sensación de que el fantasma de nuestro pasado siempre se cernirá sobre nosotros, haciendo que le aparte de mí aun deseando que esté más cerca.

Noto que una mano me rodea la cintura y doy un respingo de sorpresa al volverme y ver una cara familiar.

—¡Connor!

Oh, Dios, *Connor*.

—Hola, Cassie —dice, e inclina la cabeza para besarme en la mejilla—. ¿Cómo te ha ido?

—Muy bien. ¿Y a ti?

¿Qué hace aquí? Vete. Por favor, vete ya.

—Fenomenal. Estoy a punto de estrenar la nueva producción de *Arcadia* en el Teatro Ethel Barrymore.

—¡Ya me he enterado! Es fantástico. Me muero de ganas de ir a verla.

—Bueno, avísame cuando quieras venir y te consigo asientos en primera fila.

—Eso sería estupendo.

No tengo intención de ir a verlo. Lo sabe. He echado a perder nuestra amistad.

Soy una vergüenza de persona.

Nos quedamos callados y nos limitamos a mirarnos mutuamente durante unos segundos mientras se enrarece el ambiente entre nosotros.

—Estás preciosa —señala; bajo la vista porque la verdad es que ya no soy capaz de mirarle a los ojos—. Como de costumbre.

—Connor...

—¿Cómo va la obra? —pregunta para cambiar de tema—. Debe de ser raro volver a trabajar con Ethan, ¿eh?

Echo un vistazo a mi alrededor y veo a Holt en la barra, esperando a que le atiendan.

—Sí. —Me meto el pelo detrás de la oreja y reprimo mi creciente pánico—. Raro es poco. ¿Sabe que estás aquí?

Niega con la cabeza.

—No. Primero quería verte. Saludarte. Yo... no estaba seguro de lo que le habías contado sobre nosotros. No quería que la situación fuera incómoda.

Suspiro. «Incómodo» parece definir el estado en el que me encuentro últimamente. En plena esquina de la avenida del canguelo.

—No le he contado nada —digo con la esperanza de que Connor se marche antes de que Holt vuelva—, y te agradecería mucho que no mencionases el tema. El estreno es dentro de una semana y prefiero evitar dramas.

—¡No me digas que habéis vuelto! —exclama con gesto sombrío.

—No, qué va. Solo estamos... intentando ser amigos.

Al apartar la vista veo que Holt viene a nuestro encuentro y tengo la impresión de que me va a dar un infarto por lo rápido que me late el corazón.

Connor me sigue la mirada y sonríe con ironía.

—En fin, supongo que algunas cosas no cambian nunca. No puedo creer que después de lo que te hizo sigas colada por él.

Le miro con acritud.

—Eso no es cierto.

—Oh, por favor, Cassie. Incluso cuando asegurabas que le odiabas tenías tal fijación con él que eras incapaz de ver otras opciones que había delante de tus narices.

—Connor...

—Yo jamás te habría hecho sufrir como él. Pero supongo que todo eso ya es agua pasada, ¿no?

Se hace el duro, pero sé que le hice sufrir mucho y esa certeza hace que me sienta como una mierda.

—Solo espero que sepas dónde te has metido, porque si te vuelve a hacer daño... —Menea la cabeza—. Te mereces ser feliz, Cassie. Es lo único que te digo.

Asiento. Si hubiese sido capaz de hacer que la historia funcionara con Connor las cosas podrían haber sido diferentes.

Pero no pude. Lo intenté. Ambos sabemos que lo intenté de veras.

—¡Hombre, Connor! —Holt me pasa la copa y le da un apretón de manos. Todo sea dicho, parece que realmente se alegra de verle. Yo, por otro lado, me encuentro en el límite de dos mundos en colisión y estoy a punto de desmayarme—. Me he enterado de que estás haciendo *Arcadia,* tío. Enhorabuena. El reparto tiene una pinta increíble.

Connor esboza una sonrisa de compromiso.

—Qué tal, Ethan. Sí, es genial. Las reservas van bien, así que esperamos que esté mucho tiempo en cartel.

Holt sonríe y hace una seña hacia la barra.

—¿Te pido algo? Tienen cerveza de importación que no está nada mal. O, si prefieres algo más fuerte, te puedo traer uno de esos potingues rosas que está tomando Taylor, aunque me da que solo lleva vodka y azúcar.

Connor me mira y sonríe, pero sus ojos revelan tristeza.

—Sí, bueno…, es que ella siempre ha tenido un gusto dudoso.

Algo flota en el aire y, cuando vuelvo la vista hacia Holt, compruebo que observa fijamente a Connor con la sonrisa apagada. De repente pienso que es crucial que Connor se vaya.

Como si percibiera la creciente tensión, Connor dice:

—Bueno, me alegro un montón de veros, pero tengo que volver con el resto del reparto. Espero que podáis pasaros una noche a ver el espectáculo. —Lo dice mirándonos a los dos, pero sé que solo se refiere a mí—. Nos vemos, Ethan —añade en un tono muy poco amistoso. Después me besa en la mejilla y susurra—: Cuídate, Cassie. Por favor.

Se marcha y, a pesar de que la sala está llena de gente de chá-chara y risas, lo único que acapara mi atención es el silencio sepulcral que se cierne sobre Holt. Da varios tragos de cerveza y finge que observa algo al otro lado de la sala, pero noto que tiene los ojos vidriosos y la mirada perdida. Más que mirar a un punto en concreto, está evitando mirarme. Me descompongo porque sé, sin la menor duda, lo que está a punto de decir.

—Te acostaste con él, ¿verdad? —pregunta en voz queda. No parece enfadado, ni siquiera dolido; simplemente… resignado.

Al ver que no respondo, me mira y noto que trata de reprimir todo lo que siente. Tiene los labios firmemente apretados; el corazón me late tan fuerte que me retumban los oídos.

—Ethan…

—Dímelo y punto, Cassie; no voy a montar un número. Solo necesito saberlo.

—Ya lo sabes.

Se enfurruña, frustrado.

—Necesito oírlo de tu boca.

Respiro hondo y reprimo una súbita arcada.

—Sí. Nos acostamos.

Parpadea sin dejar de observarme fijamente.

—¿Cuándo?

—Ya sabes cuándo.

—Después de la graduación.

—Sí.

—Justo cuando me marché.

—Sí.

—¿Cuánto duró?

—Tres meses.

—¡¿Tres meses?! —Se ríe con amargura—. Tres putos… —Asiente y bebe otro trago de cerveza con la expresión intensa—. Entonces, hubo… ¿Qué? ¿Tuvisteis una relación? ¿Salisteis juntos?

—No. O sea…, algo así. Él quería, pero es que yo… no podía. No sentía lo mismo por él. Fue solo sexo.

Se ríe de nuevo y mira a todas partes menos a mí.

—Ethan…, estaba enfadada y dolida. Él estaba ahí. Tú no.

Traga más cerveza y su mandíbula se aprieta y afloja.

—No puedes mosquearte conmigo por algo que pasó después de marcharte. No es justo.

—Ya —admite en voz baja—. Sé que no debería tener ganas de partirle la puta cara a Connor, pero…, hostia, Cassie, ¡¿tres meses?!

Respira hondo y suelta el aire despacio antes de mirarme.

—Sé que estuviste con otros hombres cuando me marché —explica—. Os oí a Tristan y a ti comentándolo la noche que fui a tu apartamento. Y por mucho que me cabreara oír eso, lo sobrellevé diciéndome a mí mismo que eran tíos desconocidos. Rollos de una noche que en cierto modo satisfacían tus impulsos sexuales. Que no significaban nada…

—Es que no significaban nada. Ni recuerdo la última vez que significó algo.

—Connor sí.

—No.

—Cassie, no me vengas con que no significó nada cuando hubo sexo entre vosotros durante tres meses. Una cosa es echar un polvo con el primero que pillas en un bar y no volveros a ver, y otra, hacerlo con alguien que te importa. Como mínimo era tu amigo, así que *algo* debías de sentir por él.

—Está claro que fuera lo que fuera lo que sentía por él no fue suficiente. Nada fue suficiente después de ti.

Al mirarme noto que está enfadado. Pero bajo el enfado hay dolor, tan hondo y crudo que soy incapaz de mirarle a los ojos porque su pena reverbera en mi interior.

—¿Crees que no sé que es por mi culpa? —pregunta al tiempo que se inclina hacia mí—. Lo sé, ¿vale? Y, joder, me está matando. Y lo peor es que podría haberte perdido por alguien como Connor. Por alguien que jamás te trataría como yo lo hice.

Echo un vistazo al otro lado de la sala, donde se encuentra Connor. Nos observa con gesto preocupado. Intuye que estamos discutiendo.

Holt carga su peso sobre la otra pierna haciendo un gran esfuerzo por controlarse.

No sé qué decirle. Sus celos son absurdos. Siempre lo han sido. Como si alguna vez hubiera tenido motivos fundados para estar celoso.

—¿Por qué no conseguiste que funcionara lo vuestro? —pregunta, y deja la cerveza sobre el banco que hay junto a nosotros antes de mirar al suelo—. Dices que él quería más. ¿Por qué tú no?

—Me he hecho esa pregunta tantísimas veces que he perdido la cuenta.

—¿Y cuál es la respuesta?

Tomo aire.

—No lo sé. Connor piensa que nunca le di una oportunidad porque todavía estaba enamorada de ti.

Me escudriña y, tras humedecerse los labios, pregunta:

—¿Y tú qué opinas?

Hago un sumo esfuerzo por mantener la voz firme.

—Pienso que probablemente tenga razón.

Se queda mirándome un rato mientras el engranaje de su cerebro procesa mis palabras, reparando en que he dicho «estaba» enamorada. Sin reconocer lo que ahora siento.

Ojalá no me lo pregunte porque sé que no puedo decirlo. Todavía no. Sería como abrirme en canal y entregarle mi corazón otra vez, y no estoy dispuesta a ello ni mucho menos.

—¿Y eso en qué situación nos deja? —pregunta con gesto ceñudo—. A juzgar por el modo en el que te miraba Connor, con una simple palabra que le hubieras dicho se habría largado de aquí contigo sin más.

—¿Y se lo habrías permitido?

Se queda mirándome un largo instante y responde:

—Sí, si eso es lo que deseas. Si creyeras que él podría hacerte más feliz que yo.

Inspiro entrecortadamente y le pongo la mano en el pecho, el primer contacto voluntario que he tenido con él desde hace días. Parpadea con gesto sorprendido.

—Entonces, si dijera que no te deseo, que no te quiero y que necesito a Connor en mi vida en vez de a ti, ¿dejarías de luchar por mí? ¿Me dejarías marchar… por las buenas?

Aprieta la mandíbula y posa la mano sobre la mía para apretarla contra su pecho.

—No.

—¿Por qué no?

—Porque estarías mintiendo.

Dejo escapar una bocanada de aire temblorosa.

—Sí.

De pronto me pone las manos en la cara y, sin darme tiempo a hacer una mínima objeción por la cantidad de gente que hay en la sala, me besa. Se me corta la respiración cuando sus labios empiezan a moverse con suavidad contra los míos y la sensación me apabulla tanto que deja de importarme la presencia de Connor, Marco y los miembros de la asociación de la prensa de Broadway.

El estómago se me contrae y da un vuelco cuando me ladea la cabeza para besarme con más ímpetu, su respiración fuerte y superficial entre gemidos y suspiros contra mi boca. Sus manos, sobre mi cara y mi cuello, tiran de mí y me acarician de una manera que me hace perder la noción del tiempo y el espacio hasta el punto que me fundo con él como si fuéramos dos compuestos químicos de alta combustión que se inflaman al entrar en contacto.

El hecho de que nunca llegara a olvidarle en parte fue debido a que solo él puede hacerme reaccionar así. Los demás hombres eran como cerillas que prendían una tenue pasión, pero breve e intrascendente. Ethan es como un volcán. Una sucesión interminable de erupciones clamorosas desde lo más hondo.

Me aprieta contra la columna mientras me sujeta la cara con sus manos y entonces me sobrepasa. Me importa demasiado y los sentimientos que estoy experimentando son demasiado intensos para mi corazón traicionado. Mareada y tambaleante, le aparto y me agarro a su camisa.

—Perdona —dice sin aliento—. Es que…, bueno…, hostia, Cassie, no puedes decir que me deseas y sorprenderte de que pierda totalmente la cabeza. Sé que en este momento no puedes entregarte al cien por cien, pero necesitaba al menos una pequeña parte de ti. Una parte que no fuese de Connor ni de los otros tíos con los que has estado. Solo mía. Y espero que Connor y los demás hombres de la sala hayan visto este morreo de infarto porque nadie que lo haya presenciado podría negar que estamos hechos el uno para el otro, y mucho menos tú.

Doy un paso atrás y me apoyo en la columna jadeando y tratando de tranquilizarme.

Tiene razón. Este beso prácticamente ha disipado cualquier duda sobre el hecho de querer que vuelva a formar parte de mi vida, pero eso no significa que esté dispuesta a enrollarme con él en una sala llena de compañeros de oficio.

Estoy tan absorta en la situación que ni siquiera me fijo en la cantidad de gente que nos enfoca con las cámaras de sus teléfonos.

16

LA NEGACIÓN

Seis años antes
Westchester, estado de Nueva York
The Grove

—Taylor, métetelo en la boca y punto.

—No me agobies. Es la primera vez que lo hago.

—Sí, bueno, la mejor manera de aprender es hacerlo y listo.

—¡No sé qué diablos estoy haciendo!

—Deja de poner pegas. Limítate a cogerlo entre los labios y chupar. No hay que ser un genio para entenderlo.

—Por lo que más quieras, Cassie —dice Zoe poniendo los ojos en blanco—. Hazlo o pásalo. Hay quienes quieren probar, ¿sabes?

Pone cara larga mientras examino el porro que tengo en la mano. Siento la tentación de pasarlo sin más, pero no quiero quedar como la chica ingenua que realmente soy, de modo que me lo llevo a los labios y chupo con fuerza. Al final acabo inhalando una bocanada de humo acre que me abrasa los pulmones.

Todos se echan a reír cuando me da un tremendo ataque de tos.

Holt me da unas ligeras palmadas en la espalda.

—Deja los labios un poco entreabiertos al inhalar —dice, conteniendo la risa—. Así tomarás aire con el humo y quemará menos.

—¿No me lo podías haber dicho antes de hacerlo? —replico casi sin aliento mientras me pasa su botella de agua.

Se encoge de hombros y sonríe.

—No habría tenido gracia.

Le doy un palmetazo en el brazo al coger el agua para beber.

—Prueba de nuevo —dice Lucas, haciendo un ademán con la mano—. Haz caso a Ethan: toma más aire y luego mantenlo en los pulmones lo máximo que puedas. Esa es la mejor manera de agarrar un buen colocón.

Hago lo que dice. El humo me quema igualmente, pero me las ingenio para retenerlo por lo menos diez segundos antes de exhalar.

—Muy bien —comenta Lucas, y todo el mundo me aplaude con desgana.

Jack coge el porro.

—Vas a coger un pedo como una profesional en tiempo récord.

—Alucinante —digo con voz débil al tiempo que vuelvo a empuñar la botella de Holt para darle un buen trago.

—Todavía no doy crédito a que esta sea tu primera vez —dice Zoe con desdén—. ¿Qué adolescente estadounidense que se precie llega a los diecinueve tacos sin colocarse al menos una vez?

Me encojo de hombros.

—¿La hija del padre más estricto del mundo?

Zoe tuerce el gesto.

—Cassie, eso no es una excusa. ¿No has visto *Footloose*? La hija del predicador hizo de todo menos prostituirse a la salida de misa. Por el hecho de tener un padre demasiado protector precisamente deberías ser más alocada, no menos. Uf.

Por alguna razón, Jack y Lucas encuentran graciosísimo su comentario y sueltan una carcajada. Me hace sonreír. Zoe se da cuenta y hace una mueca de lo más rara, entre cabreada y contenta. Finalmente gana la alegría y me sonríe con picardía cuando Jack le pasa el porro.

Caramba, ¿la marihuana hace que los enemigos a muerte se caigan bien por arte de magia? Entonces, ¿por qué no es legal esta mierda?

Holt coge el porro que le pasa Zoe y entrecierra los ojos al inhalar. Sus largos dedos se separan y chupa con los labios apretados.

Zoe, a mi lado, refunfuña:

—Me cago en la leche, Ethan, tus labios son los mejores.

Él le sonríe con los labios apretados reteniendo el humo y yo casi me asfixio al reprimir la risa ante la expresión de lujuria de Zoe.

Está colgada por él.

Sé cómo se siente.

—Caramba, Holt —rezonga Jack—. ¿Por qué tienes que acaparar a todas las chicas? ¿Y si dejas algo para el resto?

Holt le pasa el porro y se encoge de hombros. Después se vuelve, se inclina y me agarra de la cabeza. Al principio me quedo pasmada porque me da la impresión de que va a besarme, lo cual me extraña porque en las últimas semanas hemos tenido muchísimo cuidado con no mostrar el menor afecto delante de nuestros compañeros de clase. Pero en el último segundo mantiene inmóvil su boca sobre la mía y exhala, y caigo en la cuenta de que pretende que aspire el humo.

Inhalo y siento un cosquilleo en todo el cuerpo cuando sonríe mientras me acaricia la mejilla con el pulgar superdespacio.

Guau. Fuegos artificiales bajo mi piel. Qué gustirrinín.

Ahora noto sin lugar a dudas que la marihuana me está haciendo efecto. Da la impresión de que todo se ralentiza y adquiere mayor nitidez y, durante la mayor parte del tiempo, únicamente veo la cara de Holt delante de mí. Luego se humedece los labios, todo lengua rosa a cámara lenta. En mi cabeza empiezan a sonar los acordes graves y sordos de una canción de Barry White.

—¡Bésala! —grita Jack, y se pone a hacer repugnantes chasquidos.

Holt parpadea, pero cuando mira a otro lado ya tengo la cara sofocada y otras partes, más abajo, aún más calientes.

—Bueno, ¿qué rollo os traéis entre manos? —pregunta Jack con voz tensa al inhalar—. ¿Estáis follando o no?

Holt lo fulmina con la mirada, le quita el porro y me lo pasa.

—Qué poca clase tienes, Avery. No, no estamos follando.

—¿Entonces qué? Cuéntanos los detalles escabrosos.

—No hacemos nada —replica Holt—. Anda, cambia de tema.

—A mí también me gustaría deciros —tercia Zoe— que después de *Romeo y Julieta* todos creíamos que estabais follando, pero ahora que la función ha terminado prácticamente ni os tocáis, así que no sé qué pensar. Aclarad los rumores. Contadnos qué está pasando.

Holt suspira y niega con la cabeza.

—No pasa nada. Taylor y yo somos amigos. Nada más.

Aun sabiendo que miente, me siento violenta.

—Y una mierda —tercia Jack, y me quita el porro de la mano—. Si mal no recuerdo, os enrollasteis en mi cama la noche del estreno. Al menos creo que erais vosotros.

Holt se ríe, se apoya contra un gran árbol y se cruza de brazos.

—Avery, aquella noche estabas borracho y no dabas pie con bola. Te pasaste más o menos una hora hablando con la gente en la lengua de los Pitufos. Fue una *pitufada*. Eran imaginaciones tuyas.

—Eres un embustero de mierda, Holt —dice Jack—. Cassie, ¿te importaría confirmar o desmentir que te estás *pitufeando* a Holt?

Mi rubor se acentúa.

—Jack, puedo decir con la mayor franqueza que de ninguna manera me estoy *pitufeando* a Holt. Un momento, *pitufear* significa hacerlo, ¿no?

¿Cómo diablos saben los Pitufos de lo que están hablando la mayor parte del tiempo? ¿Es un nombre? ¿Es un verbo? Estoy hecha un verdadero lío.

—Sí, Taylor, hablamos de sexo.

—Pues entonces no. Rotundamente, no.

Por desgracia. El *pitufeo* se ha ido al carajo.

Exhalo un suspiro y miro fugazmente a Holt. Tiene una mano en el bolsillo mientras con la otra acaricia la corteza del árbol. El roce de las yemas de sus dedos contra la rugosa textura me tiene hipnotizada. No he estado tan celosa de un árbol en toda mi vida.

—Pero te gustaría, ¿a que sí? —pregunta Jack con una sonrisa de complicidad—. Te gustaría *pitufeártelo* a base de bien, ¿eh? ¿*Pitufeártelo* despacio durante un buen rato o mejor rápido y con ímpetu?

Holt lanza una mirada desafiante a Jack, que inmediatamente se calla.

—A mí sí —dice entre dientes Zoe—. Yo me lo *pitufearía* hasta reventarle. —Levanta la vista aparentemente escandalizada por expresar su opinión en voz alta—. Oh, mierda. Chicos, lo habéis oído perfectamente, ¿verdad?

—Yo no —contesta Holt, haciéndose el sueco.

—Ah, pues he dicho que quería follar contigo —aclara Zoe antes de taparse la cara—. Ay, mierda. Esto sí que lo has oído de todas todas, ¿no?

Holt sonríe y niega con la cabeza.

—Me temo que no.

—Zoe, puedes montarme a mí —tercia Jack haciendo un gesto hacia su regazo—. Súbete. Una polla de tamaño decente, sin esperas.

Zoe enarca las cejas.

—¿Cómo de decente?

—Dieciocho y medio —contesta Jack con orgullo.

Zoe asiente.

—Un tamaño aceptable. Vamos a hacer una cosa, Jack: la próxima vez que agarre un pedo, ven a verme. Igual aguanto follar contigo si al día siguiente no me acuerdo.

—Ja, ja —dice Jack—. Tú te lo pierdes. Podrías tener los mejores dos minutos y medio de tu vida, mujer.

Todos nos partimos de risa.

Nuestra risa resuena en la tranquilidad del bosque; echo un vistazo a Holt. Aunque sonríe, su manera de observarme me provoca un súbito sofoco. Se me apaga la risa al mover las rodillas tratando de aplacar el ardor de mi entrepierna.

Si hubiera tenido presente que la maría me iba a poner más cachonda que de costumbre habría pasado.

—Tío, me muero de hambre —comenta Jack a mi lado.

—Yo también —le digo a la entrepierna de Holt.

—Si nos vamos ahora podemos pasar por la cantina de camino a clase —sugiere Lucas.

Nos levantamos y salimos de la arboleda del costado oeste de la escuela en dirección al Hub. Los tres chicos caminan delante de mí y de Zoe. Cuando me doy cuenta de que le está dando un repaso al culo de Holt ni siquiera tengo celos. Su culo es una maravilla. Merece que se lo coman con los ojos.

—Entonces, ¿en serio que nunca te lo has tirado? —cuchichea sin quitarle ojo de encima a su trasero.

—Qué va.

Me dan ganas de darle un bocado en el trasero. No fuerte; solo mordisquitos en esos cachetes duros. No estoy nada segura de si quien habla es la maría o si simplemente tengo la rara manía de mordisquear cuerpos. A lo mejor es un poco de ambas cosas.

—Apuesto a que es la caña en la cama —cuchichea Zoe—. Imagínatelo dando finalmente rienda suelta a toda esa intensidad y pasión que muestra en sus interpretaciones. Sería como un semental sexual.

Madre mía, Zoe, ¿quieres hacer el favor de cerrar el pico? Como si no me costara bastante no tirármelo. Deja de hacer que le desee aún más.

Aparto la mirada de su trasero y la clavo en mis pies.

Uy. Fíjate en el césped. Cuántas briznas. Tan bonito. Tan verde. Me pregunto a qué sabrá el verde.

—Oye —dice Zoe, y me da un golpecito con el codo—, ¿cuál es el mejor polvo que has echado?

Bueno, ¿hasta ahora? El muslo de Holt. Y sus dedos.

—Hummm…

—¿Hubo alguien en Washington?

No, a menos que cuente mi vieja bicicleta, que solía restregarse contra mí de una manera extraña y no del todo desagradable.

—Pues…

—Porque he oído que los chicos de ciudades pequeñas pueden llegar a ser unos auténticos pervertidos.

Un chico de mi instituto se grabó en vídeo haciéndoselo con una sandía. Y con un pepino. Al mismo tiempo.

—Pues sí…

—¿Y quién era?

Vuelvo a fijarme en el culo de Holt mientras pienso qué decir porque seguro que si me concentro en él lo suficiente me revelará los secretos del universo.

¿Se lo cuento y me arriesgo a hacer el ridículo? A ver, ahora se está mostrando agradable conmigo, pero ¿qué pasará cuando se le pase el colocón?

—Venga, Cassie —me anima—. Si me lo cuentas, yo te contaré lo mío.

—Bueno, esto... —*No, no debe enterarse nadie. Invénta-te un nombre y punto. El que sea*—. Se llamaba...

¡*Bob, Sam, Cletus, Zach, Jake, Joanne! ¡Vale cualquier nom-bre! Espera, no..., Joanne no. Ni Cletus.*

Zoe me agarra del brazo y se para en seco.

—Oh, Dios mío...

—Zoe...

—No me digas que eres...

—No, no lo digas...

Se acerca a mí y dice en voz baja:

—Nunca has tenido una relación, ¿verdad? —Lo dice en el mismo tono compasivo y susurrante que utilizaría si acabara de descubrir que me estoy muriendo de cáncer.

Me pongo colorada y me zafo de ella para seguir caminando.

—Vamos, Cassie, no te pongas así —grita a mis espaldas—. ¡No voy a decirle a nadie que eres virgen!

Los chicos, que van delante de mí, se detienen y se vuelven; Jack y Lucas me miran sin dar crédito. Holt me observa nervioso y acto seguido se mete las manos en los bolsillos y clava la vista en el suelo.

—Mierda —masculla Zoe detrás de mí—. Lo siento. Ha sido sin querer.

—Taylor —dice Jack al tiempo que se le dibuja una amplia sonrisa en el rostro—, dime que no es cierto. ¿Todavía no ha plan-tado nadie su bandera en tu territorio virgen? Qué putada.

Lucas me mira francamente impactado.

—Eso es imposible. ¿Cómo es posible? ¿Has estado salien-do con ciegos?

Pongo las manos en jarras.

—¿Queréis hacer el favor de no tratarme como si tuviera una extraña enfermedad incurable? No soy ninguna leprosa, por el amor de Dios.

—No, claro que no —reconoce Jack en actitud compasiva, acercándose a mí para frotarme los hombros—. Pero, Taylor, en serio…, ¿a qué diablos esperas? ¿Es que eres de esas tías que se reservan para el matrimonio? Porque te voy a decir una cosa: mi madre lo hizo y le salió el tiro por la culata. Por lo visto mi padre es pésimo en la cama. Por eso soy hijo único. Seguro que solo lo hicieron esa vez.

Me sonrojo.

—No me estoy reservando, ¿vale?

—¿Entonces por qué sigues siendo virgen? —pregunta Zoe.

—Porque… —Me resisto a mirar a Holt, pero no puedo evitarlo—. Supongo que por el simple hecho de que todavía no he encontrado a un tío que quiera acostarse conmigo.

Ante tal declaración, Holt pierde todo el interés en sus zapatos y me mira directamente a los ojos con gesto contrariado e intenso.

—Pues me temo que eso es una chorrada —replica Jack con una risotada—. Porque sé de buena tinta que en The Grove hay como mínimo media docena de tíos que darían su huevo derecho por echar un polvo contigo, incluido yo.

Como un rayo, Holt le pega un puñetazo en el brazo.

—¡Ay, tío! —Jack se frota el brazo y mira a Holt ceñudo—. ¿A qué coño viene eso?

—¿Quieres tener un poco de puto respeto?

—Tranquilo, joder. Tengo respeto. Era un cumplido. Además, quiero que sepa que tiene opciones.

Da la impresión de que Holt va a explotar.

—Echar un polvo con ella no es una opción, neandertal de los cojones. Sería un castigo cruel e insólito.

Jack levanta las manos con un ademán.

—¿Por qué diablos todo el mundo se empeña en hablar pestes de mis proezas sexuales? Da la casualidad de que soy un amante sensible y concienzudo. —Vuelve la vista hacia mí y susurra—: ¿Da la impresión de que estoy vendiéndome? Porque si te apetece saltarte la clase de periodismo esta tarde para que te quite de encima el peso de tu virginidad, estoy más que dispuesto. Lo único que digo…

A todos les hace gracia menos a Holt, que dice algo por lo bajini; da la impresión de que va a darle otro puñetazo a Jack.

Me coloco entre Jack y él con discreción.

—Gracias por el ofrecimiento, pero paso.

Jack se encoge de hombros.

—Bueno, como quieras, pero si me necesitas aquí estoy. Servicios de desvirgamientos las veinticuatro horas a petición. Se facilitan condones gratis.

Miro de reojo a Holt y, a juzgar por su expresión, se está planteando las posibles formas de matar a Jack y ocultar las pruebas.

—De hecho —digo—, estoy más o menos saliendo con alguien y seguramente será él quien lo haga.

Uy. La verdad es que no pretendía decir eso.

¿O sí?

Vale, lo que estoy haciendo va a ser una pasada o una cagada. Por favor, Señor, que sea una pasada.

Holt me observa con recelo.

—Un momento, ¿qué? —tercia Zoe—. ¿Estás saliendo con alguien? ¿Con quién? ¿Desde hace cuánto? ¿Cómo es? Holt, ¿estabas al tanto?

El pánico asoma un segundo a los ojos de Holt antes de adoptar una expresión acerada.

—Sí, puede que haya comentado algo sobre un tío. Me da la impresión de que es un capullo, pero parece ser que a ella le gusta. No obstante, me extraña que te lo haya contado; pensaba que iba a mantenerlo en secreto.

—Bueno —señalo—, la verdad es que no veo por qué no debería hablar de él. O sea, me gusta. Y no creo que sea un capullo. Es que… es complicado.

Holt parpadea varias veces y su expresión se suaviza.

—Supongo que para él es una suerte que lo veas así.

—Bueno, entonces, venga —dice Lucas—. Dinos quién es el afortunado.

Zoe da un paso adelante con los ojos brillantes y vidriosos.

—Eso. ¿Lo conocemos?

Vale, cerebro, sé que estás pedo, pero sácame de esta. A ver si se te ocurre algo convincente.

—Le conocí cuando estábamos haciendo *Romeo y Julieta*.

Vale, bien. No es exactamente una mentira, pero sí lo bastante impreciso como para librarme de ellos. Buen trabajo, cerebro mamado.

Todos se intercambian miradas y Zoe comenta:

—Ah, conque un admirador, ¿eh? ¿Te vio en escena y se quedó pillado por ti?

Asiento.

—Hummm…, sí…, algo parecido.

—Bueno, sigue contándonos —dice Holt, y se cruza de brazos—. El otro día me dijiste que te ponía. ¿Cuánto te pone? Sé más explícita.

De pronto me da un sofocón en la cara, pues él sabe perfectamente cuánto me pone.

—¡Hostia, Taylor, mira cómo te has puesto! —exclama Jack entre risas—. Este tío misterioso debe de saber cómo ponerte a cien. Te has puesto más roja que el culo de un babuino. ¿Y dices que no quiere acostarse contigo?

Inspiro y niego con la cabeza.

Jack dice en tono burlón:

—Qué pedazo de idiota.

—Tal vez tenga sus razones —señala Holt en voz baja.

—¿Estás de coña? —replica Jack sin dar crédito—. Tú has besado a Taylor, tío. Sabes que es un pibón. ¿Qué clase de capullo se resiste a eso? —Se vuelve hacia mí y susurra—: Ah, un momento. ¿Le supone…, ya sabes…, un reto? ¿Es uno de esos espeluznantes tíos religiosos? Aaah, ¿o tiene problemas de disfunción eréctil? ¿No se le levanta?

—No tiene ningún puto problema de disfunción eréctil —afirma Holt, categórico—. Y no le supone un reto, por el amor de Dios.

Todos le miran.

Se encoge de hombros.

—Me figuro que Taylor no saldría con alguien que no funcionara al cien por cien, ¿a que no?

—Bueno, no lo sé —respondo—. Debe de tener algún problema. Como dice Jack, ¿qué clase de capullo se resiste a esto?

Me contoneo con un mohín sexy y a todos les hace gracia menos a Holt. Se limita a observarme impasible y me cuesta saber si está enfadado o excitado.

La similitud con la que manifiesta esas emociones resulta algo inquietante.

—Yo salí una vez con un tío que no quería follar conmigo —comenta Zoe cuando reanudamos la marcha—. Decía que no quería que pensara que lo único que buscaba en mí era sexo y que según él yo era especial. Que podíamos tener algo en serio.

Le sonrío.

—Qué dulce. ¿Qué pasó?

Se encoge de hombros.

—Corté con él por lo sano. A ver, tengo necesidades, ¿vale? Si no me lo daba él, pues a buscar a otro que me lo diera. —Holt hace un ruido despectivo, pero no dice nada—. Lo curioso es —continúa Zoe mientras entramos en la cantina— que probablemente es el único tío con el que he salido al que le importaba algo, pero no me di cuenta de eso hasta mucho tiempo después. A lo mejor era de esos tíos raros que no quieren sexo sin amor.

Se me retuerce el estómago.

¿Será ese el problema de Holt? ¿Que no se acuesta conmigo porque no me quiere? Tiene su lógica. Tal vez no sienta nada por mí más allá del puro instinto sexual animal.

La idea cala en mi cerebro en volutas y espirales haciendo que la cara se me sofoque de vergüenza y rabia.

—He renunciado a intentar entender a los hombres —dice Zoe examinando el expositor de barritas de caramelo—. Son raros.

Amén, hermana.

Coge tres barritas de chocolate y se dirige a la caja. Tanto Lucas como Jack llevan un montón de patatas fritas y chocolatinas, y yo opto por un helado de crema para que ayude a mitigar el sofoco de mi cara.

Salgo fuera y me siento a una mesa con los demás; cuando Holt se sienta, evito mirarle. Concentrada en mi helado, me pongo a lamer el borde del cucurucho y a chupar las gotas antes de que sea demasiado tarde. Cierro los ojos al tragar y casi veo cómo el frío se desliza por mi garganta; racimos de venas de un azul centelleante hormiguean en mi estómago y salen por los poros de mi piel.

Noto un ligero roce en el pie y al levantar la vista veo que Holt tiene los ojos clavados en mi boca mientras como. Al mirarme a los ojos, el azul centelleante de mi cuerpo es inmediatamente sustituido por un calor naranja chispeante que arde y abrasa todas las zonas que deseo que me toque. Pero al rebullirme por el incómodo acaloramiento me da por pensar que quizá sea esto lo único que tenemos: napalm sexual sin necesidad alguna de amistad o intimidad.

Vuelve a rozar mi pie, la punta de su zapato se va deslizando por mi tobillo y pantorrilla; es absurdo que pueda sentir ese roce en cada célula de mi cuerpo.

Ay, voy a arder como la tea. Me va a incinerar de dentro a fuera.

—Tengo que irme —digo entre dientes al levantarme, y tiro el resto del helado a la papelera—. Nos vemos en clase, chicos.

—¿Taylor?

Me cuelgo la bolsa al hombro sin volver la vista mientras cruzo el patio en dirección al edificio de arte dramático.

Al cabo de diez minutos, al salir del baño de la primera planta me encuentro a Holt apoyado en la pared con el ceño fruncido.

—Hola. —Mira a su alrededor antes de dar un paso al frente para tocarme la cara—. ¿Estás bien? A veces, si es la primera vez que fumas, puede que te entren ganas de vomitar.

Me echa el pelo detrás de los hombros con gesto preocupado, pero en cuanto oye a alguien bajando por las escaleras recula y deja caer el peso sobre una pierna: la imagen perfecta de la indiferencia.

Le miro mientras cambia de postura con aire incómodo esperando a que pase el estudiante y me pregunto si su gesto de preocupación eran imaginaciones mías. Quizá toda esta no-relación nuestra no haya sido más que mi empeño en algo que en realidad no desea. O más bien en algo que desea, pero no lo suficiente.

—¿Taylor? —Vuelve a acercarse—. No me has contestado. ¿Estás bien?

Parpadeo y meneo la cabeza.

—Estupendamente.

Nos ponemos de camino a la sala de conferencias donde se imparte la clase de periodismo. Hay tensión entre nosotros, pero me resisto a disiparla. Siempre he sido la misma: la que ve cosas que están mal e intenta arreglarlas.

No creo que pueda arreglar esto.

—Jack ha invitado a una gente a tomar unas pizzas en su casa esta noche —dice Holt mientras subimos por las escaleras—. ¿Te apetece ir?

¿Para fingir que solo somos amigos durante toda la noche?

—No, gracias.

Dios te libre de pedirme una cita como es debido, en un sitio donde la gente nos viera tocándonos.

Holt, frustrado, resopla y me agarra del brazo.

—Vale, ya está bien. Estás muy callada y no es nada propio de ti. ¿Qué pasa?

Me encojo de hombros.

—Supongo que no tengo nada que decir.

—Eso es imposible.

—Tenemos clase.

—Entonces, ¿dices que estás bien?

—¿Qué más da si no lo estoy?

Pone cara larga al reanudar la marcha; sé que tengo una actitud pasivo-agresiva, pero ha tenido casi un mes para demostrarme que quiere que forme parte de su vida como algo más que un mero entretenimiento sexual, y sin embargo emocionalmente continúa tan distante como siempre. Paso.

Al sentarnos, me dejo caer pesadamente y cierro los ojos. Siento un fuerte vacío de congoja dentro de mí y, aunque no lo he notado hasta ahora, supongo que ya lleva ahí tiempo. Es la parte de mí que desea a alguien especial, alguien que me quiera lo bastante como para ser valiente. Alguien que me estreche entre sus brazos hasta que no se distinga dónde acaba él y dónde empiezo yo.

Alguien que creía que podía ser Holt, pero ya no lo tengo tan claro.

Me paso el resto de la clase en las musarañas y, aunque noto que Holt me mira de vez en cuando, le ignoro.

No sé por qué me he llevado un palo hoy ante la constatación de que ya no me conformo con una parte de él. A lo mejor la marihuana me ha ayudado a despejar de mi mente la lujuria que la había nublado desde que empecé a sentir algo por él. Él me advirtió que las cosas iban a ser así y que yo aspiro a más de lo que él está dispuesto a dar, pero por alguna razón fui tan estúpida como para pensar que podía cambiarle.

Es obvio que no.

Cuando termina la clase me despido de él con desgana y salgo en dirección al patio con el único deseo de darme un baño caliente. El tiempo despejado que teníamos a mediodía ha dado paso a una lluvia intensa; me refugio en los soportales de los edificios el máximo tiempo posible antes de apretar el paso bajo el chaparrón.

—¡Eh, Taylor, espera!

En unas zancadas se pone a mi altura y se cubre la cabeza con la mochila cuando arrecia la lluvia.

—¿No te apetece salir esta noche?

—La verdad es que no.

—¿Por qué no?

—Porque no. ¿Es un crimen querer pasar un rato a solas?

Una pizca de dolor asoma a su rostro.

—No, no es un crimen, es solo que..., en fin, normalmente pasamos tiempo juntos los miércoles por la noche y, tal y como me mirabas hoy, pensaba...

—¿Pensabas qué?

—Bueno, daba la impresión de que querías tumbarme y ponerte a horcajadas sobre mi cara. Me figuraba que seguramente te apetecía pasar el rato o algo.

Ese es el problema, Ethan. Piensas que solo estamos pasando el rato.

—No, paso. Pero gracias por la invitación.

Los zapatos se me llenan de agua y aprieto el paso. La desagradable sensación de chapoteo me crispa aún más los nervios.

Él me sigue el ritmo; se rinde a la tormenta y se cuelga la mochila al hombro.

—Cassie, ¿qué pasa? ¿Estás cabreada conmigo por algo?

Resoplo de frustración.

—No. Estoy cabreada conmigo misma. No te preocupes. Ve a resguardarte de la lluvia.

Me agarra del brazo y tira de mí para que le mire.

—No voy a ninguna parte hasta que me digas qué diablos está pasando.

No me apetece mantener esta conversación ahora, y mucho menos con esta lluvia que cala los huesos, pero no me da opción.

—Ethan, estoy harta de este baile que estamos haciendo. Lo nuestro siempre es un paso adelante y dos atrás y, aunque me dijiste que sería así, por alguna razón decidí no creerte. Estoy hasta la coronilla de presionarte para que hagas cosas en contra de tu voluntad. Así que… eso es lo que pasa. Nos vemos mañana.

Doy media vuelta y me alejo para intentar escapar de la lluvia, lo cual es absurdo, y para intentar sacarle ventaja, lo cual es imposible.

—¡Espera! Cassie, háblame.

Vuelve a tirar de mí para que le mire; lleva el pelo pegado a la cabeza y el agua le gotea por la nariz.

—No hay nada de lo que hablar. Tú eres tú y yo soy yo, y tenías razón al decir que no debíamos empezar una relación. Queremos cosas totalmente diferentes y supongo que por fin me estoy dando cuenta de que esto no me vale.

—¿Qué diablos…? ¿Es por lo que han dicho Zoe y Jack?

Exasperada, gruño y reprimo el impulso de darle un puñetazo en el pecho porque no se entera.

—¡No, no es por Jack, Zoe, ni nadie! ¡Es por nosotros! Es por mí, que espero cosas de ti que no debería. Es por mí, que quiero una historia romántica, citas y una intimidad que sea fruto de algo más que revolcones y orgasmos, y que quiero decir a nuestros amigos que el tío misterioso con el que salgo y que me vuelve loca con una simple mirada o roce eres *tú*. Y por encima de todo, ¡estoy enfadada conmigo misma por enamorarme de un hombre que me advirtió claramente que no me enamorara de él! ¡Eso es lo que pasa! Y ahora es demasiado tarde y me siento como el ser más estúpido sobre la faz de la tierra porque jamás me darás lo que necesito y debería haber sido más lista y no esperar eso de ti.

Se queda mirándome un instante, parpadeando mientras el agua le chorrea por las pestañas.

—Pensaba que querías que lo intentáramos. Eso es lo que estoy haciendo. ¿Qué más quieres?

Me paso la mano por la cara bruscamente para quitarme el agua; odio la sensación de que resbale por mis mejillas.

—¡Dios, a veces eres un tonto de remate! Quiero más. Lo que sea. Todo. ¡Por el amor de Dios, algo! Eso precisamente es lo que quiero de ti. ¿Puedes dármelo? —Me mira fijamente; los músculos de su mandíbula trabajan a toda máquina. No contesta—. Lo que me figuraba.

Hago amago de echar a andar, pero me sujeta del brazo. Su expresión se vuelve tan tormentosa como el cielo.

—¿Entonces, qué? ¿Eso es todo? ¿Contigo es todo o nada? ¿Si no te entrego mis huevos en una caja forrada de terciopelo no podemos estar juntos? ¿A qué coño viene todo esto? Pensaba que lo pasabas bien cuando estábamos juntos. Que estabas contenta con las cosas tal cual estaban.

—¡Pues no! No soporto andar a hurtadillas como una delincuente, comportándonos como si lo que hacemos estuviera mal. No me avergüenzo de que me gustes, Ethan, pero por lo visto tú no puedes decir lo mismo. El único motivo por el que he accedido a mantener en secreto lo nuestro es porque pensaba que solo necesitabas tiempo para darte cuenta de que no te bastaba, pero al parecer estaba equivocada. Me das lo menos posible de ti y al mismo tiempo me vuelvo loca por lo mucho que te necesito.

—¿Crees que no te necesito en la misma medida? Por el amor de Dios, Taylor, ¿me estás tomando el pelo o qué?

—¡Creo que me necesitas, pero no lo suficiente como para llegar a reconocerlo ante nadie!

—¿Qué coño importan los demás? ¡Tú sabes que te necesito! No es que pueda ocultar lo que despiertas en mí ni mucho menos.

—¡No estoy hablando de que me necesites en la cama, Ethan! Estoy hablando del hecho de que quieras estar conmigo. No tengo ni idea de a qué atenerme contigo. No sé si realmente sientes algo por mí o si soy un mero cuerpo deseable. Algo práctico, pero no imprescindible.

—¡¿Crees que eres algo práctico?! —Se queda mirándome unos instantes, tan cabreado que no puede articular palabra—. ¡Qué coño vas a ser algo práctico! ¡Práctico habría sido no conocer a una chica que me hace perder la chaveta! ¡Práctico sería que fuera capaz de concentrarme en el curso en el que me ha costado tres putos años matricularme sin distraerme constantemente por lo mucho que te necesito! ¡Seas lo que seas, Taylor, lo que desde luego no eres es algo práctico!

—¿Entonces qué soy, eh? ¡Dime! ¡Abre la maldita boca y di algo para que entienda cómo te sientes! Considero que he sido bastante sincera con respecto a mis sentimientos, pero lo único que consigo a cambio es lo que *no* quieres.

—¿Quieres saber lo que quiero? —pregunta al tiempo que tira la mochila al suelo—. Muy bien. Quiero esto.

Me agarra de la cara y tira hacia él. De improviso me estrecha entre sus brazos y me besa como si estuviera ahogándose y yo fuese oxígeno. En este beso no hay nada de prudencia, nada remotamente ambiguo ni engañoso. Es apasionado y asombroso; su desesperación es abrasadora, y enciende una llama en mí a pesar del frío y la lluvia. Durante largos minutos me besa con tal fuerza que el mundo se tambalea sobre su eje y, al volverse a alinear, todo continúa girando alrededor de él.

Sigue besándome el cuello y dice con voz ronca y apasionada:

—Esto es lo que quiero, Cassie. No puedo decírtelo más claro. Ni se te ocurra negar que no sientes lo mismo. ¿Por qué te empeñas tanto en complicar las cosas?

Me besa de nuevo y todo se convierte en una maraña de manos, lenguas y labios. No es justo que esta sea su explicación, ya que ante eso no puedo discrepar ni razonar. Es un sentimiento demasiado intenso como para definirlo y demasiado difícil de negar y, aunque no arregla las cosas, me hace olvidar todo lo malo.

Pero eso es lo que llevo haciendo todo este tiempo. Pasando por alto y transigiendo. Cegándome con mi deseo y haciendo caso omiso de mis necesidades. No puedo seguir haciéndolo.

Gruñe cuando me aparto y, a juzgar por la expresión de sus ojos, sabe que lo que me ofrece no basta.

Doy un paso atrás y, empapados y sin aliento, nos miramos fijamente el uno al otro.

—No puedo seguir fingiendo que me conformo con esto —digo en voz queda—. ¿A quién voy a engañar? Ni a ti, ni a nuestros amigos, y mucho menos a mí misma. Cuando estés preparado para dar la cara, si es que lo estás, avísame.

—Cassie…

—Nos vemos en clase, Ethan.

Echo a andar y cada pisada pesa como el plomo mientras la bilis me revuelve el estómago. Al torcer por el camino que conduce a mi edificio, echo una ojeada atrás.

Él sigue en el mismo sitio con las manos entrelazadas en la nuca y la cabeza gacha. Siento el impulso morboso de echar a correr y decirle que olvide todo lo que acabo de decir, que aceptaré lo que quiera darme.

Pero no puedo hacer eso. Sería una mentira más.

En vez de eso, voy de camino a mi apartamento dando tiritones y abro la puerta con manos temblorosas. Una vez dentro, me desnudo y voy al baño decidida a darme una ducha caliente hasta aplacar las ganas irrefrenables de volver en su busca.

Por desgracia, cuando el agua caliente se enfría al cabo de un siglo, sigo esperando.

Hoy
Nueva York

Estoy de pie junto a la barra de la cafetería que hay enfrente del teatro cuando noto el calor de una mano en mi cadera. Me doy la vuelta esperando encontrarme a Holt, pero resulta que es Marco sonriéndome con mirada cómplice.

—Taylor.

—Fiori.

—¿Lo pasaste bien anoche en la función benéfica?

Su tono y su ceja enarcada dan a entender que nos vio besándonos a Holt y a mí.

Maldita sea.

—Estuvo muy bien.

—No me cabe duda.

—Por favor, no le des mayor importancia.

—¿A qué? ¿A que mis dos protagonistas se den el lote en un rincón como una par de adolescentes? Ni se me pasaría por la cabeza.

—No fue nada.

—Querida, no he visto nada, pero te aseguro que lo que Holt y tú hicisteis anoche fue algo de todas todas. Pensaba que la manera en la que os besabais en los ensayos era ardiente, pero por lo visto palidece en comparación con la realidad.

—Marco…

—No pasa nada. No estoy disgustado. Si acaso, contentísimo. ¿Te imaginas la repercusión que vamos a conseguir en los medios por esto?

Gruño mientras el camarero me sirve el café.

—¿De veras? ¿Crees que lo vieron?

—Estoy convencido. Nuestra publicista quiere vernos antes del ensayo. Parece ser que todas las páginas web y periodicuchos de cotilleo de Broadway le han sacado jugo. Sois la comidilla de la ciudad.

—Ay, Dios.

Se ríe y me da unas palmaditas en el hombro para tranquilizarme mientras me conduce fuera del café para cruzar la calle. Cuando entro en el estudio de ensayo, suelto mis bártulos y me dirijo al baño intentando contener las náuseas.

A la salida de la fiesta, Holt me acompañó a casa.

Al llegar a mi apartamento me dio un beso de buenas noches.

Bueno, a decir verdad, fue algo más que un beso. Fue más bien un lote de cuerpo entero y en vertical contra la puerta de mi apartamento. De hecho, si el señor Lipman, el vecino, no hubiese estornudado mientras nos espiaba como un pervertido a través de la mirilla, es probable que hubiésemos consumado un acto totalmente ilícito en un pasillo público.

Cuando finalmente me despegué me encontraba más confusa que un tío heterosexual en un concurso de belleza de transexuales. Me había prometido a mí misma que iba a ir despacio con Ethan. Tenía la intención de ir despacio y, sin embargo, no sé cómo en una sola noche me las apañé para besarle dos veces, alcanzar una emocionante segunda base y empuñar con entusiasmo su bate de béisbol por encima de sus pantalones.

En el cuaderno de estrategias de cualquiera eso se encuentra a años luz de despacio.

Cuando vuelvo a la sala de ensayos me encuentro a Holt allí. Se le ilumina la cara al verme.

Al pararme delante de él me rodea con sus brazos y tira de mí para abrazarme. No pretende que sea un gesto íntimo, pero lo es.

Noto su aliento cálido en mi oído al susurrarme:

—Buenos días. Te he echado de menos. —En su tono de voz, lascivo y un pelín presuntuoso, queda patente el rato que pasamos juntos anoche.

—Hola. —El mío es inexpresivo. Nada alentador.

Se echa hacia atrás. Su sonrisa se desvanece y se le apaga la mirada.

—¿Cassie?

La sala se va llenando de gente. Nuestra publicista, Mary, entra como un vendaval menudo y melenudo con los brazos cargados de papeles y iPads.

—Bueno, vaya noche interesante la vuestra. Había montado una campaña publicitaria a lo grande para que este espectáculo estuviera en boca de todo el mundo en la ciudad, pero os las ingeniasteis para arrasar en las redes sociales dándoos un lote bien publicitado. Bien hecho.

Deja todo el material encima de la mesa. Hay varias fotos donde aparecemos Ethan y yo dándonos un auténtico morreo. Cada iPad tiene un vídeo distinto del beso.

Maldita sea, ¿cuántas personas nos estaban grabando?

—Ya veréis —dice Mary dando golpecitos con la uña pintada en una de las pantallas—. Este tiene un zoom muy artístico que nos permite captar imágenes fugaces de lengua. ¡Ahí!

Todos se echan a reír. Tengo angustia.

—Bueno —dice Mary—, ya me han solicitado una docena de entrevistas esta mañana, de modo que tenemos que idear una estrategia. Como es obvio, yo estoy totalmente a favor de sacar jugo a toda la historia de «examantes reconciliados en una ardiente nueva obra» porque venderá entradas. A la gente le encanta cuando la pasión en escena es auténtica. Si todos estamos de acuerdo, haré que redacten borradores de notas de prensa para sacarlos esta tarde.

Alterna la mirada entre Marco, Ethan y yo.

Como es natural, Marco y Ethan están esperando mi reacción.

Como es natural también, mi respuesta es:

—Ni pensarlo.

Mary empieza a resoplar. No le doy pie.

—Necesito un cigarrillo. Vuelvo en un minuto.

Cojo la cajetilla y el mechero. Al pasar junto a Ethan me roza el brazo con los dedos, pero no me paro.

Cuando salgo al callejón trato de encender el cigarrillo, pero mi fiel Zippo escoge ese momento para serme infiel. Hago girar la ruedecilla una y otra vez, pero la piedra se niega a prender.

—¡Joder!

Me desplomo contra la pared y cierro los ojos. Al oír que se abre la puerta sé que es él sin necesidad de mirar.

—¿Cassie?

Sigo con los ojos cerrados. Resulta más fácil no verle.

—Por favor, mírame.

No puedo. Quiero ser fuerte, y mirándole me convierto en la mujer más débil del planeta.

—Como no me mires, te beso.

Eso funciona.

Abro los ojos y me lo encuentro ceñudo y con los brazos cruzados.

—¿Quieres hacer el favor de decirme qué diablos está pasando?

Levanto las manos con un ademán.

—Está en todas partes: fotos, vídeos, posts de blogs…

Me mira desconcertado.

—¿Y?

—Y… la gente está chismorreando que estamos juntos.

—Me alegro. Como ha dicho Mary, es una magnífica publicidad. —Su tranquilidad es irritante.

Me pongo tensa e intento apartarme, pero me agarra de los hombros para sujetarme.

—Cassie, para. ¿Por qué te pones así? No te lo tomes a mal, pero anoche no parecías demasiado preocupada cuando casi mancillamos tu planta.

—Para empezar, lo que hicimos en mi planta fue entre tú y yo…

—Y el señor Lipman.

—… ¡Y no para que se divulgue en todos los periódicos sensacionalistas de la ciudad!

Le empujo y da un paso atrás para darme el espacio que necesito para respirar. Su expresión continúa tan serena que enerva, y no soporto que no comparta mi indignación.

—¿Desde cuándo te importa lo que la gente piense? —pregunta—. No hay forma de ocultar nuestra química en el escenario. ¿A quién le importa una mierda si piensan que también lo hacemos fuera de escena? Por lo que a ellos respecta, te estoy follando de verdad en la escena de sexo.

No lo pilla, y es porque no me estoy explicando con claridad. Si me explico le haré daño. Y sin embargo, a una parte de mí eso no le supone ningún problema.

—Ethan, todos nuestros conocidos…, quienes conocen nuestra historia… van a pensar que soy tonta de remate por darte otra oportunidad y lo gracioso es que seguramente tengan razón. Saben lo desconsolada que me quedé cuando te fuiste, ¿y ahora me enrollo contigo como si nada? ¿No es una estupidez por mi parte?

Se queda helado. Los músculos de su mandíbula se ponen a trabajar a toda máquina.

—Cassie, me he esforzado muchísimo para estar en condiciones de siquiera plantearme intentar arreglar las cosas contigo. Si pensara, aunque fuera por un segundo, que cabe la posibilidad de que te haga sufrir, no estaría aquí. Confía en mí al menos en esto.

Niego con la cabeza.

—No. Y ahí está el problema. No confío en ti y no sé si volveré a hacerlo algún día. En el fondo siempre estaré a la espera de que se me termine de caer la venda de los ojos. De que pongas esa mirada apagada y ausente y huyas. ¿Cómo va a haber posibilidad de que volvamos a estar juntos sabiendo eso?

Su mirada se vuelve acerada.

—Sabiendo lo que sentimos el uno por el otro…, lo que *siempre* hemos sentido el uno por el otro…, ¿cómo no vamos a hacerlo? Ni se te ocurra decirme que habrá alguien a quien quieras tanto como a mí porque, por muy arrogante que suene, es una chorrada. Y yo siento lo mismo por ti. Los demás solo serán segundos platos para nosotros. ¿No lo entiendes?

Respiro hondo con el corazón desbocado.

Vamos disparados en un coche propulsado por un cohete y no tengo ni idea de si acabaremos en el paraíso o estampados contra un árbol.

La historia sugeriría el árbol.

—Igual deberíamos… tomárnoslo con calma —digo—. Dejar que pase la noche del estreno y después…, no sé. Replantearnos las cosas.

—¡Ja! Replantearnos las cosas. De acuerdo. —Se atusa el pelo.

—Ethan, los puñeteros periodistas pueden insinuar lo que les venga en gana, pero cuando nos pregunten si somos pareja voy a decir que no, lo cual será cierto.

Percibo un atisbo de dolor en sus ojos, pero todavía no se ha enfadado. Me dan ganas de gritar de frustración porque Holt debería haberse puesto a despotricar hecho una furia por mi comentario. En vez de eso, se queda mirándome con una intensidad que me sonroja. Se acerca, pone la mano en la pared junto a mi cabeza y se agacha hasta casi rozar su nariz con la mía.

—Cassie, una cosa es que acordemos tomárnoslo con calma y otra totalmente diferente que me apartes de ti, lo cual está sucediendo ahora mismo. Deja que te ahorre un gran esfuerzo diciéndote que no te librarás de mí tan fácilmente. No puedo vivir sin ti y, por encima de todo, no quiero. Así que adelante, despotrica todo lo que quieras, pero aquí estaré cuando hayas acabado. ¿Entendido?

Me mira fijamente hasta que asiento en señal de aprobación. Después me observa durante unos segundos más mientras me fallan las rodillas y dice:

—Me alegro.

Sin más, echa a andar y se interna en el teatro.

Más tarde hacemos una serie de entrevistas en las que negamos a la prensa que tenemos una relación sentimental. A juzgar por las reacciones de los entrevistadores, está claro que nadie nos cree.

17

HASTIADA

Seis años antes
Westchester, estado de Nueva York
The Grove

Suspiro y me doy la vuelta en la cama. Otra vez.

Y otra.

Y otra.

Miro la hora: la 1:52.

Maldita sea.

Cojo el teléfono de la mesilla de noche y compruebo su estado.

Totalmente cargado. No hay llamadas perdidas. No hay mensajes.

No sé por qué me sorprendo tanto. ¿Acaso pensaba que mi discursito bajo la lluvia iba a disipar todas sus inseguridades? Ni yo soy tan ingenua.

Y sin embargo aquí estoy, a las dos de la mañana, dolida porque no me ha llamado ni me ha mandado un mensaje.

Tras dejar el teléfono en la mesilla de noche, me doy la vuelta y cierro los ojos.

Deja de pensar en él de una vez. Si viene en mi busca, que venga. Y si no...

Bueno, si no...

Doblo las piernas contra mi pecho tratando de aplacar el creciente dolor que me oprime.

Si no... la vida continúa. Estaré bien.

Estaré bien.

Me quedo tumbada en la oscuridad repitiendo la misma frase sin cesar; incluso cuando finalmente me vence el sueño horas después, sigo sin creerlo.

—Uf, qué mala pinta tienes —comenta Ruby cuando entro en la cocina arrastrando los pies.

—Gracias.

—No te llamó, ¿eh?

—No.

—Qué idiota.

—Sí.

Me dejo caer sobre la silla junto a la mesa de la cocina mientras Ruby coloca delante de mí un plato de huevos revueltos grisáceos.

Los miro con recelo.

—Conmigo no la pagues —dice—. Hasta yo sé cocinar huevos.

—¿En serio?

—No sé. Es la primera vez que los preparo. De todas formas, seguro que están riquísimos.

Los pruebo con desgana mientras ella abre la nevera. Casi me dan arcadas. No me explico cómo se puede fastidiar un plato de huevos hasta ese punto, pero Ruby lo ha conseguido.

—¿Buenos? —pregunta dándome la espalda.

—Buenísimos —contesto con la boca llena—. Deberías probarlos. —¿Por qué voy a tener que ser yo la única que sufra esta tortura?

—¿Vas a llamarle? —pregunta mientras me sirve zumo.

—No.

—Buena chica. Has hecho todo lo que has podido. Deja que sea él quien dé el paso.

Se me hace una bola al tragarme los huevos y mi paranoia.

—¿Y si no? Si no da el paso, quiero decir.

—Lo hará.

—Pero ¿y si no lo hace?

—Lo hará de todas todas.

—Maldita sea, Ruby, ¿y si no?

Deja lo que está haciendo y me mira fijamente.

—Cassie, ese chico está tan colgado por ti que pareces un perchero. Puede que tarde un poco en darse cuenta de que no puede vivir sin ti, pero lo hará. Confía en mí.

Suspiro y jugueteo con los huevos en el plato.

—¿Y qué hago cuando lo vea hoy?

—Tú, como si nada.

—No sé cómo hacerlo.

Deja su plato en la mesa y se sienta a mi lado.

—Simplemente… muéstrate correcta. Sé agradable, pero sin demasiadas confianzas. Si saca el tema de vuestra relación, hablad de ello. Si no, cíñete a temas neutros: el tiempo, la política, los equipos deportivos, las ganas que tienes de montarte en su palpitante polla dura. Un momento; espera. —Frunce el ceño y levanta un dedo—. Tacha lo último. Eso ya lo sabe.

Me río y reprimo una mueca de asco al comerme el resto de los repugnantes huevos.

—Claudicará, Cassie —señala Ruby, y coge su tenedor—. Confía en mí. Seguramente anoche lloró hasta quedarse dormido y se muere de ganas de verte hoy para declararte amor eterno. Puede que hasta haya una proposición de matrimonio.

Pongo los ojos en blanco; ella prueba los huevos y automáticamente le dan náuseas.

—¡Me cago en la leche! ¡Qué asco! ¿Por qué no me has avi-
sado?

Pongo una expresión de absoluta inocencia mientras doy un
sorbo al zumo.

Tengo que reconocer que pongo especial esmero al arreglarme
para ir a clase. Me maquillo más de lo habitual, me tomo mi tiempo en alisarme el pelo. Me pongo un top que me realza la pechu-
ga y una falda que me realza el culo.

Jamás pensé que llegaría a ser de esas chicas que utilizan sus
encantos para que los hombres se den cuenta del pibón que se están perdiendo, pero por lo visto lo soy. Y sin embargo, una de las
razones por las que discutimos fue porque necesito que quiera
algo más que mi cuerpo.

Hipocresía, he aquí Cassie.

Para cuando me siento en clase de historia del teatro estoy
hecha un manojo de nervios.

Resulta que mi ansiedad es injustificada. Holt no da señales
de vida. Al principio pienso que simplemente se le habrá hecho
tarde, pero a la hora del almuerzo no tengo más remedio que asumir que se ha saltado el día de clases.

No me lo puedo creer.

Pensaba que a estas alturas habría reflexionado sobre lo
nuestro y que le apetecería hablar, pero una vez más opta por elu-
dir el asunto sin más.

Calificarle de cabrón para mis adentros no atenúa mi desilusión, pero lo hago de todas formas.

No se presenta ni la tarde ni la noche del jueves, y tampoco
viene a clase el viernes. Cuando llega el sábado Ruby ya está
harta de que compruebe el teléfono compulsivamente y que

masculle obscenidades entre dientes al ver que, de hecho, funciona.

—Cass, ¿quieres hacer el puñetero favor de tranquilizarte? Dale al chico un poco de tiempo. Tiene más líos que la revista *People.* No puedes esperar que recupere el equilibrio por arte de magia porque a ti te convenga.

—Ya lo sé, Ruby. No estoy siendo realista ni razonable, pero ¡¿por qué no llama?! —Me desplomo en el sofá y apoyo la cabeza entre las manos—. Oye, en serio, su silencio me está desquiciando. ¿Cómo es posible que se niegue a cualquier tipo de contacto sin más? No me lo explico.

—Los chicos son raros.

—Es como si no significara nada para él.

—Me atrevería a decir que eso no es cierto.

Me siento derecha.

—Voy a llamarle.

Ruby coge rápidamente mi teléfono.

—De eso nada. Te vienes conmigo al spa para que dejes de obsesionarte con él durante unas cuantas horas. No me fío de dejarte sola por si le llamas.

—Le echo de menos.

—Ya.

—Necesito saber que él también me echa de menos.

Se sienta y me echa el brazo por los hombros.

—Cassie, te echa de menos. Estoy segura.

Cada vez estoy más convencida de lo contrario.

El domingo me encuentro entumecida.

Bueno, tengo entumecido casi todo el cuerpo. Es una putada lo que me duele el mismísimo porque ayer Ruby me convenció de que haciéndome la depilación brasileña evitaría comerme la cabeza con Holt.

Acertó.

Durante la media hora que tardaron en arrancarme de raíz el vello púbico olvidé por completo a Holt y me concentré en cuántas maneras tenía de hacer daño a Ruby sin que me arrestaran. Al final se me ocurrieron veintitrés.

Ahora me está haciendo la pedicura para compensarlo, pero todavía está en mi lista negra.

Suena mi teléfono, nos miramos y nos lanzamos a cogerlo al mismo tiempo. Sale despedido y nos ponemos a dar zarpazos como los gatos hasta que ella lo agarra y me lo pasa. Echo un vistazo a la pantalla y enseguida me da un bajón.

—Hola, Elissa.

—¡Cassie! ¡Gracias a Dios que estás ahí! ¿Está Ethan contigo?

Miro a Ruby.

—Hummm…, no. ¿Por qué?

Ruby frunce el ceño y se agacha para poder escuchar.

—No le localizo y, cuando hablé con él el jueves, parecía encontrarse fatal. Ahora no responde al teléfono. Temo que esté realmente enfermo y que no pueda ir al médico.

—¿No has estado en casa este fin de semana? —pregunto.

—No. Me quedo con mis padres en Nueva York hasta el martes. ¿Entonces no le has visto?

Me paso las manos por el pelo.

—No. Es que…, en fin, discutimos el miércoles. Desde entonces no le he visto ni he hablado con él. Pensaba que me estaba evitando sin más.

Tras una pausa, Elissa dice:

—Es posible. No me extrañaría. Pero normalmente responde a mis llamadas, y ahora no. ¿Puedo pedirte un grandísimo favor?

Se me hace un nudo en el estómago.

—¿Quieres que vaya a echar un vistazo?

—Sí, por favor, Cassie.

Ruby sacude la cabeza de lado a lado y mueve los labios como diciendo «Ni de coña» al tiempo que agita las manos como una loca.

Gruño y me llevo la mano a la cabeza.

—Elissa, no sé, tal y como estaban las cosas después de nuestra pelea… Es que no creo que quiera verme precisamente ahora.

—Cassie, no te lo pediría si pudiera hacerlo otro. Eres su única amiga.

—¿Y Jack o Lucas?

—¿Me tomas el pelo? Es domingo y son las nueve de la mañana. Todavía estarán groguis en algún parque, medio borrachos. Además, si Ethan se encuentra mal, ¿de veras crees que Jack o Lucas serían capaces de ayudarle?

Visto así, tiene razón. Hago una mueca y respiro hondo.

—Vale, muy bien, iré a ver qué tal está. Pero si muero de sobredosis de humillación, tú pagas mi funeral.

—¡Oh, gracias! Eres genial. Llámame cuando llegues y me cuentas cómo está.

—¡Espera, Elissa! Necesito tu dirección.

—¿No la tienes?

Suspiro.

—No. Nunca he estado en tu apartamento.

Prácticamente alcanzo a oír su incredulidad.

—¿Estás de coña? ¿En todo el tiempo que habéis pasado juntos nunca te ha llevado?

—Qué va.

—Deja que adivine: ¿es esa una de las cosas por las que habéis discutido?

—En gran parte.

—Mi hermano es un capullo.

Sí, pero quiero que sea mi capullo.

—Bueno —dice Elissa—, Ruby sabe dónde vivimos. ¿Te podría llevar en coche?

Ruby pone los ojos en blanco con gesto teatral y levanta los brazos en ademán de derrota.

—Sí, creo que puedo convencerla.

—Vale. Gracias, Cassie. De verdad que te debo una por esto.

—Y que lo digas.

Al cabo de veinte minutos, Ruby para el coche delante de un coqueto bloque de apartamentos. Me he pasado todo el camino rezando para que Holt esté a las puertas de la muerte porque es la única explicación de su silencio que no me provoca un dolor en el pecho.

—Su apartamento es el número cuatro —dice Ruby señalando hacia la segunda planta—. Esperaré aquí por si no se encuentra mal y lo asesinas. No puedo ir a la cárcel por encubridora; soy demasiado guapa.

Salgo del coche y me dirijo a su apartamento. El edificio no es supermoderno, pero está limpio y tiene estilo. El polo opuesto al mío.

Subo las escaleras, localizo el número cuatro y respiro hondo antes de tocar tres veces a la puerta con firmeza.

Hay silencio dentro.

Vuelvo a llamar con más fuerza e insistencia. Sigo sin tener respuesta, y la pizca de desazón que me atenazaba desde nuestra riña se convierte en un dolor patente.

Ha salido.

Posiblemente con otra chica.

Posiblemente esté teniendo los orgasmos sin ataduras que tenía conmigo.

Contengo mi pesar.

Cuando estoy a punto de marcharme oigo un ruido al otro lado de la puerta. Después pisadas amortiguadas y a continuación un estrépito seguido por una exclamación ahogada:

—¡Joder!

Al darme la vuelta, la puerta se abre una rendija, dejando entrever a un Holt con cara de sueño y el pelo alborotado mirándome confuso con los ojos entrecerrados.

—¿Taylor? —Tiene la voz tan ronca y grave que suena como Barry White con esteroides—. ¿Qué haces aquí?

Me invade un tremendo alivio.

—¡Dios mío, Holt, estás enfermo de verdad! ¡Tienes una pinta verdaderamente lamentable!

Tuerce el gesto y le da un escalofrío al tiempo que se apoya en el quicio de la puerta.

—¿Has venido hasta aquí para tocarme las narices? Porque, sinceramente, hay que tener mala leche.

—No, perdona —digo, recobrando la compostura tras fijarme en su pelo grasiento y en su cara sudorosa—. Elissa me ha pedido que viniera a ver cómo estabas. No respondías a sus llamadas y estaba preocupada.

Tose fuerte y un espantoso sonido ronco resuena en su pecho.

—Solo es un resfriado —grazna al tiempo que se deja caer pesadamente contra la pared—. Se me pasará.

Le pongo la mano en la frente. Está ardiendo y, en vista de sus oscuras ojeras, da la impresión de que lleva días sin dormir.

—No estás bien. Tienes fiebre. ¿Te has tomado algo?

—Se me ha acabado el paracetamol —contesta, y tose de nuevo—. Creo que solo necesito dormir.

Cierra los ojos y se tambalea un poco; me abalanzo para sujetarlo. Solo lleva una camiseta fina y unos calzoncillos de algodón y, aunque está sudoroso y caliente al tacto, tiembla.

—Vamos —digo, y le llevo dentro para sentarle en el sofá—. Siéntate un momento. —En el respaldo hay una manta, así que la cojo y se la echo por los hombros. Él se la lía, se tumba y cierra los ojos. Le castañetean los dientes.

—¿Ethan?

—¿Hummm…? —Está adormilado.

—Vuelvo en un minuto, ¿vale? Necesitamos provisiones.

Farfulla algo ininteligible y me pongo a correr de un lado a otro del apartamento para hacer un rápido inventario de la cocina y el baño antes de bajar como una exhalación por las escaleras en busca de Ruby, que sigue esperando en el coche. Le doy una lista de cosas para que vaya a comprarlas y le pido que se dé prisa. Al volver al apartamento Ethan sigue donde le dejé, farfullando y quejándose.

Tiene mucha fiebre. Tendré que intentar bajarle la temperatura mientras Ruby trae el paracetamol. Una vez tuve que cuidar de mi padre con neumonía mientras mi madre estaba fuera de la ciudad en un retiro de yoga. Me las apañé bastante bien.

—Ethan, ¿puedes sentarte?

Tose y se incorpora con gran dificultad. Su pecho no suena bien.

—Creo que tienes una infección en el pecho. Tiene que verte un médico.

—No —replica con voz áspera—. Lo que tengo en la garganta es verde. De bacterias. El médico se limitará a recetar antibióticos, y tengo algunos en el baño, en el armarito del espejo.

—¿Y cómo es que tienes antibióticos en casa?

—Mi padre es farmacéutico.

—Ah.

Voy al baño a por pastillas. Leo el prospecto de camino a la sala.

—Dice que se deben tomar con alimentos. ¿Has comido algo hoy?

Se arrebuja en la manta y niega con la cabeza.

—Tengo el estómago regular.

—Bueno, Ruby va a traer sopa, así que tal vez sea mejor que esperemos a que vuelva para que te tomes esto.

Menea la cabeza, tembloroso. Cuando le pongo la palma de la mano en la frente, cierra los ojos y se apoya en mi mano.

Poso el dorso de los dedos en su sonrojada mejilla.

—¿Te encuentras con fuerzas para darte una ducha? Te vendrá bien para enfriarte.

Abre los ojos y me mira fijamente unos instantes antes de susurrar:

—Cassie, no tienes por qué hacer esto. —Tiene tal ronquera que se me saltan las lágrimas.

—Ya, pero quiero hacerlo.

Alargo los brazos y le ayudo a levantarse. Se tambalea ligeramente antes de echar el brazo alrededor de mis hombros. Tiembla pegado a mí conforme avanzamos despacio hasta el baño. Le siento sobre la tapa del váter y acto seguido abro el grifo de la ducha y regulo la temperatura.

Me doy la vuelta y se me encoge el corazón al ver su lamentable estado. Está encorvado sobre las rodillas respirando pesadamente con la mano agarrada con fuerza a la manta que le cubre los hombros.

—Venga. Esto te ayudará a sentirte mejor.

Retiro la manta, la dejo caer al suelo y seguidamente le quito la camiseta. Tiene el pecho y los hombros colorados y, cuando le pongo la mano en el cuerpo, está ardiendo. Cruza las manos sobre los antebrazos. Cuando logro que se incorpore, tiene la piel de gallina.

—¿Necesitas ayuda con los calzoncillos? —pregunto, y le froto los antebrazos para que no se enfríe.

Niega con la cabeza y casi me da repelús porque, aunque está hecho una pena, verle con el torso al desnudo continúa haciendo estragos en mí.

—Vale, bueno, entonces te dejo. Estoy aquí mismo. Si te mareas no tienes más que sentarte y llamarme. Enseguida estaré aquí, ¿vale?

Asiente y esbozo una sonrisa antes de cerrar la puerta al salir.

Al cabo de unos minutos llaman a la puerta. Al abrir me encuentro a Ruby con dos bolsas de provisiones. Va directamente a la cocina y se pone a sacar la comida.

—Le he traído sopa de varias clases y también pan porque cuando le baje la fiebre va a tener un hambre canina. He comprado zumo de piña para que le ayude a despejar la mucosidad y Gatorade para rehidratarse.

—Bien pensado.

Termina de sacar la comida y pasa a la bolsa de la parafarmacia.

—Además de paracetamol e ibuprofeno hay un descongestionante que le dejará totalmente K.O. y le ayudará a dormir.

Un tremendo golpe de tos retumba en el pasillo y Ruby hace una mueca de desagrado.

—Oye, no te lo tomes a mal, pero tengo que irme; los mocos me revuelven las tripas, sean como sean. Será mejor que vuelvas con tu repugnante paciente antes de que escupa un pulmón.

Me río y la acompaño a la puerta.

—¿Te quedas aquí esta noche? —pregunta al llegar a la entrada.

—Sí, a menos que se produzca una milagrosa recuperación en las próximas ocho horas, ¿no te parece?

—Claro, siempre que no abuses de él mientras duerme.

—Ruby, actúas como si mi autocontrol fuese nulo en lo tocante a él. —Me mira fijamente y aprieta los labios. Le lanzo una mirada iracunda—. Mutis.

—No he dicho nada.

—Me has juzgado con los ojos. Les he dicho mutis a ellos.

—¿Serás capaz de arreglártelas quedándote a solas con él de madrugada o tengo que hacerte un cinturón de castidad con papel aluminio?

—Ruby, no va a pasar nada entre nosotros por dos motivos: primero, se encuentra fatal y, sí, tiene una pinta repugnante. —Omito mencionar que aun así le haría un favor sin pensármelo—. Y segundo, que en lo que respecta a nuestra relación he dibujado una línea en la arena y no tengo la intención de cruzarla hasta que esté dispuesto a asumir lo que siente por mí. Algo de orgullo tengo, ¿sabes?

—Sí, pero no mucho.

—Otra vez: mutis.

Me abraza y noto su sonrisa contra mi hombro.

—¿Podrías llamar a Elissa —pregunto— para ponerla al día?

—Claro. Hablamos mañana.

Cuando se marcha vuelvo a la habitación de Holt. Toco a la puerta del baño antes de abrir un resquicio.

—Eh, ¿todo bien por ahí?

Tras una pausa y una tos flemosa, contesta:

—Sí. Lo que estoy expectorando tiene pinta de haber salido de una película de terror, pero el vaho me está despejando un poco el pecho. —Se le quiebra la voz, pero supongo que es lógico después de todo lo que ha tosido.

—¿Quieres salir?

—Ahora; un minuto.

Echo un vistazo sin querer por la rendija de la puerta y, al ver su espalda desnuda, inhalo bruscamente. Sus hombros se tensan al apoyar los antebrazos en la pared.

Ay, Dios.

Holt desnudo.

Desnudo y húmedo.

Bajo la vista a su monísimo culo.

Que Dios me ayude.

Oh, sí, Ruby, estaré estupendamente con él esta noche. Puedo controlarme. Claro.

Soy incapaz de apartar la vista del agua resbalándole por los músculos.

—Idiota.

Gira la cabeza.

—¿Has dicho algo?

—No. Estaba hablando conmigo misma. —Mientras me comía con los ojos tu increíble culo.

Aparto la mirada rápidamente y fijo mi atención en su cama. Las sábanas están revueltas y arrugadas; parecen un poco humedecidas.

Cierro la puerta y deshago la cama. Mientras la vuelvo a hacer trato por todos los medios de no pensar en su maravillosa espalda, sus piernas y su culo y en el aspecto que tendría despatarrado sobre las sábanas limpias.

Mientras estoy en la faena echo un vistazo a su habitación. Aunque está desordenada, no es una pocilga. Hay libros y DVD apilados al azar encima de su escritorio además de un revoltijo de papeles y su ordenador portátil; en el suelo, al lado del último modelo de videoconsola, hay unos videojuegos desparramados. Por lo demás, está bastante limpia y sin polvo. He visto peores habitaciones de chicos en mi vida.

Cojo una camiseta limpia de su armario y me pongo a hurgar más tiempo del debido en el cajón de su ropa interior cuando se cierra el grifo de la ducha. Agarro el par de calzoncillos que pillo más a mano y cierro el cajón con cierto remordimiento.

Al oír abrirse la puerta del baño me doy la vuelta y me encuentro a Holt liado en una toalla emergiendo de un halo de vapor.

Me espanto para mis adentros cuando empieza a sonar una canción de Beyoncé en mi cabeza y todo se desarrolla a cámara lenta. Las gotas de agua brillan sobre sus músculos y me quedo boquiabierta observando cómo una se desliza de la clavícula al ombligo.

Madre mía. Qué preciosidad.

—Hola —dice prácticamente sin voz.

—¡Hola! —Salgo bruscamente de mi ensimismamiento y agito la mano con la ropa limpia con un entusiasmo algo excesivo—. Es para ti. ¿Qué tal la ducha? Todavía estás mojado; deberías secarte, pero no con la toalla que llevas liada a la cintura, claro, porque entonces te quedarías desnudo y... Oye, que puedes usar esa si quieres... Quiero decir que es tu dormitorio, y si te apetece desnudarte es cosa tuya. Yo puedo mirar..., o sea, irme. Si quieres quedarte desnudo a solas, puedo esperar en la sala de estar. O ir a dar una vuelta. Lo que prefieras.

Se ríe, o al menos esa es la impresión que me da, porque le cuesta tanto respirar que suena como un personaje de dibujos animados.

—Taylor, cállate.

—Vale.

—Dame mi ropa.

Se la tiendo, se mete en el baño y cierra la puerta.

Me desplomo en la cama, apoyo la cabeza en las manos y resoplo. A pesar de que Holt es prácticamente una cornucopia de bacterias productoras de mocos, mi atracción irrefrenable hacia él es verdaderamente terrible.

Se abre la puerta del baño y viene a mi encuentro con el pelo mucho más seco y el cuerpo más tapado.

Me levanto y le toco la frente.

—Ya no estás tan caliente.

—¿No? Qué bien.

Se queda mirándome un instante y eso me recuerda que si quiero mantenerme alejada de él no debería permitirle que me mire de ese modo.

—A la cama —digo con voz más entrecortada de lo que pretendo.

Frunce el ceño.

—Taylor, eso me halaga, pero estoy enfermo. ¿Y si lo dejamos para luego?

—Me parto de risa. En serio, tápate con el edredón. Estás tiritando.

—Eso es porque hace frío.

—No tanto.

—Como quieras. —Se mete en la cama despacio y tira del edredón hasta la barbilla—. Solo voy a cerrar los ojos un minuto. Con todo el rato que he pasado de pie en la ducha estoy hecho polvo.

—Pues claro. Eres actor; no estás acostumbrado a trabajar tanto. —Me lanza una mirada iracunda—. Y... ha llegado el momento de que te prepare algo de comer y medicamentos.

Al cabo de un rato vuelvo con una bandeja cargada de sopa de pollo instantánea, un vaso de zumo de piña, el frasco de jarabe para la tos, antibióticos y paracetamol.

Holt está profundamente dormido.

—Eh, despierta.

Gruñe y se da la vuelta.

Dejo la bandeja en la mesilla de noche y le zarandeo suavemente el hombro.

—Venga, Holt. Ha llegado tu camello. Tienes que despertarte.

Su cabeza cae hacia un lado, pero él sigue inmóvil.

—¡Oh, no! —digo con voz entrecortada—. Se me ha derramado la sopa encima en la cocina y he tenido que quitarme la camisa y el sujetador. Necesito que me tapes el pecho con tus enormes manos.

Se espabila de un respingo, mira desconcertado mi indumentaria completa durante unos segundos y se deja caer sobre las almohadas resoplando.

—Eso ha sido mezquino e innecesario. A un moribundo no se le prometen tetas para después faltar a la promesa.

—No te estás muriendo.

—Si lo estuviera, ¿me enseñarías las tetas?

—No. Ese derecho está reservado a mi novio y como tú no lo eres...

Mierda, Cassie. No le chantajees con tus tetas. Es un golpe bajo.

—Perdona, este comentario ha sido…

—No pasa nada. —Carraspea y se frota los ojos—. Tienes razón.

Se pone a mirarse las manos; soy consciente de que tenemos que hablar, pero ahora no es el momento.

—Incorpórate, anda —digo, y cojo dos paracetamoles y el zumo—. Tómate esto. Y luego la sopa.

Obedece.

Quince minutos después se ha tomado casi toda la sopa junto con los antibióticos y el medicamento para la tos y se ha bebido todo el zumo de piña.

Tiro del edredón para taparle.

—¿Cómo te encuentras?

—Atontolinado —dice antes de bostezar—. Y como grogui. ¿Qué diablos lleva ese medicamento para la tos?

—Un conjuro mágico para el sueño.

—Ah, pensaba que igual era simplemente una especie de sedante.

—Sí, eso también.

—Es fuerte.

—Tanto mejor. Necesitas dormir.

Bosteza de nuevo y levanta la vista hacia mí; no hay derecho a que esté tan guapo a pesar de todo.

Sin darme opción a marcharme, me agarra la mano con los dedos ardiendo.

—Quédate —dice al tiempo que me acaricia el dorso de la mano con el pulgar.

—Tienes que descansar.

—Lo haré. Quédate conmigo. Por favor.

En vista de su estado, sé que no puedo negarle nada. Me quito los zapatos y rodeo la cama. Se gira hacia mí mientras me acomodo encima del edredón.

—Después de nuestra riña del miércoles —dice—, mi cama es el último sitio en el que pensaba que estarías este fin de semana.

Asiento.

—Tengo que reconocer que, al pensar que por fin iba a ver tu dormitorio, imaginaba que sería en circunstancias mucho más eróticas y mucho menos «mocosas».

—¿Mi tos pleurítica y mi laringitis no te ponen o qué? ¿Qué es lo que te pasa, mujer?

Ay, Holt, si tuvieras la menor idea de lo mucho que me sigues poniendo te avergonzarías de mí.

Se coloca el brazo debajo de la cabeza y levanta la vista hacia mí.

—¿Está mal que al verte en mi cama me den ganas de hacerte cosas aun estando tan enfermo? —Arrastra las palabras; me pregunto si habría dicho semejante cosa sin los efectos de los medicamentos en su organismo.

—Ethan, acordamos que...

—No —ataja, y me toca el muslo—. Me dijiste que teníamos que dejar de tocarnos si no éramos novios. Yo no estaba de acuerdo. Te fuiste sin darme tiempo a decirte que era una pésima idea.

—El hecho de que hubieras estado de acuerdo no cambiaría las cosas.

Baja la vista.

—Ya. Me quedé casi una hora en la puerta de tu apartamento bajo la lluvia dándole vueltas a la cabeza para arreglarlo. Cuando llegué a la conclusión de que no tenía agallas para llamar a tu puerta y decirte que era un idiota me puse tan furioso conmigo mismo que me vine a casa y me emborraché. Luego me quedé traspuesto en el sofá todavía empapado. Me desperté en mitad de la noche muerto de frío.

—Dios, Ethan...

Desliza la mano hasta la cintura de mis vaqueros y parpadea despacio durante unos instantes antes de meter el dedo bajo el dobladillo de mi camisa.

—Tu piel es tan suave —musita al tiempo que extiende la mano sobre mi estómago. Mueve los dedos hacia arriba hasta llegar al borde inferior del sujetador. Me dan ganas de olvidarme por completo de sus gérmenes y empujarle la mano hacia arriba o hacia abajo.

En vez de eso inspiro para recomponerme y pongo mi mano sobre la suya para que pare.

Está enfermo y hasta arriba de medicamentos. Es comprensible que tenga un lapsus. Yo no tengo excusa que valga. Estoy cachonda y punto.

—Ethan, no podemos.

—Lo sé. —Suena cansado y arrastra las palabras—. Pero lo deseo. Muchísimo. Porque… no tocarte es… —Hace una pausa al tiempo que se le cierran los ojos—. Es… No lo soporto.

Deja caer repentinamente la cabeza y las manos; menos mal que se ha dormido antes de oír mi gruñido de frustración sexual.

Tiene el sueño intermitente, da sacudidas y se revuelve conforme la fiebre y los medicamentos actúan en su organismo. De cuando en cuando me empuja al despatarrarse en la cama o se aferra a mí con desesperación.

Al cabo de una hora empieza a farfullar y gemir.

—Cassie…

Alarga las manos hacia mí con los ojos cerrados.

—Estoy aquí —digo al tiempo que le toco la cara. Tiene la frente caliente y resbaladiza de sudor—. Voy a por una toalla para ponértela en la cabeza, ¿vale?

Abre los ojos bruscamente, cargados y aterrorizados.

—¿Te vas?

—Vuelvo enseguida.

—No…, por favor. —Tira de mi mano, se la pega al pecho y aprieta la frente contra mi antebrazo—. No te vayas. Por favor, tú no.

Se aferra a mí como si le fuera la vida en ello, con un gesto de tal desesperación que no estoy totalmente segura de que esté despierto.

No deja de farfullar: «Por favor, Cassie», una y otra vez, y no se relaja hasta que no le aprieto contra mi pecho y enredo los dedos entre su pelo.

—No pasa nada —aseguro—. No me voy. Me quedaré contigo.

Suspira, y el aire de sus pulmones sale denso y jadeante.

—Gracias.

Empuja la cabeza contra mi cuello y me quedo un poco asombrada cuando noto sus labios en mi garganta.

—¿Ethan?

Gime y vuelve a besarme apretando los brazos.

—Te quiero —musita al apoyar la cabeza en mi hombro—. Te quiero mucho. No me dejes.

Se deja caer pesadamente al dormirse mientras a mí todo me da vueltas.

Hasta que no siento una quemazón en los pulmones no caigo en la cuenta de que había olvidado respirar.

18

APUESTA SEGURA

Tras la inesperada y medio delirante declaración de amor de Holt, continúa gimiendo y balbuceando durante horas.

Como era de esperar, no la repite.

El globo de esperanza ciega de mi pecho se desinfla lentamente.

Cuando me acurruco junto a él para dormir, me envuelve entre sus brazos como una posesiva boa constrictor. Me hace gracia.

Todavía está oscuro cuando noto que unos dedos me acarician la piel. Se meten bajo el dobladillo de mi camisa y se deslizan hasta mi estómago.

—¿Ethan?

Carraspea.

—¿Es que esperas que sea otro tío el que esté a tu lado en la cama? Porque no estoy tan mal como para no darle una patada en el culo.

Su voz aún tiene un sonido espantoso, pero percibo algo en su timbre ronco que me pone la piel de gallina.

—¿Qué estás haciendo?

—Nada. Solo quería sentir tu piel.

Su tono tiene un timbre quejumbroso que me preocupa, pero al tocarle la frente noto que se ha enfriado. Por fin ha remitido la fiebre.

—¿Cómo estás?

—Cachondo. —Mueve la mano hacia arriba; sus cálidos dedos acarician mi costado—. Te deseo.

Se aprieta contra mí, ardiente y duro sobre mi muslo, meneando las caderas de una manera que no deja ninguna duda de lo mucho que me desea.

—Oh, Dios... —Mi cuerpo reacciona sin consultar a mi mente y me aferro a él.

—Cassie...

Desliza la mano hasta mi pecho y lo masajea con delicadeza sobre el sujetador. La sensación se extiende en espiral a todas mis extremidades.

En mi cabeza suenan campanas de alarma porque sé que, si no le pongo freno ahora, lo que está haciendo anulará todas las razones por las que no debería dejar que me toque así y volveré a la misma situación de hace cuatro días.

—Ethan..., tenemos que parar.

Se echa hacia atrás y me mira.

—¿Es que crees que no sé lo mucho que me deseas? Prácticamente me estás arrancando la camiseta a tirones.

—Esa no es la cuestión.

—No, la cuestión es que quieres que continúe, pero solo con tus condiciones. Como novio.

—¿Tan malo es que necesite saber en qué situación se encuentra nuestra relación?

—Maldita sea, Taylor, ¿acaso a estas alturas no sabes lo que siento por ti? Sé que soy buen actor, pero en lo tocante a mis sentimientos he sido más claro que el agua.

—Necesito oírlo de tus labios —digo en un hilo de voz.

—Te lo he dicho antes.

—Dudo que estuvieras despierto.

—Ahora sí estoy despierto.

—Entonces repítelo.

Agacha la cabeza y me besa en la sien, después en la mejilla y a continuación lo más cerca posible de la boca sin llegar a tocar mis labios.

—Te amo, Cassie. No quiero, pero así es. Ahora, haz el favor... —Me besa el cuello de nuevo, sus labios suaves y abiertos mientras desliza la mano hasta el botón de mis vaqueros—. Cierra el pico y déjame tocarte. Ha pasado demasiado tiempo. Se me está yendo la olla.

Cierro los ojos mientras me desabrocha el vaquero y baja la cremallera. A partir de ahí lo único que puedo hacer es apretar la cabeza contra la almohada porque cuando mete los dedos bajo mis bragas pierdo por completo la noción de la realidad. Sus dedos se mueven con seguridad y firmeza haciendo que me arquee y jadee conforme mueve como un titiritero los hilos de mi placer, incitándome a hacer ruidos demasiado fuertes para esta habitación tan silenciosa y oscura.

Dibuja círculos con los dedos, su aliento me calienta la garganta; la cabeza me da vueltas cuando todo mi ser se contrae y tensa.

Gruño porque no me basta. Necesito más de él. Todo.

—Por favor —susurro y alargo la mano entre nuestros cuerpos hasta que lo palpo bajo sus calzoncillos, duro y largo.

—Dios, Taylor...

Lo agarro y muevo la mano despacio de arriba abajo, tratando de pegarlo a mí.

—Ethan, por favor...

Emite un leve sonido y posa sus dedos sobre los míos.

—Cassie, para. No sabes lo que estás haciendo.

—Sí que lo sé. Te deseo. Y también te quiero.

—¡¿Cómo?!

—Ethan…, dentro de mí… Te quiero.

—¡¡Cassie!!

Entonces noto que me zarandean y al abrir los ojos me encuentro a Holt mirándome ceñudo respirando pesadamente y la luz del sol entrando a raudales en la habitación.

Doy un grito ahogado cuando se disipa mi tensión preorgásmica y tomo conciencia de dónde me encuentro.

Tengo una mano firmemente apretada en la entrepierna, y la otra…

Ay, Dios.

La otra plantada en los calzoncillos de Holt, agarrada con firmeza a su potente erección.

—Oh, Dios.

Lo suelto, se sienta y se tapa con el edredón.

—Estabas soñando.

—Lo siento.

—Hablando y… agarrándome…

—Oh, Dios. —La cara me arde por la vergüenza—. ¿Cuánto tiempo llevo…?

—Unos minutos.

—Lo siento mucho.

Suspira y dice:

—No pasa nada.

—Sí, sí que pasa. He… abusado de ti. Soy una pervertida.

Me tapo la cara con las manos y gruño; siento tal bochorno que ni siquiera soy capaz de mirarle.

—Maldita sea, Taylor, déjate de vergüenzas. No ha sido culpa tuya. Al principio pensé que estabas despierta y que…, ya sabes…, que habías cambiado de idea sobre lo de enrollarnos. Pero luego te pusiste a hablar y supe que estabas soñando. Podría haberte despertado, pero soy un hombre y por lo tanto estoy programado genéticamente para resistirme a apartar la mano de una mujer de mi polla.

Doblo las piernas contra mi pecho y le miro fugazmente.

—Dices que estaba hablando. ¿Qué decía?

Frunce el ceño, se pone a toquetear el edredón y carraspea.

—Era un sueño. No importa.

—Me gustaría saberlo.

Tose y bebe un sorbo de agua de la botella que hay en la mesilla de noche sin mirarme.

—Hablabas entre dientes. Decías que me deseabas o algo así. La verdad es que no te entendí.

Se me hace un nudo en la garganta. Está mintiendo.

Dejo caer la cabeza sobre los brazos y resoplo.

Que me haya oído decir las palabras prohibidas ya es malo de por sí, pero peor aún es saber que las he dicho de corazón. Hasta ahora jamás había sentido lo mismo por alguien. En un principio era un tío como otro cualquiera que me sacaba de quicio y ahora, sin previo aviso ni permiso, es otra persona. Alguien diferente.

Necesario e irreemplazable.

Si eso es amor, entonces es un disparate.

—¿Sabes que tú también hablas mientras duermes? —señalo, decidida a no ser la única que sufre este calvario.

Me mira bruscamente.

—¿Qué he dicho?

Aguzo la mirada.

—¿No te acuerdas?

Se queda mirándome unos instantes; el pánico que veo en sus ojos es desproporcionado. O bien lo recuerda y lo lamenta, o de lo contrario le da un miedo terrible haberlo dicho. En cualquier caso, me sale el tiro por la culata.

—No tiene importancia —digo—. Estabas tan ido que prácticamente no te he entendido. Si te parece, ignoramos las frases ininteligibles que decimos entre sueños, ¿vale?

Se queda en silencio unos instantes y a continuación le da un tremendo golpe de tos. Se dobla en dos y agarra unos pañuelos de papel; casi se atraganta con lo que está esputando. Le froto la espalda hasta que se le pasa.

—Deberías darte una ducha —sugiero mientras le acaricio entre los omóplatos.

—Sí, supongo que sí. —Parece cansado.

Sale de la cama y se acerca a la cómoda para coger unos calzoncillos limpios. Me mira fugazmente antes de volver la vista hacia el cajón.

—¿Has... doblado mi ropa interior?

Me encojo de hombros.

—Parte. —Solo los calzoncillos que estaban hechos un ovillo.

—Qué rara eres.

—No gastes saliva en balde, cariño.

Cuando cierra la puerta del baño me desplomo en la cama y resoplo. Doy un suspiro. No imaginaba que cuidar de mi no-novio fuera una experiencia tan bochornosa.

Estoy a punto de ir a la cocina a preparar el desayuno cuando suena el teléfono de Holt.

En la pantalla aparece «Casa» y, pensando que puede ser Elissa, respondo.

—Hola, soy Cassie desde el teléfono de Ethan.

Tras una pausa, oigo:

—¿Cassie? Soy Maggie Holt.

Me da un vuelco el corazón y se me quiebra la voz al decir:

—Ah, hola, señora Holt.

Una chica responde al teléfono de su hijo a primera hora de la mañana. Tiene mala pinta.

—Caramba, Cassie, ¿cómo estás?

—Está en la ducha.

—Ah. Vale.

—Por eso he cogido el teléfono. Está duchándose.

—Ya veo. Entonces estáis...

—Solo pasando el rato. Sé la impresión que debe de dar, pero quiero que sepa que entre Ethan y yo no hay nada. No nos acostamos juntos. Bueno, de hecho anoche sí, pero fue para dormir como Dios manda, ya sabe a lo que me refiero. Estaba bastante dopado. De medicamentos para la tos. Está enfermo; muy enfermo. —Me pellizco el puente de la nariz haciendo un esfuerzo para dejar de divagar—. O sea, no es que necesite un trasplante de pulmón ni nada por el estilo, pero se encuentra tan mal que hay que atenderle. Eso es lo que estoy haciendo aquí. Y responder al teléfono, como es obvio. Vaya, su hijo tarda muchísimo en ducharse, ¿eh?

Tierra, trágame.

Oigo una risa indulgente que me da pie a tomar aliento. Tengo la cara más caliente que la superficie del sol.

—Cassie, no pasa nada. Elissa nos dijo anoche cenando que estaba enfermo y que te había pedido que hicieras de enfermera. Gracias por acceder. Sé que mi hijo no es lo que se dice un paciente dócil. Cuando era pequeño tenía que chantajearle con juguetes de las Tortugas Ninja para conseguir que se tomara los medicamentos.

La imagen adorable de Holt como un mocoso me sobrepasa.

—¿De veras?

—Me temo que sí.

Se oye un tremendo golpe de tos procedente del baño y la señora Holt chasca la lengua.

—Supongo que no habrá ido al médico, claro.

—No, pero la verdad es que hoy suena mucho mejor.

—¿Eso es mejor?

—Ajá.

—Pobrecillo. —Tras una pausa, añade—: De hecho, Cassie, me alegro de que tengamos ocasión de hablar. ¿Vas a tu casa para Acción de Gracias?

—Pues… no. Este año solamente puedo permitirme un viaje de ida y vuelta y mis padres quieren que vaya en Navidad.

—Entonces, ¿estás libre esos días de fiesta?

—Supongo que sí.

—Estupendo. Me gustaría que los pasaras con nosotros en Nueva York.

—Oh…, señora Holt…

—Por favor, llámame Maggie —ataja.

—Maggie, no lo sé. Ethan…

—Esto no tiene nada que ver con él. También eres amiga de Elissa, y le encantaría que vinieras. Además, no podemos dejar que pases Acción de Gracias sola. Sería una tragedia.

—Aun así, no creo que…

—Tonterías. No acepto un no por respuesta. Te vienes y no hay más que hablar.

Sin darme opción a réplica, Holt sale del baño en calzoncillos con el torso al descubierto.

Se seca el pelo con una toalla y tose antes de articular con los labios: «¿Quién es?».

Tapo el auricular con la mano.

—Tu madre.

Tose otra vez y me hace una seña para que le dé el teléfono.

—¿Maggie? Ethan ya ha salido de la ducha. Y totalmente vestido, todo sea dicho. Bueno, totalmente no. No lleva camisa, pero se ha tapado todas las partes importantes. —*Uf, por el amor de Dios*—. Me alegro de hablar contigo.

—Yo también, Cassie. Hasta la semana que viene.

—¿Eh? Sí, vale.

Holt coge el teléfono y se sienta en el borde de la cama.

—Hola, mamá. —Está prácticamente afónico—. Sueno peor de lo que me encuentro. No hace falta que vaya al médico. Sí, ya estoy tomando antibióticos.

Hace una pausa y me mira fugazmente.

—Sí, Cassie me ha cuidado muy bien. Hoy estoy mucho mejor.

Escucha durante unos segundos y a continuación tuerce el gesto.

—¿Que has hecho qué?

Se pone rojo de ira y pasa por delante de mí dando grandes zancadas en dirección a la sala de estar. A pesar de que baja el tono de voz hasta un murmullo áspero, alcanzo a entender lo que dice.

—Mamá, ¿cómo se te ha ocurrido? Al menos podías habérmelo consultado.

Clavo la mirada en un montón de libros apilados en un rincón y aprieto la mandíbula. No debería estar escuchando esto.

—Sí, me gusta, pero…, caramba…, es más complicado que eso.

No tiene por qué serlo, pero así es.

—No, no es mi novia. El hecho de tenerla allí sería de lo más violento.

Me siento en el borde de la cama y niego con la cabeza. ¿En serio que él preferiría que pasase sola Acción de Gracias?

La verdad es que he sobrevalorado lo que siente por mí.

Holt sigue hablando con su madre unos minutos más, pero ya no capto lo que dice.

Menos mal.

Cuando vuelve al dormitorio tira el teléfono a la cama y va directamente hacia la cómoda. Tras coger una camiseta, se la pone de un tirón y cierra el cajón de un empujón.

—¿Estás bien?

—Sí.

—Estás enfadado.

—No es nada.

—El hecho de tenerme allí sería de lo más violento, ¿eh?

Suspira.

—Cassie…

—¿Por qué sería violento?

Se pasa los dedos por el pelo.

—Ya nos has visto a mi padre y a mí juntos. No te expondría a eso de ninguna de las maneras.

Inspiro entrecortadamente.

—Si eso es lo que deseas, vale.

Me mira a la cara, suspira y se sienta a mi lado.

—Cassie, no es que no quiera que vengas, pero…

Le da otro golpe de tos antes de que pueda añadir nada más. Cuando cesa, se deja caer en la cama, agotado.

Supongo que ya hemos zanjado el tema de Acción de Gracias.

Me agacho y le masajeo la espalda.

—¿Hay algo que pueda hacer?

Niega con la cabeza.

—Solo estoy cansado. Y me duele el pecho. —Está totalmente afónico.

Voy a por analgésicos y jarabe para la tos. Se los toma y se mete bajo el edredón.

Me siento junto a él y le acaricio el pelo.

—¿Sabes? Mi madre tenía un libro. Lo escribió ese autoproclamado swami que opinaba que si vamos en contra de lo que nuestra alma necesita el desequilibrio existente en nuestro cuerpo nos enferma. Como que si no expresamos lo que sentimos se nos irritará la garganta, o que si hacemos algo mal adrede nos dará dolor de cabeza.

Levanta la vista hacia mí con los ojos adormilados.

—¿Y si tenemos la garganta irritada, dolor de cabeza e infección en el pecho… qué? ¿Tenemos un trastorno emocional? ¿Mal de amores?

Me encojo de hombros.

—Tú sabrás.

Tose.

—Tiene su lógica. Creo que mi madre te ha invitado a Acción de Gracias porque piensa que puedes enderezarme.

Deslizo los dedos por su frente.

—No me había dado cuenta de que estabas torcido.

—Ja. Igual torcido no, pero definitivamente tarado.

—No lo creo.

—Después de cómo me he portado contigo, deberías. —Suspira y me da la espalda—. Estoy tocado, Taylor. ¿Es que no lo sabes a estas alturas?

Le acaricio la espalda.

—Si me hubieran traicionado mi amante y mi mejor amigo, yo también estaría tocada.

Tras unos instantes de silencio, dice:

—Por mucho que quiera echar la culpa de todos mis males a Vanessa y Matt, estaba mal desde mucho antes.

—¿Desde cuándo?

—Desde siempre. —No me mira mientras habla. A lo mejor le resulta más fácil así—. De pequeño me costaba hacer amigos. Me costaba dar muestras de afecto. Siempre me sentí como… mal.

Se queda callado un rato. Justo cuando me figuro que se ha dormido, susurra:

—Un día, mis padres me sentaron y me contaron que los dos primeros años de mi vida los había pasado en acogida familiar. Yo no me acuerdo, pero la mera mención me provocó un ataque de pánico. Tenía casi tres años en la época en la que me adoptaron.

—¿Tres? Oh, Dios.

Pensaba que sus asombrosas dotes interpretativas en cierto modo agravaban sus inseguridades, pero resulta que tiene verdaderos y justificados problemas de abandono.

Le acaricio el brazo intentando consolarle.

Inspira superficial y entrecortadamente.

—Nunca le he contado esto a nadie. Pero contigo… —Se pone boca arriba y levanta la vista hacia mí con expresión cansada—. Ignoro si mis padres biológicos se deshicieron de mí porque tenía alguna tara o si la tengo a raíz de eso, pero el resultado final es el mismo. Después de enterarme, cada vez que mi padre se perdía una competición de atletismo o cancelaba nuestros planes para el fin de semana yo lo achacaba al hecho de que no era su verdadero hijo. Entonces fue cuando empezamos a discutir. Yo era el crío desechado de algún perdedor del que se compadecieron mi madre y él.

—Ethan, no…

—De repente mi sensación de estar fuera de lugar cobró sentido. Como si fuera un impostor en mi propia vida. Y eso me puso como una furia porque me planteé por qué molestarme, ¿sabes? ¿Por qué seguir fingiendo? No soy ni un verdadero hijo ni un verdadero hermano. No soy nada verdadero para nadie. Quizá por eso soy buen actor. Todos los personajes que interpreto son más auténticos que yo.

Aparto la mano de su pelo y le acaricio la cara. Cierra los ojos, y los músculos de su mandíbula se tensan y sueltan.

—Vamos, Ethan. Ya conozco lo suficiente a tu familia como para saber que para ellos eres de lo más auténtico. Te adoran; incluso tu padre. Y en lo que a mí respecta, en mi vida había conocido a nadie tan auténtico como tú. Cada día me inspiras para dejar de ser lo que los demás desean y ser simplemente yo misma. De modo que ni se te ocurra decirme que no eres auténtico para nadie. Estás rodeado de personas que te quieren, a pesar de tu insistencia en apartarlas de tu vida. Si eso no es auténtico, a ver qué es entonces.

Intuyo que va a discrepar, pero, para mi sorpresa, no lo hace. En vez de eso me escudriña con gesto intenso y ceñudo.

—¿Conque estoy rodeado de personas que me quieren?

—¿Por qué te sorprendes? —pregunto acariciándole la frente—. Eres algo fuera de lo común.

Le cambia la expresión y parece que una sonrisa está tratando de escapar de un laberinto de confusión. Si no fuera tan guapo el condenado me haría gracia.

—Es que…, yo no… —Cierra los ojos con fuerza y tira de mí. Le estrecho entre mis brazos e inspira entrecortadamente.

No decimos nada más; no hay necesidad. Me ha contado su secreto más oscuro y, aunque explica en gran medida los motivos por los que es como es, decido que da igual. Cuando finalmente se arme de valor para estar conmigo, si es que alguna vez lo hace, habré jugado todas mis cartas.

Maldita sea, ya he jugado todas mis cartas.

Al día siguiente, Holt prácticamente me echa de su apartamento, pero no de malas formas, sino dando a entender que uno de nosotros debe ir a clase. Cuando le llamo por la noche parece estar mucho mejor. Ha recuperado la voz y me dice que los golpes de tos están remitiendo.

Al día siguiente ando liadísima y no suena el teléfono hasta que estoy amodorrada en la cama.

Miro la pantalla y sonrío al ver quién llama.

—Hola, psicópata.

—Hola.

Es una locura que pronunciando una simple palabra pueda hacerme tan feliz que da vértigo. Y ni siquiera se trata de una palabra especial. Es una simple y manida palabra de dos sílabas para saludar, y sin embargo noto que una sonrisita bobalicona me cubre toda la cara como el papel de pared barato.

Pensé que, al contarme que fue adoptado, el ambiente podía enrarecerse entre nosotros, pero no es así. Si acaso, da la impresión de que al contármelo se ha quitado un peso de encima.

Sin embargo, no ha dicho nada sobre retomar nuestra relación en serio, aunque me alegra acortar distancias.

—¿Cómo es que no estás durmiendo? —pregunto.

—Me he pasado todo el día durmiendo. Ahora estoy totalmente espabilado.

—Toma un poco de jarabe para la tos. Te dejará K. O.

—Ya lo hecho, pero todavía no me ha hecho efecto. Seguramente no es buena idea que hable contigo justo ahora. Suelo decir sandeces bajo los efectos de ese potingue.

—Sandeces no, solo cosas que no me dirías normalmente. Me encanta ese jarabe para la tos. He sabido más cosas de ti en los últimos dos días que en todo el año.

—Y sin embargo sigues dirigiéndome la palabra.

—Es una lata, pero alguien tendrá que hacerlo.

Se echa a reír. Qué sonido más bonito.

Se queda callado un instante y a continuación dice:

—Oye, Cassie, he estado pensando...

—Ajá. —Percibo su nerviosismo a través de la línea de teléfono.

—Yo... sé que me porté como un capullo el otro día cuando mi madre llamó, pero... quiero que vengas para Acción de Gracias. —Su tono de voz se suaviza—. No creo que pueda pasar tantos días sin verte. He llamado a mi madre para pedirle que prepare la habitación de invitados.

Me quedo pasmada. Y totalmente tocada.

—Ethan...

—No has hecho otros planes, ¿verdad?

—Bueno, más o menos. He comprado una ración individual de pavo congelado. No sé cómo me las voy a arreglar para privarme de eso con tan poca antelación. Lleva salsa «aromatizada con arándanos».

—Ah. Vaya. Qué delicia de plato congelado. ¿Necesitas tiempo para pensarlo? No pretendo hacerte cambiar de parecer ni mucho menos, pero sabes que Maggie dirige una empresa de catering gourmet, ¿verdad? Sin presiones.

Me río.

—En fin, si me lo pones así... me encantaría ir.

No se me escapa que esto huele sospechosamente a cita. Reprimo las ganas de saltar de la cama y ponerme a bailar de alegría.

—Me alegro. Te recogeré mañana por la noche. ¿Dónde estarás?

—¿No vienes a clase mañana? —Me da un vuelco el estómago al saber que no le voy a ver por la mañana.

—No, es que necesito un día más para recuperarme de este resfriado. Además, voy a necesitar todas mis fuerzas para sobrellevar este fin de semana con mi padre. Entonces, ¿dónde te recojo?

—Bueno, mañana por la tarde hemos quedado todos en casa de Jack para tomar algo antes de las vacaciones.

—Vale, pasaré por allí. Iremos a Nueva York a cenar con mis padres y volveremos el domingo por la noche.

La idea de pasar cuatro días en Nueva York da vértigo de por sí, pero ¿y saber que pasaré ese tiempo bajo el mismo techo que Holt? El adjetivo «eufórica» es el único calificativo que da una ligera idea de cómo me siento.

—Holt, ¿debería preocuparme el hecho de que te muestres tan... agradable... de buenas a primeras?

Se echa a reír.

—Puede. Desde luego yo me muero de miedo. Cuidado con lo que deseas, Taylor. Es lo único que puedo decir.

—¡Bah! Pinocho deseaba ser un niño de carne y hueso y le salió bien.

—Cierto. Pero se quedó sin madera. Piensa en ello.

Me río e instantes después, cuando bosteza, hago lo mismo.

—A dormir —dice—. Nos vemos mañana por la noche.

—Vale, perfecto.

Al colgar me siento como una de esas paleontólogas que trabajan con un pincel diminuto y se pasan años limpiando motas de suciedad para sacar a la luz una valiosísima reliquia o un tesoro. Dudo que a Holt le agrade que le llame reliquia, pero sonrío de todas formas.

A las seis de la tarde del día siguiente casi todos mis compañeros de clase ya van camino de agarrar un pedo del quince. Algunos se han ido a casa a ver a la familia, pero la mayoría va a esperar hasta Navidad, como yo. Acción de Gracias en realidad es un mero pretexto para pasar cuatro días bebiendo como cosacos.

Ruby, sentada a mi lado en el sofá, da sorbos a un margarita bien cargado y menea la cabeza al ritmo de la música. Yo muevo la pierna nerviosamente esperando que aparezca Holt. Ruby le dice a Jack que me traiga otra copa para que me ayude a tranquilizarme, pero en este preciso momento no lo conseguiría ni vestida de oso polar y sumergida en nitrógeno líquido.

Estoy viendo cómo Mariska y Troy queman la pista de baile con unos movimientos de swing dignos de admiración cuando se apartan y descubro a Holt en la puerta.

Oh. Está aquí.

Se produce un tremendo clamor cuando la gente le ve y se arremolina a su alrededor como si se tratase de una criatura mítica extinguida hace tiempo. Le preguntan cómo se encuentra y dicen que le han echado de menos. Zoe le abraza. Jack le da unas palmadas en la espalda. A pesar de que sonríe y responde, no aparta la vista de mí en ningún momento.

Me falta el aire.

—Jo —cuchichea Ruby junto a mí—. ¿Es que Holt ha tenido algún caso raro de bronquitis que mejora su *sex appeal*? Porque…, vaya tela. El tío tiene una pinta estupenda.

Lleva puestos unos vaqueros negros y un jersey de cuello de pico azul oscuro. Tiene el pelo desgreñado y está recién afeitado. No puedo quitarle los ojos de encima. Parece un poco cansado, pero está mucho menos pálido que la última vez que le vi. Siento el súbito impulso de ir a su encuentro, aferrarme a su torso y pegarme a él como una lapa.

Como es lógico, si lo hiciera con la minifalda que llevo puesta parecería una lapa de lo más putilla. De esas a las que otras lapas harían el vacío y cuchichearían a sus espaldas.

Me levanto y me acerco a él. Necesito estar cerca de él.

Cuando me paro delante de él, Jack está contándole una anécdota: Lucas fingió masturbarse en la clase de interpretación de hoy y Erika ha sorprendido a todo el mundo elogiando su valentía.

—Te lo juro, tronco —comenta Jack mientras todos ríen—: bajo esa fachada de cabrona, la tía es una obsesa sexual.

Holt me sonríe y se mete las manos en los bolsillos cuando articulo un «Hola» con los labios.

—Hola.

Jack le da una palmada en el hombro.

—¿Te traigo algo de beber? ¿Cerveza? ¿Un chupito de bourbon?

—No, gracias. No vamos a quedarnos mucho tiempo.

—¿Vamos? ¿Quién?

—Taylor y yo.

Jack mira al resto y enarca las cejas.

—¿Taylor y tú? Vaya, vaya. ¿Qué está pasando aquí?

Por un momento los ojos de Holt revelan pánico, pero respira hondo y contesta:

—Va a pasar los días de fiesta conmigo en Nueva York.

Oh.

Guau.

Jack, anonadado, nos mira fijamente. Esta vez Lucas y Zoe le imitan.

Noto que estoy boquiabierta, pero en este preciso instante estoy demasiado atónita para cerrar la boca.

—¿En serio? —pregunta Jack. Holt asiente y Jack se vuelve hacia mí—. Taylor, ¿tu hombre misterioso no pone pegas a que pases tiempo con nuestro amigo el intenso? Vamos a ver, ¿no os vio en *Romeo y Julieta*? Esto podría ser una estupidez como la copa de un pino.

Intento pensar en algo que decir para desviar la atención de Avery, pero da la casualidad de que no hace falta. Holt se ocupa de ello.

—De hecho, Jack —dice antes de tragar saliva con nerviosismo—, yo soy su hombre misterioso. Y no me importa en absoluto que pase tiempo conmigo.

En la sala se impone un silencio sepulcral. La música deja de sonar y, si me pongo a escuchar con suma atención, es probable que alcance a oír el sonido del viento entre las plantas rodadoras de fuera.

Dejo de respirar, muerta de miedo por si al moverme despierto de este fabuloso sueño.

Jack nos mira fijamente sin dar crédito.

—Perdona, ¿cómo has dicho? ¿Que *tú* eres el tío del que nos habló? ¿El imbécil del culo que no quiere acostarse con ella?

Holt lo fulmina con la mirada y hace una mueca de sonrisa.

—Sí, el mismito. El imbécil del culo en carne y hueso.

Oh, Dios mío. Por favor, no permitas que despierte. Que sea real.

Tras un elocuente silencio, Jack levanta el puño en el aire y exclama a voz en grito:

—¡Síííííí! —Todo el mundo rompe a cotorrear y Jack se vuelve y entrechoca las palmas de las manos con la gente que hay detrás de él—. Bien, todos los que apostasteis que Taylor salía con otro que no era Holt, a pagar. ¡Canje de boletos, gente! ¡Ha llegado el águila! Repito: ha llegado el águila. Que alguien me recuerde que le pague a Erika.

La sala parece la Bolsa de Nueva York, con la gente agitando en el aire dinero en efectivo y papeletas entre comentarios y risas.

—¡Espera un momento! —grita Holt, y fulmina a Jack con la mirada—. ¿Has..., has organizado una puta apuesta sobre si Taylor y yo estábamos o no juntos?

A Jack le cambia el gesto.

—Bueno, sí. Pero todo ha sido en plan de broma, tío. Lleváis la tira de meses mirándoos con ojos de carnero degollado. De alguna manera teníamos que sacarle jugo a eso.

—¡Qué dices! —exclama Holt con frialdad—. Yo no pongo ojos de carnero degollado.

Lucas le da unas suaves palmaditas en el hombro.

—Siento desengañarte, tronco, pero vaya si lo haces. Menos mal que tenéis buenas críticas por *Romeo y Julieta,* porque en la vida real fingís rematadamente mal.

Holt me mira pasmado; intervengo y le pongo la mano en el pecho.

—Hummm…, bueno…, caramba.

Parpadea y menea la cabeza.

—¿Qué diablos acaba de pasar?

—Buena pregunta.

Se queda unos instantes como un pasmarote, observando con gesto desconcertado el tejemaneje que se cuece a su alrededor. No reacciona y me mira hasta que rozo con la mano la zona de piel del cuello de su jersey.

—Hola. Soy Cassie Taylor. No puedo creer que nos hayamos conocido.

Sé que es una ocurrencia tonta, pero es la verdad. ¿Quién es este hombre abierto y comunicativo que tengo delante?

Se le sonrojan las orejas.

—Hummm…, sí. Hola.

—Vaya, eso ha sido… una sorpresa.

—Sí, pero una sorpresa agradable, ¿no?

¿Cómo es posible que piense lo contrario cuando le estoy sonriendo como si estuviera colocada?

—Una sorpresa muy agradable. ¿Tenías previsto que saliéramos del armario cuando vinieras aquí esta noche?

—No. Bueno, sí. O sea, no lo tenía claro, pero al verte… Supongo que en los últimos días he asumido que lo que quiero contigo pesa más que lo mucho que me asustas. Y estoy cansado de privarme de eso. Me estoy consumiendo, joder. Quiero estar contigo.

Le echo los brazos al cuello. Dicho sea en su honor, antes de centrar su atención en mí mira a su alrededor una sola vez para comprobar quién nos observa.

—Deja de acobardarte.

Mientras me observa fijamente se le acelera la respiración.

—A sus órdenes.

Le tiro hacia abajo de la cabeza. Me da un beso suave y casto, pero a juzgar por cómo inspira y me estrecha entre sus brazos me consta que su reacción es todo menos templada. A nuestro alrededor se producen varias exclamaciones de aprobación, pero hacemos caso omiso. Me resulta bastante fácil cuando estoy totalmente concentrada en reprimir el impulso de convertirme en una lapa putilla.

Me besa con más fuerza y, a pesar de que el deseo me aturde, me impresiona que muestre tanto descaro delante de todos. Sé que le cuesta un mundo.

Estoy orgullosa.

Se aparta, todos aplauden y les levanta el dedo corazón con gesto amistoso mientras me conduce a tirones por el pasillo hacia el estudio vacío.

Cuando cierro la puerta al entrar, suspira de alivio y se atusa el pelo.

—¿Ves? —digo—. Después de tantas semanas de secreto y desmentidos, ¿a que no ha sido para tanto?

Tira de mí y no se corta en sobarme el culo mientras me mira fijamente.

—Taylor, te digo con total sinceridad que sí. Ha sido, y es, dificilísimo.

Me besa de nuevo, ahora con menos miramientos, y me va empujando hacia la pared. Gime de una manera que me dan ganas de colarme en su garganta y restregarme contra su laringe. Llevo tanto tiempo esperando que se deje llevar y se entregue a esta historia entre nosotros que, ahora que ha llegado el momento, supera con creces todas mis expectativas.

No hay titubeos. No hay inhibiciones. Me besa como si temiera parar. Como si tratara de compensar esos largos días de separación.

Una parte de mí sigue convencida de que esto no es real, pero, cuando me alza para pegarse a mí, decido que me trae sin cuidado. Sea lo que sea, lo tomaré.

—Más nos vale parar —advierte mientras me va besando por el cuello hacia abajo hasta llegar a la clavícula.

Le agarro del pelo.

—Y que lo digas. La mejor solución posible a todo este deseo ardiente que hay entre nosotros. Buen plan.

Cubre mis pechos con sus manos y los acaricia por encima del jersey.

—No te burles de mí.

—Pues no digas chorradas como «Más nos vale parar».

—En eso tienes razón. No he anunciado que somos pareja delante de todo el mundo para que sigas sin tocarme la polla, eso está claro.

—Estoy en ello. —Respiro fuerte al tiempo que tanteo la pernera de sus vaqueros.

Apoya la mano en la pared detrás de mí e inclina la cabeza.

—¡La Virgen!

Se la aprieto por encima de la tela y deja caer la cabeza para apoyar su frente sobre la mía.

—Aun a riesgo de que te vuelvas a burlar de mí —dice jadeando al tiempo que se echa hacia atrás—, más te vale parar. En algún momento tendremos que ponernos en marcha si pretendemos ir a cenar con mis padres.

Aparto la mano a regañadientes. Él se echa hacia atrás y suspira.

—Espera un minuto. Seguramente Jack ha organizado una apuesta sobre que voy a salir de aquí empalmado.

—Igual debería ir a poner dinero. Podría ganar una pasta.

—Sobre todo si sigues tan pancha con esa falda invisible.

—¿Te gusta?

—¿Si te dijera que no, te la quitarías?

—Solo hay una manera de averiguarlo.

Se pone a hurgar debajo de mi falda rozándome el muslo con sus largos dedos.

—Ethan —digo con el aliento entrecortado—. Si sigues por ahí vamos a tardar lo suyo en salir de aquí. Lo sabes, ¿verdad?

—Ya. Lo que pasa es que mi novia es un pibón y, cuando le pongo las manos encima, me desato.

Me quedo sin aire en los pulmones.

—¿Estás reconociendo que soy tu novia? ¿Por fin?

Responde en voz baja:

—Sí, Cassie. Eres mi novia.

Me da un vuelco el estómago.

Dudo que me canse de oírle decir esa palabra en un futuro próximo.

Aunque está sonriendo, también percibo un atisbo de pánico en sus ojos.

—El mero hecho de decirlo te acojona, ¿verdad?

—Un poco.

—¿Crees que podrás acostumbrarte?

Me acaricia el cuello y lo medita un segundo.

—Espero que sí. Me gustaría.

Mi sonrisa de papel de pared barato ha vuelto.

—A mí también.

Sonríe y le estrecho entre mis brazos.

—¿Era esto lo que te daba miedo? Porque, aunque no tengo mucha experiencia en este tipo de cosas…, creo que de momento la cosa va bien.

Su sonrisa se desvanece.

—Taylor, tengo que advertirte una vez más que fastidio las relaciones. Te lo he dejado claro, ¿vale?

Me pongo de puntillas para besarle.

—Nos irá estupendamente. No le des tantas vueltas a la cabeza.

Asiente y suspira; por un momento se muestra totalmente abierto.

Con esa actitud es lo más hermoso que he visto en mi vida.

19

NEW YORK, NEW YORK

Nueva York
Residencia de los Holt

Desde la acera donde nos encontramos, la casa adosada de piedra rojiza de los Holt parece enorme e imponente. Me echo a temblar.

Venga, Cassie, tranquila. Lo harás bien.

Al mirar a Holt noto que también está nervioso.

Respiro hondo.

—Bueno, ¿cuál es el plan?

Frunce el ceño.

—¿El plan?

—¿Cómo nos comportamos delante de tus padres? ¿Vamos a ocultar que estamos juntos?

—¿Es eso lo que quieres?

—No.

—Pues no lo haremos.

Aunque lo dice convencido, no se me pasa por alto su fugaz expresión de pánico.

—Entonces, ¿qué? ¿Vamos a decirles que somos novios?

Titubea un segundo.

—Hummm…, sí.

Sigo sin estar convencida.

—Entonces, ¿tú eres mi novio, Ethan, que lleva a casa a su novia, Cassie, para conocer a sus padres?

—Sí —contesta con menos vacilación esta vez, aunque no rotundo.

—Unos novios normales y corrientes que pasan el rato con tu gente y que hacen cosas normales y corrientes que hacen los novios. Todo muy en plan de novios.

—Oye, para de repetir lo de «novios». Es un tostón.

—Pararé cuando tú lo digas.

—¿Por qué?

—Para saber que puedes decirlo.

—Lo dije en casa de Jack.

—Eso fue hace un siglo. Dilo otra vez.

Pone los ojos en blanco.

—Eres mi novia, ¿vale? Mi buenorra y pesada novia.

—Guau, *novio*, es la cosa más bonita que jamás le has dicho a tu *novia*.

Menea la cabeza y contiene la risa.

—¿Te quedas tranquila?

—Por supuesto. —Espero un segundo y pregunto—: ¿Puedo llamarte «cariño»?

—No.

—¿Churri?

—No.

—¿Chiqui?

—Joder, no.

—Vale, estupendo. Es solo para estar en la misma onda.

Se echa a reír; yo también, pero estoy haciendo totalmente el paripé. Reírme al menos me ayuda a disimular que estoy muerta de miedo.

—Oye, una cosa —dice, y me coge de la mano—, deja que yo se lo anuncie a mis padres en el momento oportuno, ¿vale? Hace unos días juré y perjuré a mi madre que no eras mi novia y se lo repetí cuando le dije que venías a quedarte en casa. Como lo suelte a bocajarro nada más entrar por la puerta voy a quedar como un impresentable. Dame solo un poco de tiempo, ¿vale?

Me dan ganas de replicar que otra vez está ocultando lo que siente por mí, pero después de lo que ha hecho en la fiesta sé que no van por ahí los tiros.

Levanto de nuevo la vista hacia la puerta y aumenta mi nerviosismo. Nunca me habían presentado a los padres de nadie como novia. Caray, nunca he tenido novio, y mucho menos una presentación ante sus padres. O sea, sí, me los presentó, pero entonces no era su novia.

Holt debe de notar mi tensión porque se inclina y me da un largo y tierno beso. Cuando se aparta me siento un poco mejor.

—Cassie, todo va a salir bien. No pierdas los papeles.

—¿Y si les caigo mal?

—No digas chorradas. Ya te conocen y te digo de buena tinta que mi padre te prefiere antes que a mí. Aquí el que debería estar nervioso soy yo. Si mi madre se toma unas copas de más seguramente sacará el álbum de fotos familiar y te enseñará fotos de su niño desnudo.

Reprimo una carcajada.

—¿Serán fotos recientes? Porque…, mmmm…., me gustaría verlas.

Menea la cabeza, va hacia el maletero y saca nuestras bolsas.

—Sí, mi madre tiene un lote completo de fotos de su hijo mayor desnudo. Es algo totalmente normal.

—Oye, por soñar que no quede.

Cierra el coche y, cuando me dispongo a coger mi bolsa, me aparta, carga él con ella y me hace un gesto para que suba las escaleras.

—Qué caballeroso cargando con las bolsas —comento.

Me sonríe con ironía.

—Si cuando llevemos tiempo de novios sigues pensando que soy un caballero galante, será una primicia. Más te vale empezar a moderar tus expectativas.

—Ni pensarlo. Mantendré altas mis expectativas, como el bajo de mis faldas.

Tras examinar con aire sensual mis piernas, abre la puerta y me conduce al vestíbulo de su casa.

—¡Mamá! ¡Elissa! ¡Estamos aquí!

Oigo unos ladridos agudos seguidos por un correteo de zarpas sobre el suelo de madera. De repente aparece una bola de peluche con patas al fondo del pasillo. Una figura poco definida de pelo largo y tostado con la lengua rosa viene dando saltos a nuestro encuentro. Cuando llega a la altura de Holt, se encarama a sus rodillas suplicando que lo coja.

Holt suelta las bolsas, coge al perrito en brazos y seguidamente lo aparta de su cara para evitar que se la lama.

—Dios, Tribble, tranquila. Tenemos compañía. —La perrita se retuerce y ladra; aunque Holt tiene el ceño fruncido, noto que siente debilidad por ella—. Tribble, esta es Cassie. Va a quedarse con nosotros unos días, así que pórtate bien.

Hago amago de acariciarla, pero Holt me detiene.

—Cuidado. Es huraña con los desconocidos, sobre todo con las mujeres.

Tribble me observa con recelo con sus ojos negros mientras olisquea mi mano. Luego aparta el hocico y emite un minúsculo gruñido. Si se tratara de otro perro tal vez impondría, pero viniendo de ella resulta adorable.

Holt la aparta y la mira con gesto serio.

—Tribble, no. No seas coñazo.

Cuando la deja en el suelo Tribble me mira con desdén, se gira en redondo y se aleja a la carrera.

—Lo siento —dice la madre de Ethan al bajar al vestíbulo—. Odia a todo el mundo excepto a Ethan. A Charles y a mí nos aguanta porque le damos de comer, pero en el mejor de los casos es una relación de compromiso. Bienvenida, Cassie. Me alegro mucho de verte.

Me da un abrazo y acto seguido besa a Ethan en la mejilla. Hay algo en la forma en la que mira a su madre que me derrite.

—¿Papá no está en casa?

Maggie niega con la cabeza.

—No. Trabaja hasta tarde.

No se me pasa por alto que ante la noticia de la ausencia de su padre la postura de Ethan se relaja.

—Bueno —dice la señora Holt—, la cena está casi lista. ¿Por qué no llevas a Cassie a su habitación para que pueda arreglarse? Cenaremos cuando llegue Elissa, en unos quince minutos.

Holt me conduce escaleras arriba a una confortable habitación y deja mi bolsa encima de la cama. Noto que me mira esperando mi aprobación mientras echo un vistazo a mi alrededor.

—Bueno, esta es —dice, moviendo la mano con un ademán.

—Qué bonita.

La decoración es moderna pero acogedora, y la cama es enorme. Teniendo en cuenta que estoy acostumbrada a una individual llena de bultos, es un lujo. Me dejo caer de espaldas para comprobar la resistencia de la cama a los botes. De repente vuelvo la vista hacia Ethan y veo que está mirando fijamente. Directamente a mis tetas.

—El baño está al fondo del pasillo —dice con expresión intensa. Es la primera vez que las indicaciones del baño me resultan tan excitantes.

—¿Dónde está tu habitación? —Me fijo en lo alto y corpulento que es mientras está de pie junto a mí.

—Es la siguiente puerta.

—Entonces, ¿está cerca?

—Mucho.

—¿Puedo verla? —Seguramente me sigo refiriendo a su habitación.

No sé por qué la idea de ver la habitación de su niñez me pone tantísimo, pero así es.

Él trata de actuar con naturalidad, pero el modo en el que da golpecitos con los dedos sobre sus muslos denota su creciente ansiedad.

—Claro.

Enseñarme cosas de sí mismo que seguramente le gustaría mantener ocultas es un gran paso para él.

Me conduce por el pasillo a la habitación de al lado, me hace una seña para que entre primero y deja caer su bolsa junto a la puerta.

La habitación está mucho más ordenada que la de Westchester y sobre la cama hay carteles enmarcados de películas como *Taxi Driver*, *La ley del silencio*, *Toro salvaje* y *Dos hombres y un destino*. Si fuera aficionada al juego, apostaría a que sus actores favoritos se encuentran en estos repartos.

En la pared situada frente a la puerta hay estantes llenos, no solo de libros, sino también de trofeos y fotos. Avanzo despacio para verlos de cerca, consciente de que Holt sigue acechando junto a la puerta como un buitre inquieto.

Hay tantos trofeos y medallas que cuesta fijarse en todos. Cojo uno y leo la inscripción: «Campeón estatal de atletismo: Ethan Holt».

Me vuelvo hacia el hombre con gesto huraño de la puerta.

—¿Conque eras un corredor bastante rápido, eh?

Se encoge de hombros.

—No se me daba mal.

—Claro. Siempre dan montones de trofeos a gente a la que no se le da mal.

Me agacho para mirar más de cerca las fotos. En una aparece Holt saltando una valla con una pierna extendida hacia delante y la de atrás doblada. Lleva el pelo más largo que ahora y tiene una expresión de férrea determinación. En otra aparece cruzando la meta con la cabeza hacia atrás, los brazos abiertos y una sonrisa de ganador en la cara. Casi parece otra persona; el hermano menor de Ethan, menos intenso.

Más abajo hay una foto de un grupo de chicos con chaquetas con insignias universitarias y chicas arremolinadas a su alrededor. Se me corta la respiración al verle con el brazo sobre el hombro de una chica. Es obvio que la mira con cariño. Entonces me doy cuenta de que ella no le mira a él, sino al chico rubio que tiene al otro lado.

Oh, Dios.

¿Vanessa y Matt?

Alarga el brazo por detrás de mí para colocar la foto boca abajo.

—No sé por qué la conservo. Debería haberme deshecho de ella hace años. O sea, fui un idiota por no darme cuenta, ¿vale? Era evidente que me la pegaba con él mientras estábamos juntos.

Al darme la vuelta baja la mirada y se mete las manos en los bolsillos.

—Eh, no seas tan duro contigo mismo. A ver, está claro que la pobre alucinaba. Y tal vez estaba ciega. ¿Elegir a ese petardo en vez de a ti? ¿En qué diablos estaba pensando?

Se relaja un poco, pero sé que la parte de él que pasó el trago no me cree.

—Sí, bueno…, da igual. Matt era un tío legal. Al menos eso pensaba yo hasta que le pillé tirándose a mi novia.

—Ethan… —Le pongo la mano en el pecho y, tras unos instantes, me mira a los ojos—. Yo no conozco a Matt y estoy segura de que tendrá sus virtudes, pero en algún lugar hay una placa donde se anuncia que Vanessa es la mujer más estúpida del universo por elegirle a él en vez de a ti. Te lo digo de buena tinta.

Se inclina y me besa; aunque es un beso lento y apasionado, inspiramos fuerte y al mismo tiempo.

Maldito sea este chico y su boca.

Es de locos lo rápido que me despierta mi creciente deseo y, de buenas a primeras, le tumbo en la cama de un empujón y me siento a horcajadas encima de él.

—Entonces —digo mientras me chupa con ternura la garganta—, ¿aparte de Vanessa soy la única chica que ha pisado este dormitorio?

—Sí. —Su voz vibra contra mi piel al responder.

—Me alegro.

Le empujo y le beso con un tremendo sentimiento de posesión. Él hace un ruido que según parece indica que está disfrutando y que cobra intensidad cuando me dejo caer de costado y coloco su muslo entre los míos.

Oh, hostia, sí. Me encanta su muslo. Es alucinante.

—Deberíamos parar. —Respira entrecortadamente y echa un vistazo a la puerta, nervioso.

Le beso la garganta.

—No mola parar. Salvo si por casualidad pierdes el control del coche en una carretera helada y vas de cabeza a una muerte segura. Entonces sí que es imprescindible, pero ¿en este caso? Es una idea pésima. Terrible. La peor idea del mundo.

Chupo su cuello, con el pulso acelerado, y dice con voz queda y tensa:

—Taylor, ¿es que no sabes que mi madre puede subir en cualquier momento? ¿Acaso quieres que te pille montada en la pierna de su hijo?

Me quedo paralizada. Entonces es cuando oigo pasos por el pasillo.

Ay, Dios.

Me pongo de pie y me estiro la ropa y el pelo en medio segundo intentando no parecer la virgen cachonda que soy.

Ethan se ríe entre dientes, se sienta y empuña un cojín para tapar su erección.

Los pasos se aproximan y aparece Elissa en el umbral. Nos mira a los dos y pone los ojos en blanco.

—Venga ya. Ni se os ocurra fingir que no os estabais dando el lote. Cuando estaba al pie de la escalera he oído los repugnantes gemidos de Ethan. Sonaba como un oso con ardor de estómago. Además, Ruby me ha llamado y me ha contado con pelos y señales el espectáculo que habéis dado en la fiesta de Avery. Menos mal. Empezaba a pensar que iba a perder esa ridícula apuesta.

Holt fulmina a su hermana con la mirada.

—¿Tú también has apostado?

—¡Ja! Pues claro. En lo que a mí respecta, era dinero fácil. Sobre todo cuando Cassie accedió a echarte un ojo cuando estabas enfermo.

—¡Elissa! —exclamo—. ¿Me pediste que fuera con tal de ganar una apuesta?

Suspira.

—No. Te lo pedí porque estaba preocupada por Ethan. Y porque estabais haciendo el tonto con el hecho de estar juntos. —La siguiente frase la pronuncia en un tono mucho más bajo—. Que ganara cien pavos y me comprara un bolso nuevo es un mero plus, así que hurra por mí.

—Que me jodan —dice Holt con gesto malhumorado—. ¿Por qué en esta familia todos piensan que soy incapaz de tomar mis propias decisiones sobre mi vida amorosa?

—Porque no has tenido vida amorosa desde hace cuatro años, hermano mayor —replica Elissa—. Eres como un crío que no quiere tirarse a la piscina porque tragó agua hace siglos. Gracias a Dios que por fin le has echado agallas a lo de Cassie. Por si no lo hacías ya me estaba planteando regalarte un montón de gatos y asunto concluido.

—Elissa, lárgate de mi habitación, joder.

—No. Cassie también es amiga mía. Tienes que aprender a compartir.

—No la pienso compartir. Largo. Ya.

—Oblígame.

—Con mucho gusto. —Avanza resuelto hacia ella, la coge en volandas, la deposita al otro lado de la puerta y le da con la puerta en las narices.

La madera amortigua la voz de Elissa al exclamar a voz en grito:

—¡Eres un capullo!

Holt abre la puerta de sopetón y dice en voz baja:

—Ah, y por cierto, no le he dicho a mamá y a papá que Cassie y yo estamos juntos, así que haz el favor de cerrar esa bocaza que tienes. Gracias.

Ella mete el pie en el hueco de la puerta antes de que vuelva a cerrarla de un portazo.

—En ese caso más te vale ser agradable o lo publico en todo el barrio.

Él tuerce el gesto.

—Me revienta ser agradable.

—Y a mí ser discreta. Recapacita y déjame entrar.

Ethan abre la puerta de un tirón y va hacia la cama para sentarse mientras Elissa se acerca a mí para darme un rápido achuchón.

—Cassie, no te puedes ni imaginar lo contenta que estoy de que estés aquí. Por fin tendré a alguien con quien hablar que no sea este coñazo.

—Chúpame un huevo —masculla Holt mientras hojea una revista *Rolling Stone* con aire distraído.

Elissa resopla.

—Has dicho que serías agradable.

Él se recuesta en la cama.

—Perdona: chúpame un huevo, por favor.

Ella asiente.

—Eso está mejor.

Me río porque, a pesar de que se comportan con una actitud borde e inmadura, en el fondo hay cariño y me hace caer en la cuenta de lo mucho que he echado en falta tener hermanos.

Charlamos un rato, hacemos planes para el día siguiente y proponen las zonas de Nueva York que les gustaría enseñarme. Holt no bromeaba al decir que no quería compartirme; cada vez que Elissa sugiere llevarme a algún sitio se pone tenso. En cierto modo sus celos me ponen a cien.

En un momento dado Elissa me pilla mirándole fijamente mientras deshace la bolsa. Ella sonríe y noto que me acaloro.

Cuando Ethan sale de la habitación para llevar sus cosas de aseo al baño, Elissa menea la cabeza.

—Tía, estás pilladísima por mi hermano, ¿verdad?

De nuevo siento que la cara me arde.

—Cierra el pico.

Se echa a reír.

—No me estoy burlando de ti. Pienso que es genial, pero él es bastante duro de pelar. Empezaba a preguntarme si encontraría a una chica que cargase con todo su lastre.

—Tampoco es para tanto.

—Lo dices porque tienes una habilidad especial para manejarle.

—¿Eso crees? A veces no tengo ni idea.

Echa un vistazo a la puerta y cuchichea:

—Si quieres entenderle mejor, pídele que te enseñe lo que hay en el cajón de abajo. —Hace un gesto con la cabeza hacia la cómoda de la pared del fondo.

—¿Por qué? ¿Es que esconde restos humanos ahí dentro?

Se ríe y se levanta al entrar Ethan.

—Me figuro que, en cierto modo, él ha visto el tuyo, así que deberías ver el suyo.

Holt observa a su hermana con gesto receloso.

—¿De qué coño estás hablando?

—De nada. —Le da un beso en la mejilla y acto seguido se interna en el pasillo.

Él me mira con gesto sombrío.

—¿Qué te acaba de decir mi hermana?

—Me ha dicho que debería pedirte que me enseñaras lo que hay en el cajón de abajo. —Me echo hacia delante y bajo la voz—. ¿Es porno? Porque eso sí que me encantaría de verdad verlo contigo.

En vez de tomárselo a broma como yo esperaba, se crispa y se le pone la cara roja.

—Que le den por culo.

—¿Cómo? ¿Qué hay ahí dentro? La verdad es que no pensaba que fueran restos humanos, pero ahora tengo mis dudas.

—Lo que haya ahí dentro es cosa mía y de nadie más —contesta mientras saca la ropa que queda en la bolsa, la mete en los cajones y los cierra bruscamente.

—Ethan…

—Basta ya, ¿vale?

—¿No vas a decírmelo o qué?

—No.

—¿Por qué no?

—Porque es personal, ¿vale? Que estemos saliendo no implica que sepas todo sobre mí.

—Vaya, la verdad es que pensaba que igual esa era la cuestión. —Me acerco a él y poso las manos en su pecho—. ¿No se supone que debemos mostrar todo lo negativo de cada uno para comprobar si nos gustamos de todas formas? —Se pone tenso cuando meto la mano bajo su camiseta para tocar su piel tibia.

—Taylor… —Entrecierra los párpados cuando palpo sus músculos.

—Vamos a ver: salvo que hayas asesinado a alguien y le hayas enterrado en el jardín trasero, nada que pudieras decirme haría que dejaras de gustarme. Eres consciente de eso, ¿verdad?

Respira pesadamente. Muevo las manos hacia sus costados y a continuación las deslizo desde sus costillas hasta sus omóplatos. Él cierra los ojos y deja caer la cabeza hacia abajo.

—¿Qué haces?

—Convencerte. —Deslizo las yemas de los dedos por su espalda y gime—. Ethan, por favor, dime lo que hay en el cajón.

Exhala y noto que flaquea.

—Si me lo dices, te besaré. Mucho.

—Qué mamona eres.

—Eso también, si quieres.

Cierra los ojos con fuerza.

—Te lo digo si me prometes que no vas a darme la tabarra.

—¿Es que alguna vez...? —Me interrumpo y suspiro. *Pues sí, no puedo ni plantearme negarlo*—. Vale. Lo prometo.

—Y tienes que cumplir tu promesa de besarme. Mucho.

—Desde luego. ¿Y la mamada?

La mirada que me lanza me estremece.

—No me tientes. Mi madre está abajo.

—Vale, muy bien. Trato hecho.

Suspira y va hacia la cómoda.

—Recuerda: nada de guasa.

Levanto la mano derecha.

Se saca el llavero del bolsillo y abre la cerradura del cajón de abajo con una llavecita de latón.

—Joder, no puedo creer que esté haciendo esto —mascula al abrir el cajón.

Doy un paso y me asomo al interior. Está lleno de libros forrados de tela.

—Hummm..., vale.

Está esperando mi reacción. Lo único que puedo ofrecerle es desconcierto.

—Perdona, Holt, pero no entiendo.

Suspira.

—¿Te acuerdas de cuando leí tu diario? ¿Cuando me porté como un auténtico cretino y te grité por escribir toda esa mierda que alguien podía descubrir? Pues bien, fue por esto. Me daba miedo que alguien pudiera descubrir esto. Que tú pudieras descubrir esto un día y…

Su explicación cobra sentido.

—Oh, Dios mío.

Se agacha y saca un libro.

—¿Son todos…?

—Sí.

Abre la cubierta y me la muestra para que la lea: «Crónicas de Ethan Holt. ¡Ni se te ocurra acercarte!».

—¡Guardas diarios!

Deja caer el libro en el cajón y lo cierra de un puntapié.

—Crónicas, Taylor, no diarios. Hay una diferencia.

—Venga ya, ¿qué diferencia hay entre una crónica y un diario?

—Es diferente y punto, ¿vale? Los hombres no escriben diarios.

—Pues es evidente que sí.

—Maldita sea, dijiste que no te burlarías.

Levanto las manos con un ademán.

—Tienes razón. Perdona. —Tras un silencio, pregunto—: ¿Y qué escribes ahí?

—Supongo que el mismo tipo de cosas que tú en el tuyo.

—Ah, ¿sí? ¿Entonces también eres una virgen sexualmente frustrada que está obsesionada con el pene de un actor guapo?

Suspira y deja caer la cabeza.

—Lo siento —digo entre risas—. Es que me las hiciste pasar canutas cuando leíste mi diario. ¿Acaso no puedo divertirme un poco?

—Un poco —dice de mala gana.

—Bueno, ¿salgo en tu diario?

Se le sonrojan las orejas y se mete las manos en los bolsillos.

—Puede. No en estos, pero sí en el que guardo en mi apartamento.

—¿Me dejarás que algún día lea algo? Donde las dan las toman, ya sabes.

—En esta vida no. Ni en la próxima, de hecho. —Mira al suelo y me siento mal por burlarme de él. El hecho de revelarme esto es un gran paso para él y yo no debería tomármelo a la ligera.

Me acerco para tocarle la cara y después me pongo de puntillas para besarle con delicadeza.

—Gracias por enseñármelo. Significa mucho.

Aparta la vista.

—Sí. Claro.

Le doy otro beso, esta vez más largo, y, tras un momento de vacilación, me corresponde. Unos fuertes brazos me envuelven mientras me besa con más pasión y, justo cuando noto que planta sus enormes manos en mi trasero, oigo a alguien carraspear por detrás.

Al darnos la vuelta nos encontramos a Maggie en la puerta reprimiendo una sonrisa.

—Siento interrumpir, pero la cena está lista.

Desaparece sin más.

Holt resopla y deja caer la cabeza sobre mi hombro. Noto que no aparta las manos de mi culo.

—En fin, supongo que ya no tenemos que decirle a mi madre que salimos juntos.

—No, supongo que no.

Cuando bajamos, Elissa y Maggie ya están sentadas. Tribble hace guardia junto a una silla que supongo que será de Ethan. Juro que me mira con desprecio.

—Sentaos, por favor —dice Maggie, y señala hacia los cubiertos restantes—. No sé vosotros, pero yo me muero de hambre.

Tribble gruñe cuando me siento al lado de Holt, que la reprende por lo bajini.

Cuando su madre le pasa un plato de pasta, Holt carraspea y dice:

—Mamá, hummm…, tenía intención de decirte lo de Cassie antes, pero…, en fin…

—No pasa nada, cariño —dice Maggie, y me tiende un bol de ensalada—. Ya lo sabía.

Holt lanza una mirada acusadora a su hermana.

—Oye, a mí no me mires —replica ella, y levanta las manos a la defensiva—. No he dicho ni mu.

—¿Entonces cómo lo sabe?

—Cariño —tercia Maggie—, cuando eres madre es fácil leer las emociones de los hijos. Para mí era obvio que sentías algo por Cassie y me alegro de que finalmente hayas obrado en consecuencia. Me siento muy feliz por ti. —Holt parece tener sus reservas; ella le pasa la ensalada—. Ah, por cierto, Jack Avery ha llamado antes para decir que acerté con mi apuesta la semana pasada.

A Holt se le cae el mundo encima, además del tenedor.

—¡¿Qué?!

Maggie, incómoda, se estruja las manos.

—Bueno, cariño, Elissa me dijo los porcentajes que Jack estaba barajando y, después de veros juntos en *Romeo y Julieta*, supuse que era una apuesta segura.

—¡Mamá! ¡Por el amor de Dios!

—Mi vida, no te pongas así. Mamá necesitaba un par de zapatos nuevos.

Él se frota los ojos y refunfuña.

La energía de mi nerviosismo se manifiesta con una risa demasiado estridente y, al soltar una indiscreta risotada, tres caras sorprendidas se vuelven hacia mí. Cuatro, contando a la perrita.

—Lo siento —digo mientras intento contenerme en vano—. Es que es poco menos que increíble.

Maggie se ríe conmigo y Elissa nos imita.

Ethan menea la cabeza.

—¿Por qué todas las mujeres que hay en mi vida se empeñan en martirizarme?

Me acerco y le beso en la mejilla. Me corresponde con un esbozo de sonrisa.

El resto de la cena pasa rápidamente y flipo con el increíble festín que Maggie ha improvisado. Cuando termino apenas puedo moverme. Mi pobre estómago hinchado se debate entre el cielo y el infierno y maldigo los años que he pasado comiendo la bazofia que mi madre consideraba cocina, donde los garbanzos eran sagrados y cualquier cosa que supiera bien, como la mantequilla o la sal, era tratada como un veneno mortal que había que evitar a toda costa.

Mientras sirve el postre, Maggie se interesa por mí y por mi familia; a pesar de que por lo general me pongo nerviosa cuando se me interroga tan abiertamente, no da la impresión de ser entrometida. Solo quiere conocer mejor a la novia de su hijo.

La pillo observando un par de veces cuando Holt y yo hablamos entre nosotros y tiene la misma expresión de optimismo en sus ojos que mi madre siempre que intentaba convencerme para que me hiciera vegana. Espero que la historia entre Holt y yo salga mejor que mi efímera relación con el *tofupavo* y la leche de arroz.

En lo tocante a Holt, me gusta ver cómo se relaciona con su madre y su hermana. Elissa y él se pelean continuamente, pero, a pesar de sus esfuerzos por aparentar mala leche, tiene buen corazón. Y la actitud que muestra con su madre hace que me derrita entera.

Dicen que se puede intuir en gran medida cómo te tratará un hombre por el modo en el que trata a su madre. Si eso es cierto, espero que me trate como a una reina.

20

DESESPERACIÓN

Cuatro días más tarde ha pasado Acción de Gracias y estamos de vuelta en Westchester. Prácticamente ni ha terminado de abrir la puerta de mi apartamento cuando me abalanzo sobre él y me pongo a besarle con desenfreno.

Sorprendido, deja caer mi bolsa y casi tropezamos con ella.

—Cassie, para el carro…

—No me digas que pare el carro —replico, y le empujo en la corta distancia que hay hasta el sofá—. Cuatro días, Ethan. Cuatro días de caricias interminables, orgasmos interrumpidos y dramas familiares. Ya está bien de parar el carro. Ahora, haz el favor de cerrar el pico y besarme.

Sea lo que sea lo que va a decir, mi boca lo silencia y me siento a horcajadas sobre él al tiempo que hundo mis dedos entre su pelo.

Es una sensación alucinante. Un sabor alucinante. Me sobrepasa por completo cómo un hombre puede saber tan bien.

Sé que estoy desatada, pero él es el causante. A pesar de que hubo cierta tensión cuando su padre estaba presente, el fin de semana con su familia resultó ser bastante agradable. Sin embargo, el hecho de estar cerca de él veinticuatro horas al día fue una tortura sexual. Entre los recorridos turísticos con su hermana y las comidas familiares tuvimos muy pocas ocasiones para estar a solas. Y cuando las teníamos, siempre paraba antes de llegar a lo mejor. Todo el fin de semana ha resultado ser un cúmulo insoportable de prolegómenos y, como no se deje de rodeos y me desahogue ya, verá lo nunca visto en rebelión de partes femeninas. Maldita sea, estoy más tensa que el último lifting facial de Jane Fonda.

—Quítate la camiseta. —Le besuqueo toda la cara y después paso a su cuello, donde añado unos mordisquitos porque sé que le vuelven loco.

—Espera un… Oh, joder…

Le mordisqueo entre el cuello y el hombro y le doy un chupetón. Él levanta la pelvis tan repentinamente que casi me caigo de su regazo.

—¡Hostia, Cassie!

—¡La camiseta! ¡Fuera!

Tiro de ella y se la quito. Da la impresión de que le he electrocutado el pelo. Con lo revolucionadas que tengo las neuronas en este momento, no me extrañaría.

Cuando lanzo al aire su camiseta viene a dar contra la lamparita que hay a nuestro lado y al estamparse contra el suelo la porcelana se hace añicos.

Aparta de mala gana la boca el tiempo justo para evaluar los daños.

—Te has cargado la lámpara.

Muevo en círculo las caderas.

—Cállate ya. La lámpara no tiene importancia; desnudarnos, sí.

Me desabrocho la camisa con torpeza. Él farfulla algo, pero me la quito de todos modos. Aterriza en el suelo junto al cadáver de la lámpara y me quedo en sujetador. Pego mi pecho al suyo y suspiro aliviada. Tengo ganas de chuparle entero. Empiezo por su cuello y me deleito con el sabor dulce y salado de su piel mientras muevo las caderas para restregarme contra él.

Oooh, la tiene dura y perfecta. El resto de su cuerpo sabe bien y me pregunto si eso también.

Con solo pensarlo me pongo aún más fogosa y no hay más remedio que hacer algo antes de que estalle en llamas.

—Los pantalones —digo, y prácticamente no parecen palabras, sino más bien un rugido ronco.

—¿Qué? —Está haciendo una cosa increíble con mis tetas.

Apenas puedo articular palabra, pero lo intento.

—¡Holt, por lo que más quieras, quítate los malditos pantalones!

Mis gritos le dejan paralizado, de modo que yo misma me encargo del asunto. Rezonga ligeramente mientras forcejeo para desabrocharle el cinturón, pero llegados a este punto todos sus argumentos son inútiles.

El cinturón es de esos puñeteros que solo lleva una chapa metálica compacta sujeta a un enganche o algo. Impotente, me pongo a tirar de ella.

—Mierda…

—Cassie…

—¡Mierda! ¡¿Cómo coño va esto?! —La agarro con ambas manos y la emprendo a tirones y empujones para conseguir soltarla por la fuerza bruta, pero no hay manera.

—¡Maldita sea, Ethan, ayúdame!

Siento como si estuviera en una película de catástrofes y el cinturón fuera el iceberg que va a hundir el barco *Orgasmo* de los buenos. Hay que destruirlo.

La hebilla por fin cede y hago un ruidito de victoria antes de desabotonarle frenéticamente los vaqueros.

—Te deseo —digo al meter la mano en sus calzoncillos.

Oh, Dios, sí. Ahí, justo ahí. Eso es lo que deseo.

—Ooooooh… Hostia. —Cuando la sujeto entre mis dedos se le ponen los ojos vidriosos.

—Por favor, Ethan. —Casi me da vergüenza lo llorica que estoy—. Ruby no vuelve a casa hasta mañana. Estamos solos para campar a nuestras anchas. Por favor.

Su expresión me dice que está a punto de decir algo. Como no quiero oírlo, le beso para que se calle y le acaricio lentamente. Gime y me agarra de las caderas. Ninguna de las dos cosas calma mi furor.

Me levanto, me desabrocho los vaqueros y me los bajo hasta las rodillas en tiempo récord. Trato de quitármelos de pie, pero son ajustados y los condenados se atascan en mis enormes pies.

—¡Mierda!

Doy un tirón con el pie derecho para intentar sacarlo, pero acabo perdiendo el equilibrio y cayendo de bruces contra la entrepierna de Ethan. Mi barbilla topa con algo blando y él se dobla en dos y se lleva las manos a la entrepierna.

—¡Aaaaaay, tía…!

—¡Perdón! ¡Oh, Dios mío, lo siento!

Se desploma en el sofá. Intento levantarme, desesperada por ayudarle como sea, pero mis pies continúan atascados en los vaqueros, de modo que termino cayéndome otra vez.

—¡Mierda!

Holt gruñe con la cara medio hundida en el cojín del sofá.

—Taylor, si vas a tener la mala leche de aplastarle los huevos a tu novio tendrás que empezar a decir tacos como es debido.

Me siento en el suelo, tiro de los vaqueros hasta que saco los pies y seguidamente me pongo de rodillas delante de él.

—Lo siento mucho. ¿Estás bien?

Contesta con voz forzada:

—Bueno, te aseguro que ya no tengo el problema de correrme en tiempo récord.

Me inclino y le acaricio el pelo.

—Lo siento.

—Deja de decirlo. No sirve de nada.

—No sé qué más puedo hacer.

Se fija en mis vaqueros, que están hechos un gurruño a mi lado.

—Eres la única persona que conozco que puede convertir el quitarse la ropa en un deporte de alto riesgo. ¿A qué demonios vienen estas prisas?

—Es que… te deseo.

—Yo también, pero eso no significa que tengamos que hacerlo ahora mismo. Ni siquiera hemos llegado a la tercera base.

—Sí.

Se burla.

—No, de eso nada. Me acordaría de que me la has chupado. O de que te lo he chupado, ya que estamos.

Toda la sangre que ahora no está bombeando hacia abajo me sube de golpe a la cara.

—No me lo has…, o sea… ¿*Eso* es la tercera base? —Visualizo una imagen fugaz de mí misma con su cara ahí abajo tan a gusto—. Pensaba…, hummm…, que eso era la cuarta base.

Se sienta y frunce el ceño.

—Cassie, la cuarta base es el coito. ¿Cuántas bases crees que hay?

No lo sé, pero quiero que me las explique todas.

Me inclino para besarle, pero se aparta.

—Oye…, para un segundo, ¿vale? ¿Qué te pasa?

—Perdona, es que… —Me siento sobre los talones sintiéndome frustrada y tonta—. Me vuelves loca y tengo ganas de hacerte cosas y de que me las hagas, pero no dejas de frenarme y yo… —Me pican los ojos. No puedo fingir que soy inmune a sus continuos rechazos.

—Ven aquí. —Tira de mí para subirme al sofá y nos quedamos tumbados el uno junto al otro.

Suspiro cuando me roza las mejillas con las yemas de los dedos.

—Es que me da la sensación de que deseo esto más que tú y eso fastidia, ¿sabes?

Me mira como si le hubiera reprochado que le gustan las películas de Adam Sandler.

—¿Crees…? —Menea la cabeza—. ¿Crees que no te *deseo*? Joder, ¿estás hablando en serio? —Me pasa la mano por el costado hasta llegar a la piel desnuda de mi muslo—. ¿Cómo es posible que se te ocurra pensar por un segundo que no…? —Baja la vista—. Que me jodan…, ¿qué llevas puesto?

No llevo las bragas y el sujetador a juego, pero no parece importarle. Pasa un dedo por el borde de mi culote de encaje. Es la vez que más cerca ha estado de hurgar por debajo del tejido y automáticamente mi corazón se pone a latir a toda máquina.

—¿Te gusta?

Cierra el puño a la altura de mi cadera.

—Tú sí que me gustas. Tus bragas son un mero complemento. Si entendieras…, si llegaras a hacerte una idea de lo mucho que te… —Me mira con ojos cargados y oscuros—. Cassie, te deseo a cada instante. Demasiado.

Se echa hacia delante para pegar su boca a la mía y la ligera succión casi me distrae del movimiento descendente de su mano por mi pierna para pellizcar el lunar que tengo justo debajo de la rodilla.

—Tengo que andarme con cuidado contigo —dice entre besos tiernos y lentos—, porque si la cago… —Me besa el cuello mientras continúa hablando prácticamente para sí mismo—. De verdad que no quiero cagarla.

—No lo harás. —Le sujeto la cara con ambas manos para que me mire a los ojos—. Además, ¿qué es lo peor que podría ocurrir?

Roza con sus dedos mi estómago y luego va subiendo despacio hasta mis pechos. Se entretiene ahí mientras me besa el cuello, después el escote y por último las protuberancias que asoman por encima del sujetador. Justo cuando pienso que no puede excitarme más, mueve las manos hacia abajo. Y más abajo. Luego llega *justo ahí*, a mis bragas; primero toca con delicadeza y después presiona con más fuerza, haciendo que mi respiración se vuelva superficial. Lleva el control de mi placer como si tuviera un manual de instrucciones, sin dejar de observar mi expresión para calibrar mi reacción.

¿Cómo es posible? ¿Cómo sabe qué hacer a mi cuerpo ante mi vacilación e inexperiencia?

En sesenta segundos me lleva más cerca del orgasmo de lo que yo puedo conseguir en diez minutos por mí misma. Inconscientemente, me contoneo contra su mano intentando encontrar la palanca mágica de sensaciones que harán que me desborde.

—Ese gesto —dice mientras aprieto la cabeza contra los cojines— me pertenece. La manera en la que abres la boca. Esa caída de ojos. Ese gesto es solo mío.

Dejo escapar un grito ahogado cuando mete los dedos bajo mis bragas y aparta el encaje. Es la primera vez que lo hace y... oooooh, Dios mío, sus dedos...

La perfección y virtuosismo de sus dedos.

Aprieto los párpados con fuerza mientras toca partes que jamás ha tocado hasta ahora.

Él también gime y pega la frente a la mía.

—Dios..., qué suave, y qué desnudo. ¿Qué coño intentas hacer conmigo?

—Ruby. —Estoy jadeando y digo cosas poco coherentes.

—No, soy Ethan. Pero si te apetece contarme alguna historia alucinante sobre ti y tu compañera de piso, soy todo oídos. —Presiona con más fuerza.

—No —digo, prácticamente incapaz de articular palabra—. Ruby me obliga a hacerme la depilación brasileña. Por eso lo tengo rasurado. Duele mogollón.

Mueve más rápido la mano y no puedo mantener los ojos abiertos.

—Pues en este preciso momento Ruby es mi heroína. Jamás había sentido nada parecido.

—Oh, Dios… Yo tampoco.

Entonces me da la sensación de que me está besando y tocando por todas partes a la vez y todo se convierte en respiraciones fuertes y tenues sonidos. Se tensa y siento tal espiral de placer que pienso que igual me desmayo.

—Me encanta hacer que te corras —musita justo antes de que pase. Se me arquea la espalda y todos los hilos que me sujetaban a la cuerda floja se rompen y despliegan.

Oh Dios, oh Dios, oh Dios, oh Dios…

Hace un murmullo de aprobación al verme experimentar tal oleada de placer y me anima con susurros hasta que me quedo agotada jadeando junto a él.

Guau.

Ha sido… *guau*.

Los últimos estremecimientos pierden intensidad y me fundo en sus brazos, relajadísima. Los días interminables de frustración y tensión sexual se desvanecen y me siento tan satisfecha que no puedo moverme. Menos mal que al menos uno de nosotros sabe cómo hacer que me corra.

Me coloca bien las bragas. A pesar de que estoy haciendo inspiraciones profundas, parece que mi corazón va a tardar un siglo en atenuar los latidos.

Al abrir los ojos veo que me mira con una expresión que me acelera el pulso de nuevo. Pero en cuanto nos miramos a los ojos algo cambia y levanta sus barreras emocionales.

Le acaricio la cara intentando retenerle.

—Ha sido… increíble.

—¿Sí?

—Dios, sí. Entonces, dices que esto era… ¿qué? ¿Segunda base?

—Ajá.

—Vaya… La segunda base es una pasada.

—¿Te sientes menos… crispada ahora?

—Sí. Me siento como un perezoso con Valium. —Paso la mano por la parte delantera de sus vaqueros y noto lo empalmado que sigue—. Oye, ¿te ayudo a relajarte ahora?

Se pone tenso.

—Estoy relajado.

—Primero: casi nunca estás relajado. Segundo: lo que es esta parte de ti, está definitivamente tensa. Me figuro que le apetecerá dar una vueltecita por la tercera base. O a lo mejor incluso un *home run*.

—Cassie… —Se aparta para sentarse en el extremo opuesto del sofá—. No vamos a hacerlo esta noche.

—¿Por qué no?

Se vuelve hacia mí.

—¿Cómo puedes ser tan pasota ante la idea de hacer el amor por primera vez?

—No soy pasota; simplemente creo que no es para tanto.

—Esa es la definición de pasota.

Suspiro.

—Vale, muy bien, pero creo que estoy preparada. Y me consta que tú también, así que no entiendo por qué te empeñas en negarte. ¿Es que no te resulta molesto? ¿No quieres desahogarte un poco?

Me sonríe con ironía.

—¿Crees que todos esos viajes al baño mientras estábamos en casa de mis padres eran para hacer pis? Debes de pensar que tengo la vejiga más pequeña del mundo.

—¿Quieres decir que cuando ibas al baño te…?

—Sí. —Lo afirma con mucho descaro.

Me arde la cara con solo pensar en él masturbándose.

—¡¿En casa de tus padres?!

—Me he criado en esa casa. Llevo masturbándome allí desde que llegué a la pubertad. Además, era o eso o bien pasarme el fin de semana entero empalmado y, créeme, eso habría sido peor.

—Pero si tanto te pongo, ¿cómo es que no estamos desnudos en la cama ya?

Se recoloca sus partes y se pasa la mano por el pelo.

—Cassie, soy superconsciente de que eres virgen y, aparte del dolor que vas a sentir la primera vez, también va a ser un hito en tu vida. Jamás volverás a tener una primera vez y yo… sencillamente no quiero echarla a perder.

—¿Cómo diablos vas a echarla a perder? Como si no supieras lo que te haces; o sea, en vista de lo que consigues solo con tus dedos, tener todo tu cuerpo va a ser una gozada.

—No me refiero al sexo en sí.

—¿Entonces a qué te refieres? Porque estoy hecha un lío.

Se mira las manos.

—¿Y si lo hacemos y llegas a la conclusión de que no estoy a la altura como novio y acabas odiándome? El recuerdo de tu primera vez se empañaría.

—¿Cómo se te ocurre pensar eso?

Inspira hondo.

—Porque a mí me pasó. —Aprieta las manos y se estruja los nudillos hasta que crujen.

Tardo unos instantes en caer en la cuenta.

—¡Ah! ¿Vanessa? Fue tu…

—Sí.

Nos quedamos sentados en silencio unos segundos y me siento mal por poner en duda que me desea. Hasta ahora no se me había pasado por la cabeza que Holt estuviera intentando asegurarse de que no me lanzara de cabeza a una relación sexual que acabaría lamentando.

—Es que no quiero que cometas los mismos errores que yo —explica.

Asiento.

—Vale. Entiendo tu postura.

—¿Sí?

—Sí. La verdad es que creo..., en fin, que de hecho es un detalle bastante tierno por tu parte.

Frunce el ceño.

—No digas que soy tierno. Di que doy morbo. O que soy alucinante. O que estoy bien dotado. Los gatitos son tiernos; yo no.

Contengo la risa.

—Vale, está bien. Eres un chulo que da morbo, alucinante y bien dotado.

Asiente.

—Eso está mejor.

Le doy con el pie y me lo sujeta. Lo aprieta con suavidad y se lo acerca a la boca para besarme en el tobillo.

Ay, Virgen Santa...

—Así que —dice mientras me besa la pantorrilla—, lo que quiero decir es que a lo mejor tengo un montón de problemas, pero que no te desee no es uno de ellos. Por otro lado, controlarme cuando te tengo cerca... —Se fija con descaro en mis bragas y mis piernas desnudas—. Eso sí que es un problema peliagudo. Me pones a cien todo el rato y me avergüenza pensar la poca mecha que tendré cuando finalmente zanjemos el asunto.

Me muevo para sentarme a horcajadas sobre sus caderas y enredo mis dedos en su pelo.

—¿Es que vamos a zanjar el asunto?

Me pone las manos sobre los muslos y los acaricia despacio.

—Puede. Si intentamos este rollo de novios durante un tiempo y no te entran ganas de asesinarme.

—Me atrevería a decir que, aunque quisiera asesinarte, seguiría apeteciéndome hacer el amor contigo. ¿Seguro que no quieres hacerlo esta noche? Ruby tendrá como mil condones en su mesilla de noche. No echaría en falta uno. O cuatro.

Deja caer la cabeza hacia atrás y medio gruñe medio ríe mientras le beso el cuello. Sé cuánto le gusta que le mordisquee y le dé chupetones. ¿Acaso intento que olvide todas las razones nobles por las que deberíamos esperar? Quizá. Lo único que sé es que cuanto más tiempo paso besándole, más ávida me siento. Él piensa que podría terminar lamentándolo si me acostara con él. Yo lo dudo. Pero lo que sí sé con certeza es que si esta noche se marcha sin hacerme el amor lo lamentaré de todas todas.

Le beso por todas partes con la intención de minar su reticencia.

Tiene el pecho tibio; mis labios y mis dedos se mueven con delicadeza. Cuando levanto la vista me lo encuentro contemplándome. Al moverme hacia abajo para explorar las protuberancias de sus abdominales, reclina la cabeza hacia atrás y espira.

Le susurro cosas pegada a su piel. Le digo lo guapo, lo especial que es, lo mucho que le necesito. Él responde torciendo el gesto. Dudo que me crea, pero estoy decidida a convencerle.

Cuando vuelvo a su boca se muestra más ávido y me besa con tanta pasión que me mareo.

Alargo la mano hacia la bragueta de sus pantalones y se echa hacia atrás sin aliento.

—¿No habíamos quedado en no hacerlo esta noche?

—No. Tú has dicho que deberíamos esperar. Yo no estaba de acuerdo.

—Pero has dicho que lo entendías. Que te parecía un detalle tierno.

—Claro que lo entiendo, y es un detalle que te preocupes. Simplemente considero que no hay ninguna necesidad. —Observo cómo se le pone la piel de gallina conforme deslizo los dedos por su pecho—. Si de verdad no quieres que lleguemos más lejos esta noche, no hay problema. Dime que pare y punto. —Le beso el cuello. Saboreo su piel, salada y cálida a pesar del frío que hace fuera—. Haré lo que quieras.

Cuando me aprieto contra él me agarra de las caderas, pero no dice nada.

—¿Quieres que pare, Ethan? —Le beso la clavícula y justo por encima del pezón. Cierra los ojos con fuerza—. ¿O prefieres que siga tocándote?

Cuando abre los ojos hay fuego dentro. Un fuego intenso y ávido.

Me agarra del pelo.

—No crees que sea capaz de parar, ¿verdad?

—Sé que puedes, solo que ojalá no lo hagas.

Se queda mirándome unos instantes y acto seguido tira de mí para darme un ardiente beso.

Labios. Lengua. Oh, Dios, su lengua.

Sabe a lujuria. También huele a lujuria. Aunque noto que intenta resistirse, conozco sus zonas erógenas exactamente igual que él las mías y me aprovecho de ello.

Tras unos minutos más de insistencia, sus manos se ponen a moverse por todas partes, metiéndose bajo elásticos y tirando de los tirantes. Cuando noto que se pone ansioso, me aparto. Su mirada me quema la piel mientras observa cómo me quito el sujetador. Entonces, de buenas a primeras, parece que no se anda con tantas contemplaciones. Emite un sonido y juraría que es su último resquicio de voluntad resquebrajándose. Se levanta, me coge y me da la sensación de que me envuelve por completo: manos, boca y ruidos oscuros y anhelantes.

A partir de ahí todo parece volverse borroso. Mi espalda se pega a paredes y puertas conforme me conduce al dormitorio. Le tiro del pelo. Clavo los dientes en su hombro. Me lleva con un brazo y con el otro se va quitando la ropa a tirones.

Ambos estamos ansiosos. Nuestras manos, no satisfechas con nada que no sea piel y solo piel, aprietan y palpan con urgencia. Para mí, cada capa que cae al suelo es como una victoria. Cada ruido apagado que hace se convierte en mi nuevo himno.

Cada vez que me aplasta más lo noto y, cuanto más lo noto, más necesito.

Cuando por fin nos encontramos desnudos en la cama, la inmensidad de su piel contra la mía me deja apabullada y dando boqueadas.

Al levantar la vista hacia él mi sobrecogimiento se refleja en sus ojos.

—Cassie...

Le silencio con un beso.

—Di que me deseas.

—Sabes que sí, pero...

—Entonces hazme el amor.

Deja caer la cabeza hacia abajo y exhala un suspiro.

—Te mereces...

—A ti. Eres lo que me merezco. Deja de adelantar acontecimientos y hazme el amor. Has dicho que querías que mi primera vez fuera especial. Pues haz que sea especial. Quiero que seas tú, ¿es que no lo entiendes? Esto es lo más especial que puedes darme. Por favor.

Cierra los ojos con fuerza. Su cuerpo es un cúmulo de tensión con orígenes tan distintos que dudo que sepa cómo relajarse. Le tumbo de espaldas de un empujón, me coloco a horcajadas sobre sus caderas y me agacho para rozarle el pecho con mi pelo. Le acaricio los hombros para intentar liberar sus bloqueos emocionales.

—Deja de pensar —digo en voz baja, y le beso el cuello de arriba abajo. Suspira cuando continúo bajando hacia su pecho y me sujeta el pelo para poder verme—. Por una noche, limítate a estar conmigo. Sin miedo. Sin sentimiento de culpa. Solo nosotros.

Le beso el estómago. Piel cálida. Vello escaso. Cuando me tira del pelo me tiemblan los músculos de los labios.

—No es fácil desconectar así como así —dice en voz baja.

—Pues deja que te ayude.

Sigo bajando hacia su erección; primero le rozo con los dedos y después con los labios y la lengua. Emite un sonido prolongado y tenso que hace vibrar todos sus músculos.

Señor, qué sonido. Qué sensación. Cada caricia hace que se desinhiba un poquito más.

Al levantar la vista compruebo que me contempla embelesado. Por una vez está viviendo plenamente el momento, no sumido en sus pensamientos. Mientras le doy placer su expresión es de una vulnerabilidad pasmosa.

—Dios…, Cassie…

Me acaricia la cara suavemente con gesto reverente. Deslizo la boca por su cuerpo haciendo que cada roce sea a conciencia.

Cuando maldice entre dientes sé que está a punto. Antes de que ocurra me levanta y me tiende boca arriba. Me besa y luego continúa bajando por el resto de mi cuerpo para explorar todos los rincones que no ha visto hasta ahora.

Casi me hace gracia su expresión de asombro. No me hago ilusiones de tener un cuerpo perfecto ni de que soy la chica más guapa del mundo, pero eso es lo que me hace sentir al mirarme de esa manera.

Desliza la yema de los dedos por mis pezones y me estremezco. Seguidamente viene su boca.

Sí.

Explora cada cavidad y rincón de mi cuerpo. Con caricias y besos. Con chupetones y mordisquitos. Venera mi piel y sus tenues sonidos son más elocuentes que la mayoría de las palabras que ha pronunciado hasta ahora.

De esta manera, es mío. Completamente. Queda más que patente por el modo en el que me observa, como si estuviese buscando cualquier nuevo resorte de placer mientras convence a todas mis terminaciones nerviosas para que bailen para él.

Me muero de ganas de preguntarle si esto es normal. Si ha desatado semejante pasión en las demás mujeres con las que ha estado. Sin embargo, decido creer que esto es extraordinario para los dos. Que esta extraña erupción química que nos provocamos recíprocamente es única.

Me quedo aturdida cuando empuja con la mano entre mis muslos. Dedos suaves. Círculos apretados. Me aferro a él con fuerza; susurro su nombre para alentarle. Más, más, más.

Los minutos se alargan y van y vienen. Se entretiene con delicadeza y determinación al mismo tiempo y, cuando finalmente hace que me corra, grito mientras todos mis músculos tiemblan espasmódicos.

Durante el clímax me aferro a sus hombros y él me besa la frente. Da la impresión de que le cuesta tanto respirar como a mí. Cuando recobro el sentido y abro los ojos parece desconcertado, como si no creyera lo que acaba de presenciar.

—Nunca me cansaré de ver esto —comenta, y menea la cabeza—. Es absurdo hasta qué punto el orgasmo de otra persona puede darme tanto placer.

Se desploma boca arriba y le beso el cuello, el pecho, y después pego los labios a su corazón para sentir lo rápido que late. Noto que se acelera cuando alargo el brazo y se la cojo con la mano.

—Oooooh, Dios...

La sensación que me provoca aumenta mi deseo aún más. Es como si estuviera sujetando la forma exacta de mi necesidad. Me pregunto si alguna vez veré algo más maravilloso que Ethan agonizando de placer. Me extrañaría mucho.

—Eres guapísimo —susurro.

Abre los ojos y, por un momento, da la impresión de que se permite creerlo.

Le beso. Responde con desenfreno y desesperación; jamás he necesitado algo tanto como a él dentro de mí. Él, o también lo necesita, o bien por fin entiende mi implacable determinación porque recoge los vaqueros del suelo, saca su cartera de un tirón y coge un condón.

Es la primera vez que veo a un hombre ponerse un condón y, aunque en principio no es un acto sensual en sí, observar a Ethan me excita un montón. Lo hace con movimientos rápidos, precisos y resueltos, y un escalofrío me sube por la espalda.

Vamos a hacer el amor.

Voy a perder mi virginidad.

Por primera vez en mi vida voy a tener a una persona…, a un hombre…, a *Ethan*… dentro de mi cuerpo.

Estoy hecha un manojo de nervios. Llevo mucho tiempo jurando y perjurando que mi virginidad no era más que una carga, pero mientras Ethan me besa y se bambolea entre mis piernas tomo plena conciencia de lo que está a punto de pasar.

Me pongo tensa. Se encuentra cerca de donde llevo meses deseando que esté.

Para y frunce el ceño.

—¿Qué pasa?

Meneo la cabeza.

—Nada, es que…

—Podemos parar. Seguramente deberíamos…

—¡No! No, por favor. —Le toco la cara—. Es solo que… es un gran momento, ¿sabes? Pensaba que no lo sería, pero me equivocaba. Después de esto… todo será diferente.

Se le ensombrece la expresión.

—Te voy a hacer daño.

—Lo sé, pero no hay más remedio, ¿no?

No responde. Ya se arrepiente.

—Cuando llegue el momento no te lo pienses, ¿vale? Hazlo rápido. Prefiero que todo acabe rápido a que se alargue.

Su creciente miedo le frena.

—Cassie…

Le estrecho entre mis brazos y tiro de él. Me besa con pasión, pero el sonido que emite parece más bien un lamento. Como si quisiera parar pero no pudiese.

—No pasa nada —musito, y le acaricio la cara—. No te preocupes. —Está pegado a mí y noto que está duro y listo. Le beso una vez más.

—¿Ethan?

—¿Sí?

—Estoy contentísima de que seas tú.

Traga saliva y asiente; al besarme de nuevo noto que se acopla entre mi cuerpo. Aguanto la respiración. Hay presión, mucha más que con sus dedos, y aumenta a medida que empuja. No llega lejos. Resoplamos con los labios pegados el uno al otro y acto seguido nos quedamos callados, frente contra frente.

—¿Estás bien?

Asiento.

—No pares.

Reanuda el movimiento y la presión empieza a quemar. Cuando cierro los ojos para aguantar el dolor, se detiene.

—No. Sigue. Por favor.

—Mírame. —Al abrir los ojos veo tensión y preocupación en su mirada—. No dejes de mirarme, ¿vale? No pienses en el dolor. Céntrate en mí. —Vuelve a empujar hasta que no puede ir más lejos. Gruño de frustración. Echa marcha atrás y a continuación embiste con más fuerza; esta vez duele de verdad. Me quejo e intenta distraerme con su boca.

—La sensación es alucinante —susurra contra mis labios—. Lo sabía, pero… hostia. —Empuja de nuevo y grito cuando un dolor agudo me acribilla. Le clavo las uñas en los hombros.

Se detiene un segundo, pero le animo a que continúe.

Sus sacudidas me hacen daño. Los músculos y los tejidos se estiran y me duelen. El pánico se apodera de mí al pensar que no encaje conmigo.

Dios, no. ¿Y si no encaja?

Se balancea de atrás adelante y cada vez consigue llegar un poco más adentro. Frunce las cejas con gesto concentrado y entre beso y beso me pregunta si estoy bien.

—Siento que duela —susurra. Aprieto los dientes cuando me penetra más adentro—. Por nada del mundo quisiera hacerte daño. Jamás.

Otra embestida. Y otra. Suelto un largo suspiro, y él también. Luego deja caer las caderas contra la cara interna de mis muslos y me doy cuenta… de que está dentro de mí.

Completamente.

Su cuerpo unido al mío.

Por fin.

Le miro sorprendida. El dolor ha dado paso a una quemazón punzante, aunque no impide que mi mente deje de alucinar. Todo lo que siente se refleja en sus ojos: alegría, asombro, lujuria, amor, arrepentimiento, euforia. Tal cual está es un libro abierto, sin nada que esconder o tapar.

Solo nosotros dos. Unidos en muchísimos más sentidos que en el puramente físico.

Es lo más increíble que he sentido en mi vida.

Estamos tan sobrepasados que apenas puedo respirar. Esto era lo que estaba esperando. Lo que ansiaba desde hace meses. Ahora entiendo por qué lleva tanto tiempo negando estos sentimientos: son demasiado poderosos y asustan. El que nunca ha visto el paraíso no sabe lo que se pierde.

Pero ahora lo vemos. Los dos. Se había puesto una venda en los ojos, pero, por mucho que quiera mirar hacia otro lado, no puede.

Yo tampoco.

—Cassie…

—Estoy bien.

Se mueve ligeramente y acto seguido se queda inmóvil. Se le tensan todos los músculos.

—Dios…, no puedo. Sentirte es… increíble.

Deja caer la cabeza junto a mi cuello y se limita a respirar. Yo le estrecho entre mis brazos y saboreo el momento. Le acaricio la espalda. Saboreo la perfección de su ser.

Yo pensaba que no deseaba nada especial, pero aquí está. Tiene la cara pegada a mi garganta e intuyo que intenta controlarse. Estar así con él es más que especial. Es esencial. El hecho de dar esta parte de mí misma a cualquier otro es inconcebible. Trato de hacer una instantánea mental porque sé que, en el álbum de mi vida, este momento es irreemplazable.

Se apoya en los codos y, al moverse, lo hace despacio. Me observa con gesto turbado y concentrado. Creo que trata de ocultar lo mucho que está disfrutando. Como si estuviera mal sentir placer mientras yo sufro.

No tiene por qué preocuparse. Con cada acometida se atenúa la quemazón y, al cabo de un par de minutos, me arqueo sin aliento al sentirle tan dentro.

Empuja con más seguridad.

—Estás dentro de mí.

Me besa el hombro y aprieta la frente contra él. Dice con voz tensa:

—Es lo justo. Yo te llevo dentro de mí desde hace meses. ¿Estás bien?

—Mmmm… La sensación es alucinante.

Empuja más adentro y gime.

—¿Que la sensación es alucinante? ¿Estás de broma? Lo que yo siento es… —Cierra los ojos y niega con la cabeza—. Cassie, es imposible expresar con palabras la sensación que me provocas.

Sigue balanceándose y, aunque ninguno de los dos puede seguir hablando, los ruidos de la habitación lo dicen todo. Gemidos al respirar. Suspiros ásperos. Todo tipo de murmullos mientras nos besamos aferrados el uno al otro.

Se apoya en las manos y no sé si pretende aguantar o dejarse llevar. Su cara es una preciosidad; revela todos los complejos matices de lo que está sintiendo. Ethan me está mostrando todas las emociones que yo sabía que escondía. El miedo continúa ahí, claro, pero también hay fuerza, valor, vulnerabilidad a flor de piel y una profunda emoción. Quiero decirle lo impresionante que es, pero no me salen las palabras. Estoy demasiado fascinada como para siquiera tratar de encontrarlas. Demasiado insegura por si acaso desaparece.

Poco después soy incapaz de mantener los ojos abiertos, de modo que los cierro y me limito a sentir. Los dedos se entrelazan con fuerza. Las caderas se acoplan. Los músculos tiemblan y la piel arde. La tensión va creciendo en mi interior y al abrir los ojos me lo encuentro contemplándome boquiabierto con los párpados cargados.

—Cassie...

Susurra mi nombre en los momentos en los que despega la boca de la mía. Suena como si estuviera suplicando. El qué, no lo sé. Sea lo que sea, es suyo. Tenerle dentro ha sido mi perdición. ¿Cómo voy a desear a otro en mi vida después de experimentar esto?

Está tan dentro de mí que se ha tatuado en cada terminación nerviosa. Placer, dolor y perfección que cortan la respiración.

—Cassie, no puedo. Voy a... Oh, Dios. Oh, Dios.

Se derrumba. Sus acometidas se vuelven erráticas y todas sus espiraciones suenan más bien como gemidos. Me estrecha entre sus brazos y se pega tanto a mí que da la sensación de que compartimos los mismos latidos atronadores. El ardor de placer que siento en mi interior ha avivado un fuego en toda regla. Lo único que puedo hacer es mantener los ojos abiertos y mirarle.

Un sonido gutural vibra en su pecho y acto seguido cesan las embestidas. Cae sobre mí y farfulla susurros incoherentes contra mi pecho.

Suspiro bajo su cuerpo; me siento pesada y saciada. No puedo, ni quiero, moverme. Respiramos pegados el uno al otro y noto que sigue dentro de mí. Por alguna razón las lágrimas resbalan por mis mejillas.

Pienso que una parte de mí creía que nunca llegaríamos a este punto. Que él nunca accedería a formar parte de este acto tan sumamente íntimo. Y sin embargo, aquí estamos, desnudos y jadeantes, tras entregar recíprocamente una parte de nosotros mismos que nadie más ha tenido.

Intento reprimir mis emociones, pero no puedo, así que dejo que corran las lágrimas sin más.

¿Es esto lo que significa estar enamorado? ¿Un inconmensurable agradecimiento por compartir algo asombroso con otra persona? ¿Saber que lo más asombroso que puede compartirse es uno mismo?

—Gracias —digo, procurando que no se me quiebre la voz.

Al darme un achuchón me sorprende sentir algo húmedo en mi hombro. Intento mirarle a la cara, pero la tiene hundida en mi cuello.

—¿Ethan?

Se queda callado abrazándome. Su respiración es superficial. Noto el martilleo de su corazón bajo sus costillas y le acaricio la espalda para darle un momento.

Por fin exhala profunda y entrecortadamente. Levanta las caderas para despegarse despacio y, cuando está completamente fuera, me invade un extraño vacío. Inconscientemente, le aprieto con más fuerza. Me besa antes de sentarse sobre sus talones para quitarse el condón.

—Vamos —dice. Se levanta de la cama y me tiende la mano—. Vamos a lavarte.

En el baño, llena la bañera y me pone a remojo un rato. Cierro los ojos mientras me frota la espalda. Me duele el cuerpo, pero no más que cuando ejercito músculos que no están acostumbrados a trabajar.

Ethan está callado, pero mantiene una mano sobre mí en todo momento. Se asegura de que me encuentre bien.

Cuando volvemos a la cama me acurruco contra su pecho. Sus latidos suenan raro, como si hubiese un eco adicional bajo sus costillas. Pero se pone a acariciarme el brazo y al poco apenas oigo un ruido sordo.

Cuando me quedo dormida sueño con él.

Sueño que Ethan se levanta y se viste delante de mí. Se pone una capa detrás de otra y cubre todas las partes de su cuerpo que acaban de hacerme el amor. Las partes valientes. Las partes cariñosas.

Intento detenerle, pero se empeña. Al final todo vuelve a quedar escondido. Cubierto y protegido.

No. Esto ya lo hemos superado.

Dice algo ininteligible. Escudriño el movimiento de sus labios.

¿Qué está diciendo?

Por un momento creo que está diciendo que me quiere. Lo dice en voz tan baja que apenas le oigo. Pero entonces oigo:

—Lo siento…

Lo repite sin cesar. En tono bajo y arrepentido.

Cuando me despierto me embarga la angustia al ser consciente de que no se trataba de un sueño.

21
REVELACIÓN

Hoy
Nueva York
Diario de Cassandra Taylor

Querido diario:

¡Buenas noticias! Ethan quiere que volvamos a estar juntos, ¡así que estoy curada por arte de magia y viviremos felices y comeremos perdices!

Por si no lo has pillado, he escrito esto con sorna.

La verdad es que, por mucho que crea que Ethan ha cambiado, no es suficiente.

Ojalá pudiese retroceder en el tiempo y suplicarme a mí misma no enamorarme de él hasta las trancas, aunque con lo joven que era no habría hecho caso. Yo sabía que tenía problemas, pero me figuraba que lo que había entre nosotros era lo bastante fuerte como para salvar todas las grietas y fisuras.

Así fue durante un tiempo, pero era una mera ilusión, como cuando la nieve cubre agujeros enormes y da la impresión de que el suelo es sólido y perfecto.

Holt y yo nunca hemos sido sólidos: estamos jodidos a distintos niveles. Siempre tambaleándonos al borde de nuestras tremendas inseguridades.

Y ahora me pide que vuelva a caminar por la cuerda floja y se está esmerando tanto conmigo que me tienta creer que no hay riesgo.

El problema es que, por mucho esmero que ponga, siempre recordaré las anteriores caídas, y, por mucho que me diga que ha cambiado, siempre sabré que ha sido a mi costa.

Necesitó romperme el corazón dos veces para experimentar una revelación lo bastante poderosa como para hacerle cambiar. De puta madre.

¿Y a mí qué se me va a conceder?

Estoy en la barra dando sorbos a mi cóctel de vodka. Es el tercero y por fin empiezo a sentir menos. O quizá siento más. No sabría decir.

Oigo a mis compañeros de reparto riendo y charlando al fondo del restaurante. Están celebrando que nos instalamos en el teatro la semana que viene. Ensayos técnicos. Preestrenos. Pulir al máximo la obra antes de que el mundo nos juzgue la noche del estreno.

Debería estar con ellos, pero no estoy de humor.

Marco alza su copa en mi dirección y sonríe. Está contentísimo con lo que ha creado. En el escenario Ethan y yo estamos impecables, lo cual le ha hecho confiar en mis dotes.

Le dedico una sonrisa antes de volver la vista hacia mi copa.

No es consciente de que está confiando en alguien que se está ahogando lentamente en sus emociones.

Una risotada resuena en la sala y al darme la vuelta me encuentro a Holt riendo entre dientes mientras Marco le hace señas frenéticamente. Parece muy contento.

Termino la copa y pido otra. Igual el cuatro es mi número de la suerte.

Hay un hombre sentado en el taburete de al lado. Me sonríe y se pide un whisky. Tiene un aire a Ethan: pelo oscuro y ojos azules; atractivo; traje caro; corbata floja y camisa desabotonada.

Debo de haberme quedado mirando porque echa un vistazo hacia mí mientras el camarero le sirve la bebida.

—Te ofrecería una, pero parece que te acaban de poner esa.

Parpadeo y miro a otro lado.

—Hummm…, sí. Estoy servida.

—¿Estás sola?

Aunque no es lo que me pregunta, respondo de todas formas:

—He venido con unos amigos. —Hago un gesto hacia la ruidosa mesa del rincón. Holt está imitando a alguien. Posiblemente a Jack Nicholson.

El desconocido asiente.

—Ah. ¿Haciendo un descanso de la juerga?

—Algo así.

Noto que un picor caluroso me sube por la espalda y al darme la vuelta veo a Holt al fondo del local con la mirada fija y centelleante. Ha interrumpido la imitación. Llevo toda la noche sintiendo sus miradas sutiles, pero esta es distinta. Ya no estoy sola.

Le visualizo antes de la transformación de su personalidad. Siempre tan celoso.

Me vuelvo hacia la barra e intento ignorarle.

El desconocido se inclina hacia mí y su aliento a whisky me recuerda a Ethan.

—Eres demasiado guapa para estar sola —señala—. ¿Hay algo que pueda hacer para solucionarlo?

He oído versiones de esa frase montones de veces a lo largo de los años y en muchas ocasiones he dejado que esos hombres lo solucionaran. Y cuando me los tiraba lo hacía con desenfreno. Les utilizaba y luego les odiaba por no ser Ethan. Y me odiaba a mí misma aún más por desearle tanto.

Al que más odiaba era a él.

El desconocido sigue esperando una respuesta con la esperanza de que mi frágil estado emocional le asegure un polvo. En su día es probable que lo hubiera conseguido.

—Voy a beber tranquilamente un rato —le digo sonriendo, consciente de que Holt observa todos y cada uno de mis movimientos—, pero gracias por la invitación.

Le toco el brazo. Empiezo por el tríceps y bajo hasta el codo. Mi boca dice «no», pero ese gesto indica «tal vez». No pretendo insinuar «tal vez», pero eso no lo sabe Ethan, e igual me apetece jorobarle. Igual soy lo bastante mezquina como para poner a prueba su recién adquirida serenidad y comprobar si realmente ha cambiado tanto como dice.

Charlo con el desconocido. Le sonrío con coquetería.

La mirada de Ethan me abrasa cada segundo que pasa. Me regodeo con ello.

Me pregunto hasta qué punto tengo que presionarle para que explote.

Otra copa. Más conversación. Percibo la impotencia de Ethan como una onda en el aire que vibra contra mí advirtiéndome que lo que estoy haciendo está mal.

Que es hiriente.

Vengativo.

Después de la quinta copa paso de todo. El desconocido me rodea por la cintura mientras me susurra al oído. Me dice lo guapa que soy. Lo mucho que me desea.

Me hace gracia porque no me siento guapa. Me siento como una mierda.

El hombre me planta un suave beso en el cuello. No le digo que pare. Cuando lo vuelve a hacer Holt aparece a mi lado con los músculos contraídos y la expresión malhumorada.

—Venga, Cassie, nos vamos.

—Un momento, amigo —dice el desconocido, y aprieta el brazo alrededor de mi cintura—. La dama y yo estamos manteniendo una conversación.

Ethan prácticamente le gruñe:

—La conversación ha terminado, *amigo*. Quítale las putas manos de encima.

Vaya, el hombre de las cavernas ha regresado.

Casi me consuela el hecho de que no sea tan perfecto después de todo. Hace que mis defectos parezcan más tolerables.

El desconocido pone cara larga y deja la copa en la barra.

—¿Quién te crees que eres para decirme lo que tengo que hacer?

Ethan se pega a su cara.

—Soy el tío que va a partirte la puta crisma contra la barra como no le quites las manos de encima ya. ¿Algo más?

Con un destello de temor, el desconocido me suelta y Holt me ayuda a ponerme de pie. Me siento culpable por dar coba al desconocido, pero no tanto como por dar por culo a Ethan. Mientras me conduce a la calle no me atrevo ni a mirarle.

Una vez en la acera me sujeta para que mantenga el equilibrio. Doy un traspié con la alcantarilla y topo contra un coche aparcado al intentar llamar a un taxi. Todo me da vueltas y sé que únicamente puede arreglarlo él, lo cual me cabrea muchísimo.

—Cassie, ¿qué demonios te pasa esta noche?

Pasa otro taxi mientras agito la mano con dejadez y, cuando estoy a punto de caerme, unos fuertes brazos me sostienen para enderezarme.

—Por el amor de Dios, ¿quieres hacer el favor de parar? Te van a atropellar. —Se me doblan las piernas y me agarro de su camisa; mientras aspiro su maravilloso aroma lo único que siento es calor humano, brazos y labios sobre mi frente.

—Vuelve dentro.

—Tengo que irme.

—Pues te acompaño.

—No. No puedo hacer esto.

—¿El qué?

—¡Esto! —Tiene la cara demasiado cerca; la boca, demasiado tentadora—. ¡Esto! —Le doy un empujón en el pecho, con la mano sobre su corazón—. ¡Tú!

Estoy nerviosa. Amargada por cosas que no puedo cambiar y demasiado asustada para plantearme las que sí puedo cambiar.

Me lanza una mirada sin apenas disimular su indignación.

—¿Te resultaría más fácil si yo fuera un gilipollas trajeado cualquiera que solo quiere echarte un polvo? ¿Me aguantarías entonces?

Mis piernas vuelven a flaquear. Tira de mí y me aprieta contra él. Ya no toco el suelo y estamos pegados pecho contra pecho, cara a cara. Su proximidad me está matando.

—Se acabó. Te llevo a casa.

Niego con la cabeza con la esperanza de que entienda que si me quedo con él un minuto más me destrozará, y ahora no puedo desmoronarme de ninguna de las maneras. La amargura es lo único que me mantiene en pie; sin eso, me vengo abajo.

Es mi perdición.

Me cuesta respirar; él afloja el abrazo y me pone la mano en la mejilla.

—Joder. —Me aprieta contra su cuerpo y me susurra al oído—: No llores. Por favor. Lo siento. Pase lo que pase esta noche, estarás bien.

No le creo.

Me sujeta con un brazo y con el otro para un taxi. Cuando se detiene, me acomoda en el asiento trasero y le da al taxista dinero e indicaciones para que me acompañe hasta la puerta si es necesario. Después su cara aparece frente a la mía, con gesto preocupado y triste.

—Llámame cuando llegues a casa, ¿vale?

Examino el respaldo del asiento.

—Cassie, lo digo en serio. Mírame.

Me pesa mucho la cabeza. Todo me cuesta demasiado.

Me ayuda levantándome la barbilla.

Unos ojos apagados escrutan los míos.

—Promete que me llamarás cuando llegues; si no, te acompaño.

Se queda mirando hasta que asiento con la cabeza.

Se me hace un nudo en la garganta cuando me besa la frente.

¿Por qué se empeña en hacer que todo parezca fácil cuando está claro que es imposible?

Desaparece de mi vista y la puerta se cierra de un portazo. Cuando el taxi arranca y sé que ya no me ve, me derrumbo.

Entro haciendo eses en mi apartamento y me encuentro a Tristan. Ya me ha visto así antes y sabe lo que hay que hacer. Me conduce al baño y me ordena que me duche. Abre el grifo del agua fría. Luego me ayuda a meterme en la cama, me aparta el pelo de la cara y dice en voz baja que todo saldrá bien.

En un momento dado debo de haberme quedado dormida porque al abrir los ojos ya no está, pero encima de la mesilla de noche hay dos paracetamoles y agua. Me los tomo y me bebo el agua de un trago.

Me siento seca por dentro.

Emocionalmente hundida.

Cojo mi portátil y abro los correos de Holt, pues necesito algo de él. Me siento saturada y al mismo tiempo desconsoladamente vacía.

Leo atentamente cada palabra. Todo está lleno de vagas excusas, pero hay una cosa que nunca dijo. Una cosa que yo tanto necesitaba oír por aquel entonces para asegurarme de que lo que había sentido por él había sido correspondido.

Estoy adormilada cuando suena el teléfono y, sin mirar a la pantalla, sé que es él.

—Hola. —Tengo la garganta seca.

—Dijiste que llamarías —dice en tono severo y preocupado.

—Lo siento.

—Maldita sea, Cassie, igual ese taxista podía haberte violado, asesinado y haberse deshecho de ti en Central Park. ¿Qué coño está pasando?

—No lo sé. Lo siento. —Y es cierto, por muchísimas razones.

Suspira.

—Es que… No puedes hacerme esto. No tienes ni idea de lo mucho que te…, o sea, quiero que… —Tras un segundo, añade—: Perdona por ser tan brusco. —Parece tan cansado como yo—. Solo estoy preocupado por ti. Llevo varias semanas intentando darte espacio; distancia para que puedas mirar con más perspectiva o lo que sea. Pero esta noche has dejado que ese tío te sobe y yo… Maldita sea, seguro que sabías cómo reaccionaría.

—Ya.

—Hace mucho tiempo que no me sentía así. Me han dado ganas de cargármelo.

—Pero no lo has hecho.

—Quería partirle los dedos. ¿Era esa la reacción que andabas buscando? ¿Desquiciarme? ¿Hacerme sufrir?

—Supongo.

—Pues vale, misión cumplida.

El hecho de admitirlo no me reconforta. De hecho, me hace sentir como una mierda.

Estoy harta de sentirme así, pero no sé qué otra actitud adoptar.

Hace mucho tiempo pensaba que dos personas que sentían afecto mutuo podían resolver cualquier problema siempre y cuando lo hablaran, pero ahora veo que no es tan fácil. Para hablar es necesario que una persona tenga el valor de expresar lo que siente y yo no tengo ni pizca.

—¿Te lo habrías llevado a casa si yo no hubiese estado allí esta noche? —pregunta.

—No.

—¿Por qué no?

—Porque… —Me cuesta encontrar las palabras—. Si me lo hubiera traído a casa habría… —Suspiro, irritada y a la defensiva—. Habría imaginado que eras tú en cualquier caso, así que ¿para qué puñetas lo iba a traer?

Hay un largo silencio. Mi corazón late desbocado mientras espero su respuesta.

—¿Has hecho eso alguna vez?

—Sí.

—¿Cuántas veces?

—Siempre. Cada vez.

Inspira.

—¿Qué quieres decir con eso?

Me presiona y, a pesar de mi desasosiego, en parte deseo que me presione. No voy a ser capaz de hacer esto sin él.

—¿Cassie?

—Cuando te fuiste… —Trago saliva—. Te echaba muchísimo de menos; deseaba que ellos fueran tú, así que cerraba los ojos e intentaba imaginarte. Con todos. Incluso con Connor. *Especialmente* con Connor. No funcionó. Ninguno de ellos te llegaba a la suela de los zapatos.

Mi respiración suena tan fuerte en el silencio de mi habitación que roza lo obsceno y el tictac de mi reloj llena los largos segundos.

—Dios…, Cassie…

Ya está. Para bien o para mal, queda dicho.

—Pensaba… —Se interrumpe y se recompone—. Cuando me enteré de que habías estado con otros hombres después de marcharme, supuse que lo habías hecho para olvidarme. O para castigarme.

—Esa fue parte de la razón. Pero no toda.

—¿Y esta noche?

—Quería ponerte a prueba. Comprobar si volvías a ser el mismo de antes. Y, como bien has dicho, hacerte sufrir.

Decirlo me hace caer en la cuenta de que ha sido un golpe muy bajo. De lo bajo que he caído. De lo dañina que me he vuelto.

—Ya. Sé que piensas que merezco sufrir un poco por lo que hice, pero no lo entiendes. —Inspira—. Sé que lo pasaste mal al marcharme, pero yo también. Aquella gira por Europa fue la época más triste de mi vida.

Mi rencor me hace montar en cólera.

—Sí, claro, seguro que pavonearte por todos esos lugares tan bonitos con chicas guapas adulándote fue realmente duro. Y decidir cuál llevarte a casa cada noche. Debió de ser como un maldito bufé libre.

—¿De verdad piensas que pasó eso? ¿Que sería capaz de hacer eso? Maldita sea, Cassie, mientras estuvimos juntos jamás me planteé ni por asomo mirar a otra. ¿Crees que podía olvidarme de ti tan fácilmente?

—Cuando tiraste la toalla pensé que serías capaz de cualquier cosa.

Se ríe.

—Sí, bueno, la realidad fue un poco diferente.

—¿En qué sentido?

Ojalá pudiera ver su cara. Pero lo único que tengo es su voz, baja y resonante.

—En Europa, a pesar de que siempre estaba rodeado de gente, jamás me he sentido más solo que durante el tiempo que pasé lejos de ti. Al principio era incapaz de sobrellevarlo. Bebía un montón, a veces durante la temporada de los espectáculos. Salía de copas. Me metía en peleas. Luego me iba casa y pensaba en ti. Te buscaba en Google. Soñaba contigo. Te echaba tanto de menos que me afectaba físicamente. A veces me planteaba llevarme a alguien a casa para poder despertarme junto a otro cuerpo. Sin sexo. Por mera... compañía.

Siento su dolor, muy parecido al mío.

Al menos yo encontré a Tristan.

—Así que ya ves —dice—. Ocurrieron otras cosas que me hicieron replantearme por completo mi actitud y lo que debía hacer para recuperarte, pero esa es otra historia. El caso es que no me lo pasé en grande el tiempo que estuve allí. Me encontraba totalmente deprimido. Y solo.

—Pero seguro que tuviste otras... relaciones... mientras estuvimos separados, ¿no?

—No.

Su respuesta me confunde.

—Pero sí hubo... sexo. A ver, no sé por qué me molesto en preguntar porque con solo imaginarte con otra mujer... —Me estremezco—. Pero sí que hubo, ¿verdad?

Cierro los ojos y me pongo tensa anticipándome a su respuesta.

Di «cientos». Echa leña al fuego. Deja que explote.

Por favor.

Responde en tono contenido, pero cada palabra rebosa de sinceridad:

—Cassie, no tienes ni idea de la cantidad de veces que me planteé el sexo sin ataduras con tal de olvidarme por completo de ti, pero fue en vano. Cada vez que lo intentaba sentía que te engañaba. Con el tiempo, dejé de fijarme en otras mujeres. Era una estupidez. Por mucho que quisiera, lo cual no era el caso, ninguna podía reemplazarte ni de lejos.

No doy crédito a lo que estoy escuchando.

—¿Me estás diciendo que... la última vez que te acostaste con alguien fue...

—Contigo —responde en un hilo de voz, como confesándose. No.

No es posible.

—Pero eso fue… —Aquella noche. La noche en cuestión—. ¿La noche antes de que te marcharas?

—Sí.

Mi cerebro tarda un momento en procesar la respuesta.

—Pero… eso fue…, eso fue hace…, caramba, Ethan, ¡¿tres años?!

Se ríe.

—Lo sé, créeme. No te lo digo para que te sientas mal, pero entre mi periodo de secano autoimpuesto y el espectáculo en el que estamos actuando, mis huevos están más azules que el reparto de *Avatar* al completo.

Sigo sin dar crédito.

—Increíble.

—Haces que me sienta como un friki.

—Perdona, es que no me explico…

—Mira, es sencillo: no te tenía y no deseaba a nadie más. Punto.

—¿Y si no volvemos a estar juntos vas a mantener el celibato sin más?

Tras un segundo de silencio absoluto, responde:

—Primero, el hecho de que no volvamos a estar juntos lo tengo totalmente descartado; y segundo, no he mantenido el celibato.

—Pero has dicho…

—He dicho que no me he acostado con nadie, pero ser célibe significa abstenerse de cualquier placer sexual. Eso sí que he tenido en cantidad, normalmente a través de pensamientos eróticos contigo. —La idea de Ethan masturbándose mientras fantasea conmigo me pone automáticamente—. De hecho —añade—, justo ahora tengo pensamientos muy eróticos contigo.

Deja escapar un tenue gemido y tengo que llevarme las rodillas al pecho para soportar lo cachonda que me pone.

—¿Podemos cambiar de tema, por favor?

—Por supuesto —contesta en voz baja y sensual—. Di algo que me distraiga de las ganas incontenibles que tengo de hacerte el amor. Por favor.

—Ethan...

—Joder, sí, di mi nombre.

—No voy a seguir hablando contigo a menos que sepa que tienes las manos a la vista.

—Me veo la mano perfectamente. Tiene agarrada mi ansiosa...

—¡Ethan!

Oigo un roce de tejido seguido por un suspiro de resignación.

—Muy bien. Manos fuera del edredón. Aguafiestas.

Lo dice en un tono tan enfurruñado que me hace gracia.

—Oye —dice antes de bostezar—. ¿Tú también estás en la cama?

—Sí.

—¿Estás haciendo algo interesante?

Capto la indirecta, pero no muerdo el anzuelo.

—Aunque parezca mentira, estaba leyendo antiguos correos tuyos.

Tras una pausa, pregunta:

—¿Por qué?

—Qué sé yo. Supongo que intento averiguar lo que siento.

—¿Por mí?

—Sí.

Otra pausa.

—¿Te ha servido de algo?

—La verdad es que no. Me empeño en buscar algo que no encuentro ahí.

Se queda callado unos segundos y a continuación dice:

—¿Sabías que tengo una carpeta llena de borradores de correos? ¿De cosas que no me he atrevido a enviarte?

—¿Qué tipo de cosas?

Oigo ruidos amortiguados y golpecitos de dedos sobre un teclado.

—Un momento. Voy a mandarte los menos vergonzosos.

Casi automáticamente mi bandeja de entrada se ilumina con dos mensajes nuevos.

De: EthanHolt
Para: CassieTaylor
Asunto: Demasiado cobarde para mandarte esto.
Fecha: 9 de febrero 1:08

Cassie:

Estamos en Francia. Dejé de beber y ya llevo seis meses con un terapeuta. Estoy aprendiendo a asumir la responsabilidad de mis errores.

Asumo la responsabilidad de haberte hecho daño. Si no me hubieras conocido ahora no estarías sufriendo. No soporto haber hecho eso.

De todas las personas de mi vida a las que he jodido, tú eres de la que más me arrepiento.

Pienso mucho en ti. Sueño contigo.

Ojalá tuviera agallas para enviarte esto, pero seguramente no lo haga. No obstante, escribirlo me tranquiliza. Estoy esforzándome en ser abierto y honesto contigo, pero supongo que todavía me queda. Cuando lo consiga, ten por seguro que serás la primera en saberlo.

Francia es preciosa. Hoy me he quedado debajo de la torre Eiffel y he mirado hacia arriba. Muy pocas veces en mi vida me he sentido tan pequeño. El día que te dejé fue una de ellas.

Te echo de menos.

Ethan

Abro el segundo correo.

De: EthanHolt
Para: CassieTaylor
Asunto: Te necesito
Fecha: 9 de junio 00:38

Cassie:
Es mi cumpleaños. No espero recibir noticias tuyas, pero, joder,
lo necesito de verdad.

Te quiero aquí, en mi apartamento. En mi cama. Besándome,
haciéndome el amor y diciéndome que me perdonas.

Lo necesito como el aire que respiro. Me ahogo sin ti. Por
favor.

Por favor.

Hace un rato estaba sentado en un banco a orillas del Tíber y
había un montón de gente agarrada de la mano y besándose. Felices y enamorados.

Hacían que pareciera facilísimo, como si entregar tu corazón
a alguien no fuera lo que más asusta del mundo.

Todavía no me lo explico.

¿Es que no son conscientes del poder, del dominio absoluto y
determinante de su futuro que están dando a la otra persona?

¿No entienden lo mucho que van a sufrir cuando todo se es-
tropee? Y, afrontémoslo: el noventa por ciento de esas parejas no
seguirán juntas de aquí a un año. Incluso de aquí a seis meses.

Y sin embargo, ahí están, abrazándose y morreándose, totalmente ajenos al dolor que se avecina.

Despreocupados y confiados.

Lo que siempre me costó ser.

Siempre me resultó imposible desconectar el reloj interno que
marcaba la cuenta atrás advirtiéndome a voz en grito a diario
todas las maneras en las que podías hacerme daño. Al fin y al

cabo, a los hechos me remito: con el tiempo todo el mundo me deja. ¿Por qué ibas a ser diferente?

Ahora sé que sí lo eras.

Lo eres.

El caso es que, a pesar de todas las gilipolleces que me hicieron apartarte de mí, en parte al marcharme me aferré a ti y ahora, sin ti, apenas soy persona.

Lo que me desvela por la noche es pensar que tuve la oportunidad de ser íntegro y consecuente y que la desperdicié.

Por favor, dime que tengo una segunda oportunidad. No me digas que así es como tengo que vivir ahora.

No puedo. Estar sin ti es demasiado duro.

Te echo tanto de menos que duele.

Ethan.

Me siento como si me hubieran dado un puñetazo en el pecho.

Esto es precisamente lo que necesité oír en tantas ocasiones.

Me doy cuenta de que tengo agarrado el teléfono tan fuerte que me hago daño.

—Son…, Dios, Ethan…, son preciosos. ¿Por qué no los enviaste?

Suspira.

—No sé. Pensaba que me odiabas.

—Sí, pero… si los hubiera leído quizá te habría odiado menos.

—Ojalá hubiera tenido agallas entonces para decírtelo abiertamente, pero no estaba preparado.

—¿Y ahora sí?

—Pregúntame lo que quieras y te responderé directamente.

—¿Lo que sea?

—Por supuesto.

Inspiro y le planteo la pregunta que lleva años rondándome.

—¿Por qué nunca me dijiste que me querías en ninguno de tus correos?

Casi alcanzo a oír su asombro.

—¿Qué?

—Nunca me lo dijiste. En ninguno.

—Cassie, sí que lo dije. Continuamente.

—Los he leído cien veces y no lo dijiste ni una sola vez. Decías que me echabas de menos, que querías que fuésemos amigos, pero nada de amor.

—Eso no es cierto ni de coña. Yo… —Inspira entrecortadamente—. Lo tuve siempre presente. Me daba la impresión de que se reflejaba en cada palabra que escribía, pero… Mierda, Cassie.

Gruñe de impotencia.

—Ethan, no pasa nada.

—Cómo no va a pasar, joder. De todas las cosas que debería haberte dicho, esa es la primera de la maldita lista. Pero, lo dijera o no en los correos, tienes que saber que yo… de verdad que…

—Ethan, para.

—Cassie…

—No. No quiero que lo digas simplemente porque he sacado el tema.

—Ese no es el motivo.

—Aun así, no lo hagas, ¿vale? Esta noche no.

Exhala un suspiro y, por suerte, no insiste.

Pasamos unos minutos comentando trivialidades del espectáculo y, cuando reprimo un bostezo, me dice que duerma. No discuto.

Por la mañana me siento como una mierda. Mi resaca es llevadera, pero he tenido pesadillas en las que Holt me abandonaba, una y otra vez, y yo siempre le volvía a abrir las puertas y cada vez que lo hacía me enfadaba más conmigo misma.

Justo cuando salgo de la ducha arrastrando los pies oigo el pitido de un mensaje en mi móvil.

\<Tienes un e-mail\>.

Intrigada, abro el portátil y encuentro un único correo.
Al abrirlo, la pantalla explota.

TE QUIERO, TE QUIERO, TE QUIERO, TE QUIERO,
TE QUIERO, TE QUIERO, TE QUIERO, TE QUIERO,
TE QUIERO, TE QUIERO, TE QUIERO, TE QUIERO,
TE QUIERO, TE QUIERO, TE QUIERO, TE QUIERO,
TE QUIERO, TE QUIERO, TE QUIERO, TE QUIERO,
TE QUIERO, TE QUIERO, TE QUIERO, TE QUIERO,
TE QUIERO, TE QUIERO, TE QUIERO, TE QUIERO,
TE QUIERO, TE QUIERO, TE QUIERO, TE QUIERO,
TE QUIERO, TE QUIERO, TE QUIERO, TE QUIERO,
TE QUIERO, TE QUIERO, TE QUIERO, TE QUIERO,
TE QUIERO, TE QUIERO, TE QUIERO, TE QUIERO,
TE QUIERO, TE QUIERO, TE QUIERO, TE QUIERO,
TE QUIERO, TE QUIERO, TE QUIERO, TE QUIERO,
TE QUIERO, TE QUIERO, TE QUIERO, TE QUIERO,
TE QUIERO, TE QUIERO, TE QUIERO, TE QUIERO,
TE QUIERO, TE QUIERO, TE QUIERO, TE QUIERO,
TE QUIERO, TE QUIERO, TE QUIERO, TE QUIERO,
TE QUIERO, TE QUIERO, TE QUIERO, TE QUIERO,
TE QUIERO, TE QUIERO, TE QUIERO, TE QUIERO,
TE QUIERO, TE QUIERO, TE QUIERO, TE QUIERO,
TE QUIERO, TE QUIERO, TE QUIERO, TE QUIERO,
TE QUIERO, TE QUIERO, TE QUIERO, TE QUIERO,
TE QUIERO, TE QUIERO, TE QUIERO, TE QUIERO,
TE QUIERO, TE QUIERO, TE QUIERO, TE QUIERO,
TE QUIERO, TE QUIERO, TE QUIERO, TE QUIERO,
TE QUIERO, TE QUIERO, TE QUIERO, TE QUIERO,
TE QUIERO, TE QUIERO, TE QUIERO, TE QUIERO,
TE QUIERO, TE QUIERO, TE QUIERO, TE QUIERO,
TE QUIERO, TE QUIERO, TE QUIERO, TE QUIERO,

TE QUIERO, TE QUIERO, TE QUIERO, TE QUIERO,
TE QUIERO, TE QUIERO, TE QUIERO, TE QUIERO,
TE QUIERO, TE QUIERO, TE QUIERO, TE QUIERO,
TE QUIERO, TE QUIERO, TE QUIERO, TE QUIERO,
TE QUIERO, TE QUIERO, TE QUIERO, TE QUIERO,
TE QUIERO, TE QUIERO, TE QUIERO, TE QUIERO,
TE QUIERO, TE QUIERO, TE QUIERO, TE QUIERO,
TE QUIERO, TE QUIERO, TE QUIERO, TE QUIERO,
TE QUIERO, TE QUIERO, TE QUIERO, TE QUIERO,
TE QUIERO, TE QUIERO, TE QUIERO, TE QUIERO,
TE QUIERO, TE QUIERO, TE QUIERO, TE QUIERO,
TE QUIERO, TE QUIERO, TE QUIERO, TE QUIERO,
TE QUIERO, TE QUIERO, TE QUIERO, TE QUIERO,
TE QUIERO, TE QUIERO, TE QUIERO, TE QUIERO,
TE QUIERO, TE QUIERO, TE QUIERO, TE QUIERO,
TE QUIERO, TE QUIERO, TE QUIERO, TE QUIERO,
TE QUIERO, TE QUIERO, TE QUIERO, TE QUIERO,
TE QUIERO, TE QUIERO, TE QUIERO, TE QUIERO,
TE QUIERO, TE QUIERO, TE QUIERO, TE QUIERO,
TE QUIERO, TE QUIERO, TE QUIERO, TE QUIERO,
TE QUIERO, TE QUIERO, TE QUIERO, TE QUIERO,
TE QUIERO, TE QUIERO, TE QUIERO, TE QUIERO,
TE QUIERO, TE QUIERO, TE QUIERO, TE QUIERO,
TE QUIERO, TE QUIERO, TE QUIERO, TE QUIERO,
TE QUIERO, TE QUIERO, TE QUIERO, TE QUIERO,
TE QUIERO, TE QUIERO, TE QUIERO, TE QUIERO,
TE QUIERO, TE QUIERO, TE QUIERO, TE QUIERO,
TE QUIERO, TE QUIERO, TE QUIERO, TE QUIERO,
TE QUIERO, TE QUIERO, TE QUIERO, TE QUIERO,
TE QUIERO, TE QUIERO, TE QUIERO, TE QUIERO,
TE QUIERO, TE QUIERO, TE QUIERO, TE QUIERO,
TE QUIERO, TE QUIERO, TE QUIERO, TE QUIERO,
TE QUIERO, TE QUIERO, TE QUIERO, TE QUIERO,

TE QUIERO, TE QUIERO, TE QUIERO, TE QUIERO,
TE QUIERO, TE QUIERO, TE QUIERO, TE QUIERO,
TE QUIERO, TE QUIERO, TE QUIERO, TE QUIERO,
TE QUIERO, TE QUIERO, TE QUIERO, TE QUIERO,
TE QUIERO, TE QUIERO, TE QUIERO, TE QUIERO,
TE QUIERO, TE QUIERO, TE QUIERO, TE QUIERO,
TE QUIERO, TE QUIERO, TE QUIERO, TE QUIERO,
TE QUIERO, TE QUIERO, TE QUIERO, TE QUIERO,
TE QUIERO, TE QUIERO, TE QUIERO, TE QUIERO,
TE QUIERO, TE QUIERO, TE QUIERO, TE QUIERO,
TE QUIERO, TE QUIERO, TE QUIERO, TE QUIERO,
TE QUIERO, TE QUIERO, TE QUIERO, TE QUIERO,
TE QUIERO, TE QUIERO, TE QUIERO, TE QUIERO,
TE QUIERO, TE QUIERO, TE QUIERO, TE QUIERO,
TE QUIERO, TE QUIERO, TE QUIERO, TE QUIERO,
TE QUIERO, TE QUIERO, TE QUIERO, TE QUIERO

Voy pasando páginas y páginas, perpleja, hasta que por fin llego abajo.

Por si no has captado lo que estaba haciendo, he escrito «TE QUIERO» 1.162 veces, una por cada día que pasé sin verte. Y por favor no pienses que esto ha sido una declaración hecha con un rápido copia y pega. He tecleado todas y cada una de las palabras individualmente como penitencia por ser tan imbécil como para no decirte más claro que el agua lo que sentía por ti.

Sé que piensas que me fui porque no te quería, pero estás equivocada. Siempre te he querido, desde el instante en que te vi. Yo despotricaba y echaba pestes sobre el amor a primera vista porque me parece una gilipollez como la copa de un pino. Pero el primer día que te vi en las audiciones para The Grove ocurrió y fuiste mi perdición sin ni siquiera pronunciar palabra. Estabas ahí, tratando por todos los medios de aparentar lo que no eras con tal de caerles bien, y me dieron ganas de estrecharte entre mis brazos y decirte que todo iba a salir bien.

Desde ese momento supe que estábamos predestinados. Pero era demasiado testarudo como para asumirlo.

No me explico por qué ni cómo pudiste quererme. Fui un cretino, tan pendiente de intentar negar mis sentimientos que no me di cuenta de que eras un regalo para mí; la valiosa recompensa que en cierto modo me había ganado por todo mi sufrimiento. Llevaba tanto tiempo creyendo que merecía que me dejasen que no me paré a pensar que merecía conocerte. No concebía que si dejaba de comportarme como un pedazo de imbécil inseguro durante cinco minutos tal vez... tendría la posibilidad de que fueras mía.

Quiero que seas mía, Cassie.

Por eso regresé. Porque, por mucho que pensara que estabas mejor sin mí, me equivocaba. Me necesitas tanto como yo a ti. Los dos nos sentimos vacíos sin el otro, y he tardado mucho tiempo en darme cuenta de eso.

No seas tan terca como yo y no permitas que la inseguridad gane la batalla. Deja que ganemos nosotros. Aunque sé que piensas que volver a quererme es como un lance de dados y que tienes todas las de perder, deja que te diga una cosa: soy una apuesta segura. No podría dejar de quererte aunque lo intentara.

¿Que si todavía me da pánico que me hagas sufrir? Claro que sí. Probablemente igual que a ti.

Pero soy lo bastante valiente como para saber que definitivamente merece la pena correr el riesgo.

Deja que te ayude a ser valiente.

Te quiero con toda mi alma y te juro por Dios que no volveré a hacerte daño.

Permítete volver a quererme.

Por favor.

Ethan

Me quedo sentada mirando la pantalla un buen rato entre la risa y el llanto.

En algún lugar de ahí dentro, el fuego de mi amargura chisporrotea y se apaga. Es una sensación extraña porque es lo único que me impulsaba a seguir adelante cuando ninguna otra cosa lo hacía y sin ella me siento expuesta en el peor de los sentidos. Débil, vulnerable y más frágil que el cristal.

Ayer me preguntaba qué revelación me haría vivir mi propio proceso de cambio. Supongo que la clave era que Ethan desnudara su alma en un correo.

Uno de los dichos favoritos de Tristan es: «El cambio empieza en uno mismo». Me figuro que eso es lo que ha hecho Holt. Se ha hecho fuerte por los dos.

Me tiemblan las manos al mandarle un mensaje.

‹Necesito verte›.

Prácticamente no he terminado de enviarlo cuando llaman a la puerta.

AGRADECIMIENTOS

Tantísimas personas jugaron un papel decisivo a la hora de hacer realidad el sueño de publicar este libro que será imposible mencionarlas a todas, pero haré lo que pueda.

Mi agradecimiento infinito a las siguientes personas:

Primero, a la escritora de superventas Alice Clayton, que no solo me animó desde el principio, sino que me brindó su increíble generosidad y apoyo. Eres asombrosa, Alice. Nada de esto habría sido posible sin ti. De verdad.

A mi agente, Christina, que apostó por una australiana desconocida e hizo que mis sueños se hicieran realidad en el más épico de los sentidos. Ha sido increíble el asesoramiento y empujón que me has dado junto con todo el equipo de Jane Rotrosen Agency. Para mí todos sois mis ídolos.

A Rose, mi editora de St. Martin's Press, por contagiar a todo el mundo su entusiasmo inagotable y por creer en este libro: chica, eres una maravilla. No tengo palabras para agradecértelo a ti y a tu equipo. (Bueno, podría intentarlo, pero en un momento dado resultaría embarazoso).

A mi reina Sprinkle, Victoria Lawrence, que contribuyó en gran medida a ayudarme a dar forma a estas palabras, y a mi encantadora primera lectora, Heather Maven, que me tendió la mano cuando me acojoné en todo este proceso. Sin todo vuestro cariño aún estaría trepando por un muro en algún lugar, carente de palabras y cordura. (P. D.: Qué guapas sois las dos).

A mis preciosas Filets, la pandilla más increíble de mujeres competentes y divertidísimas que una chica podría pedir. No sé qué habría hecho sin vosotras, especialmente sin ti, Nina. (Una pista: seguramente habría implicado grandes cantidades de alcohol y terribles llantos).

A mi querida Catty-Wan, Caryn Stevens: estuviste ahí desde el principio. Fuiste la primera persona en decir: «¿Sabes qué? Tienes talento», y desde entonces has sido mi cómplice, mi animadora más entusiasta y mi hombro sobre el que llorar. Te quiero.

A mis maravillosos amigos, sobre todo a mi incansable mejor amiga, Andrea: que sigas dando brincos de emoción con estos personajes después de tanto tiempo me hace sonreír cada puñetero día. Me completas.

A mis padres, Bernard y Val, que siempre me han apoyado en todo lo que hago por muy descabellado que sea: os quiero a rabiar. Y a mis hermanos, Chris y John, por aguantar a una hermana menor con una imaginación hiperactiva: supongo que todo ese teatro de pequeña ha merecido la pena, ¿eh?

A mi maravilloso marido (la mejor persona que jamás conoceré): gracias por alentarme a hacer algo con mis escritos. Eres tan alucinante que la verdad es que casi resulta irritante. Y a mis hijos, por soportar que mami pasase infinidad de horas encerrada explorando los mundos de su cabeza. Mis queridos Dr. X y Special K: por muy orgullosa que esté de estos libros (y la verdad es que estoy *mogollón* de orgullosa), chicos, sois, sin la menor duda, mis creaciones más espectaculares. Por siempre jamás.

Y por último, aunque de ningún modo menos importante, a todos los lectores a quienes les encantó esta historia desde el comienzo y que me animaron a publicarla: me disteis tanta inspiración, apoyo y cariño que os estaré eternamente agradecida. Este libro es para vosotros.

Gracias a todos.

«Para viajar lejos no hay mejor nave que un libro».

Emily Dickinson

Gracias por tu lectura de este libro.

En **penguinlibros.club** encontrarás las mejores
recomendaciones de lectura.

Únete a nuestra comunidad y viaja con nosotros.

penguinlibros.club